Melanie Metzenthin
Mehr als die Erinnerung

AF202243

TINTE
&
FEDER

Das Buch

Gut Mohlenberg, 1920: In der Einrichtung für psychisch kranke Menschen kümmert die junge Medizinerin Friederike von Aalen sich liebevoll um die Patienten. Einer von ihnen ist Friederikes Mann Bernhard, der nach einer Hirnverletzung im Krieg ihre besondere Zuwendung braucht. Der schneidige Leutnant von einst erinnert sich an vieles nicht, aber mit seiner Frau verbindet ihn noch immer eine tiefe Liebe.

Da geschehen in der Gegend kurz hintereinander zwei grausame Morde. Man ist schnell bei der Hand mit den Verdächtigungen: Es muss einer der »Geisteskranken von Mohlenberg« gewesen sein! Doch Friederike würde für ihre Patienten die Hand ins Feuer legen und stellt heimlich eigene Nachforschungen an. Was weiß Walter Pietsch, der Mann mit den schlimmen Verbrennungen, den sie vor Kurzem erst eingestellt haben? Und welche Rolle spielt der hochintelligente, aber kühle Dr. Weiß? Zu spät begreift Friederike, dass sie mit ihren Fragen sich selbst und die Menschen in ihrer Nähe in große Gefahr gebracht hat …

Die Autorin

Melanie Metzenthin lebt in Hamburg, wo sie als Fachärztin für Psychiatrie und Psychotherapie arbeitet. Sie hat bereits zahlreiche Romane veröffentlicht, in denen psychische Erkrankungen oft eine wichtige Rolle spielen, zuletzt die beiden Bestseller »Im Lautlosen« und »Die Stimmlosen«.

Beim Schreiben greift die Autorin gern auf ihre berufliche Erfahrung zurück, um aus ihren fiktiven Charakteren glaubhafte Figuren vor einem realistischen Hintergrund zu machen.

Melanie Metzenthin

Mehr als die Erinnerung

Roman

TINTE
& FEDER

Deutsche Erstveröffentlichung bei
Tinte & Feder, Amazon Media EU S.à r.l.
38, avenue John F. Kennedy, L-1855 Luxembourg
Mai 2019
Copyright © der deutschsprachigen Ausgabe 2019
By Melanie Metzenthin
All rights reserved.

Umschlaggestaltung: bürosüd⁰ München, www.buerosued.de
Umschlagmotiv: © H. Armstrong Roberts/ClassicStock / Getty;
© GrislyFrank / Shutterstock; © Alicja Bijak / Shutterstock;
© Sandra Lorenzen-Mueller / Shutterstock; © Shebeko / Shutterstock;
© Maja Cvetojevic / Shutterstock; © kamnuan / Shutterstock;
© tetxu / Shutterstock; © SURIYA MORAAT / Shutterstock
1. Lektorat: Marketa Görgen
2. Lektorat: Rotkel Textwerkstatt
Gedruckt durch:
Amazon Distribution GmbH, Amazonstraße 1, 04347 Leipzig /
Canon Deutschland Business Services GmbH, Ferdinand-Jühlke-Str. 7,
99095 Erfurt /
CPI books GmbH, Birkstraße 10, 25917 Leck

ISBN: 978-2-91980-431-3

www.tinte-feder.de

1. KAPITEL

Mohlenberg, 1920

Im Frühsommer sahen sie alle gleich aus, diese kleinen Dörfer zwischen Lüneburg und Celle. *Farbtupfen in der Landschaft, mehr nicht*, dachte er bei sich und zog den Riemen seines Tornisters etwas fester. Am frühen Morgen hatte er sich in Lüneburg auf den Weg gemacht und war bereits durch einige Ortschaften gewandert. Manche bestanden nur aus drei Höfen, während es in den etwas größeren immerhin ein Gasthaus und eine Kirche gab und – wenn man sehr viel Glück hatte – sogar einen Kolonialwarenladen. Sein Weg führte ihn an Kartoffel- und Rübenfeldern vorbei, an reetgedeckten Stallungen, in denen die Schäfer nachts ihre Heidschnucken unterbrachten, und an Feldern, auf denen das Getreide halbhoch stand. Menschen sah er hingegen kaum, und die wenigen, die ihm auf der staubigen Landstraße entgegenkamen, erschraken, wenn sie ihm ins Gesicht sahen. Früher hatte es ihn jedes Mal getroffen, inzwischen nahm er es längst hin. Manche Dinge waren eben nicht zu ändern.

Hinter der nächsten Wegbiegung tauchte ein Kirchturm auf. Es war nur eine kleine Kirche. Der Turm war mit etwas

Abstand zum Kirchenschiff erbaut worden, um zu verhindern, dass ein Blitzschlag das gesamte Gotteshaus vernichtete. Dabei sah die kleine Kirche stabil aus, sie war aus unbearbeiteten Feldsteinen errichtet, ganz so, als hätte sie bereits in der Steinzeit hier gestanden. Schräg gegenüber befand sich ein Gasthaus, das den Namen Zum Mohlenberg trug. Nach welchem Berg mochte das Dorf wohl benannt worden sein? Abgesehen von einigen Hügeln, die man nur bemerkte, wenn man mit einer schweren Last stramm marschierte, war die Gegend vollkommen flach.

Er hielt vor dem Gasthof inne und zählte seine Barschaft. Drei Mark und siebenundzwanzig Pfennig. Für ein Bier und eine Mahlzeit würde es wohl reichen. Und danach … Nun, dann würde er weitersehen.

Obwohl es auf Mittag zuging, saßen in der Gaststube nur zwei Männer. Anscheinend hatten sie gerade gegessen und sprachen jetzt über Geschäfte. Den Worten nach zu urteilen, die er aufschnappte, ging es um den Verkauf von Schafen.

Er nahm den Tornister ab, dann suchte er sich einen Tisch in der Ecke und setzte sich mit dem Gesicht zur Wand, denn er hasste es, wenn die Menschen ihn wie eine Kuriosität anstarrten.

Kurz darauf erschien die Wirtin.

»Was darf es …« Sie stockte mit weit aufgerissenen Augen, als sie sein Gesicht sah, fing sich jedoch sofort wieder und vollendete den Satz hastig: »… sein?«

»Ich habe noch drei Mark. Bringen Sie mir ein Bier und eine Mahlzeit, von der ich satt werde und die ich bezahlen kann. Ich bin da nicht wählerisch.«

Sie nickte. »Sind Sie auf der Durchreise?«

»Das wird sich zeigen. Je nachdem, ob es hier Arbeit für jemanden gibt, der ordentlich zupacken kann. Ich habe gehört, die Pflegeanstalt hätte Bedarf.«

»Sie meinen die Irrenkolonie?« Die Wirtin runzelte die Stirn. »Das kann schon sein, auf jeden Fall hat Doktor Meinhardt ein großes Herz.« Sie zögerte eine Weile und starrte ihn unverhohlen an. »Sie waren im Krieg?«

»Sie meinen, weil es mir ins Gesicht geschrieben steht?«

Die Wirtin errötete. »So habe ich das nicht gemeint ...«, stammelte sie verlegen.

»Es war eine Explosion«, sagte er. »Danach war ich mehrere Wochen lang blind.«

»Das tut mir leid.«

»Ich kann wieder sehen, alles andere ist unwichtig«, sagte er mit einer wegwischenden Handbewegung. »Selbst wenn der Blick in den Spiegel seither nicht immer leicht ist.« Ein bitteres Lächeln huschte über seine Lippen. »Bringen Sie mir nun etwas zu essen?«

»Selbstverständlich.« Sie nickte und ging.

Kurz darauf kam sie mit einem Glas Bier und einem großen Teller mit einer Kochwurst, Bratkartoffeln und Sauerkraut zurück.

»Heidjer Knipp«, sagte sie mit Blick auf die Kochwurst. »Ist aus Heidschnucke. Schmeckt fast wie Wild.«

Er nickte nur, dann griff er nach dem Besteck und schnitt die Wurst an. Dabei bemerkte er, wie die Wirtin ihn beobachtete. Er hob den Blick. »Haben Sie noch eine Frage?«

»Nein«, erwiderte sie schnell und verschwand.

Während er aß, fragte er sich, ob er wohl die richtige Entscheidung getroffen hatte. Die meisten Männer in seiner Lage trieb es in die großen Städte, vorzugsweise nach Hamburg, wo es noch verhältnismäßig leicht war, im Hafen Arbeit zu finden. Da fragte keiner, woher man kam oder wie man aussah. Natürlich hatte er sich mehr vom Leben erhofft, aber im Krieg waren alle Träume und Hoffnungen im Feuer der Geschütze und Donner der Explosionen verbrannt. Es gab nicht mehr viel, was ihn überhaupt noch am Leben hielt. Eigentlich hatte er nur noch ein Ziel ...

Die Tür zur Gaststube öffnete sich und er warf einen kurzen Blick über die Schulter, um die Neuankömmlinge zu mustern. Es waren zwei Männer in eleganten Anzügen, wie man sie auf Dörfern normalerweise nur an Sonn- und Feiertagen trug, aber kaum an einem gewöhnlichen Mittwoch.

Die Wirtin eilte den beiden Männern dienstbeflissen entgegen.

»Die Herren Doktoren sind heute aber sehr früh da. Kommt Herr Doktor Meinhardt auch noch?«

»Nein«, sagte der Ältere der beiden, ein gut aussehender Mittdreißiger, glatt rasiert mit kurzem braunem Haar. Sein Begleiter sah deutlich jünger aus, und wenn die Wirtin nicht beide als Doktoren angesprochen hätte, so hätte er den sommersprossigen Blondschopf bestenfalls für einen Studenten gehalten. Ein junges, unverbrauchtes Gesicht, das vermutlich noch nicht viel vom Elend des Lebens gesehen hatte.

Die beiden nahmen am Tisch in der gegenüberliegenden Ecke Platz und die Wirtin brachte ihnen unaufgefordert zwei Bier und jeweils eine große Portion Heidjer Knipp, das wohl das Tagesgericht war.

»Sie überfordern Ihre Patienten«, sagte der Ältere, während er seine Wurst klein schnitt. »Es ehrt Sie, wenn Sie auch den einfältigsten Männern etwas erklären wollen, aber mit einfachen Anweisungen sind diese Menschen besser bedient. Glauben Sie wirklich, Kuno hat auch nur ein Wort von dem verstanden, was Sie ihm erzählt haben?«

»Ich bin mir sicher«, erwiderte der Jüngere. »Sehen Sie, Doktor Weiß, ich denke, es liegt an uns, die Worte so zu wählen, dass ihr Sinn auch den einfachsten Verstand erreicht und wir zumindest die Illusion eines Gesprächs auf Augenhöhe erwecken.

Das ist ja auch das Ziel von Doktor Meinhardt. Fürsorge und Pflege, dabei aber auch Erziehung zur Selbstständigkeit.«

»Würden Sie sich auch mit einem dreijährigen Kind derart unterhalten wollen, Doktor Fliedtner?«

»Ja, denn ich bin der Überzeugung, dass Kinder ebenso wie Geistesschwache davon profitieren, wenn man ihnen erklärt, warum sie etwas tun sollen oder Dinge verboten sind. So fördern wir den Intellekt. Möglicherweise haben Kindererziehung und die Betreuung Schwachsinniger und Geisteskranker viel mehr gemein, als man für gewöhnlich annimmt. Und im Übrigen zeigt doch auch das bewundernswerte Beispiel von Frau von Aalen, wie eine liebevolle Fürsorge selbst die schlimmsten Defizite auszugleichen vermag.«

Weiß räusperte sich. »Glauben Sie wirklich, dass Frau von Aalen auch nur ein einziges Defizit auszugleichen vermag? Gewiss, sie zeigt bewundernswerte Hingabe, aber letztlich ist es doch nur der bedauernswerte Versuch, einem Eheschwur treu zu bleiben, der längst nicht mehr erfüllt werden kann. In diesem Fall ist es doch vielmehr eine Last, zumal eine Heilung vollkommen ausgeschlossen ist. In meinen Augen ist das einer jener Fälle, in denen der Tod die wahre Erlösung wäre.«

»Wollen Sie mir jetzt wieder mit dieser neuen Schrift von Professor Hoche aus Freiburg kommen?«, fragte Fliedtner. »Ich bin ein gläubiger Christ und für mich gibt es kein lebensunwertes Leben!«

»Nächstenliebe lässt sich auf vielfältige Weise praktizieren«, sagte Doktor Weiß und wandte sich dann demonstrativ seinem Essen zu.

Die beiden Männer waren also Ärzte der Pflegeanstalt. Einen Moment lang überlegte er, ob er sie ansprechen sollte, aber dann entschied er sich dagegen, schließlich war er nicht nur ein Fremder, sondern auch noch jemand, dessen Anblick verstörend wirkte. Seine Hand glitt über das vernarbte Gewebe seiner rechten Gesichtshälfte, doch ehe er sich in Erinnerungen verlieren konnte, winkte er lieber die Wirtin herbei, um seine Zeche zu zahlen. Anschließend verließ er die Gaststätte und war froh, dass die beiden Ärzte ihn keines Blickes gewürdigt hatten.

Die Pflegeanstalt, die die Wirtin als Irrenkolonie bezeichnet hatte, lag abseits des Dorfes hinter einem kleinen Waldstück und war nur über verschlungene Feldwege zu erreichen, ganz so, als wollte man sie vor der Welt verstecken. Und sie erinnerte in der Tat an eine altertümliche, längst vergessene Burg, wie man sie aus Märchen kannte. Das Erste, was ihm ins Auge stach, war eine etwa zwei Meter hohe Mauer, die aus demselben Feldgestein errichtet war wie die Dorfkirche. Das große zweiflügelige Tor aus dunklem Holz stand weit offen. Ringsum lagen mehrere bestellte Felder und er sah einen älteren Mann, der eine kleine Herde von etwa fünfundzwanzig Heidschnucken hütete. Sein stumpfsinniger Blick verriet sofort, dass es sich um einen der Geisteskranken handeln musste, aber die Art, wie er sich um die Hornschafe kümmerte, die zutraulich seine Nähe suchten, sodass er nicht einmal einen Hütehund dabeihatte, zeigte, dass es für jedes Geschöpf auf Gottes Erde einen Platz gab, der ihm zustand.

Er seufzte. Vielleicht galt das ja auch für ihn, wenn er endlich sein Ziel erreicht hatte.

Er trat durch das geöffnete Tor und fand sich in einem kleinen, eigenständigen Dorf wieder, das weitaus mehr Leben ausstrahlte als die Ortschaften, die er seit dem Morgen durchquert hatte. So hatte er es sich als Kind vorgestellt, wenn seine Mutter ihm Grimms Märchen vorgelesen hatte. Er sah mehrere Frauen, die unter freiem Himmel Wäsche in großen Zubern wuschen, und drei Männer, die mit der Reparatur eines Scheunendachs befasst waren. Ein junges Mädchen mit blödsinnigem Blick und wirrem Haar saß auf den Stufen eines großen Steinbaus und sang lauthals und völlig falsch ein Lied in einer Sprache, die ihm unbekannt war. Im gleichen Augenblick ging die Tür auf und eine junge Frau in einem modischen dunkelblauen Kostüm und mit sorgfältig hochgesteckten Haaren kam heraus.

»Lisbeth, du solltest doch bei der Wäsche helfen und nicht singen«, tadelte sie das Mädchen, doch es lag kein echter Vorwurf in der Stimme, lediglich ein Hauch von Resignation, der ihm verriet, dass sie das Mädchen heute gewiss schon mehrfach zur Arbeit aufgefordert hatte. »Und wie du schon wieder aussiehst! Martha hatte dir doch so schön das Haar gemacht.«

Das Mädchen sah sie kurz an, kicherte dann albern und sagte: »Im Frühling singen die Vögel, warum darf ich nicht singen?«

»Die Vögel singen aber nicht den ganzen Tag, sondern putzen ihr Gefieder, bauen ihr Nest und halten es sauber. Kein Vogel würde so verstrubbelt aussehen. Und nun mach dich an deine Arbeit.«

Das Mädchen erhob sich mit einem unwilligen Zug um den Mund von den Stufen und kehrte zu den Wäscherinnen zurück.

Die elegante Frau sah ihr kopfschüttelnd und zugleich lächelnd nach. Dann fiel ihr Blick auf ihn und für einen Augenblick gefror das Lächeln, doch sie fing sich sofort und kam ihm entgegen.

»Guten Tag«, sagte er und nahm die Mütze ab. »Mein Name ist Walter Pietsch und ich habe gehört, hier werden noch ein paar fleißige Hände gebraucht.«

»Guten Tag, Herr Pietsch«, erwiderte die Frau und reichte ihm zu seiner Überraschung die Hand. »Mein Name ist Friederike von Aalen, mein Vater leitet diese Anstalt. Welche Art Arbeit suchen Sie denn?«

»Ich mache alles, was ansteht«, sagte er. »Zuletzt war ich als Zimmermann tätig.«

»Ihr Lehrberuf?«

Er schüttelte den Kopf. »Ich habe erst nach dem Krieg damit begonnen, aber in den letzten Jahren als Angelernter einige Erfahrungen gesammelt. Ich kann allerdings auch anderweitig zupacken, je nachdem, was Sie brauchen.«

»Und was haben Sie vor dem Krieg gemacht?«

Er zögerte kurz. »Ich habe mich gleich nach der Schule freiwillig zu den Jägern zu Pferde gemeldet und war im Kavallerie-Schützen-Regiment. Nach dem Krieg wurden die Regimenter aufgelöst und seither schaue ich, wo ich mich nützlich machen kann.«

»Dann verstehen Sie sich also auf Pferde.«

»Selbstverständlich. Haben Sie Pferde zu versorgen?«

»Fünf – zwei Zugpferde und drei Reitpferde. Und wir haben auch einiges für einen guten Zimmermann zu tun. Unsere Pfleglinge geben sich zwar alle Mühe, sind aber oft überfordert.« Sie wies auf die drei Männer, die sich mit dem Scheunendach abmühten. »Ich werde mit meinem Vater sprechen. Haben Sie Ihre Papiere noch?«

»Leider nur Zweitschriften, die Originale sind im Krieg verloren gegangen.« Er nahm seinen Tornister vom Rücken, zog eine lederne Mappe hervor und öffnete sie.

Frau von Aalen nahm die Papiere entgegen.

»Die sind nicht als Abschriften beglaubigt«, sagte sie.

»Nein, weil die Originale fehlen«, sagte er. »Aber wie Sie sehen, sind sie als Zweitschriften nach bestem Wissen und Gewissen durch den beurkundenden Beamten gesiegelt.«

Sie runzelte die Stirn. »So etwas ist nur dann üblich, wenn das Archiv der Heimatstadt ebenfalls zerstört wurde.«

Er holte tief Luft. »Wie Sie sehen, stamme ich aus dem Württembergischen, aber der Krieg hat mich in den Norden verschlagen. Ich war seit Kriegsende und meiner Entlassung aus dem Lazarett nicht mehr in meiner Heimatstadt. Deshalb wurden meine Papiere in Hamburg ausgestellt.« Die letzten Worte sagte er mit betont schwäbischem Zungenschlag.

»Also gut«, erwiderte sie. »Ich kenne die Gegend, ich habe vor dem Krieg in Heidelberg studiert. Allerdings verstehe ich nicht, warum Sie nicht in Ihre Heimat zurückgekehrt sind.«

»Meine Angehörigen sind tot, es zog mich nichts dorthin. Ein Ort ist so gut wie der andere.«

»Und warum sind Sie nicht in Hamburg geblieben? In einer großen Stadt gibt es doch mehr Arbeit als hier auf dem Land.«

»Wenn jemand aussieht wie ich, ist die Auswahl nicht sehr groß. Ich dachte, auf dem Land, wo man sich kennt, wird's irgendwann normal für alle und ich höre auf, eine Kuriosität zu sein.«

Sie senkte betroffen den Blick. »Verzeihen Sie, ich wollte Ihnen nicht zu nahe treten. Aber Sie müssen verstehen, dass ich genau wissen möchte, mit wem ich es zu tun habe, wenn Sie für uns arbeiten wollen.«

Er nickte nur.

»Nehmen Sie doch bitte eine Weile auf der Bank dort vorn Platz, ich werde inzwischen mit meinem Vater sprechen und ihm Ihre Papiere vorlegen.«

»Ich danke Ihnen«, sagte er erleichtert. Immerhin hatte sie ihn nicht sofort abgewiesen.

2. Kapitel

»Ich weiß nicht so recht«, sagte Doktor Meinhardt. »Natürlich können wir noch einen Mann gebrauchen, der sich aufs Handwerk und auf Pferde versteht, aber seine Referenzen sind mehr als dürftig.« Er sah seine Tochter nachdenklich an, während er Walter Pietschs Papiere auf seinen Schreibtisch legte. »Die Siegel sehen echt aus, aber mit Zweitschriften ist es immer so eine Sache. Woher wollen wir wissen, dass sie echt sind und der Mann wirklich der ist, für den er sich ausgibt?«

»Was befürchtest du, Papa? Dass er ein gesuchter Spitzbube ist, der bei uns unterschlüpfen will? Da hätte er es in einer Großstadt doch viel leichter.«

»Wenn er unversehrt wäre, schon, aber nicht mit einem halb verbrannten Gesicht, da ist die Möglichkeit viel größer, dass ihn jemand erkennt und es weiterträgt.«

»Vielleicht solltest du selbst mit ihm reden? Ich muss gestehen, mir tut er leid, auch wenn er auf den ersten Blick recht unheimlich wirkt. Als er sagte, dass er im Kavallerie-Schützen-Regiment war, musste ich sofort an Bernhard denken. Noch ein Opfer des Krieges.«

Ihr Vater seufzte. »Ich kann deine Gedanken gut nachvollziehen, Friederike, aber die Angaben sind mir zu dürftig und daran wird auch nichts, was er mir persönlich erzählt, etwas ändern. Warum meidet der Mann seine Heimatstadt, anstatt sich dort originale Abschriften seiner Papiere zu besorgen? Warum verlässt er Hamburg, um in einer Nervenheilanstalt auf dem Land Arbeit zu suchen? In Hamburg könnte er im Hafen mehr verdienen.«

»Seine Hoffnung ist es, hier irgendwann nicht mehr als Kuriosität angestarrt zu werden«, warf Friederike ein.

»Das mag sein Wunsch sein, aber ich halte es für eine Ausrede, denn genau das könnte er auch in seinem eigenen Stadtviertel erreichen. Dafür braucht es kein abgelegenes Dorf.«

»Dann soll ich ihn fortschicken?«

Ihr Vater nickte. »Ich denke, das ist besser.«

»Also gut.« Sie nahm die Papiere und verließ das Büro ihres Vaters.

Als sie in den Hof zurückkehrte, war die Bank, auf der Walter Pietsch warten sollte, leer. Unschlüssig sah sie sich um, ging hinter die Scheune und bemerkte, dass die Tür zum Pferdestall offen war.

»Das ist mein Pferd«, hörte sie Bernhards Stimme, die immer noch wohltönend männlich klang, auch wenn die Art, wie er die Sätze betonte, seit dem schrecklichen Unglück eher an ein Kind erinnerte. Ein stolzes Kind, das einem anderen sein Lieblingsspielzeug vorführte. Sie spürte ein verdächtiges Brennen in den Augen. Hastig blinzelte sie es weg. Nein, keine Tränen mehr, davon hatte sie mehr als genug vergossen. Doch zugleich überfluteten sie die alten Erinnerungen, und ohne dass sie es verhindern konnte, war sie wieder in Heidelberg, an jenem Frühlingstag vor sieben Jahren, ein unerfahrenes neunzehnjähriges Mädchen, das stolz darauf war, zu den ersten Frauen zu gehören, die an der Universität zum Medizinstudium zugelassen worden waren. Die Nachmittage hatte sie bei gutem Wetter gern am Neckar verbracht, natürlich immer mit einem Lehrbuch in der Hand, denn sie wollte nicht nur ihrem Vater, sondern auch ihrem Geschlecht Ehre machen. Dort hatte sie ihn zum ersten Mal gesehen, als er in seiner eleganten Leutnantsuniform auf seinem prächtigen Rappen am Fluss entlangritt. Er war ihr schon von Weitem aufgefallen, dieser überaus attraktive, glatt rasierte Mann mit dem blonden Haar. Sie hatte von ihrem Buch aufgesehen und gehofft, dass sie ihm ebenfalls auffallen würde, und als er plötzlich sein Pferd zügelte und unmittelbar vor ihrer Bank abstieg, klopfte ihr Herz bis zum Hals. Doch anstatt sie anzusprechen, hob er den linken Hinterhuf seines Pferdes an und betrachtete seufzend das gelockerte Eisen.

»Hufeisen bringen Glück«, rutschte es ihr heraus. Er drehte sich überrascht um, bemerkte erst jetzt, dass er beobachtet wurde.

»Das ist wohl Ansichtssache, mein Fräulein«, erwiderte er. »Ich kann kein Glück darin erkennen, dass ich mein Pferd nun bis zum Stall führen muss.«

»Da haben Sie wohl recht«, sagte sie. »Ich dachte nur, dass ich Glück habe, Ihr wunderschönes Pferd jetzt aus der Nähe betrachten zu dürfen.« Sie lächelte ihn an und freute sich, als er ihr Lächeln erwiderte.

»Sie mögen Pferde?«, fragte er.

»Sie sind stolze, edle Geschöpfe. Ich reite selbst sehr gern, aber seit ich in Heidelberg studiere, bin ich nicht mehr dazu gekommen.«

Sein Blick wanderte auf den Titel des Buches, das neben ihr auf der Bank lag.

»›Die Anatomie des Menschen‹? Sie studieren Medizin?«

»So ist es«, bestätigte sie.

»Das ist sehr ungewöhnlich für ein junges Fräulein.«

»Aber es ist befriedigender, Wunden zu nähen, als Strümpfe zu stopfen.« Sie blinzelte ihn keck an.

»Mein Fräulein, Sie erstaunen mich immer mehr.«

»Solange ich Sie nicht verschrecke, ist es mir recht.«

Er lachte leise.

»Gestatten Sie mir, mich vorzustellen: Leutnant Bernhard von Aalen.«

»Es freut mich, Sie kennenzulernen«, erwiderte sie und reichte ihm die Hand. »Ich bin Friederike Meinhardt, Studentin der Medizin im ersten Semester. Und verraten Sie mir auch den Namen Ihres prächtigen Pferdes?«

»Er heißt Wotan.«

Diese Worte rissen Friederike aus ihren Erinnerungen, denn es war nicht der fesche Leutnant, der das sagte, sondern die naive Stimme ihres Mannes Bernhard sprach sie aus.

»Ein prachtvolles Tier«, hörte sie Walter Pietsch antworten. Sie ging in den Stall und sah Bernhard und Walter vor Wotans Box stehen.

»Oh, hier sind Sie also«, sagte sie.

Bevor Walter Pietsch antworten konnte, fragte Bernhard: »Wird Walter hierbleiben? Er ist nett.«

Friederike spürte, wie ihr heißes Blut in die Wangen stieg.

»Das ... werden wir klären.«

»Bitte, Rieke. Bitte, bitte.« Er sah sie mit großen treuherzigen Augen an und faltete seine Hände zu einer flehenden Geste. »Er mag Pferde und Wotan mag ihn auch!«

Friederike atmete schwer. Sein Verhalten erfüllte sie mit einer unerträglichen Mischung aus Scham und Schuldgefühlen, weil sie ihn nicht davor schützen konnte, sich der Lächerlichkeit preiszugeben. Zu oft hatte sie in der Vergangenheit erlebt, wie die Menschen über ihn lachten, ohne dass er begriff, warum.

Doch Walter Pietsch lachte nicht. »Ich hoffe, ich mache Ihnen keine Umstände«, sagte er stattdessen. »Wir haben uns nur über Pferde unterhalten.«

»Er war bei der Kavallerie«, sagte Bernhard. »Wie ich auch.«

»Daran kannst du dich doch gar nicht erinnern«, sagte Friederike und hoffte, dass er nun endlich Ruhe geben würde.

»Ich war bei der Kavallerie!«, beharrte Bernhard. »Und er war auch bei der Kavallerie und mag Pferde. Er ist nett. Er soll bleiben!«

Friederike schluckte. »Kümmere dich ein bisschen um Wotan«, sagte sie dann. »Ich muss mit Herrn Pietsch unter vier Augen sprechen.«

»Warum?«

»Hast du Wotan heute schon gestriegelt?«

»Ja.«

»Und ihm neuen Hafer gegeben?«

»Ja.«

»Dann solltest du ihn jetzt ein bisschen auf der Reitbahn bewegen, während ich mit Herrn Pietsch spreche, ja?«

»Ja.« Bernhard nickte und ging zur Sattelkammer. Friederike atmete auf.

»Sie haben meinen Mann also schon kennengelernt«, sagte sie, nachdem Bernhard verschwunden war.

»Bitte verzeihen Sie, aber er trat zu mir, als ich auf Sie wartete, und wir kamen ins Gespräch.«

»Ja, über Pferde redet er am liebsten. Er hat im Krieg eine schwere Kopfverletzung erlitten, es ist ein Wunder, dass er überhaupt noch lebt. Sein Gehirn wurde dabei geschädigt. Er musste erst wieder sprechen lernen. Die Fähigkeit, zu lesen und zu schreiben, hat er dauerhaft verloren und auch sein Erinnerungsvermögen hat gelitten. Er kann sich nur noch undeutlich an Bruchstücke seiner Vergangenheit erinnern – meinen Kosenamen, den Namen seines Pferdes und dass er mal bei der Kavallerie war. Aber was das bedeutet, hat er längst vergessen. Es ist, als würde man zu einem Fünfjährigen sprechen.«

»Und doch hat er sich seine Menschlichkeit bewahrt«, sagte Walter. »Die Art, wie er unbefangen auf Fremde zugeht, ohne erschreckt zurückzuweichen. Das hat mich sehr berührt und für ihn eingenommen, ganz gleich, welche intellektuellen Fähigkeiten er sonst eingebüßt haben mag.«

Friederike senkte den Blick.

»Ich nehme an, Ihr Vater ist dagegen, mich einzustellen?«, fragte Walter. »Oder warum haben Sie Bernhard sonst fortgeschickt?«

Sie holte tief Luft.

»Mein Vater ist skeptisch wegen Ihrer Papiere und der Geschichte, die Sie mir erzählt haben.«

»Ich kann das verstehen«, sagte er leise und nahm die Dokumente aus ihrer Hand entgegen. »Dann werde ich mein Glück woanders versuchen.«

»Nein, das müssen Sie nicht«, widersprach Friederike. »Mein Vater mag skeptisch sein, aber in einem vertraue ich Bernhard noch immer, und das ist seine Menschenkenntnis. Er ist Fremden gegenüber normalerweise nicht so aufgeschlossen. Dass er sofort auf Sie zukam und Ihnen Wotan gezeigt hat, spricht für Sie. Und deshalb möchte ich, dass Sie bleiben.«

»Ich danke Ihnen, Frau von Aalen. Ich werde Sie nicht enttäuschen.«

3. Kapitel

Eigentlich hatte Friederike mit energischem Widerspruch ihres Vaters gerechnet, schließlich hatte er Walter Pietschs Einstellung abgelehnt. Umso erstaunter war sie, als er ihre Entscheidung lediglich mit einem Schulterzucken und der kurzen Bemerkung »Du musst es ja wissen« zur Kenntnis nahm.

Vermutlich hatte es ihn ebenso wie sie selbst berührt, dass Walter sich Bernhard gegenüber ganz normal verhalten und die schwere Behinderung schlichtweg ignoriert hatte.

In den folgenden Tagen zeigte sich, dass Walter Pietsch ungeachtet seiner zweifelhaften Papiere hinsichtlich seiner Fähigkeiten die Wahrheit gesagt hatte. Er half bei der Reparatur des Scheunendachs, erledigte einige Handwerksarbeiten, die schon länger liegen geblieben waren, und ging geduldig auf die Eigenheiten der Kranken und Schwachsinnigen ein, die in der Anstalt lebten. Selbst der kritische Doktor Weiß gab zu, dass sie mit Pietsch einen guten Griff getan hatten. An seinem Beispiel zeige sich, dass man einen Menschen nicht nur nach seinem Äußeren oder nach seinen Papieren beurteilen dürfe. Dennoch, so gab er zu bedenken, als er mit Friederike im Salon bei einer

Tasse Kaffee saß, sei ein derartiges Vertrauen immer mit den Risiken des Irrtums behaftet.

»Ich war mir in dem Augenblick sicher, als Bernhard sich für ihn verwandte«, erwiderte Friederike daraufhin.

»Trotz seines kindlichen Gemüts?«, fragte Weiß.

»Gerade deshalb«, bestätigte sie. »Zwar werden Sie niemals müde, mir zu sagen, dass er kein echter Mann mehr sei, aber ein Mensch mit Gefühlen ist er nach wie vor. Und Kinder haben ein untrügliches Gespür für Menschen.«

»Haben sie das?« Weiß zog die Stirn in Falten. »Wenn dem wirklich so wäre, wie kann es dann sein, dass gerade Kinder sich so leicht von Verbrechern verführen und zu Dummheiten überreden lassen? Wie viele Fälle gibt es, in denen sie vertrauensvoll mit Fremden mitgingen und grausam misshandelt oder gar getötet wurden?«

Friederike holte tief Luft. »Verführbarkeit und Urvertrauen sind zwei unterschiedliche Dinge.«

»Die man aber leicht verwechseln kann«, entgegnete Weiß. »Bei Bernhard muss man doch nur ein oder zwei Schlüsselwörter nennen. Wenn man sein Pferd lobt, hat man ihn gewonnen. Eine derartige Gutherzigkeit kann auch böse enden.«

»Ich fürchte, da machen Sie es sich zu einfach, Doktor Weiß. Es gibt genügend Menschen, vor denen er zurückweicht.«

»Ja, weil er selbst in dem ihm verbliebenen schwachen Geist spürt, wenn ihn jemand mit Abscheu mustert. Aber wer ihm Freundlichkeit entgegenbringt, den hält er für seinen Freund. So wie jedes kleine Kind, das noch keine Ahnung hat, was der Begriff Freundschaft wirklich bedeutet. Der Unterschied ist der, dass Kinder reifen und lernen. Bernhard hingegen wird stets auf dem Stand bleiben, auf dem er jetzt ist.«

»Denken Sie, das wüsste ich nicht?« Friederike sah ihn mit gerunzelter Stirn an. »Wollen Sie mir jetzt etwa wieder gut zureden, meine Ehe aufzulösen, um frei zu sein?«

»Das habe ich nie getan. Ich habe Ihnen damals nur gesagt, dass jedermann Verständnis dafür hätte, wenn Sie die Auflösung einer unhaltbaren Ehe betrieben.«

Verständnis … Ja, vielleicht hätte jedermann Verständnis dafür, aber für sie selbst war dieser Gedanke unvorstellbar. Bernhard war ihre große Liebe gewesen, mit ihm hatte sie ihr Leben verbringen wollen und sie hatte ihren Eheschwur bitterernst gemeint. *Bis dass der Tod uns scheidet …* Ohne dass sie es wollte, glitten ihre Gedanken zurück in die Vergangenheit.

An Weihnachten 1913 hatte sie Bernhard ihrer Familie vorgestellt. Ihr Vater war überrascht gewesen, als Friederike in Begleitung eines attraktiven Leutnants anreiste und verkündete, dass sie sich im kommenden Frühjahr verloben wolle. Doch Bernhards tadelloser Charakter und seine gute Herkunft überzeugten ihn schnell, schließlich stammte der junge Mann aus einer alteingesessenen Offiziersfamilie des württembergischen Landadels. Zudem unterstützte er Friederikes Wunsch, Ärztin zu werden, was Doktor Meinhardt am meisten für ihn einnahm – ein Mann, der seinem einzigen Kind keine Steine in den Weg legte, war ihm als Schwiegersohn jederzeit willkommen.

Im Mai verlobten sie sich auf Gut Mohlenberg, die Hochzeit sollte im Jahr darauf gefeiert werden. Doch dann kam die Mobilmachung und es war absehbar, dass Bernhard in den Krieg ziehen würde. Statt der geplanten großen Feier blieb es bei einer standesamtlichen Zeremonie in Heidelberg, zu der ihr Vater und ihre Großmutter Adelheid hastig angereist waren. Bernhards Brüder, die ebenfalls dem Offiziersstand angehörten, zogen ihren kleinen Bruder auf, dass er es so eilig habe, als Erster unter die Haube zu kommen.

»Die kirchliche Trauung und die Feier holen wir nach, wenn der Krieg gewonnen ist«, hatte Bernhard leichthin verkündet. »Spätestens Weihnachten ist alles vorbei, dann fängt unser gemeinsames Leben richtig an. Und ich verspreche dir, es wird kein Tag vergehen, an dem ich dich nicht lieben werde!« Dann hatte er sie an sich gezogen und mit einer Leidenschaft geküsst, die sie alles um sich herum hatte vergessen lassen. Es gab nur noch sie und Bernhard, nichts sonst auf der Welt. Mochte der bevorstehende Krieg auch auf ihrem Glück lasten, ihre Liebe war stark genug, alles zu überstehen.

Friederike atmete tief durch und schüttelte die alten Bilder ab. »Ich habe ein Versprechen gegeben«, sagte sie zu Doktor Weiß. »Genau wie Bernhard mir eines gegeben hat. Und so wie er seines hält, werde ich auch meines halten.«

»Welches Versprechen kann dieser arme Mensch denn noch halten? Er ist seelisch verstümmelt und nur noch der Schatten eines Mannes.«

»Er versprach mir, mich immer zu lieben, und genau das tut er. Vielleicht nicht mehr so, wie ein Mann eine Frau lieben sollte, aber er gibt mir alles, was er noch zu geben in der Lage ist. Und deshalb werde ich ihn niemals verlassen.«

»Niemand verlangt, dass Sie ihn verlassen. Sein Leben hier auf Gut Mohlenberg ist doch angenehm. Sie könnten für ihn da sein, auch wenn Sie nicht mehr seine Frau wären. Diese arme Seele würde es gar nicht merken, wenn Sie die Ehe auflösten. Er weiß doch nicht einmal mehr, was das bedeutet.«

»Wir schlafen nach wie vor in einem Bett«, erwiderte Friederike trotzig.

Weiß lächelte nachsichtig. »So wie eine Mutter ihr Kind zu sich ins Bett holt, um es bei Albträumen zu trösten?«

»Herr Doktor Weiß, Sie vergessen sich. Das geht Sie nicht das Geringste an.«

»Sie haben recht, verzeihen Sie mir. Aber es tut mir weh, wenn ich mit ansehen muss, wie eine junge Frau ihr Leben verschwendet, indem sie sich an Schwüre gebunden fühlt, die niemand mehr erfüllen kann. Wollen Sie Ihre Jugend wirklich auf diese Weise hingeben? Niemals Kinder haben, sondern statt-dessen das, was von Ihrem Mann übrig geblieben ist, wie ein Kind pflegen? Und das vielleicht die nächsten fünfzig Jahre? Sie haben schon so viel für ihn aufgegeben. Ich erinnere mich noch gut daran, wie lange Sie damit gehadert haben, Ihr Studium endgültig abzubrechen, um sich hier auf Gut Mohlenberg um ihn zu kümmern. Dabei waren Sie auf dem besten Weg, eine der ersten Ärztinnen zu werden. Sie hatten so große Pläne und Ziele. Noch ist es nicht zu spät, Frau von Aalen. Noch können Sie diese Ziele erreichen. Aber dafür müssen Sie die Realitäten anerkennen und dürfen nicht länger der Vergangenheit nachhängen.«

»Herr Doktor Weiß, es reicht! Sie haben kein Recht, so mit mir zu sprechen!«

»Vielleicht kein Recht, aber doch die moralische Pflicht, wenn es sonst niemand tut. Ich bitte Sie, nachsichtig mit mir zu sein, denn nur die aufrichtige Freundschaft, die ich für Sie empfinde, gab mir den Mut, dieses Thema überhaupt anzusprechen.«

Mit diesen Worten erhob er sich und verließ den Salon.

4. Kapitel

Die private Nervenheilanstalt Gut Mohlenberg, die von den Dörflern auch die Irrenkolonie genannt wurde, war vor vielen Jahren von Friederikes Vater gegründet worden. Ursprünglich hatte sein Bestreben darin gelegen, eine Heimstatt für Pfleglinge zu schaffen, die in den staatlichen Anstalten verkümmerten. Auf Gut Mohlenberg sollte jeder eine Tätigkeit finden, die seinen Fähigkeiten entsprach. Doktor Meinhardts wichtigstes Ziel war es gewesen, seinen Pfleglingen die Selbstversorgung durch landwirtschaftliche Erzeugnisse und damit ein weitgehend eigenständiges Leben zu ermöglichen. Doch auf lange Sicht reichte das nicht, um die Finanzierung der privaten Nervenheilanstalt zu gewährleisten, und so hatte man sich mittlerweile auch auf die Behandlung junger Damen spezialisiert, die unter Hysterie litten und deren Verhalten ihren Familien »Schande« bereitete, weshalb man sie möglichst im Verborgenen zu therapieren suchte.

Friederike kümmerte sich neben der Verwaltung der Anstalt auch um den Kontakt zu den Angehörigen, die ihre kranken Verwandten zur Therapie oder zum dauerhaften Aufenthalt anmelden wollten.

An diesem Vormittag saß sie in ihrem Büro und erledigte die Korrespondenz, als sie vom Hof her lautes Wehklagen und Jammern hörte. Hastig legte sie den Füllfederhalter beiseite und eilte nach draußen. Es war der alte Schäfer Kuno und er hielt ein blutiges Etwas in der Hand.

»Um Gottes willen, was ist denn passiert?«, rief sie.

»Sie lag tot im Stall, ich wollte das Lämmchen retten«, jammerte Kuno und hielt Friederike den blutigen Leib eines Schafsfötus entgegen. »Aber das Lämmchen war schon tot.«

Auch Walter Pietsch, Bernhard und Doktor Weiß waren durch das Geschrei angelockt worden und starrten Kuno an.

»Nun erzähl schon, Kuno«, forderte Doktor Weiß ihn auf. »Hat das Schaf zu früh geworfen?«

Der alte Schizophrene schüttelte den Kopf. »Sie lag tot da. Ich weiß nicht, warum, die anderen Tiere im Stall waren ganz gesund. Und da habe ich das Lämmchen retten wollen, aber das war auch tot.« Er hielt Doktor Weiß den kleinen Kadaver so dicht vors Gesicht, dass der Arzt zwei Schritte zurückwich.

»Das hat kein Fell, das ist kein Lämmchen«, sagte Bernhard. »Lämmchen haben Fell.«

»Es hätte ein Lämmchen werden sollen«, entgegnete Walter, »aber es war noch nicht an der Zeit, geboren zu werden. Deshalb hat es noch kein Fell.« Dann wandte er sich Kuno zu. »Wenn das Mutterschaf so plötzlich gestorben ist, müssen wir wissen, woran. Nicht dass das eine Seuche ist. Sonst sterben nachher noch mehr Tiere.«

»Ich wollte doch das Lämmchen retten«, wimmerte Kuno. »Deshalb habe ich ihr den Bauch aufgeschnitten und es rausgeholt.«

»Du hättest lieber gleich zu uns kommen sollen. Wo hast du den Kadaver gelassen?«, wollte Walter wissen.

»Sie ist noch im Stall«, sagte Kuno.

»Du hast das aufgeschnittene Tier bei den anderen gelassen?«, fragte Doktor Weiß. »Das ist ekelhaft! Sieh zu, dass du das tote Tier samt seinem Fötus irgendwo verscharrst!«

»Wir sollten es uns vorher noch einmal ansehen«, beharrte Walter. »Das muss geklärt werden. Außerdem ist die Entsorgung des Kadavers Sache des Abdeckers.«

»So was bringt nur Ärger«, erwiderte Doktor Weiß. »Sie sind neu hier, Sie haben keine Ahnung, was die Dörfler sagen, wenn sie hören, dass Kuno einem Mutterschaf das Lamm aus dem Leib geschnitten hat.«

»Ich wollte das Lämmchen doch retten!«, beteuerte Kuno erneut, presste den Fötus an seine Brust und beschmierte dabei sein Hemd mit Blut.

»Kuno, das Lämmchen ist tot«, sagte Friederike sanft. »Bring es zu seiner Mutter zurück und dann schaffst du beide aus dem Stall. Ein totes Tier sollte nicht länger bei den anderen Heidschnucken liegen.«

»Ich werde ihm dabei helfen«, sagte Walter. »Dann kann ich gleich versuchen herauszufinden, was es mit dem Tod des Muttertieres auf sich hat.«

»Das ist eine gute Idee«, sagte Friederike erleichtert. »Und scheuen Sie sich nicht, nach dem Veterinär zu schicken, falls die anderen Tiere Krankheitssymptome aufweisen.«

Walter nickte und klopfte Kuno aufmunternd auf die Schulter, damit der ihn zum Stall führte.

»Ich komme mit!«, rief Bernhard.

»Ich habe nichts anderes erwartet«, sagte Walter mit einem gutmütigen Lächeln, denn seit er in Mohlenberg war, folgte Bernhard ihm auf Schritt und Tritt. Anfangs hatte Friederike noch befürchtet, es könnte Walter lästig werden, doch dessen Geduld schien unerschöpflich. Niemals schickte er Bernhard weg, niemals sprach er mit ihm wie mit einem kleinen Kind, wovor nicht einmal Friederikes Vater gefeit war.

Doktor Weiß seufzte hörbar auf, als die drei verschwunden waren. »Ich hoffe, so etwas bleibt uns erspart, wenn das Fräulein Brunner aus Hamburg eintrifft. Ich habe ihrem Vater zugesichert, dass sie hier die beste Pflege und Behandlung erfahren wird. Mit toten Schafsföten empfangen zu werden wäre der Genesung nicht gerade förderlich bei ihrer Vorgeschichte.«

»Sie sagen das so, als würde das hier täglich passieren«, entgegnete Friederike.

»So meinte ich das nicht. Aber es wird auch so keine leichte Aufgabe sein, sie von ihrem schweren Trauma zu heilen.«

Friederike nickte. Fälle wie der des Fräulein Brunner waren häufiger, als die feine Gesellschaft jemals zugegeben hätte. Die meisten Betroffenen schwiegen darüber, und die, die am Schweigen zerbrachen ... Im besten Fall kamen sie in eine Einrichtung wie Gut Mohlenberg.

Eine Stunde später kehrten Walter und Bernhard zurück. Friederike sah sie vom Fenster ihres Büros aus und ging ihnen entgegen.

»Haben Sie herausgefunden, woran das Schaf gestorben ist?«, fragte sie Walter.

»Am Blutverlust«, erwiderte er mit ernster Miene. »Ich weiß nicht, weshalb Kuno auf die Idee kam, es sei schon tot gewesen. Vielleicht lag es reglos auf dem Boden, aber dem Blut nach zu urteilen, war das Tier noch am Leben, als Kuno ihm den Bauch aufschnitt.«

»Mein Gott!« Friederike schlug sich die Hand vor den Mund. »Warum hat er das getan? Er liebt die Tiere doch.«

»Ich denke, nicht aus Grausamkeit oder Bosheit. Er muss wirklich geglaubt haben, dass das Schaf schon tot war. Vielleicht gab es eine Komplikation mit dem Fötus, aber das lässt sich nicht mehr nachvollziehen. Wir waren die ganze Zeit damit beschäftigt, den Stall zu reinigen und das Schaf und den Fötus zu vergraben.« Er atmete tief durch. »Auf jeden Fall sollte Kuno kein Messer haben. Das ist zu gefährlich.«

»Aber er hat niemals jemandem etwas getan.«

»Hätte er kein Messer gehabt, wäre es gar nicht erst so weit gekommen und dann hätten wir das Muttertier samt Lamm vielleicht retten können.«

Friederikes Blick wanderte von Walter zu Bernhard, der mit seltsam leerem Blick vor sich auf den Boden stierte.

»Bernhard, ist alles in Ordnung?«, fragte sie. Er zuckte regelrecht zusammen, dann hob er den Kopf und sah sie an.

»Ja. Rieke. Wollen wir noch reiten gehen?«

»Heute nicht mehr, Bernhard. Vielleicht morgen Nachmittag.«

»Warum nicht heute?«

»Ich habe noch zu tun.«

»Kann ich dann allein reiten?«

»Ja, in der Reitbahn.«

»Warum nicht auf den Feldern?«

»Wenn du stürzt und dich verletzt, ist niemand da, der dir helfen kann.«

»Ich fall nicht vom Pferd.«

»Bitte, Bernhard, du weißt doch, allein nur in der Reitbahn. Über die Felder können wir morgen zusammen reiten, ja?«

»Und wenn Walter mit mir reitet?«

»Ich habe kein Pferd«, widersprach Walter.

»Dann nimm Riekes Pferd.«

»Bernhard, ich glaube nicht, dass Herr Pietsch im Damensattel reiten möchte.«

Bernhard zog ein missmutiges Gesicht. »Na gut, dann in der Reitbahn.« Er ließ die beiden stehen und ging in Richtung des Stalles.

»Haben Sie wirklich Angst, dass er allein stürzt und hilflos wäre, oder fürchten Sie, er könnte sich verirren?«, fragte Walter.

»Er hatte anfangs öfter epileptische Anfälle«, erwiderte Friederike. »Eine Folge der Kopfverletzung. Sie sind seit einem Jahr zwar nicht mehr aufgetreten, aber anfangs waren sie so schlimm, dass ich ihn kaum aus den Augen lassen mochte. Ich hätte keine ruhige Minute mehr, wenn ich ihn allein zu Pferd unterwegs wüsste. Es ist schon schwer genug, die Unsicherheit auszuhalten, wenn er zu Fuß allein außerhalb der Mauern unterwegs ist. Aber ich kann ihm ja nicht alles untersagen, was wäre das für ein Leben.«

Walter sagte nichts.

»Was würden Sie denn an meiner Stelle tun, Herr Pietsch?«, fragte sie deshalb.

»Das weiß ich nicht, denn ich bin nicht an Ihrer Stelle. Aber wenn ich mir vorstelle, ich wäre Bernhard, dann würde ich mir wünschen, dass ich alle Freiheiten, die mir meine Einschränkung noch lässt, genießen kann. Wenn Sie nicht befürchten, dass er sich verirrt, lassen Sie ihn doch allein ausreiten.«

»Und wenn ihm etwas passiert?«

»Kann es denn noch schlimmer werden, als es schon ist?«, fragte Walter. »Wären Sie jemals auf den Gedanken gekommen, ihm zu verbieten, in den Krieg zu ziehen?«

»Das kann man nicht vergleichen. Er war Offizier, er war gesund, Herr seiner Sinne und ich trug nicht die Verantwortung für ihn.«

»Wovor fürchten Sie sich mehr, Frau von Aalen? Dass ihm etwas passiert oder dass Sie sich in diesem Fall unerträgliche Vorwürfe machen würden, weil Sie es vielleicht hätten verhindern können?«

»Beides«, gestand sie.

»Er könnte sich ebenso gut in der Reitbahn den Hals brechen, wenn er unglücklich stürzt. Aber dennoch würden Sie ihm das Reiten nie ganz verbieten, weil Sie genau wissen, wie wichtig es ihm ist.«

Friederike holte tief Luft und setzte schon zu einer Rechtfertigung an, doch dann wurde ihr bewusst, dass er gar keine Antwort erwartete.

»Ich werde darüber nachdenken«, sagte sie nur, dann kehrte sie in ihr Büro zurück.

5. Kapitel

Fräulein Juliane Brunner kam Ende Juni in Begleitung ihres älteren Bruders Viktor nach Gut Mohlenberg. Eine junge Frau von gerade einmal neunzehn Jahren, die mit ihrem makellosen weißen Teint, den wasserblauen Augen und ihren blonden Korkenzieherlocken wie eine Porzellanpuppe wirkte. Sie trug ein elegantes blaues Kostüm mit fest geschnürtem Korsett, das ihre schmale Taille betonte und nichts mit der freizügigen Mode zu tun hatte, der sich die jungen Frauen in der Großstadt immer häufiger zuwandten.

Als sie aus der Mietkarosse stieg, die sie vom Lüneburger Bahnhof nach Mohlenberg gefahren hatte, und einen Blick auf die Umgebung und die Frauen im Hof warf, füllten sich ihre Augen mit Tränen.

»Nein, hier werde ich nicht bleiben!«, rief sie. »Nicht in einer Irrenanstalt! Ich bin nicht verrückt!«

»Du tust, was Vater dir gesagt hat!«, entgegnete ihr Bruder streng.

»Wir werden wirklich alles tun, damit Sie sich wohlfühlen«, versuchte Friederike, das Mädchen zu beruhigen.

Fräulein Brunner schluckte. »Bitte, Viktor, lass mich nicht hier! Nimm mich wieder mit nach Hause!«

Ihr Bruder ignorierte sie und begrüßte stattdessen Friederikes Vater.

»Herr Doktor Meinhardt, ich bin froh, dass Sie sich meiner Schwester annehmen werden.« Er reichte ihm die Hand. »Mein Vater ist Ihnen für die schnelle und unkomplizierte Aufnahme dankbar. Bitte haben Sie ein scharfes Auge auf Juliane, damit sie nicht noch mehr Dummheiten begeht oder gar davonläuft. Wir haben da leider schon einige schlechte Erfahrungen gemacht.«

»Keine Sorge, hier ist sie gut aufgehoben«, erklärte Doktor Meinhardt. Dann reichte er Juliane die Hand. »Fräulein Brunner, herzlich willkommen auf Gut Mohlenberg. Sie werden ein Einzelzimmer im Haupthaus bekommen und die Mahlzeiten gemeinsam mit der Familie einnehmen. Seien Sie versichert, es wird Ihnen hier an nichts fehlen. Meine Tochter, Frau von Aalen, wird sich um Sie kümmern.«

Das Mädchen schluckte erneut. »Nein, ich will hier nicht bleiben. Nicht bei diesen Verrückten! Ich bin ganz normal!«

»Niemand bestreitet das«, erwiderte Friederike sanft und legte ihre Hand tröstend auf Julianes Schulter. »Kommen Sie, ich zeige Ihnen Ihr Zimmer, es wird Ihnen bestimmt gefallen.«

»Viktor, bitte!«, flehte sie ein letztes Mal, doch ihr Bruder hatte bereits den großen Koffer abladen lassen.

»Mach uns nicht noch mehr Schande, Juliane. In ein paar Monaten hast du diese Phase hoffentlich überstanden und kommst zurück nach Hause. Leb wohl.« Er stieg in den Wagen und wies den Kutscher zur Abfahrt an.

Friederike wunderte sich über die reservierte Kälte von Herrn Brunner und fragte sich, welche Abgründe sich in dieser Familie wohl sonst noch auftaten.

Juliane Brunner zog ein Taschentuch aus ihrer Handtasche und wischte sich damit fahrig über die Augen. Friederike wollte sie gerade ins Haus führen, als Bernhard und Walter auf dem

Hof auftauchten. Bei Walters Anblick zuckte Fräulein Brunner erschrocken zusammen und begann zu zittern.

»Würden Sie bitte den Koffer von Fräulein Brunner auf ihr Zimmer bringen?«, fragte Friederike.

»Selbstverständlich.« Walter nickte. Bernhard hingegen musterte das Fräulein neugierig.

»Warum sind Sie so traurig?«, fragte er dann.

Fräulein Brunner starrte ihn irritiert an.

»Das ist mein Mann, Herr von Aalen«, erklärte Friederike. Und zu ihm gewandt: »Bernhard, Fräulein Brunner ist hier, weil sie Schweres durchlitten hat und unsere Hilfe braucht.«

»Dann wirst du ihr helfen, nicht mehr so traurig zu sein«, sagte Bernhard. »Ich geh jetzt reiten.«

»Ja, mach das«, sagte Friederike mit einem leichten Seufzen. Seit sie Bernhard nicht mehr untersagte, allein außerhalb des Gutes zu reiten, wirkte er ausgeglichener und hing Walter nicht mehr ganz so zutraulich am Rockzipfel.

Fräulein Brunner sah Friederike mit großen Augen fragend an.

»Kommen Sie.« Friederike hakte sich bestimmt bei ihr unter. »Ich zeige Ihnen jetzt Ihr Zimmer.«

Fräulein Brunner nickte gehorsam und ließ sich von ihr ins Haus führen, während Walter den Koffer trug.

Die Gästezimmer für die Patientinnen aus besserem Hause befanden sich im ersten Stockwerk des Wohnhauses. Friederike wusste, wie schwer es für die meisten jungen Mädchen war, und legte deshalb viel Wert auf Wohnlichkeit. Es gab ein Bett und eine Frisierkommode mit einem großen Spiegel. In der Mitte des Zimmers befanden sich ein kleiner Tisch, auf dem eine Vase mit frischen Blumen stand, sowie zwei fein gedrechselte Stühle. An der gegenüberliegenden Wand stand der Kleiderschrank.

»Brauchen Sie Hilfe beim Auspacken oder kommen Sie allein zurecht?«, fragte Friederike, nachdem Walter den Koffer abgestellt und sich verabschiedet hatte. »Wenn Sie Hilfe brauchen, schicke ich Ihnen die Martha, die lebt schon sehr lange bei uns und ist unser Mädchen für alles.« Sie lächelte Juliane aufmunternd zu.

»Ist diese Martha auch … eine Bewohnerin?«, fragte Juliane zögerlich.

»Ja, das ist sie. Aber keine Sorge, sie ist eine patente Frau und wird Ihnen hilfreich zur Hand gehen.«

»Nein danke, ich komme allein zurecht«, entgegnete Juliane so hastig, dass Friederike sich sicher war, dass sie das Hilfsangebot sofort angenommen hätte, wenn Martha kein Pflegling gewesen wäre.

»In Ordnung, dann werde ich Sie erst einmal allein lassen. Wir essen in einer Stunde zu Mittag.«

»Darf ich Ihnen vorher noch eine Frage stellen?«

Friederike nickte.

»Ich weiß, es ist ungehörig und es geht mich nichts an, aber ich wüsste doch gern, was mit Ihrem Mann nicht stimmt.«

Friederike senkte den Blick. »Er hat im Krieg eine sehr schwere Kopfverletzung erlitten. Es ist ein Wunder, dass er überlebt hat. Seine Liebenswürdigkeit und Menschlichkeit hat er sich bewahrt, aber sein Geist ist auf dem Stand eines Fünfjährigen und wird es für immer bleiben.«

»Das tut mir sehr leid«, sagte Fräulein Brunner leise.

»So hat jeder sein Schicksal. Auch Herr Pietsch trägt die Spuren des Krieges im Gesicht, wie Sie gesehen haben, wenngleich er das Glück hatte, dass sie ihn nur äußerlich entstellen.«

»Warum tun Menschen einander so viel Böses an?«, fragte Juliane nachdenklich, während sie an den Blumen in der Vase roch.

»Vermutlich weil Gewalt in unserer Natur liegt. Bei dem einen mehr, bei dem anderen weniger.«

»Mein Bruder sagte, ich könne dankbar sein, eine Frau zu sein, denn wir müssten nicht die Last und das Leid des Lebens schultern, da die Männer uns all dies abnehmen würden.«

»Und was denken Sie?«

»Dass mein Bruder ein Idiot ist.« Ein bitteres Lächeln huschte über ihr Gesicht und ließ sie auf einmal um viele Jahre älter wirken. »Ich werde dann jetzt meine Sachen auspacken.«

Friederike nickte und verließ die Stube.

Ihr Vater wartete bereits in seinem Büro auf sie.

»Äußerlich mag sie wie ein Porzellanpüppchen wirken«, sagte Friederike. »Eine klassische Hysterikerin, aber ich habe das Gefühl, dass dies nur die Hälfte der Wahrheit ist.« Sie erzählte ihm von dem kurzen Gespräch mit Juliane.

Ihr Vater nickte. »Du hast recht. Wir sollten deshalb besonders behutsam vorgehen. Ich weiß nicht, ob sie sich mir in der Psychoanalyse ausreichend öffnen wird, denn sie erlebt diese Behandlung als Zwang. Sie braucht eine Person, zu der sie Vertrauen fassen kann, und da ist eine Frau besser geeignet. Ich wollte dich deshalb bitten, dich ihrer anzunehmen.«

»Aber ich bin in der Psychoanalyse nicht bewandert.«

»Das meinte ich auch nicht, Friederike. Die Psychoanalyse werde ich übernehmen, aber sie braucht auch eine Freundin, die sie versteht und zu der sie aufblicken kann. Unter unseren Pfleglingen wird sie das nicht finden und im Augenblick haben wir auch keinen ähnlich gearteten Fall.«

Ihr Vater atmete tief durch. »Zudem fürchte ich, dass die wahren Schwierigkeiten darin liegen, was uns ihre Familie nicht mitgeteilt hat.«

»Für eine vornehme Hamburger Bürgerfamilie waren sie bereits sehr offen, was die sogenannte Schande angeht«, bemerkte Friederike und erinnerte sich an den Inhalt des Schreibens, in dem es hieß, Fräulein Brunner habe sich in den falschen Kreisen bewegt – mit unschicklichen Folgen. Vor vier

Monaten hatte sie ein Kind geboren, aber keinerlei Angaben zum Vater gemacht. Der Junge wurde zu Verwandten aufs Land gegeben, wo er als Kind ihrer Tante aufgezogen wurde, um sich Peinlichkeiten zu ersparen. Daraufhin war Fräulein Brunner in eine tiefe Melancholie verfallen und hatte einige Wochen später begonnen, sich mit ihren Haarnadeln Verletzungen an den Unterarmen zuzufügen, die sie zunächst schamvoll versteckt hatte.

»Die Schande eines unehelichen Kindes ist das eine«, meinte Friederikes Vater. »Aber hier stellt sich zudem die Frage, warum sie den Vater nicht angegeben hat. Normalerweise werden derartige Probleme in diesen Kreisen mit einer raschen Hochzeit gelöst.«

»Vielleicht war der Mann verheiratet?«, mutmaßte Friederike. »Oder er wollte sie nicht heiraten?«

»Das mag sein. Dennoch ist ein derart hartnäckiges Verschweigen des Kindsvaters ungewöhnlich. Vielleicht war er auch nicht standesgemäß und sie wollte ihn schützen. Vielleicht hofft sie darauf, dass er sie doch noch zu sich holt, und ist deshalb mehrfach davongelaufen. Es gibt so viele Möglichkeiten und am riskantesten für unsere Behandlung wäre ein heimlicher Verehrer, der sich mit Rettungsgedanken trägt und sie hier herausholen will.«

Friederike runzelte die Stirn. »Meinst du, ihr Vater hat deshalb Gut Mohlenberg ausgewählt? Nicht wegen unseres Rufes, sondern weil es hier so abgelegen ist?«

»Möglicherweise. Umso wichtiger ist es, dass du Fräulein Brunners Vertrauen gewinnst.«

6. Kapitel

Fräulein Brunner blieb Friederike ein Rätsel. Auf den ersten Blick wirkte sie wie eine klassische Hysterikerin, was sich besonders in ihrem Umgang mit Doktor Weiß und Doktor Fliedtner zeigte. In Gegenwart der beiden Männer war sie regelrecht kokett. Aber jedes Mal, wenn Friederike sie behutsam darauf ansprach, sahen sie große, unschuldige Kinderaugen an, ganz so, als wüsste Juliane Brunner gar nicht, wie sie auf Männer wirkte. Und so verfestigte sich immer mehr der Eindruck, in der jungen Frau lebten zwei Seelen – das unschuldige Kind mit dem Puppengesicht und zugleich eine Frau mit tiefen Abgründen. Aber beide Hälften waren nicht zusammenzubringen.

»Es fühlt sich an, als sei sie irgendwann zerbrochen«, sagte Friederike eines Nachmittags Ende Juli zu ihrem Vater. »Ein Teil von ihr ist ein Kind geblieben, der andere wurde zu einer lüsternen Frau, die ihre Begierden stillen möchte, ohne zu wissen, welche Erfüllung sie wirklich sucht.«

»Ja, diesen Eindruck hatte ich während der Sitzungen auch«, bestätigte ihr Vater, »und keine der beiden ist wirklich ausgereift. Das unschuldige Kind kann die lüsterne Frau, wie du sie so treffend titulierst, nicht zurückhalten – ja nicht einmal erkennen, wenn sie sich in Gefahr begibt. Ein sehr interessanter

Casus. Wir müssen irgendwie versuchen, die kindliche Seite in ihr zur Nachreifung zu bringen, damit sie die Libido der Frau zügeln kann.«

Bevor Friederike antworten konnte, klopfte es heftig an der Tür. Es war Doktor Weiß und er sah ausgesprochen beunruhigt aus.

»Herr Doktor Meinhardt, bitte kommen Sie sofort, es ist etwas Grauenhaftes passiert.«

Friederikes Vater erhob sich hinter seinem Schreibtisch und auch Friederike sprang auf.

»Was ist los?«, fragte er.

»Die Magd vom Hilscher, Trudi, wurde ermordet und mit aufgeschnittenem Bauch am See gefunden!«

»Mein Gott!«, rief Friederike. »Wer tut so etwas?«

Doktor Weiß holte tief Luft. »Das ist völlig unklar. Allerdings …« Er zögerte.

»Nun reden Sie schon«, forderte Doktor Meinhardt ungeduldig.

»Irgendwer hat herumerzählt, dass Kuno im letzten Monat einer trächtigen Heidschnucke den Bauch aufgeschnitten hat. Und nun heißt es, er habe das Mädchen ermordet.«

»Kuno?«, rief Friederike. »Das ist doch Unsinn. Er wollte nur das Lämmchen retten, weil er glaubte, das Muttertier sei tot.«

»Das eben ist das Problem«, entgegnete Doktor Weiß. »Trudi war schwanger und der Täter hat ihr nicht nur den Bauch aufgeschnitten, sondern auch den Uterus. Der Fötus war etwa vier Monate alt.«

Friederike wurde übel.

»Nein«, stammelte sie. »Kuno tut so was nicht. War bekannt, dass Trudi in anderen Umständen war?«

»Soweit ich weiß, nicht«, erwiderte Doktor Weiß. »Das hat alle erschüttert, denn angesehen hat es ihr noch keiner.«

»Wo ist der Leichnam jetzt?«, fragte Friederikes Vater.

»Im Schuppen beim Pfarrhaus, wo die Toten zur Beisetzung vorbereitet werden. Es wurde bereits ein Bote nach Lüneburg geschickt, damit sich ein Kriminaler der Sache annehmen kann. Aber ich fürchte, bis der kommt, wächst uns das über den Kopf. Die schreien alle nach Kunos Blut. Ein paar junge Männer wollten ihn schon am nächsten Baum aufknüpfen. Der alte Engerlin konnte als Dorfvorsteher die Situation etwas beruhigen, aber Sie sollten sich umgehend ins Dorf begeben, um die Wogen zu glätten, Herr Doktor Meinhardt.«

Friederikes Vater nickte. »Das wird wohl das Beste sein.« Dann sah er Friederike an. »Sag dem Walter, er soll für uns die Droschke anspannen.«

Friederike nickte. »Soll ich dich begleiten?«

»Ja, ich brauche dein ausgleichendes Wesen, falls es schwierig wird.« Er schenkte ihr ein Lächeln.

»Und wo ist Kuno jetzt?«, fragte Friederike.

»Ich habe ihn in seine Unterkunft geschickt und ihm verboten, das Gut zu verlassen«, erwiderte Doktor Weiß.

Eine halbe Stunde später hielt die Droschke vor dem Hof von Bauer Engerlin. Es war der größte und schönste Hof der Gegend, mit einem modernen, reetgedeckten Bauernhaus. Obwohl es aus festen roten Ziegeln gemauert war, hatte Bauer Engerlin Wert darauf gelegt, den klassischen Fachwerkstil durch die Anordnung der Backsteine nachzuahmen. Über dem Türsturz war das Baujahr 1916 vermerkt. Kurz nachdem der alte Engerlin mit dem Neubau begonnen hatte, war der Krieg ausgebrochen und viele junge Männer waren an die Front gezogen. Den zügigen Fortgang der Arbeiten hatte er auch den Pfleglingen der Nervenheilanstalt zu verdanken, die unter Anleitung durchaus in der Lage waren zu helfen. Bauer Engerlin hatte Friederikes Vater bereits bei der Gründung der Anstalt unterstützt und sich gemeinsam mit dem Pastor stets für die Belange der Kranken eingesetzt. Der Bau seines Hauses hatte viel dazu beigetragen, die Vorurteile unter den Dorfbewohnern abzubauen, die von jeher gegen die »Irrenkolonie« bestanden hatten.

Das Richtfest des Engerlin-Hofs war das erste große Fest gewesen, das die Dörfler gemeinsam mit den Anstaltsbewohnern begangen hatten, und damals hatten sie geglaubt, nun endgültig akzeptiert und respektiert zu sein.

Bauer Engerlin war sehr erleichtert, dass Doktor Meinhardt so schnell gekommen war und auch noch gemeinsam mit seiner Tochter. Er führte die Besucher in seine gute Stube. Friederike hatte den kunstvoll gearbeiteten Kachelofen aus blau-weißen Fliesen mit Blütenmustern darin schon immer bewundert. Sie nahmen am Esstisch Platz und Frau Engerlin servierte ihnen Tee. Friederike fiel auf, dass die Tassen farblich zum Ofen passten, wenngleich blaue Drachen anstelle von Blüten das feine Meißner Porzellan schmückten.

»Ja, Trudi«, sagte Engerlin. Er probierte vorsichtig einen Schluck des heißen Tees und süßte ihn dann mit etwas braunem Zucker nach. »Das arme Ding. Sie wurde am See gefunden. Ihre Kleidung war noch nass; der Mörder hat sie ertränkt und ihr den Bauch aufgeschnitten. Das war kein schöner Anblick.« Engerlin schüttelte sich.

»Weiß man, wer der Vater des Ungeborenen war?«, fragte Friederike.

Engerlin schüttelte den Kopf. »Das hat Trudi für sich behalten, keiner beim Hilscher wusste von ihrer Schwangerschaft und die Burschen haben alle abgestritten, etwas damit zu tun gehabt zu haben.« Er seufzte. »Kann natürlich auch sein, dass Trudi sitzen gelassen wurde. Wäre sie ertrunken, dann hätten wohl alle geglaubt, sie hätte sich wegen der Schande das Leben genommen. Aber so ... Das war wirklich unheimlich.«

»Auch wenn diese Frage vielleicht unangemessen erscheinen mag«, sagte Doktor Meinhardt, »aber ich würde mir die Tote gern ansehen. Als Arzt kenne ich mich mit Toten aus, und als Psychiater habe ich früher einige Fälle begutachtet, bei denen Geisteskranke die Täter waren.«

Engerlin nickte. »Selbstverständlich. Ich werde Sie begleiten.«

Als Friederike sich gemeinsam mit den Männern erhob, sah Engerlin sie mit einem Stirnrunzeln an. »Wollen Sie sich das etwa auch antun, Frau von Aalen?«

»Selbstverständlich«, bestätigte Friederike. »Auch ich habe schon Tote gesehen und kenne mich mit der Anatomie aus. Wäre mein Mann nicht schwer kriegsgeschädigt zurückgekehrt, hätte ich mein Medizinstudium mittlerweile abgeschlossen. Aber auch so kann ich auf mehrere Jahre an der Universität zurückblicken und schrecke vor keinem noch so grausamen Anblick zurück.«

Engerlin warf Friederikes Vater einen fragenden Blick zu, doch der nickte nur.

Der Schuppen, in dem die unglückliche Trudi lag, befand sich direkt hinter der Kirche neben dem Pfarrhaus. Zunächst klopften sie bei Pastor Joachim Hermann, der die Schlüssel verwahrte. Normalerweise war der Schuppen unverschlossen, aber bei einem so grausigen Verbrechen wollte der Pastor auf jeden Fall verhindern, dass sich vorwitzige Kinder in den Schuppen wagten, um die verstümmelte Leiche als Mutprobe zu betrachten.

»Das arme Ding«, sagte er, während er die Tür aufschloss. »Aber ich kann mir beim besten Willen nicht vorstellen, dass das ausgerechnet Kuno gewesen sein soll, der hat doch noch nie jemandem was getan.«

Friederike war erleichtert, dass Pastor Hermann Kuno in Schutz nahm und ihre Ansichten über den Kranken teilte.

»Wissen Sie denn, wie das Gerücht aufkam?«, fragte sie.

Der Pastor antwortete nicht sofort, sondern stemmte sich gegen die Tür, die etwas klemmte. »Der Rahmen ist seit dem letzten Winter verzogen«, sagte er dabei. »Der Herr Pietsch ist doch Zimmermann. Falls Sie ihn mal für eine Stunde entbehren könnten, wäre ich ihm dankbar, wenn er das richten könnte.«

»Ich werde ihn bitten, morgen vorbeizukommen. Aber nun sagen Sie, Herr Pastor, wissen Sie, wer das Gerücht in Umlauf brachte?«

»Irgendeiner von den Dorfjungen hat vor ein paar Wochen aufgeschnappt, dass Kuno einer toten Heidschnucke das Lämmchen aus dem Bauch geschnitten haben soll, und hat das rumerzählt. So wie Kinder eben sind. Dafür hat sich zunächst keiner interessiert, aber als man Trudi fand, hat man sich daran erinnert. Und so kommt dann eins zum anderen – Sie wissen ja, wie das ist. Wenn sich solche Geschichten erst mal in den Köpfen der Menschen festsetzen, da erfindet dann jeder etwas.«

Er ging auf die Bahre in der Mitte des Raumes zu, dann schlug er die Decke zurück.

Trudi war noch nicht lange tot. Die Leichenstarre war noch nicht vollständig ausgeprägt, und wenn man nur in ihr Gesicht sah, wirkte es fast, als würde sie schlafen. Dennoch schlug ihnen ein unangenehmer Geruch entgegen, der Friederike an eine Schlachterei erinnerte. Aber es lag noch etwas anderes in der abgestandenen Luft des Schuppens – der Geruch nach ungewaschener, feuchter Kleidung. Trudi trug noch immer das Kleid, in dem sie gestorben war, und es war über dem Bauch aufgeschnitten. Außerdem hatte sie nur noch einen Schuh an.

»Ist der Schuh verloren gegangen?«, fragte sie den Pastor. Der zuckte die Schultern. »Ich weiß nicht, sie wurde so zu uns gebracht und wir haben sie nicht angefasst. Morgen Vormittag kommt ein Beamter der Lüneburger Sicherheitspolizei in Begleitung des Polizeiarztes, die sich des Falles annehmen werden.«

»Darf ich sie mir trotzdem einmal etwas näher ansehen?«, fragte Friederikes Vater.

Der Pastor nickte. »Tun Sie sich keinen Zwang an, Herr Doktor. Trudi merkt es ja nicht mehr.«

»War ihre Kleidung vollständig durchnässt?«, fragte er, während er das Kleid mit spitzen Fingern über dem Bauch auseinanderschob.

»Ja, die hat noch getropft, als man sie herbrachte. Der Mörder muss sie ins Wasser geworfen haben.«

»Aber sie wurde doch am See hinterm Dorf gefunden? Da muss man weit ins Wasser gehen, um den Grund zu verlieren, so einfach kann man eine Frau da nicht reinwerfen«, meinte Friederike. »Ich habe da als Kind oft gebadet.«

»Vielleicht hat er sie unter Wasser gedrückt«, meinte der Pastor schulterzuckend. »Damit soll sich die Polizei befassen.«

Ihr Vater hatte inzwischen die Wunde freigelegt. Jetzt zog er sein Taschentuch hervor und nutzte es als Schutz für seine bloßen Hände.

»Ein glatter Schnitt«, stellte er fest, während er die Wunde auseinanderspreizte. »Die Art des Schnittes erinnert entfernt an die Technik eines Kaiserschnitts, ist aber viel gröber und brutaler durchgeführt worden.«

Friederike sah ihrem Vater interessiert über die Schulter, während Dorfvorsteher Engerlin ein würgendes Geräusch vernehmen ließ.

»Wenn Ihnen nicht gut ist, gehen Sie doch hinaus, Herr Engerlin«, sagte Doktor Meinhardt. »Sie müssen sich nicht genieren.«

»Nein, ich halte das schon aus, wenn sogar Frau von Aalen das erträgt.«

»Ich bin durch das Medizinstudium abgehärtet«, erwiderte sie. »Aber es ist trotzdem schwer, so etwas mit ansehen zu müssen.«

»Ich dachte, der Täter hätte ihr den Fötus aus dem Leib geschnitten, aber das Kind liegt ja noch im Uterus«, stellte ihr Vater fest.

»Er hat ihr nur den Bauch geöffnet, so als wollte er sich ansehen, was darin ist«, sagte der Pastor. »Aber das ist schon grauenvoll genug, nicht wahr?«

»Ja«, bestätigte Friederikes Vater. »Was mich wundert, ist die geringe Menge an Blut.«

»Aber da ist doch alles rot«, sagte der Pastor und wies auf die Flecken auf Trudis Kleid.

»Das ist überwiegend Fruchtwasser, das beim Eröffnen der Gebärmutter herausgeflossen ist. Sie war mit großer Sicherheit bereits tot, als man ihren Körper verstümmelte.« Doktor Meinhardt atmete tief durch. »Wenigstens eine Erleichterung, auch wenn der Tod durch Ertrinken elend ist.« Er drückte die Wunde wieder zusammen und verschloss das nasse Kleid der Toten, so gut er konnte, ehe er die Decke wieder über den Leichnam legte.

»Und was denken Sie?«, fragte Dorfvorsteher Engerlin. »Könnte das Kuno gewesen sein?«

»Nein, das glaube ich nicht. Und es passt auch nicht zu der Geschichte mit dem Schaf, denn dem hat er ja den Bauch aufgeschnitten, um das Lämmchen aus dem toten Leib der Mutter zu retten.«

»Aber wer sollte so etwas tun?«, fragte der Pastor. »Ich kann es mir von keinem der Anwohner vorstellen. Das ist die Tat eines Perversen. Und Landstreicher oder Zigeuner sind in letzter Zeit auch nicht durch den Ort gekommen. Hier ist noch nie jemand ermordet worden.«

»Darum wird die Polizei sich kümmern«, meinte Engerlin. »Aber solange wir nichts Genaueres wissen, sollten sich Ihre Pfleglinge lieber nicht außerhalb von Gut Mohlenberg blicken lassen. Nicht dass es doch noch zu Übergriffen kommt.«

»Ich werde mir die jungen Männer, die Kuno gedroht haben, noch mal vornehmen und sie an Gottes Gebote erinnern«, sagte der Pastor. »Aber ich stimme Ihnen zu, es ist besser, kein Öl ins Feuer zu gießen.«

»Gilt das auch für meinen Mann?«, fragte Friederike. »Er hat gerade wieder ein Stück Selbstständigkeit gewonnen, seit er allein ausreitet.«

»Natürlich nicht«, sagte Engerlin hastig. »Herr von Aalen ist als kriegsversehrter Veteran und ehemaliger Offizier über jeden Verdacht erhaben. Wir wissen alle, dass er das Gemüt eines Kindes hat und für niemanden eine Gefahr ist.«

Der Pastor nickte zustimmend.

»Danke, ich weiß das sehr zu schätzen«, erwiderte Friederike erleichtert.

Die tote Magd verfolgte Friederike noch während des ganzen restlichen Tages. Auch Friederikes Großmutter Adelheid war ganz außer sich und fürchtete um den Ruf der Anstalt. Obwohl sie sich in den letzten Jahren immer mehr zurückgezogen und Friederike viele ihrer Aufgaben – vor allem die Korrespondenz mit den Angehörigen – übernommen hatte, so war die alte Frau Meinhardt doch noch immer sehr am Geschehen interessiert. Mittlerweile verbrachte sie ihre Zeit überwiegend damit, die weiblichen Pfleglinge im Sticken und Nähen anzuleiten. Eine Beschäftigung, die sie schon immer geliebt hatte, aber für die ihre einzige Enkelin zu ihrer großen Enttäuschung keinerlei Neigung hegte.

Bemerkenswerterweise schätzte auch Fräulein Brunner die abendlichen Stunden am Kamin bei einer feinen Stickerei und war Friederikes Großmutter immer zugetaner. In Gegenwart der alten Dame wirkte sie auf ganz andere Weise lebendig und ein wenig so wie die junge Frau, die sie eigentlich war. Aber gerade deshalb hatte Friederike ihre Großmutter gebeten, die tote Magd in Gegenwart von Fräulein Brunner möglichst nicht anzusprechen. Eine ermordete Schwangere, der man noch dazu den Bauch aufgeschnitten hatte, war nun weiß Gott nicht dazu geeignet, die Genesung von Fräulein Brunner zu fördern.

»Du hältst mich wohl schon für verkalkt, was?«, fragte ihre Großmutter und drohte ihr scherzhaft mit dem Finger. »Ich habe mich schon um solche jungen Damen gekümmert, als du noch in den Windeln lagst und ich dir zugleich die Mutter ersetzen musste.«

»Ich weiß«, sagte Friederike. Bei der Erwähnung ihrer im Wochenbett verstorbenen Mutter verspürte sie noch immer einen Stich. Ihre Großmutter hatte dafür kein Verständnis, dennoch hatte Friederike es stets bedauert, ihre Mutter niemals kennengelernt zu haben. Ihr Vater hatte nach dem Tod seiner Frau nicht mehr geheiratet und Friederike war eingeschärft worden, nicht so viel nach der Mama zu fragen, weil das den Papa traurig machen würde.

»Wenn du was wissen willst, frag mich, ich kann dir alles erzählen«, hatte ihre Großmutter dann immer gesagt. »Aber quäl den Papa nicht damit, er vermisst die Mama sehr. In dieser Familie sind wir wie Schwäne – wenn wir einmal die große Liebe gefunden haben und sie verlieren, binden wir uns nie mehr.«

Manchmal hatte Friederike das Gefühl, dass es ihrer Großmutter ganz recht gewesen war – so konnte sie nicht nur ihren Sohn dauerhaft für sich behalten, sondern aus ihrer Enkelin auch noch die Tochter machen, die sie niemals gehabt hatte. Friederike wollte lieber nicht wissen, was Sigmund Freud dazu gesagt hätte …

Obwohl sich beim gemeinsamen Abendessen alle zurückhielten und nicht über den Mord sprachen, bemerkte Bernhard dennoch, dass irgendetwas anders war. Friederike sah es an seiner Körperhaltung und der Art, wie er immer wieder zu ihr hinschaute, auch wenn er keine Fragen stellte. Stattdessen konzentrierte er sich sehr auf seine Tischmanieren und den richtigen Umgang mit Messer und Gabel, da die Kopfverletzung auch in der Feinmotorik der Hände diskrete Einschränkungen zur Folge gehabt hatte. Anfangs hatte er nicht einmal einen Löffel halten können und so, wie er das Sprechen langsam wieder erlernen musste, war auch die Bewegungsfähigkeit erst nach vielen Wochen zurückgekehrt. Zunächst hatte er sehr schnell Fortschritte gemacht und Friederike hatte sich damals noch der Hoffnung hingegeben, dass er eines Tages wieder ganz der Alte sein würde, aber irgendwann musste sie erkennen, dass er körperlich zwar weitestgehend wiederhergestellt war, aber sein Verstand dauerhaft auf dem Niveau eines Kindes bleiben würde. Da war es auch kein wirklicher Trost, dass die Ärzte immer wieder sagten, es sei ein Wunder, dass er sich überhaupt so gut erholt habe. Einer ihrer ehemaligen Professoren in der Nervenheilkunde hatte sogar eine wissenschaftliche Abhandlung über Bernhards Genesungsverlauf verfasst und Theorien angestellt, welche Bereiche des Gehirns wohl für welche Funktionen verantwortlich waren. Und Friederike war immer wieder hin- und hergerissen zwischen Hoffnung und Verzweiflung, zwischen Dankbarkeit für all das, was Bernhard langsam wieder erlernte, und dem Hadern mit dem Schicksal, warum ihrem über alles geliebten Mann überhaupt so etwas Schreckliches widerfahren war.

Als sie sich am Abend in ihr Schlafzimmer zurückzogen, wo sie zwar noch immer das Bett teilten, aber nichts von dem, was das Eheleben ausmachte, fragte Bernhard, warum sie so bedrückt sei. Sie zögerte kurz, überlegte, wie sie ihm ihre Gefühle erklären könnte, damit er sie verstand.

»Die Magd vom Bauern Hilscher, Trudi, wurde tot aufgefunden«, sagte sie schließlich.

»War sie krank?«, fragte Bernhard, während er ungeschickt die Knöpfe seines Hemdes öffnete. Friederike widerstand dem Impuls, ihm dabei behilflich zu sein.

»Nein.« Sie schluckte. »Jemand hat sie getötet und ihr den Bauch aufgeschnitten.«

Bernhard stockte in der Bewegung. »Den Bauch aufgeschnitten?« Er starrte Friederike mit dem gleichen geistesabwesenden Blick an, den sie schon einmal bei ihm gesehen hatte – an dem Tag, als Kuno mit dem blutigen Schafsfötus auf den Hof gelaufen war. »Warum?«

Friederike schüttelte den Kopf und streifte ihr Nachthemd über.

»Trudi war schwanger«, sagte sie dann. »Das macht es noch furchtbarer.«

»Sie hatte ein Kind im Bauch?«, fragte Bernhard scharfsinniger, als sie erwartet hätte.

»Ja«, flüsterte Friederike und bemühte sich, das scharfe Brennen aufsteigender Tränen zu unterdrücken. Bernhard hatte den letzten Knopf seines Hemdes geöffnet, zog es aus und hängte es über den Stuhl. Er war immer noch ein sehr attraktiver Mann, auch wenn er während der Rekonvaleszenz viel von seiner einst athletischen Muskulatur eingebüßt hatte und man unter dem Haaransatz die tiefe Narbe über seiner linken Schädelhälfte erahnen konnte.

Er ging zu ihr und nahm sie in den Arm. »Sei nicht traurig«, flüsterte er, »ich pass auf, dass dir nichts passiert.«

Sie lehnte sich an ihn und genoss dabei seine Wärme und das Gefühl von Geborgenheit, das er ihr trotz allem immer wieder zu vermitteln vermochte. Es waren Momente wie dieser, in denen sie wusste, dass sie ihn noch immer liebte und immer lieben würde, ganz gleich, was die Menschen um sie herum sagten.

»Rieke, haben wir deshalb kein Kind?«

Sie hob den Blick und sah ihn an. »Was meinst du damit?«

»Hast du Angst, dass dir auch jemand den Bauch aufschneiden würde?«

»Bernhard, du redest Unsinn.«

»Warum haben wir dann kein Kind?«

»Weil die nun mal nicht der Storch bringt.«

»Das weiß ich.«

Da war irgendetwas in seinem Blick, das sie für einen Moment an den Mann denken ließ, der er früher gewesen war.

»Und was weißt du noch?«, fragte sie und spürte, wie er sanft ihren Rücken streichelte.

»Dass ich dich liebe«, sagte er.

Konnte es wirklich sein, dass nach über zwei Jahren, in denen sie ihn nicht mehr als echten Mann gesehen hatte, noch etwas von der alten Leidenschaft da war? Dass er noch weitere Fortschritte machen würde? Er hatte so viel erreicht, war ins Leben zurückgekehrt, von einem Vollinvaliden wieder zu jemandem geworden, der laufen und sprechen, ja sogar allein für ein Pferd sorgen und ausreiten konnte. War es da so abwegig, dass er irgendwann wieder wie ein richtiger Mann fühlen würde?

Sie ließ ihre Hand über seinen nackten Rücken gleiten, genoss es, die warme Haut zu spüren, und fragte sich, was wohl geschehen würde, wenn sie weiter ging. Würde es ihm gefallen? Würde er sich erinnern? Schließlich war er ein erwachsener Mann, er war ihr Mann. Auf einmal hörte sie im Geiste wieder Walter Pietschs Worte: *Aber wenn ich mir vorstelle, ich wäre Bernhard, dann würde ich mir wünschen, dass ich alle Freiheiten, die mir meine Einschränkung noch lässt, genießen kann.*

Sie löste den Knopf seiner Hose.

»Das kann ich selbst«, sagte er.

»Ich weiß«, flüsterte sie. »Aber früher mochtest du es, wenn ich das getan habe. Erinnerst du dich?« Sie streifte ihm die Hosen hinunter, dann drückte sie ihn sanft aufs Bett und streichelte über die Innenseiten seiner Schenkel. Er atmete schwer.

»Soll ich aufhören?«, fragte sie.

»Nein«, flüsterte er. »Bitte hör nicht auf.«

In dieser Nacht begriff Friederike, dass Bernhard körperlich noch immer ein Mann war, der nicht nur eigene Bedürfnisse hatte, sondern auch die ihren stillen konnte. Selbst wenn sie nun diejenige war, die ihn führte und leitete, die behutsam auf ihn einging, so wie er einst in ihrer Hochzeitsnacht auf sie eingegangen war.

7. Kapitel

Walter Pietsch war schon am frühen Vormittag ins Dorf gegangen, um die verzogene Tür des Kirchenschuppens zu reparieren, obwohl Friederike ihm gesagt hatte, dass es nicht eilte.

»Wie heißt es doch so schön?«, hatte er geantwortet. »Was du heute kannst besorgen, das verschiebe nicht auf morgen. Und hier habe ich im Moment ja keine dringenden Aufgaben.«

Friederike hatte nur genickt, ohne zu ahnen, welches Motiv tatsächlich hinter seinem Arbeitseifer steckte.

Die Tür musste nur abgeschliffen werden. Eigentlich eine Sache von höchstens einer halben Stunde, aber er würde sich Zeit lassen. Und so hatte er die schwere Tür mit einiger Mühe aus den angerosteten Angeln gehoben und direkt vor dem Schuppen aufgebockt. Kurz darauf trafen der angekündigte Kriminalbeamte und der Amtsarzt aus Lüneburg ein. Pastor Hermann führte die beiden Männer in den Schuppen, ohne Walter weiter zu beachten. Walter verlangsamte das Tempo seiner Arbeit noch weiter und spitzte die Ohren. Genau so hatte er sich das vorgestellt.

»Das ist die Tote, Gertrude Bamberger, neunzehn Jahre alt und ledig. Sie war als Magd bei Peter Hilscher angestellt«, hörte er den Pastor sagen. Walter warf einen kurzen Blick in den Schuppen und sah, wie der Polizeibeamte die Angaben in ein Notizbuch schrieb.

»Brauchen Sie mich hier noch oder kommen Sie allein zurecht?«, fragte der Pastor dann.

»Wir werden nach der Untersuchung des Leichnams noch einmal auf Sie zukommen. Wir müssen mit den Männern sprechen, die sie gefunden haben, und uns den Auffindeort der Toten zeigen lassen«, erwiderte der Beamte. Der Pastor nickte und ging.

Walter lauschte weiter, wie der Arzt dem Polizisten die Ergebnisse der Leichenschau erklärte. »Die Leichenstarre ist inzwischen vollständig eingetreten. Es finden sich keine Drosselmarken oder äußeren Verletzungen, die auf einen Kampf hindeuten. Es ist anzunehmen, dass sie den Täter kannte und von ihm nichts Böses erwartete.«

»Was ist mit der Schwangerschaft?«, fragte der Polizist.

»Der Größe des Fötus nach zu urteilen, war sie gegen Ende des vierten oder zu Beginn des fünften Monats. Sie hätte die Schwangerschaft nicht mehr lang verbergen können.«

»Ob es der Kindsvater war?«

»Warum sollte der ihr den Bauch aufschneiden?«, gab der Arzt zurück. »Wenn eine ledige Schwangere ertrunken und ansonsten unversehrt aufgefunden wird, denkt jeder an Selbstmord. Ich habe schon einige dieser unglücklichen Dinger gesehen, die aus Verzweiflung ins Wasser gegangen sind. Aber hier hat jemand gezielt den Bauch aufgeschnitten, um den Fötus freizulegen. So etwas tun nur Perverse.«

»So wie die Insassen in der Irrenkolonie hinter dem Dorf?«, fragte der Beamte. Walter konnte sich den angewiderten Gesichtsausdruck anhand des Tonfalls nur allzu gut vorstellen.

»Ja, es wäre gut möglich, dass wir dort fündig werden«, entgegnete der Arzt. »Die meisten Geisteskranken sind zwar friedlich, aber es finden sich immer wieder gefährliche Gewalttäter unter ihnen, denen man rechtzeitig Einhalt gebieten muss.«

Der Arzt führte noch einige weitere Untersuchungen durch, während der Polizeibeamte konstatierte, dass die Tote bis auf einen fehlenden Schuh vollständig bekleidet war.

Als Todesursache wurde Ertrinken festgestellt und der Arzt gab an, dass die Öffnung des Bauches erst nach Eintritt des Todes erfolgt sei.

Kurz darauf verließen die beiden Männer den Schuppen. Walter hängte die abgeschliffene Tür wieder in die Angeln und ging zum Pfarrhaus, um Pastor Hermann Bescheid zu sagen, dass er fertig war. Vor der Tür des Pfarrhauses hatten sich indes mehrere junge Männer versammelt, die heftig auf den Polizeibeamten und den Arzt einredeten. Walter hörte, wie der Name Kuno fiel und alle einstimmig bezeugten, dass der Geisteskranke der Einzige sei, der für diese schreckliche Tat infrage komme. Der Pastor versuchte vergeblich, die Männer zu beruhigen, während der Polizeibeamte die Aussagen sorgfältig notierte.

»Dann werden wir uns diesen Kuno mal zur Brust nehmen«, sagte er. »Aber erst möchte ich sehen, wo die Tote gefunden wurde.« Er sah den Arzt an. »Doktor Schröder, was meinen Sie? Wollen Sie schon mal mit dem Chefarzt der Heilanstalt über den Verdächtigen sprechen und ich komme zum Verhör nach, sobald ich den Tatort besichtigt habe?«

Doktor Schröder nickte.

In diesem Moment fiel der Blick des Pastors auf Walter.

»Herr Pietsch, sind Sie mit der Reparatur fertig?«

»Ja, ich wollte Ihnen gerade Bescheid sagen.«

»Sehr gut, vielen Dank! Würden Sie Herrn Doktor Schröder dann bitte den Weg zur Anstalt zeigen, damit er mit Herrn Doktor Meinhardt sprechen kann?«

Walter nickte. »Selbstverständlich.«

Der Arzt musterte ihn und in seinem Gesicht war das gleiche kurze Erschrecken zu erkennen, das Walter schon so oft gesehen hatte. Doch im Gegensatz zu den meisten anderen überging der Arzt es nicht, sondern fragte nach dem Ursprung der schweren Verbrennungen.

»Eine Kriegsverletzung«, antwortete Walter, während sie den Pfarrgarten hinter sich ließen. »Ich hatte Glück, dass mir nicht mehr passiert ist. Es gab bei der Explosion mehrere Tote und Schwerverletzte.«

»Wo haben Sie gedient?« Die Frage klang nicht nach einem Verhör, sondern mehr nach einer freundlichen Plauderei, aber Walter war auf der Hut.

»Ich rede nicht gern über diese Zeit«, erwiderte er. »Und Sie? Waren Sie auch an der Front?«

Schröder nickte. »In Ypern.«

»In Ypern?« Walter pfiff durch die Zähne. »Dann haben Sie bestimmt einige der Senfgasopfer gesehen.«

»Ja. Aber ich rede auch nicht gern darüber.«

Eine Weile gingen sie schweigend weiter, bis Doktor Schröder fragte: »Arbeiten Sie schon lange hier?«

»Seit ein paar Wochen.«

»Und wie ist es so? Hatten Sie früher schon mit Geisteskranken zu tun?«

»Es sind Menschen, die nicht auf der Sonnenseite des Lebens stehen«, sagte Walter. »Aber deshalb sind sie keine Mörder.«

»Das habe ich auch nicht behauptet. Aber dieser Kuno soll einer trächtigen Heidschnucke das Lamm aus dem Leib geschnitten haben. Was wissen Sie darüber?«

»Fragen Sie lieber Doktor Meinhardt. Ich kann nicht viel dazu sagen. Ich bin hier nur für die Reparaturen zuständig.«

»Ich frage Sie gerade deshalb, weil Sie kein Arzt sind. Manchmal ist der gesunde Menschenverstand eines einfachen Arbeiters hilfreicher als sämtliche medizinischen Thesen. Was denken Sie?«

»Ich habe mir das Denken im Krieg abgewöhnt und bislang hatte ich keinen Grund, es mir wieder anzugewöhnen.«

Doktor Schröder sah ihn irritiert an, doch Walter hielt dem Blick wortlos stand.

»Kannten Sie die Tote, Herr Pietsch?«

»Nein.«

»Aber den Verdächtigen kennen Sie?«

»Der hütet tagsüber die Heidschnucken. Ich habe nicht viel mit ihm zu tun.«

»Man lässt ihn also frei herumlaufen?«

»Das sind Kranke, keine Gefangenen.«

»Was nichts daran ändert, dass es unter Geisteskranken auch gefährliche Subjekte gibt.«

»Ebenso wie unter normalen Menschen. Sagen Sie, Herr Doktor Schröder, stimmt es, dass Senfgas vergleichbare Verletzungen wie Feuer hervorrufen kann?«

»Sie meinen Verbrennungen wie Ihre?«

Walter strich über seine vernarbte Wange. »Was sagen Sie als Arzt dazu, der in Ypern war?«

»Möglicherweise, wenngleich Senfgas eher Blasen auf der Haut schlägt, die nach dem Abheilen tiefe Narben hinterlassen. Waren Sie auch in Ypern?«

»Nein, in Frankreich. In einem beschissenen Schützengraben.«

Bevor Doktor Schröder etwas erwidern konnte, standen sie schon vor der Anstaltsmauer.

»Wir sind da«, verkündete Walter. »Gut Mohlenberg, umgangssprachlich auch die Irrenkolonie genannt, wenngleich

ich die Menschen hier für wesentlich harmloser halte als all die Irren, die man so im Krieg trifft.«

Doktor Meinhardt empfing den Amtsarzt gemeinsam mit Friederike in seinem Büro.

»Sie sind Gerichtsmediziner?«, fragte Doktor Meinhardt.

»Ich bevorzuge den Begriff Pathologe«, erwiderte Schröder, »denn meine Aufgaben beschränken sich nicht auf die Untersuchung von Mordopfern.«

»Dann haben Sie die arme Trudi also untersucht.« Doktor Meinhardt seufzte. »Ich habe sie mir gestern auch angesehen. Ich bin der Meinung, dass man sie erst nach ihrem Tod so grausam verstümmelt hat. Wie ist Ihre fachliche Einschätzung dazu?«

Doktor Schröder warf einen Blick auf Friederike, als würde er sich scheuen in Gegenwart einer jungen Frau von diesen Dingen zu sprechen.

»Machen Sie sich um mich keine Gedanken«, sagte Friederike. »Ich habe selbst Medizin studiert und war gestern dabei, als mein Vater die Tote untersuchte.«

»Das ist sehr ungewöhnlich«, bemerkte Schröder. »Einer Frau sollte ein derartiger Anblick erspart bleiben.«

»Wenn eine Frau Opfer einer derartigen Tat werden kann, warum sollte ich ihr dann nicht den Respekt zollen und an der Aufklärung ihres Todes mitwirken, Herr Doktor Schröder?«

Der Arzt nickte langsam. »Sie haben recht, wenn man es so betrachtet.« Er holte tief Luft. »Kommissar Lechner sieht sich derzeit noch an, wo die Tote gefunden wurde. Er wird deshalb etwas später zu uns stoßen und bat mich, bereits mit Ihnen zu sprechen. Der Hauptverdächtige lebt ja in dieser Anstalt.«

Friederikes Vater zog die Stirn in Falten. »Was soll das heißen?«

57

»Ein gewisser Kuno, einer Ihrer Patienten, soll vor einigen Wochen mit einem Schaf ähnlich verfahren sein wie der Täter mit der Magd. Die Dorfbewohner glauben daher, er sei es gewesen. Was können Sie mir über die psychiatrische Vorgeschichte des Mannes sagen? Ist er schon einmal gewalttätig geworden?«

»Nein«, entgegnete Doktor Meinhardt. »Aber über seine Krankengeschichte kann ich Ihnen nicht so ohne Weiteres Auskunft geben, das unterliegt der ärztlichen Schweigepflicht.«

»In diesem Fall steht ein Mordverdacht im Raum. Wir können es kollegial lösen, indem Sie von Arzt zu Arzt mit mir sprechen, oder Kommissar Lechner wird Kuno als hochgradig Tatverdächtigen benennen und Sie durch eine gerichtliche Verfügung zur Aussage zwingen. Dann wird er bis zur Klärung der Sachlage in einer entsprechenden Anstalt mit wesentlich weniger Freiheiten untergebracht werden. Sie wissen, wovon ich spreche, nicht wahr? Was, meinen Sie, ist für Ihren Patienten besser?«

Friederike sah, wie ihr Vater die Hände zu Fäusten ballte und sie dann schnell wieder öffnete.

»Kuno ist harmlos«, sagte er schließlich. »Er lebt schon sehr lange bei uns. Ich habe diese Anstalt vor vielen Jahren als junger Arzt zusammen mit meiner verstorbenen Frau gegründet. Meine Tochter ist hier geboren und aufgewachsen. Kuno kam bereits vor Friederikes Geburt zu uns. Er war stets ein freundlicher, zuverlässiger Arbeiter.«

»Warum lebt er dann in einer Anstalt?«

»Er leidet unter Dementia praecox, einer Spätfolge der Schizophrenie. Die Krankheit ergriff bereits in jungen Jahren Besitz von ihm und sein Intellekt, der einstmals völlig normal war, hat darunter sehr gelitten. Er braucht Fürsorge und Anleitung, die er nur hier finden kann. Er wäre nicht in der Lage, sich allein zu versorgen, aber er ist nicht gefährlich.«

»Das kann ich bestätigen«, mischte Friederike sich ein. »Wie mein Vater schon sagte, ich bin hier aufgewachsen und habe Kuno als kleines Kind oft begleitet, als er mit den Heidschnucken tagsüber noch weite Wanderungen unternommen hat, und ich habe mich in seiner Gegenwart immer sicher gefühlt. Andernfalls hätte mein Vater mich mit ihm auch nicht allein gelassen. Er gehört fast zur Familie.«

»Nun gut«, sagte Doktor Schröder deutlich versöhnlicher, »ich kann mir vorstellen, dass Sie dieser Verdacht sehr hart trifft, aber es ist wichtig, allen Spuren nachzugehen. Wenn Herr Lechner kommt, müssen wir mit Kuno sprechen.«

»Selbstverständlich«, erwiderte Friederikes Vater. »Aber nur in meinem Beisein.«

»Dürfte ich Sie um eine Gefälligkeit bitten, während wir auf Herrn Lechner warten?«, fragte Doktor Schröder dann. »Hätten Sie die Liebenswürdigkeit, mir Ihre Anstalt zu zeigen? Ich interessiere mich sehr für die moderne Irrenpflege.«

Friederike tauschte einen kurzen Blick mit ihrem Vater, der kaum merklich nickte.

»Sehr gern«, sagte sie und erhob sich. »Wenn Sie mir folgen möchten?«

Sie zeigte Doktor Schröder zunächst eines der leeren Zimmer im Wohnhaus, die für Patientinnen wie Fräulein Brunner vorgesehen waren, und erzählte ihm von der Psychoanalyse. Doktor Schröder bewunderte die elegante Einrichtung, die so gar nicht dem entsprach, was er sich vorgestellt hatte.

»Nun, Sie müssen bedenken, es handelt sich hierbei meist um Damen aus bürgerlichem Hause, deren Ansprüche wir erfüllen müssen«, erklärte Friederike.

»Und wo leben die anderen Bewohner?«

»Ich zeige es Ihnen.«

Friederike führte ihn über den Hof, vorbei am Waschplatz, an der Scheune und den Stallungen zu einer Ansammlung von acht kleinen einstöckigen Häuschen im Fachwerkstil.

»In jedem dieser Häuser können zehn Patienten unter-gebracht werden, selbstverständlich nach Geschlechtern getrennt. Es gibt in jedem Haus ein Zweibettzimmer und zwei Vierbettzimmer. Die Patienten teilen sich eine Stube, zudem gibt es in jedem Haus ein Bad und eine Küche, sodass sie sich selbst versorgen können, wenn sie dazu in der Lage sind. Wir achten darauf, die Häuser so zu belegen, dass die Schwächeren immer mit zwei Patienten zusammenleben, die in der Lage sind, einen Haushalt zu führen und als Hausälteste die Aufgaben zu verteilen. Als Anerkennung für diese besondere Leistung bekommen die Hausältesten das Zweibettzimmer. Wir haben außerdem vier Krankenschwestern, zwei Krankenwärter, eine Köchin, eine Küchenhilfe und ein Zimmermädchen sowie seit Kurzem Herrn Pietsch. Unsere Angestellten leben in dem Wohnhaus dort hinten.« Sie zeigte auf einen zweistöckigen Fachwerkbau hinter dem großen Wohnhaus. »Alle Patienten haben ihre täglichen Pflichten, denn Arbeit und das Gefühl, etwas zu leisten, sind sehr wichtig.«

»Dürfte ich eines der Wohnhäuser besichtigen?«

Friederike nickte. »Nehmen wir das hier, da wohnen derzeit nur drei Frauen, so stören wir nicht so sehr.«

Doktor Schröder hob anerkennend die Brauen. »Sie achten sehr auf die Würde Ihrer Pfleglinge.«

»Ja, das war von Anfang an das Ziel meines Vaters: eine Anstalt zu schaffen, in der für das Wohl der Kranken gesorgt wird, in der sie nicht verwahrt, sondern ihren Möglichkeiten entsprechend gefördert werden. Aber es ist eine mühselige Arbeit und reich wird man damit beileibe nicht. Wir kön-nen froh sein, wenn wir unsere laufenden Kosten decken und noch etwas zum Leben bleibt.« Sie seufzte. »Ohne eine ordentliche Portion Idealismus hätten wir vermutlich längst aufgegeben.«

»Und das Haus dort hinten?« Doktor Schröder zeigte auf einen roten Ziegelbau, der an ein Stadtpalais erinnerte und dem Wohnhaus der Familie ähnelte, aber etwas kleiner war.

»Dort befinden sich die Wohnungen und Behandlungsräume unserer beiden Ärzte Doktor Weiß und Doktor Fliedtner.«

»Der Aufbau dieser Einrichtung ist gewiss nicht billig gewesen.«

»Nein, und es war auch nicht von Anfang an so fortschrittlich. Vor dreißig Jahren war das hier ein alter abgelegener Gutshof, den mein Vater günstig erwerben konnte. Alles, was Sie hier sehen, haben wir nur mithilfe unserer Pfleglinge und der Dorfbewohner geschaffen.«

Friederike öffnete die Tür zu einem der Fachwerkhäuser.

»Kommen Sie, die Bewohnerinnen sind gerade bei der Wäsche.«

Sie betraten eine einfache Diele, wie man sie in jeder Bauernkate fand. Der Fußboden war aus blank geputzten Holzbohlen. Von der Diele gingen mehrere Türen ab. Zunächst zeigte Friederike Doktor Schröder die schlichte Küche. Hier gab es keine Wasserhähne wie im Wohnhaus oder in der Ärztevilla, sondern eine große Schwengelpumpe über einem Steingutbecken. An den Wänden standen ein Herd, der mit Kohle befeuert werden konnte, und ein hübscher Bauernschrank mit Töpfen und Geschirr. Das Zentrum der Küche bildete ein großer Tisch, um den herum zehn Stühle gruppiert waren.

»Wie Sie sehen, wird hier peinlich auf Sauberkeit geachtet«, sagte Friederike. »Die Küche wird von den Pfleglingen täglich gereinigt. Bei den Frauen ist das meist kein so großes Problem, die Männer brauchen da zuweilen schon mal etwas Nachdruck.« Sie lächelte verschmitzt.

»Nachdruck?«

»Nun, in einer schmutzigen Küche wird kein Essen zubereitet. Und ehe sie Hunger haben, machen sie lieber sauber.

Doktor Fliedtner sagt gern, es sei wie in der Kindererziehung. Sie brauchen ihre Pflichten, aber auch Konsequenzen, wenn sie sich nicht daran halten.«

»Gibt es auch körperliche Züchtigungen?«

»Nein, das ist hier untersagt. Aber es gibt einen Raum, in dem jemand, der randaliert, zur Ruhe gebracht werden kann, notfalls auch unter Anwendung von Zwangsmitteln. Glücklicherweise kam das in all den Jahren nur wenige Male vor. Wir wählen unsere Bewohner von vornherein danach aus, ob sie sich in einer Einrichtung wie der unseren entsprechend einfügen können. Gefährliche Menschen oder solche, die sich nicht auf Ansprache beruhigen lassen, finden hier grundsätzlich keine Aufnahme, für die sind wir nicht geeignet. Deshalb trifft uns der Vorwurf, dass ausgerechnet Kuno gefährlich sein soll, auch so hart.«

Doktor Schröder senkte verlegen den Blick, sagte aber nichts. Friederike zeigte ihm auch noch das Bad, einen gekachelten Raum mit Ofen und großem Zuber, der von Hand befüllt werden musste.

»Und das hier ist eines der Vierbettzimmer«, sagte sie und öffnete eine Tür. »Es ist zurzeit nicht belegt, deshalb sieht alles etwas unpersönlich aus.« In dem Zimmer standen vier Betten und neben jedem Bett befand sich ein kleiner Spind, ansonsten war es leer.

»Von einer solchen Unterkunft würden Soldaten in den Kasernen träumen, ebenso viele arme Arbeiter«, bemerkte Doktor Schröder. »Ich habe bislang noch nie eine Einrichtung gesehen, die so viel Annehmlichkeiten für Geisteskranke bietet.«

»Wie ich schon sagte, es hat seinen Preis. Ohne die bürgerlichen Damen, die zur Psychoanalyse kommen, könnten wir das Gut nicht auf diesem Niveau halten.«

Sie verließen das kleine Fachwerkhaus. Doktor Schröder zog seine Taschenuhr hervor. »Ich hoffe, Herr Lechner lässt uns nicht noch länger warten. Eigentlich wollte ich vor sieben wieder in Lüneburg sein. Mein Sohn feiert heute seinen achten Geburtstag und ich wollte ihn noch sehen, ehe er zu Bett muss.«

Noch bevor Friederike antworten konnte, trabte Bernhard auf Wotan durch das Tor in den Hof, hielt auf sie und den Doktor zu, zügelte das Pferd und sprang ab. Sein Haar war vom schnellen Ritt über die Felder zerzaust, seine Augen leuchteten und seine Wangen hatten eine gesunde Gesichtsfarbe.

»Ist Besuch da?«, fragte er mit Blick auf Doktor Schröder.

»Ja, das ist Herr Doktor Schröder aus Lüneburg, der Trudi untersucht hat. Herr Doktor Schröder, das ist mein Mann, Leutnant a. D. Bernhard von Aalen.«

»Ich freue mich, Sie kennenzulernen«, sagte der Arzt und reichte Bernhard die Hand. Der ergriff sie und fragte dann: »Warum untersuchen Sie eine Tote? Die können Sie nicht mehr gesund machen.«

Doktor Schröder musterte Bernhard irritiert.

»Ich bin Pathologe«, erklärte er.

»Was ist das?«

»Es geht um die Leichenschau.«

»Und wozu ist das gut?«, fragte Bernhard weiter. Die irritierte Falte zwischen Doktor Schröders Augenbrauen vertiefte sich.

»Um das Verbrechen aufzuklären. Die Toten können uns viel erzählen, wenn man die Zeichen richtig zu deuten weiß.«

»Tote können nicht sprechen«, sagte Bernhard bestimmt. »Die sind ja tot.«

»Das ist ein Sinnbild, Bernhard«, griff Friederike ein. »Doktor Schröder untersucht Leichen auf Hinweise, um die Mörder zu überführen.«

»Ach so. Und warum redet er dann so komisch?«

»Bernhard, ich glaube, Wotan möchte abgesattelt werden. Tust du das bitte?«

»Ja, Rieke.« Er nickte und führte sein Pferd zum Stall. Doktor Schröder sah ihm mit einer seltsamen Mischung aus Irritation und Faszination nach.

»Nehmen Sie mir meine Frage bitte nicht übel, Frau von Aalen, aber was ist mit Ihrem Mann passiert?«

»Er hat im Krieg eine Schädelverletzung erlitten«, sagte Friederike knapp.

»Und darunter haben seine kognitiven Fähigkeiten derart gelitten, dass er auf den Konkretismus eines Kindes beschränkt bleibt? Kommt er im Leben sonst zurecht?«

»Abgesehen davon, dass seine naiven Fragen Fremde verwirren und er nicht mehr in der Lage ist, dauerhaft irgendeiner Tätigkeit von wirtschaftlichem Wert nachzugehen, findet er sich gut zurecht und wird wegen seiner freundlichen Art von allen hier gemocht.«

»Er kann sich glücklich schätzen, dass er ein solches Umfeld hat, das ihn mit seinen Einschränkungen akzeptiert«, sagte Doktor Schröder.

Kurz darauf kam endlich Kommissar Lechner in Begleitung eines Jungen aus dem Dorf, der ihn lediglich bis zum Gut geführt hatte und sich sofort wieder verabschiedete. Doktor Schröder stellte Friederike und den Kommissar einander vor und fasste seinen bisherigen Besuch auf Gut Mohlenberg zusammen.

»Sehr gut«, sagte der Kommissar. »Dann möchte ich jetzt gern mit dem Verdächtigen sprechen.«

Friederike nickte, dann holte sie ihren Vater. Anschließend gingen sie zu viert zu Kunos Unterkunft.

Der alte Schäfer saß auf seinem Bett und stierte vor sich hin. Als er seinen Besuch erkannte, erhob er sich hastig.

»Herr Doktor, ich weiß gar nicht, was los ist«, sagte er zu Friederikes Vater. »Warum sagt Doktor Weiß, dass ich in meinem Zimmer warten soll? Die Schafe brauchen mich doch.«

»Wir haben Besuch aus Lüneburg, der mit dir sprechen möchte, Kuno. Es ist wichtig, dass du alle Fragen wahrheitsgemäß beantwortest.«

Kuno nickte eifrig. »Ich sag immer die Wahrheit.«

»Wie lautet Ihr vollständiger Name?«, fragte der Kommissar als Erstes.

»Kuno.«

»Kuno und wie weiter?«

»Kuno.«

»Ich meine Ihren Nachnamen.«

»Brauch ich nicht. Ich bin Kuno.«

»Er heißt Kuno Pechstein und wurde am 28. Mai 1865 geboren«, sagte Friederike. Der Kommissar notierte die Angaben.

»Herr Pechstein, wie lange leben Sie schon hier?«

»Ich bin Kuno. Herr Pechstein war mein Vater.«

Der Kommissar räusperte sich. »Kuno, wie lange leben Sie schon hier?«

»Schon lange.«

»Seit 1891«, antwortete Friederike statt seiner.

»Ich würde es vorziehen, wenn Sie Kuno allein antworten lassen, Frau von Aalen.«

»Wie Sie wollen, Herr Lechner. Ich dachte nur daran, dass Herr Doktor Schröder gern vor sieben wieder in Lüneburg wäre.«

»Kennen Sie Gertrude Bamberger?«

»Nein, wer ist das?«

»Die Magd von Bauer Hilscher.«

»Der hat doch keine Gertrude Bamberger. Da arbeiten nur Anni, Hilde und Trudi.«

»Trudi ist Gertrude Bamberger«, sagte der Kommissar. »Kannten Sie die?«

»Trudi, ja die kenn ich. Die ist nett, die mag die Heidschnucken so gern.«

65

»Wann haben Sie Trudi denn zuletzt gesehen?«

»Weiß ich nicht so genau. Vor ein paar Tagen.«

Während der Kriminalkommissar Kuno verhörte, fiel Doktor Schröders Blick auf Kunos Gürtel und die verzierte Lederscheide daran.

»Sie tragen ein Messer bei sich?«, fragte er.

»Ähm … Nur hier«, stammelte Kuno und sah Friederike entschuldigend an, als er ihren strafenden Blick auffing.

»Was heißt das?«, wollte Lechner wissen. »Warum tragen Sie in Ihrer Stube ein Messer?«

»Weil … Frau von Aalen wollte nicht, dass ich es mitnehme.«

»Ich wollte überhaupt nicht, dass du es trägst«, sagte Friederike energisch. »Weder in der Stube noch draußen!«

Lechner warf Friederike einen Blick zu.

»Was hat es mit dem Messer auf sich?«

»Nun ja«, meinte sie verunsichert, »nach der Sache mit der Heidschnucke dachten wir, es wäre besser, wenn er nicht mehr mit einem Messer herumläuft.«

»Aber sehr genau darauf geachtet haben Sie anscheinend nicht, wenn er es doch bei sich trägt?«

Friederike schluckte. »Er hat ja niemandem etwas getan«, sagte sie. »Wir wollten nur, dass er künftig erst nachdenkt, ehe er handelt, auch wenn er es in gutem Glauben tut.«

»Darf ich das Messer mal sehen?«, fragte Doktor Schröder. Kuno nickte, zog es aus der Scheide und reichte es dem Arzt.

»Das ist ein schönes scharfes Jagdmesser. Haben Sie damit der Heidschnucke den Bauch aufgeschnitten?«

»Ich wollte das Lämmchen retten.«

»Haben Sie es danach gereinigt?«

»Ja, ich habe es poliert.«

»Und was ist das hier?« Schröder wies auf einen dunklen Fleck. »Das sieht aus wie getrocknetes Blut.«

Friederikes Vater warf ebenfalls einen Blick auf das Messer. »Das ist alt. Da war Kuno wohl nicht sehr sorgfältig beim Reinigen.«

»Wenn das so ist, handelt es sich ja um Tierblut«, sagte Doktor Schröder. »Ich hoffe, die Menge ist noch ausreichend für den Uhlenhuth-Test. Falls es tatsächlich nur das Blut einer Heidschnucke ist, wäre Ihr Patient entlastet.«

»Was ist der Uhlenhuth-Test?«, fragte Friederike.

»Doktor Paul Uhlenhuth hat ihn vor rund zwanzig Jahren entwickelt, um menschliches von tierischem Blut zu unterscheiden. Einem Kaninchen wird eine geringe Menge an menschlichem Blut injiziert, gegen das es Antikörper bildet. Daraus wird ein Testserum erstellt. Dieses Testserum reagiert mit menschlichem Blut und führt zu einer Ausfällung. Bei tierischem Blut gibt es keine Ausfällung.«

»Und dazu reicht so ein kleiner Rest getrockneten Blutes an einem Messer?«, fragte Friederike skeptisch.

»Wir werden sehen«, sagte der Arzt.

»Kann ich mein Messer jetzt wiederhaben?«, fragte Kuno.

»Nein, das werden wir als Beweismittel mitnehmen und untersuchen.«

»Aber das ist mein Messer!«, rief Kuno. »Das gehört mir!«

»Wenn die Beweisaufnahme abgeschlossen ist, bekommen Sie es zurück, sofern tatsächlich nur das Blut eines Tieres daran ist.«

»Das ist mein Messer!«, schrie Kuno nun. »Ich will es wiederhaben!«

»Kuno, bitte beruhig dich doch!«, sagte Friederike. »Du bekommst es doch wieder, wenn die Untersuchungen abgeschlossen sind.«

»Das ist mein Messer! Das hat mir mein Vater geschenkt, das ist meines!«

»Kuno, jetzt ist Schluss!«, rief Doktor Meinhardt energisch, doch Kuno wurde immer aufgebrachter und versuchte, Doktor Schröder das Messer zu entwenden. Kommissar Lechner packte ihn von hinten, doch Kuno tobte so heftig, dass der Polizeibeamte ihn nicht allein halten konnte. Friederike rief nach Walter, während ihr Vater und Doktor Schröder Lechner zu Hilfe kamen. Erst mit Walters Hilfe gelang es ihnen, Kuno zu bändigen und in den gesicherten Raum für Notfälle zu bringen.

»So viel dazu, dass es sich um einen friedlichen Kranken handelt«, bemerkte Lechner und strich seinen Anzug glatt. »Ich werde veranlassen, dass er morgen in eine Anstalt für gemeingefährliche Irre überstellt wird, bis der Fall aufgeklärt ist.«

»Bitte, Kommissar Lechner, das wird nicht nötig sein. In ein paar Stunden wird er sich wieder beruhigt haben. Dieses Messer war ein Geschenk seines Vaters, sein Verlust hat ihn sehr aufgewühlt.«

»Ja, und wir haben gerade gesehen, zu welcher Gewalttätigkeit er neigt, sobald ihn etwas aufwühlt«, sagte Lechner. »Wir haben die Pflicht, die Menschen vor jemandem wie ihm zu schützen. Selbst wenn er unschuldig sein sollte, ist es von Vorteil, wenn er noch einmal von Ärzten untersucht wird, die nicht beide Augen zudrücken, weil sie ihn schon seit Jahren wie ein Familienmitglied behandeln.«

Keiner der Einwände von Friederikes Vater half. Am folgenden Morgen erschien eine Kutsche, mit der sonst Gefangene transportiert wurden, um Kuno in eine geschlossene Einrichtung nach Hannover zu schaffen. Diesmal wehrte er sich nicht, aber er weinte wie ein kleines Kind, sodass es Friederike fast das Herz zerriss. Bernhard stand neben ihr und legte ihr tröstend den Arm um die Schultern.

»Kuno bringt keine Menschen um«, sagte er dabei. »Warum glaubt ihm keiner?«

»Weil sie ihm nicht glauben wollen«, erwiderte Friederike und genoss Bernhards Berührung. Sie mochte diese kleinen beschützenden Gesten, auch wenn sie die gesamte Verantwortung trug.

»Und warum wollen sie ihm nicht glauben?«, fragte er weiter.

»Weil die Menschen Geisteskranken alles zutrauen und ihre Worte für wertlos halten.«

»Meine Worte auch?«, fragte Bernhard.

Friederike hob erstaunt den Blick und sah ihm in die Augen. War er sich tatsächlich seiner Einschränkungen bewusst? Darüber, wie er auf andere wirkte?

»Was meinst du damit?«

»Der Arzt, der mit den Toten spricht. Der sah mich an wie Kuno. Du hast ihm gesagt, dass mein Kopf verletzt wurde, um es zu erklären.«

»Ja, aber das ist etwas anderes.«

»Ist es das?« Bernhard sah sie zweifelnd an und Friederike wunderte sich über die Tiefsinnigkeit dieser Diskussion. So etwas hätte sie ihm längst nicht mehr zugetraut. Zum Glück enthob sie Walters Auftauchen einer Antwort.

»Ich wollte nach den Pferden sehen«, sagte er zu Bernhard. »Walküre scheint seit gestern zu lahmen. Ich könnte einen Rat brauchen.«

Bernhard ließ Friederike los und sein eben noch so ernstes Gesicht hellte sich auf. Er genoss es, dass Walter seine Meinung zu den Pferden offenbar schätzte.

»Ist ihr Eisen locker?«, fragte er mit der Munterkeit eines aufgeregten Kindes. »Müssen wir den Hufschmied holen?«

»Das werden wir gleich sehen. Magst du schon mal vorgehen?«

Bernhard nickte. »Bis später, Rieke. Sei nicht traurig, Kuno ist unschuldig, das weiß ich.«

Sie nickte nur.

»Es tut mir sehr leid wegen Kuno«, sagte Walter. »Aber ich denke, dass man seine Unschuld bald feststellen wird. Gestern, während ich die Tür am Kirchenschuppen reparierte, hörte ich Doktor Schröder mit Kriminalkommissar Lechner sprechen. Trudi war schon tot, ehe ihr der Bauch aufgeschnitten wurde.«

»Ich weiß«, sagte Friederike. »Das macht Kuno dann im Zweifelsfall nur noch zu einem Leichenschänder. Aber das wäre schlimm genug. Er dürfte nie wieder hierher zurückkommen. Und die Dorfbewohner würden es ihm nicht verzeihen. Es steht viel mehr auf dem Spiel, Herr Pietsch. Alles, was mein Vater sein Leben lang aufgebaut hat.«

»Haben Sie denn Feinde im Dorf?«

Sie schüttelte den Kopf. »Keine menschlichen. Aber die Angst der Menschen war schon immer unser Feind. Wir dachten, wir hätten ihn besiegt, aber Sie sehen ja, wie schnell alle bereit waren, Kuno für einen Mord verantwortlich zu machen.« Sie seufzte. »Bitte entschuldigen Sie mich jetzt, Doktor Weiß bat mich vorhin, in sein Büro zu kommen.«

Walter nickte. »Ich wollte Bernhard ohnehin nicht länger als nötig warten lassen.«

»Dafür möchte ich Ihnen danken. Es tut ihm sehr gut, dass Sie da sind und ihn wie einen ganz normalen Menschen behandeln.«

»Unabhängig von dem, was die Mehrheit als normal bezeichnet, Frau von Aalen, ist Bernhard auf jeden Fall ein großartiger Mensch und ich bin dankbar, seine Freundschaft zu genießen.«

Mit diesen Worten ließ er sie allein.

8. Kapitel

Doktor Weiß erwartete Friederike in seinem Büro.

»Worüber möchten Sie mit mir sprechen?«, fragte sie, nachdem sie Platz genommen hatte. Es war selten, dass sie in Doktor Weiß' Büro war, normalerweise suchte er sie in ihrem auf oder sie trafen sich im Salon des Hauses. Umso interessierter ließ sie den Blick zwischen all den Büchern und Folianten umherschweifen, die fast eine eigene Bibliothek bildeten. Auf dem Schreibtisch stand ein menschlicher Schädel, dessen Schädelkalotte man abnehmen konnte, um die Schädelbasis mit den Nerven- und Gefäßausgängen zu studieren. Die meisten Menschen hätten diesen Anblick sofort mit Tod in Verbindung gebracht, für Friederike war es eine Erinnerung an die schönste Zeit ihres Lebens. Damals, als sie noch in Heidelberg studiert und selbst stundenlang die einzelnen Schädelforamina im Anatomieunterricht auswendig gelernt hatte.

»Ich wollte mit Ihnen über Kuno sprechen«, begann Doktor Weiß. »Ich kann Ihre Gefühle gut verstehen.«

Versuchte er etwa, sie zu trösten? Friederike sah ihn erstaunt an. Doktor Weiß war ein guter Arzt, aber im Umgang mit ihr wirkte er oft hölzern und ungeschickt, auch wenn sie durchaus den Eindruck hatte, dass er an ihr als Frau vielleicht etwas mehr Interesse hatte, als es der Situation angemessen war.

»Aber ich fürchte, das, was wir hier gestern und heute erleben mussten, bestätigt meine Theorie«, fuhr er fort. »In jedem Geisteskranken steckt ein wildes Tier, das durch bestimmte Schlüsselreize jederzeit geweckt werden kann. Einem kranken oder zerstörten Geist wohnt keine Selbstkontrolle mehr inne.«

»Und welcher Schlüsselreiz soll Kuno Ihrer Meinung nach dazu bewogen haben, Trudi zu töten?«, fragte Friederike. Beinahe war sie erleichtert, dass es nicht um Trost ging, sondern um Weiß' Lieblingsthema – das Wesen der Geisteskrankheit. Das würde sie hoffentlich von ihren Schuldgefühlen Kuno gegenüber ablenken. Sie machte sich Vorwürfe, ihn nicht besser geschützt zu haben, da sie nicht rechtzeitig dafür gesorgt hatte, dass sein Messer weggeschlossen wurde. Es war nur dieses verdammte Messer … Aber wenn sie ehrlich war, hatte sie von Anfang an Kunos massiven Widerstand befürchtet. Dieses Messer war etwas Besonderes, es war das letzte Andenken an seinen Vater.

Als hätte Doktor Weiß ihre Gedanken gelesen, fuhr er fort: »Ich sprach nicht von Trudi, sondern von seinem völlig unangemessenen Auftritt, als man sein Messer als Beweismittel einzog. Er hat Menschen angegriffen, um zu bekommen, was er wollte. Der Schlüsselreiz war in diesem Fall die Erinnerung an seinen Vater. Er war nicht in der Lage, zwischen dem Objekt, das ihm kurzfristig genommen wurde, und seinem Vater, den er schon lange verloren hat, zu unterscheiden. Daraus resultierte seine unangemessene und ungesteuerte Raserei. Wir müssen der Wahrheit ins Auge sehen, Frau von Aalen. Kuno ist nicht nur der gutmütige, liebenswerte Kranke, als den Sie ihn kennen. In ihm steckt auch ein gefährliches Raubtier. Dieses Tier gibt es in jedem von uns, aber der menschliche Verstand zeigt ihm die Grenzen auf und zähmt es. Ohne unseren Verstand sind wir nicht besser als Wölfe, die sich zwar zeitweilig wie Hunde anpassen können, aber doch niemals den Jagdtrieb des wilden Tieres vergessen.«

»Denken Sie auch so über meinen Mann?«, fragte Friederike giftig, denn ohne es zu wollen, fühlte sie sich von Doktor Weiß' Einschätzung ertappt. Sie hätte Kunos Ausbruch verhindern können, wenn sie ihn durch liebevolles Zureden dazu bewogen hätte, ihr sein Messer anzuvertrauen. Aber sie hatte sich davor gedrückt, sich damit beruhigt, dass er harmlos war. Daran glaubte sie nach wie vor, aber was galt ihre Einschätzung noch, nach allem, was geschehen war?

»Ich denke so über jeden Menschen. Niemand von uns ist davor gefeit, Frau von Aalen. Wobei sich Bernhards Leiden nicht mit dem von Kuno vergleichen lässt. In ihm überwiegt noch die freundliche Anpassungsgabe des Kindes, das auf seine Eltern hört. Jedenfalls solange es nicht bockig ist. Aber auch Kinder können grausam sein. Es liegt in unserer menschlichen Natur. Denken Sie nur an die grausame Lust eines Kindes, das einen Käfer im Spiel zerquetscht.«

»Das mag sein«, gab sie zu. »Aber anscheinend liegt es auch in der Natur vieler Menschen, ihr Mitgefühl zu vergessen. Wissen Sie, was es für den armen Kuno bedeutet, aus seinem Heim gerissen und in eine geschlossene Anstalt verfrachtet zu werden? Fern von allem, was er liebt? Er war nicht gewalttätig, als er gehen musste. Er hat bitterlich geweint.«

»Ich weiß und das bedaure ich außerordentlich. Aber es wird ja nur vorübergehend sein. Der Tod von Gertrude trat durch Ertrinken ein, darüber sind sich alle einig. Kuno hat sie nicht umgebracht, sondern allenfalls ihre Leiche geschändet. Und wenn sich der Blutrest an seinem Messer als Tierblut herausstellt, gibt es auch keinen Grund, ihn länger wegzusperren.«

Auf einmal hörten sie lautes Geschrei, dann klopfte es energisch an der Tür. Es war Friederikes Großmutter Adelheid.

73

»Es tut mir sehr leid, falls ich hier ein wichtiges Gespräch stören sollte, Friederike, aber ich muss mit dir sprechen. Und zwar sofort, es ist sehr dringend!«

Friederike erschrak, wie ihre Großmutter vor ihr stand, das Gesicht gerötet, die Augen zornesblitzend und die Nasenlöcher weit gebläht, als würde ein wütender Drache gleich Feuer speien.

»Was hat dich so aufgebracht?«

»Komm mit, das ist wirklich unerhört!«

Sie führte Friederike zum Wohnhaus und dann geradewegs in Fräulein Brunners Zimmer, die mit gelösten Haaren weinend auf dem Bett saß.

»Lass dich nicht von den Tränen in die Irre führen, damit will das Luder nur von seinen Schandtaten ablenken!«, zischte Adelheid.

»Was um Himmels willen ist denn passiert?«, fragte Friederike.

»Ich habe sie im Heu erwischt, mit Alfons, diesem Schürzenjäger. Ich bin gerade noch rechtzeitig dazwischengegangen, ehe ein Unglück passieren konnte. Und dann hab ich Alfons erst mal im Schuppen eingeschlossen, damit er nicht davonrennt, ehe ich ihm die Ohren lang ziehen kann!«

»Also ist Alfons schuld?«, fragte Friederike. Sie kannte den jungen Knecht aus dem Dorf nur oberflächlich, er war Anfang zwanzig und lieferte regelmäßig Heu und Hafer für die Pferde an. Allerdings kannte sie Alfons' Ruf, der angeblich sämtlichen Mägden nachstellte und sich dabei schon ein ums andere Mal heiße Ohren geholt hatte. Böse Zungen hatten seinen Namen ebenfalls mit der toten Trudi in Verbindung gebracht – als möglichen Kindsvater.

»Um Alfons kümmern wir uns noch«, sagte Friederikes Großmutter. »Aber unser Fräulein Brunner hatte ganz sicher ihren Anteil. Sie hat die Röcke gelüpft und sich ihm regelrecht angeboten.«

Friederike räusperte sich. »Stimmt das?«, fragte sie die junge Frau.

»Ich weiß nicht«, lautete die tränenerstickte Antwort. »Ich kann mich nicht erinnern.«

»Das ist ja wohl die dümmste Antwort, die ich je gehört habe!«, schimpfte Adelheid. »Es ist ja gerade erst zehn Minuten her und für Alterssenilität ist das Fräulein noch ein bisschen zu jung, nicht wahr?«

»Bitte, Großmutter, würdest du uns eine Weile allein lassen, damit ich in Ruhe mit Fräulein Brunner sprechen kann?«

Adelheid schnaubte verächtlich, nickte dann aber und ging.

»Also?«, fragte Friederike sanft und setzte sich zu Fräulein Brunner aufs Bett. »Was ist wirklich passiert?«

Juliane Brunner griff nach ihrem weißen Spitzentaschentuch, tupfte sich die Augen ab und schnäuzte danach herzhaft. Dann atmete sie zweimal tief durch.

»Ich … ich kann mich wirklich nicht erinnern«, sagte sie leise. »Auch wenn Sie mir nicht glauben, aber es ist so. Ich weiß nur noch, wie ich vor dem Stall stand und dann … dann weiß ich erst wieder, wie Frau Meinhardt Alfons von mir wegriss, aber ich kann mich wirklich nicht daran erinnern, wie es dazu gekommen ist.«

Das Mädchen sah ihr offen in die Augen, nicht etwa betreten oder schamhaft zur Seite. In ihrem Blick lagen tatsächlich tiefe Verunsicherung und Verzweiflung. Konnte ein Mensch wirklich so gut lügen? Oder war dieses seltsame Gebaren Teil einer Störung? Friederike erinnerte sich daran, wie sie und ihr Vater sich über die unterschiedlichen Verhaltensweisen des Fräuleins gewundert hatten. Das unschuldige Kind auf der einen Seite und auf der anderen die lüsterne Frau, beide traten aber allem Anschein nach nicht miteinander in Kontakt. Zwei Seelen in einer Brust … Konnte es sein, dass sich die freundlich-kindliche Juliane tatsächlich nicht an das erinnern konnte, was ihre lüsterne Seite tat? Dass all dieses Empfinden abgespalten war wie bei zwei verschiedenen Persönlichkeiten?

»Haben Sie so etwas schon einmal erlebt?«, fragte Friederike. »Oder war es das erste Mal?«

»Was meinen Sie? Dass mir ein Mann …« – sie zögerte kurz – »… zu nahe kommt, oder dass ich mich an nichts erinnern kann?«

Die Art, wie Juliane fragte, brachte Friederike auf einen weiteren Gedanken. »Hängt das eine mit dem anderen zusammen?«, fragte sie. »Passiert es immer dann, wenn Ihnen ein Mann zu nahe kommt?«

Jetzt senkte Juliane erstmals voller Scham den Blick. »Ja«, flüsterte sie dann. »Es ist so schrecklich, ich kann mich nie erinnern, was davor geschehen ist und warum ich so etwas tue.«

»Dann müssen wir die Ursache herausfinden.«

Juliane sah ihr wieder mit offenen, ehrlichen Augen ins Gesicht. »Heißt das, Sie glauben mir, Frau von Aalen?«

»Ja, das heißt es. Sie sind hier, damit Sie gesund werden, aber dazu müssen wir Ihr Leiden vollständig verstehen und vor allem diesem seltsamen Gedächtnisverlust auf die Spur kommen.« Sie erhob sich. »Und nun beruhigen Sie sich, ich werde im Gegenzug meine Großmutter beruhigen und mir dann Alfons vornehmen. Vielleicht bringt seine Version der Dinge etwas Licht in unser beider Dunkelheit.«

Friederikes Großmutter wartete bereits ungeduldig vor der Tür. »Und, hast du ihr deutlich gemacht, dass sie nicht hierbleiben kann, wenn so etwas noch einmal vorkommt?«

»Nein. Ich bin vielmehr der Meinung, dass ihr Verhalten Ausdruck ihres Krankheitsbildes ist«, widersprach Friederike. »Das gilt es herauszufinden. Und deshalb werde ich mir jetzt erst mal anhören, was Alfons zu sagen hat. Wie hat er eigentlich darauf reagiert, dass du ihn im Schuppen eingesperrt hast?«

»Na, wie wohl? Aber der Rotzlöffel hat sich nicht getraut, einfach abzuhauen, weil er ganz genau weiß, dass das noch schärfere Konsequenzen gehabt hätte.«

Friederike nickte, dann ging sie in den Schuppen. Alfons saß auf einer Kiste und erhob sich bei ihrem Eintreten.

»Ich kann nichts dafür«, fing er sofort an, sich zu rechtfertigen. »Sie hat mich regelrecht überwältigt.«

»Komm mit«, sagte Friederike nur. »Wir sprechen in meinem Büro.«

Als sie mit Alfons zum Haus ging, sah sie, wie ihre Großmutter sich aufgebracht mit Doktor Weiß unterhielt. Vermutlich schilderte sie die gerade erlebten Schandtaten der jungen Patientin und des Knechts in schillernden Farben, um ihre Wut loszuwerden. Trotz der ernsten Situation konnte Friederike sich ein Lächeln nicht verkneifen. Das war typisch für ihre Großmutter. Sie musste ihren Ärger mit jedermann teilen, nur so fand sie wieder zu ihrer Ausgeglichenheit zurück.

Alfons hatte noch nie das Haupthaus betreten, und als er in Friederikes Büro stand, war nicht mehr viel von dem Rotzlöffel übrig. Er wirkte verunsichert.

»Setz dich.« Friederike wies auf den Stuhl vor ihrem Schreibtisch, während sie selbst dahinter Platz nahm. »Und nun erzählst du mir, was passiert ist. Wie bist du Fräulein Brunner begegnet?«

Er räusperte sich. »Sie war im Hof, als ich kam.«

»Und weiter?«

»Na ja, dann folgte sie mir in die Scheune und hat mich angesprochen.«

»Was hat sie gesagt?«

Er räusperte sich erneut. »Was für ein fescher Kerl ich sei und dass sie gern mal wüsste, ob die Muskeln unter meinem Hemd wirklich so fest sind, wie sie aussehen.«

»Und du?«

»Na ja, ich habe ihr geantwortet, sie solle doch mal fühlen. Ich habe nicht gedacht, dass sie das wirklich ernst meint, aber dann … Also, dann kam eins zum anderen und plötzlich stand Frau Meinhardt hinter uns.«

»Dir muss doch aber klar gewesen sein, dass es sich um eine unserer Patientinnen handelt, von der du unter allen Umständen die Finger zu lassen hast, ganz gleich, was sie tut?«

»Ich wusste nicht, wer sie war«, erwiderte er. »Sie sah ja ganz hübsch und völlig normal aus. Woher soll ich da wissen, dass sie geistesgestört ist? Mit einer Geistesgestörten hätte ich mich doch nie eingelassen.«

»Fräulein Brunner ist nicht geistesgestört!«, widersprach Friederike heftig. »Und du merkst dir für die Zukunft, dass du auf Gut Mohlenberg keine Frau anzufassen hast, ganz gleich, wie sie sich verhält. Du lieferst hier deine Waren ab, hältst dich ansonsten zurück und gehst wieder. Haben wir uns verstanden?«

»Aber –«

»Kein Aber!«, schnitt Friederike ihm das Wort ab. »Ich kenne deinen Ruf nur zu gut, Alfons. Wenn du dich nicht zurückhalten kannst, sobald sich dir eine Frau nähert, wirst du uns künftig nicht mehr beliefern. Dann soll uns dein Dienstherr einen Knecht schicken, der sich besser im Griff hat, ist das klar?«

»Ist klar, Frau von Aalen«, erwiderte er mit gesenktem Kopf. »Darf ich jetzt gehen?«

»Ja. Und ich erwarte von dir, dass du kein Wort verlauten lässt, das ein schlechtes Licht auf Fräulein Brunner werfen könnte. Solltest du dich nicht daran halten, wird das ernsthafte Konsequenzen haben.«

Er nickte. Friederike erhob sich, um Alfons zu zeigen, dass das Gespräch beendet war. Der junge Knecht verließ ihr Büro und beinahe ebenso schnell Gut Mohlenberg.

Friederike blieb unschlüssig zurück. Welche Form der Hysterie hielt Fräulein Brunner in ihren Fängen? Sie musste unbedingt mit ihrem Vater darüber sprechen.

9. Kapitel

Der Zwischenfall mit Fräulein Brunner hatte immerhin den Vorteil, dass er Friederike von ihren Sorgen um Kuno ablenkte. Am Abend diskutierte sie den Fall mit ihrem Vater, der daraufhin in den Werken von Freud nach Fallbeispielen suchte, die ein derartiges Verhalten in irgendeiner Weise erklären könnten. Er fand jedoch keine eindeutigen Antworten, sodass er sich dazu entschloss, es im Fall von Fräulein Brunner mit Hypnose zu versuchen, um Zugang zu ihren verborgenen Erinnerungen zu bekommen. Da dieses Verfahren nur selten zur Anwendung kam, bat Friederike ihren Vater, bei der Sitzung dabei sein zu dürfen.

»Das ist mir sogar sehr recht«, sagte er. »Ein zweites Paar Augen kann bei der Beobachtung nur wertvoll sein. Zudem kann die Anwesenheit einer Frau die lüsterne Seite des Fräuleins, die ich womöglich während der Hypnose an die Oberfläche bringe, zügeln.«

»Hast du bereits eine Theorie, was die Ursache ihres Leidens sein könnte?«, fragte Friederike.

»Ich bin mir nicht sicher und ich möchte mich nicht in Theorien versteigen, ehe ich weitere Anhaltspunkte habe. In diesem besonderen Fall ist es wichtig, alle Möglichkeiten in Betracht zu ziehen, und seien sie auch noch so abwegig.«

Fräulein Brunner war verunsichert, als sie von der geplanten Hypnose erfuhr, aber dank Friederikes gutem Zureden ließ sie sich darauf ein.

Am nächsten Tag bereitete Doktor Meinhardt alles vor. Fräulein Brunner legte sich auf die Couch in seinem Arbeitszimmer, während Friederike an ihrer Seite Platz nahm, um ihr Sicherheit zu vermitteln.

Dann begann der Doktor damit, beruhigend auf Fräulein Brunner einzureden, um sie in einen tiefen Entspannungszustand zu versetzen. Doch es fiel der jungen Frau schwer, sich auf die Worte des Arztes zu konzentrieren. Immer wieder öffnete sie die Augen und sah Friederike ängstlich an, ganz so, als fürchtete sie, die Kontrolle zu verlieren.

»Haben Sie Vertrauen«, flüsterte Friederike und griff nach Fräulein Brunners Hand. »Ich bin bei Ihnen und passe auf, dass nichts Schlimmes geschieht.«

Die junge Frau nickte gehorsam und umklammerte Friederikes Hand. Dennoch gelang es ihr nicht, sich auf ihren Atem zu konzentrieren. Sie blieb unruhig und angespannt und nach einer halben Stunde beendete Doktor Meinhardt den Versuch.

»Der innere Widerstand ist zu groß«, sagte er mit einem bedauernden Kopfschütteln. »Wovor haben Sie so große Angst, Fräulein Brunner?«

»Ich weiß es nicht«, erwiderte sie. »Vielleicht vor der Dunkelheit.«

»Welcher Dunkelheit?«

»Die mich verschlingt, so wie jeden Abend, wenn ich zu Bett gehe, und dann kommen die Albträume.«

»Welche Albträume?«

»Ich kann mich nicht daran erinnern, nur daran, dass es furchtbar war.« Sie schluckte. »Das ist schon seit meiner Kindheit so. Ich kann mich nie erinnern. Auch nicht daran, wer …« – sie schluckte erneut –, »… wer der Vater des Kindes ist, das ich geboren habe. Ich wusste lange Zeit nicht einmal, dass ich in anderen Umständen war, bis man es mir ansah und meine Mutter beinahe der Schlag getroffen hätte. Sie wollte immer wieder wissen, wer es war, aber ich konnte es ihr beim besten Willen nicht sagen. Ich wusste nicht einmal, wie es geschehen war.«

»Hat Ihnen jemand Gewalt angetan?«, fragte Friederike mitfühlend.

»Ich kann mich an gar nichts erinnern.« Eine einzelne Träne rollte über Fräulein Brunners Wange. »Da ist nur Dunkelheit, aber die war schon immer da, schon lange vor dem Kind.«

»Seit wann etwa haben Sie diese Gedächtnislücken?«, fragte Friederike weiter.

»Schon lange, aber meine Familie hielt es für Schlafwandeln. Einmal, da war ich wohl fünf oder sechs, hat ein Dienstbote mich nachts auf der Straße vor dem Haus aufgegriffen und ich wusste nicht, wie ich dorthin gekommen war. Der Arzt sagte, das komme bei kleinen Kindern öfter vor, es werde sich legen. Er hatte recht, aber dafür gab es dann Lücken in meinen Erinnerungen. Manchmal fehlen nur wenige Minuten, manchmal mutet es an, als wäre es ein ganzer Tag.«

Friederike und ihr Vater tauschten einen Blick aus.

»Ich möchte, dass Sie künftig ein Tagebuch führen«, sagte Doktor Meinhardt. »Sie sollen dort dreimal täglich eintragen, was Sie den Tag über getan haben. Und dann werden wir sehen, ob es Lücken in der Eintragung gibt. Legen Sie bestimmte Zeiten fest und schreiben Sie nur zu diesen Zeiten. Ich bin gespannt, ob Sie die Kontinuität aufrechterhalten können oder ob es Phasen gibt, in denen Sie nichts eintragen.«

Fräulein Brunner nickte, dann verließ sie das Behandlungszimmer. Nachdem sie weg war, fragte Friederike ihren Vater, ob er irgendeinen Verdacht habe.

»Ich frage mich, ob es sich um eine umfassende Amnesie handelt oder ob sie während dieser Phasen noch in der Lage ist, sich an andere Dinge aus ihrem normalen Leben zu erinnern. Wird sie auch in einer solchen Verfassung, an die sie sich später nicht zu erinnern vermag, Tagebuch führen? Oder wird sie es vergessen? Und wenn sie es führt, wird sie die gleiche Handschrift haben? Einem so spannenden Phänomen bin ich bislang noch niemals in natura begegnet. Es erinnert ein wenig an Stevensons Novelle von Dr. Jekyll und Mr Hyde, findest du nicht?«

»Ist dieser Vergleich nicht sehr weit hergeholt?«

»Gewiss«, gab ihr Vater zu. »Aber das Phänomen der zwei Seelen in einer Brust beschreibt es recht gut. Wenn wir wüssten, was die Amnesien auslöst, wären wir einen großen Schritt weiter. Du solltest dich eingehend um die junge Dame kümmern, Friederike. Ich denke, es lohnt sich.«

Und so verbrachte Friederike in den nächsten Tagen viel Zeit mit Fräulein Brunner und kam ihr immerhin so nahe, dass sie sie Juliane nennen durfte, wenngleich sie selbst weiterhin Frau von Aalen für die junge Frau blieb.

Es war eine gute Ablenkung von ihren Sorgen um Kuno, die sich weiter verstärkten, als sie Nachricht aus Lüneburg bekamen. Die Blutprobe am Messer hatte nicht ausgereicht, um ein eindeutiges Ergebnis durch den Uhlenhuth-Test zu liefern.

Am Abend nachdem das Ergebnis eingetroffen und gleichzeitig Kunos weitere Unterbringung in Hannover angeordnet worden war, ging Friederike still und in sich gekehrt in ihr Schlafzimmer. Bernhard bemerkte ihre Niedergestimmtheit und fragte sie beim Zubettgehen, warum sie so traurig sei.

Sie erzählte es ihm.

»Und das passiert, weil sie Kuno nicht glauben, was er sagt?«, fragte er. »Würde man mir glauben, Rieke?«

»Was meinst du damit?«, fragte sie, während sie sich in seine Arme kuschelte und sich der Illusion längst vergangener Geborgenheit hingab – Erinnerungen an eine Zeit, da er ihr alle Sorgen abgenommen hatte, anstatt ihr neue zu bereiten.

»Wenn man mir etwas vorwirft, ich aber unschuldig bin?«

»Was sollte man dir vorwerfen, Bernhard?«

»Würde man mir glauben?«, beharrte er, ohne auf ihre Frage zu antworten.

»Ich würde dir immer glauben, das weißt du doch.«

»Du glaubst auch Kuno, aber er wurde trotzdem weggesperrt.«

»Was geht dir im Kopf herum, Bernhard?«

»Ich bin blöd geworden«, sagte er. »Ich weiß vieles nicht mehr. Ich kann nicht mehr lesen und schreiben. Keiner außer dir wird mir glauben.«

Friederike horchte auf. So differenziert hatte sie ihn schon lang nicht mehr erlebt. »Wieso denkst du das?«

»Stimmt es nicht?«

»Du bist nicht blöd. Du hast eine schwere Kopfverletzung überlebt.«

»Ja, deshalb bin ich blöd geworden«, sagte er. »So wie einer, der ein Bein verliert, nicht mehr laufen kann. Und einer wie Walter hässlich ist, weil das Gesicht verbrannt ist. Und die Leute sagen, ich bin blöd und einer ohne Bein ist ein Krüppel und Walter hässlich.«

»Bernhard, wer hat gesagt, dass du blöd bist?«

»Alle sagen das.«

»Habe ich das jemals gesagt? Oder mein Vater? Oder Walter?«

»Nein, ihr nicht. Aber die anderen, die im Dorf.«

»Hat sich jemand über dich lustig gemacht?«, hakte Friederike nach.

Bernhard zögerte kurz, dann schüttelte er den Kopf.

»Wie kommst du dann auf dieses Thema?«

»Weil keiner Kuno glaubt, aber Kuno ist unschuldig. Sie glauben ihm nicht, weil er auch blöd ist. So wie ich.«

Die Art, wie Bernhard sprach, machte Friederike auf doppelte Weise betroffen. Zum einen hatte sich seine Ausdrucksweise erkennbar verbessert, seit er so viel Zeit mit Walter verbrachte. Und auch wenn er bei Weitem nicht seine alten Fähigkeiten zurückerlangt hatte und auch nur auf einen eingeschränkten Wortschatz zurückgreifen konnte, sprach er doch wieder mehr wie ein Erwachsener. Zugleich berührte sie seine Selbsterkenntnis, wie er langsam begriff, dass er anderen unterlegen war – ausgerechnet er, der früher für seinen Wortwitz, seine Schlagfertigkeit und seine schnelle Auffassungsgabe bekannt gewesen war. Sie fragte sich, ob diese Erkenntnis wirklich gut war. Wäre sein Schicksal gnädiger gewesen, wenn es ihm seine kindliche Unbefangenheit gelassen hätte, die Unfähigkeit, sich selbst zu hinterfragen? Oder waren diese Fortschritte ein weiterer Schritt in Richtung einer Genesung? War er nach all den Jahren doch noch nicht am Ende dessen angelangt, was er erreichen konnte? Friederike spürte, wie sich ein winziger Hoffnungsschimmer in ihr Herz stahl – eine Hoffnung, die sie vor langer Zeit begraben hatte, weil die Erinnerung an das, was sie durch seine Verletzung verloren hatte, so schmerzhaft war.

»Du bist nicht blöd, Bernhard«, flüsterte sie. »Du bist der Mann, den ich liebe. Das warst du immer und das wirst du immer sein.«

Bernhard sagte nichts, aber sie spürte, wie er sie fester an sich zog. Beschützend und liebevoll.

10. Kapitel

Am folgenden Morgen wurde die friedliche Stille auf Gut Mohlenberg durch den Dorfvorsteher Engerlin durchbrochen. Die Familie hatte sich gerade vom Frühstückstisch erhoben, als Engerlin in den Raum stürmte.

»Es ist ein Serienmörder!«, rief er aufgebracht. »Erst Trudi und nun auch noch Alfons!«

Friederike erstarrte und war zugleich froh, dass ihre Großmutter und Fräulein Brunner den Frühstücksraum bereits verlassen hatten.

Ihr Vater ging dem Dorfvorsteher entgegen. »Was sagen Sie da? Alfons wurde ermordet? Wann?«

»Das wissen wir nicht so genau. Er ist vorgestern, nachdem er die Fuhren mit Heu und Hafer hier abgeliefert hatte, nicht mehr nach Hause gekommen. Heute früh fand man ihn ganz in der Nähe – dort, wo auch Trudi tot aufgefunden wurde. Er wurde erstochen und der Täter hat ihn ebenfalls verstümmelt.« Der Dorfvorsteher räusperte sich.

»Was heißt das, er hat ihn verstümmelt?«, bohrte Doktor Meinhardt nach. Engerlin warf Friederike einen entschuldigenden Blick zu, ehe er antwortete. »Man hat ihm die Hoden abgeschnitten und in den Schlund gestopft.«

»Oh Gott!«, rief Friederike und spürte Übelkeit aufsteigen. Dann sah sie zu Bernhard, der neben ihr saß und den Dorfvorsteher mit ausdrucksloser Miene anstarrte, ganz so, als könnte er nicht begreifen, was hier vor sich ging. Und tief in ihrer Seele hoffte Friederike, dass es diesmal wirklich so war.

»Es war grauenvoll«, fuhr Engerlin fort. »Anfangs hat sich niemand was dabei gedacht, als Alfons nicht zurückkam. Der ist ein Hallodri, der hat sich schon öfter mal rumgetrieben. Aber dass er tot ist und dann auf diese Weise ...« Der Dorfvorsteher atmete schwer und wischte sich mit seinem Taschentuch über die Stirn. »Die Leute sind tief beunruhigt. Der zweite Mord in so kurzer Zeit und wieder wurde das Opfer verstümmelt. Das kann nur die Tat eines Wahnsinnigen sein.«

»Allerdings ist diesmal ausgeschlossen, dass Kuno der Täter ist. Und wenn Sie von einem Serienmörder ausgehen, dürfte damit auch Kunos Unschuld im Hinblick auf die unglückliche Trudi bewiesen sein.«

»Kriminalkommissar Lechner wurde bereits informiert und wird im Laufe des Tages gemeinsam mit Doktor Schröder kommen, um den Fall zu untersuchen«, sagte Engerlin. »Ich bin kein Kriminaler, ich weiß nichts von der Arbeit der Polizei, aber vielleicht wäre es hilfreich, wenn Sie schon jetzt eine Liste erstellen würden, wer Alfons hier zum letzten Mal lebend gesehen hat?«

»Wir werden uns darum kümmern«, versprach Friederikes Vater.

»Und noch etwas«, fügte Engerlin hinzu. »Es lässt sich besser keiner Ihrer Patienten im Dorf blicken. Die Stimmung ist aufgeheizt, zumal Alfons ein kräftiger junger Mann war, der sich wehren konnte.«

»Und wenn er angefangen hat?«, fragte Bernhard.

Engerlin sah Bernhard mit gerunzelter Stirn an. »Was meinen Sie damit?«

»Wenn er Streit hatte? Männer streiten manchmal. Und dann passiert was.«

»Ja, aber danach schneidet niemand dem Opfer die Hoden ab und stopft sie ihm in den Mund«, sagte Friederikes Vater.

»Und wenn das ein anderer war?«, fragte Bernhard beharrlich weiter. »Einer hat Streit und ein anderer schneidet ihm was ab?«

»Das ist doch Unsinn, Bernhard«, wehrte Friederikes Vater ab. »Nein, hier haben wir es mit einem perversen Mörder zu tun, das ist kein Streit unter Männern, der tragisch endete.«

»So sehe ich das auch«, sagte der Dorfvorsteher. »Die Aufklärung dieses grauenhaften Falles sollten wir lieber der Polizei überlassen, darüber müssen Sie sich nicht den Kopf zerbrechen, Herr von Aalen.«

Bernhard sah Friederike fragend an. Sie strich ihm sanft über die Schulter. »Herr Engerlin hat recht, Bernhard. Halt dich da am besten ganz raus, die Polizei wird ihre Arbeit schon machen.«

»Ist gut, Rieke«, sagte er. »Ich geh dann zu Wotan.«

»Aber reite heute nicht allein aus«, sagte sie. »Bleib bitte in der Reitbahn.«

»Ja, Rieke.« Dann verließ er den Salon.

Engerlin seufzte. »Es ist jedes Mal ein Trauerspiel, wenn man mit ansehen muss, was aus Ihrem Mann geworden ist.«

»Ja«, sagte Friederike leise. »Aber ich bin dankbar über jeden Fortschritt, den er macht.«

Am frühen Nachmittag erschienen Kriminalkommissar Lechner und Doktor Schröder auf Gut Mohlenberg.

Friederike und ihr Vater empfingen die beiden in Doktor Meinhardts Büro.

»Es ist sehr bedauerlich, dass wir uns unter solchen Bedingungen so schnell wiedersehen«, sagte Doktor Schröder, während er Friederikes Vater die Hand reichte.

»Haben Sie den Toten bereits untersucht?«, fragte Doktor Meinhardt.

Der Pathologe nickte. »An seinem Körper finden sich Hinweise auf einen Kampf. Laut Zeugenaussagen gehörte die Tatwaffe dem Toten. Er muss wohl die Gefahr erkannt und zur Waffe gegriffen haben. Da sich an den Händen des Opfers keine Abwehrverletzungen befinden, ist davon auszugehen, dass der Täter ihm die Waffe entwendete und dann in einem tödlichen Winkel direkt von unten zwischen den Rippenbögen hindurch ins Herz stieß. Diese Art der Tötung ist eine Kunst für sich, denn es erfordert viel Geschick, einem Mann das eigene Messer wegzunehmen und kurz darauf im richtigen Winkel einen einzigen tödlichen Stoß auszuführen. Bei einer reinen Affekttat wären mehrere Stichverletzungen zu erwarten gewesen.«

»Und das wiederum spricht für einen Mann mit Kampferfahrung«, sagte Lechner. »Wir lenken unser Augenmerk deshalb auf Weltkriegsveteranen. Gibt es unter Ihren Patienten welche?«

»Nur meinen Mann«, sagte Friederike. »Und der war bei der Kavallerie im Schützenregiment.«

»Nachdem ich Ihren Mann bei meinem letzten Besuch kennengelernt habe, können wir ihn mit Sicherheit als Täter ausschließen«, sagte Doktor Schröder mit einem versöhnlichen Lächeln. »Ihm fehlt nicht nur die notwendige Kaltblütigkeit, sondern auch die Fähigkeit, so schnell und gezielt zu handeln.« Er machte eine kurze Pause. »Allerdings stellt sich mir eine andere Frage. Wie gut kennen Sie eigentlich Walter Pietsch?«

Doktor Meinhardt runzelte die Stirn. »Verdächtigen Sie ihn etwa?«

»Er ist ein Weltkriegsveteran, nicht wahr?«, fragte Kommissar Lechner. »Was wissen Sie über ihn?«

»Sie sollten ihn lieber selbst befragen«, sagte Friederikes Vater. »Ich halte nichts davon, mich an Spekulationen über Dritte zu beteiligen. Andererseits würde ich es schätzen, wenn Sie dafür sorgen könnten, dass Kuno nicht länger in der geschlossenen Anstalt bleiben muss. Dieser zweite Vorfall beweist meines Erachtens seine Unschuld, zumal Sie glauben, einen Zusammenhang zwischen den Mordfällen zu erkennen.«

Lechner räusperte sich. »Das ist Aufgabe des Gerichts, das die Unterbringung verfügt hat, ich habe darauf keinen Einfluss.«

»Aber Sie könnten dem Gericht die neuen Erkenntnisse mitteilen.«

»Bislang gibt es im Fall Kuno keine neuen Erkenntnisse«, widersprach Schröder. »Die junge Magd starb durch Ertrinken, der Knecht wurde gezielt im Verlauf eines Kampfes mit seinem eigenen Messer erstochen. Die einzige Verbindung zwischen den beiden Toten besteht in einer Verstümmelung ihrer Geschlechtsmerkmale.«

»Eine sehr augenscheinliche Verbindung«, meinte Friederikes Vater. »Einer schwangeren Frau wird der Bauch aufgeschnitten und einem jungen Mann, der noch dazu den Ruf eines Schürzenjägers hatte, werden die Hoden abgetrennt und in den Schlund gestopft.« Er atmete tief durch. »Möglicherweise ist das Kind der Toten die Verbindung. Alfons war dafür bekannt, vor keinem Rock haltzumachen.«

Lechner horchte auf. »Sie meinen eine Vergeltung?«

»Ich meine gar nichts, ich habe nur das zusammengefasst, was mir bekannt ist. Daraus Schlussfolgerungen zu ziehen ist Ihre Aufgabe.«

»Wissen Sie, wer Alfons hier auf Gut Mohlenberg als Letzter gesehen hat?«, fragte Lechner nun.

Friederike zögerte. Es widerstrebte ihr, dem Beamten von dem Zwischenfall mit Fräulein Brunner zu erzählen, andererseits würde er es ohnehin herausfinden, wenn er weiter herumfragte, und ein Verschweigen würde ein schlechtes Licht auf ihre Glaubwürdigkeit werfen.

»Ich nehme an, das war ich«, sagte sie. »Alfons hat sich einer unserer Patientinnen aus gutbürgerlichem Haus auf unangemessene Weise genähert und ich habe ihn darauf hingewiesen, dass ein derartiges Verhalten hier nicht erwünscht ist. Danach ist er gegangen.«

»Was genau heißt das?«

»Er war mit der jungen Dame im Heu und meine Großmutter kam gerade noch rechtzeitig hinzu, ehe etwas wirklich Unschickliches passieren konnte.«

»Und die junge Dame ... Was können Sie mir über sie erzählen?«

Friederike zögerte und sah ihren Vater an, der statt ihrer antwortete. »Sie ist hier, um sich einer Psychoanalyse zu unterziehen.«

»Und weshalb?«

»Das fällt unter die ärztliche Schweigepflicht.«

»Aber es könnte bedeutsam sein, wenn sie den Ermordeten kannte.«

»Das ändert nichts an der Schweigepflicht, an die ich mich in jedem Fall halten werde. Im Übrigen lege ich beide Hände dafür ins Feuer, dass die junge Dame nichts mit dem Mord zu tun hat. Sie hat das Gelände von Gut Mohlenberg seit ihrer Ankunft nicht verlassen.«

»Nun gut«, sagte Lechner und erhob sich. »Dann würden wir uns gern einmal mit Herrn Pietsch unterhalten.«

»Ich nehme an, er ist bei den Stallungen«, sagte Friederike. »Sie kennen sich ja bereits und werden ihn kaum übersehen.«

Nachdem der Kriminalkommissar und der Arzt sich verabschiedet hatten, sah Friederike ihren Vater fragend an.

»Was meinst du? War es der gleiche Täter?«

»Ich habe keine Ahnung«, erwiderte ihr Vater. »Aber ich bin mir sicher: Wer es auch war, niemand von unseren Patienten hat etwas damit zu tun.«

»Und was denkst du über Walter Pietsch?«

Ihr Vater runzelte die Stirn. »Fast jeder Mann in seinem Alter war im Krieg und hat dort das Töten gelernt. Die Polizei soll ihre Arbeit machen und sein Alibi überprüfen, ich halte mich aus sämtlichen Spekulationen heraus.«

11. Kapitel

Kurz nachdem Friederike das Büro ihres Vaters verlassen hatte, kam ihr Doktor Weiß entgegen. Sie sah dem Arzt seine Neugier deutlich an.

»Gibt es wieder einen Verdächtigen unter unseren Patienten?«, fragte er.

»Was glauben Sie?«, antwortete sie mit einer Gegenfrage.

»Ich denke, wir haben Kuno unrecht getan«, räumte er ein.

»Sie kennen ihn Ihr ganzes Leben lang, und wenn Sie sagen, er sei harmlos, sollten wir auf Sie hören, Frau von Aalen. Allerdings stellt sich die Frage, wer sonst für diese grausamen Taten infrage kommt.« Er atmete tief durch. »Der Krieg hat viele Männer seelisch zerstört, manche können es jahrelang verbergen, aber irgendwann bricht ihre dunkle Seite durch. Sie glauben nicht, was ich an der Front als Militärarzt alles mit ansehen musste.« Er seufzte abermals, um dann unvermittelt zu fragen: »Was denken Sie eigentlich über Herrn Pietsch?«

Friederike zuckte zusammen. Genau die gleiche Schlussfolgerung, die auch Kommissar Lechner gezogen hatte. Ein Weltkriegsveteran … Sie hatte Walter Pietsch bislang nur als freundlichen, hilfsbereiten Mann kennengelernt, der sich fürsorglich, ja fast auf freundschaftlicher Augenhöhe um Bernhard kümmerte.

»Er ist ein zuverlässiger, fleißiger Arbeiter, der unsere Patienten mit Respekt behandelt«, antwortete sie mit fester Stimme und wünschte zugleich, Doktor Weiß besäße die gleiche Zurückhaltung wie ihr Vater, um sich nicht an Spekulationen zu beteiligen. Leider hatte Doktor Weiß in diesem Punkt mehr Ähnlichkeit mit Kommissar Lechner.

»Aber zugleich auch jemand, dessen Papiere von zweifelhafter Herkunft sind«, sagte er. »Sie haben ihn letztlich nur eingestellt, weil Bernhard ihn mochte. Glauben Sie mir, Frau von Aalen, ich habe schon so manch seelisch zerstörten Intellekt kennengelernt. Nach außen hin vermögen diese Menschen eine freundliche, charmante Fassade aufzubauen, aber was in ihrem Inneren vorgeht, ahnt niemand.«

»Sie verdächtigen allen Ernstes Herrn Pietsch?« Sie sah ihn mit gerunzelter Stirn an.

»Wen sonst? Er ist neu hier, und erst seit er aufgetaucht ist, geschehen in diesem friedlichen Ort abscheuliche Morde, die fast schon etwas von Ritualtötungen an sich haben. Was soll man davon halten? Es ist einfach nur grauenhaft – so grauenhaft, dass es sich nur ein vollständig zerstörter Geist auszudenken vermag. Ich bin im Krieg einmal einem solchen Serienmörder begegnet. Nach außen wirkte er wie ein netter junger Mann, aber sobald ihn der Trieb gepackt hatte, war er nur noch auf der Pirsch. Er hatte die fanatische Idee, unverwundbar zu werden, wenn er sich vom Blut derer ernährte, die einen gefährlichen Angriff überstanden hatten. Über mehrere Wochen fanden wir in den Schützengräben ausgeblutete Männer, denen hinterrücks die Kehle durchgeschnitten worden war. Und als man den Schlitzer, wie sie ihn nannten, auf frischer Tat ertappte, waren alle entsetzt. Niemand weiß, ob dieser Mann schon vorher den Drang zum Morden verspürt hatte oder ob er durch den Krieg den Verstand verloren hat. Er war ein Mörder, der seine Verrücktheit sehr gut zu tarnen wusste – als würden zwei Seelen in ihm leben. Wissen wir, was Walter Pietsch wirklich erlebt hat? Welche seelischen Wunden seine äußere Entstellung gerissen hat? Was ist, wenn er auch innerlich zu dem Monster wurde, das er äußerlich ist?«

»Wie können Sie jemanden ein Monster nennen, nur weil sein Gesicht von Brandwunden entstellt ist, die er sich im Dienste für sein Vaterland zugezogen hat?«, fuhr Friederike ihn heftiger an, als sie es eigentlich gewollt hatte. Aber Weiß' Ausführungen hatten sie sehr betroffen gemacht.

»*Ich* nenne ihn ganz gewiss nicht Monster. Doch Sie wissen selbst, wie grausam die Umwelt ist, wenn sie auf Menschen trifft, die von der Norm abweichen. Allein eine so schreckliche Verwundung würde ein tiefes Trauma in die Seele jedes Menschen graben. Aber dann auch noch für den Rest seines Lebens entstellt zu sein nimmt ihm doch jede Hoffnung, das Trauma irgendwann zu überwinden, nicht wahr? Und denken Sie an seine Begründung, warum er lieber nach Mohlenberg kam, als in einer großen Stadt wie Hamburg mit besseren Verdienstmöglichkeiten zu bleiben. Er wollte nicht länger angestarrt werden. Er hegt die Hoffnung, dass man sich hier bald an ihn gewöhnen werde und er dann einer wie alle anderen sei.«

»Aber gerade das spricht doch gegen Ihre Theorie von seiner Täterschaft. Er suchte eine neue Heimat und die hat er gefunden. Er passt gut zu uns. Warum sollte er all das aufgeben und zum Mörder werden? Das Einzige, was ihn mit den Morden in Verbindung bringt, ist die Tatsache, dass sie erst begannen, nachdem er hier war. Aber das allein macht ihn längst nicht zum Verdächtigen.«

»Wissen Sie wirklich, wie es in ihm aussieht, Frau von Aalen? Haben Sie sich jemals länger mit ihm unterhalten und hinter seine Fassade geblickt?«

»Und Sie?«, fragte Friederike zurück. »Wie gut kennen Sie ihn denn, wenn Sie derartige Theorien aufstellen? Ich sehe, wie gut er sich mit Bernhard versteht. Bernhard vertraut ihm und ich habe keinen Grund, an Bernhards Einschätzung zu zweifeln.«

»Das Thema hatten wir doch schon mal, Frau von Aalen. Bernhard ist wie ein Kind, er mag jeden, der freundlich zu ihm ist.«

»Sie täuschen sich schon wieder. Gerade seit Walter Pietsch hier aufgetaucht ist, hat Bernhard große Fortschritte gemacht. Ich habe von Herrn Pietsch gelernt, Bernhard mehr zuzutrauen. Seit er allein ausreitet, hat er sich verändert. Er denkt über Zusammenhänge nach und zieht seine eigenen Schlussfolgerungen, auch wenn die nicht immer unbedingt logisch sind. Aber es ist noch sehr viel Potenzial in ihm, das ich unterschätzt habe, da ich lediglich ein Kind und keinen Mann mehr in ihm sah.«

Doktor Weiß nickte langsam. »Ich verstehe Sie sehr gut«, sagte er. »Aber ich rate Ihnen, sich Ihre gesunde Skepsis Walter Pietsch gegenüber zu bewahren. Vielleicht sollten Sie doch ein Auge auf ihn haben. Sie sehen bislang nur das, was Sie sehen wollen. Wie wäre es, wenn Sie ihn in ein freundschaftliches Gespräch verwickeln und ein wenig nach seiner Vergangenheit befragen? Ihnen wird er gewiss weniger misstrauisch gegenüberstehen als mir.«

»Warum sollte er Ihnen gegenüber misstrauisch sein?«, fragte Friederike aufrichtig erstaunt.

»Solche Männer neigen dazu, Frauen zu unterschätzen. Sie glauben, sie mit ihrem Charme bezirzen zu können. Doch Sie sind eine hochintelligente Frau, bei Ihnen wird ihm das nicht gelingen. Von Ihnen wird er sich leichter ausfragen lassen als von einem Mann.«

Friederike atmete tief durch. Sie wollte Doktor Weiß entgegenhalten, dass es Unsinn sei, dass es keinen Grund gebe,

Walter Pietsch zu misstrauen, aber ganz sicher konnte sie sich dessen nicht sein. Und zudem – was schadete es schon, wenn sie sich tatsächlich ein bisschen näher mit ihm befasste? Gegen ein freundliches Gespräch war nichts einzuwenden und einen guten Vorwand hatte sie schon. Sie würde ihn einfach fragen, wie er sich nach dem Verhör durch Herrn Lechner fühle.

»Vielleicht haben Sie recht«, sagte sie schließlich. »Ich werde noch heute mit ihm sprechen.«

»Halten Sie mich auf dem Laufenden? Mit meiner Expertise kann ich Ihnen bei der Deutung der Ergebnisse gewiss dienlich sein.«

Sie nickte. »Allerdings glaube ich nicht, dass Herr Pietsch mir Anlass geben wird, an seinen lauteren Motiven zu zweifeln«, sagte sie. »Bislang halte ich ihn für eine Bereicherung unserer Einrichtung.«

»Das eben ist die Kunst der gefährlichen Geisteskranken – sie machen sich stets unentbehrlich«, erklärte Doktor Weiß. »Und jetzt entschuldigen Sie mich bitte, Frau von Aalen, ich habe noch einiges zu tun.«

Ungefähr eine halbe Stunde später verließen Kriminalkommissar Lechner und Doktor Schröder Gut Mohlenberg, nachdem sie die Befragung von Walter Pietsch abgeschlossen hatten. Friederike sah Walter kurz darauf zusammen mit Bernhard bei der Reitbahn und ging auf die beiden zu.

»Wie ist es Ihnen ergangen?«, fragte sie Walter.

Er lächelte. »Keine Sorge, Kommissar Lechner hat lediglich seine Pflicht getan.«

»Was wollte er denn von Ihnen wissen?«

»Das Übliche. Wo ich war, als Alfons ermordet wurde. Der Hufschmied war zum fraglichen Zeitpunkt bei uns, um Walküre neu zu beschlagen.«

Friederike nickte. »Ich erinnere mich an Ihr Gespräch mit Bernhard.«

»Ja, und dann wollte er noch wissen, ob mir irgendetwas Seltsames aufgefallen sei. Aber das war nicht der Fall.« Walter nahm seine Schirmmütze ab und strich sich das dunkelbraune Haar zurück. Für einen Moment glaubte Friederike, einen blonden Schimmer am Ansatz aufleuchten zu sehen, doch ehe sie sich vergewissern konnte, hatte er seine Kappe wieder aufgesetzt. Sie verabschiedete sich kurz darauf, aber ihre Beobachtung ließ ihr keine Ruhe. Hatte sie sich nur etwas eingebildet, lediglich eine Reflexion des Sonnenlichts gesehen? Oder war es gar kein blonder Ansatz, sondern das Haar war weiß? Versuchte er, einen weiteren Makel zu verbergen, um nicht auch noch wie ein Greis zu erscheinen, wo er doch bereits durch sein Gesicht abschreckend genug wirkte? Am einfachsten wäre es, wenn sie ihn fragte, aber ohne dass sie es wollte, hatten Doktor Weiß' Worte Misstrauen in ihrem Herzen gesät. Es stimmte: Bevor Walter Pietsch in Mohlenberg aufgetaucht war, war es ein friedlicher Ort gewesen. Hier war noch nie jemand gewaltsam zu Tode gekommen. Zudem hatte Doktor Weiß noch in anderer Hinsicht recht. Walter Pietschs Papiere waren zweifelhaft. Seine Geschichte konnte stimmen, aber es wäre ebenso gut möglich, dass er einen Vorwand gesucht hatte, um eine andere Identität anzunehmen. Dazu würde es auch passen, dass er seine Haare färbte. An seinem Gesicht würde ihn so oder so kaum jemand wiedererkennen.

Ich werde schon selbst ganz wirr im Kopf, dachte sie bei sich. *Vermutlich gibt es für alles eine harmlose Erklärung.* Aber warum hatte sie dann Hemmungen, Pietsch direkt zu fragen? Was genau befürchtete sie? Dass er gekränkt wäre? Oder aber dass Doktor Weiß recht hatte und sie das wilde Tier in ihm weckte? Die Bestie, die Menschen tötete und grausam verstümmelte? Bei diesem Gedanken schämte sie sich, doch zugleich konnte sie nichts gegen ihre Angst tun. Sie atmete mehrfach tief durch. Wenn Pietsch sich wirklich regelmäßig die Haare färbte, müsste sie entsprechende Utensilien in seiner Stube finden. Es widerstrebte ihr, in seiner privaten Kammer herumzuschnüffeln, andererseits brauchte sie Gewissheit. Sollte sie nichts Verdächtiges entdecken, war sie einem Irrtum aufgesessen. Aber was, wenn sie doch etwas fände? Wie sollte sie dann vorgehen? Sämtliche Optionen kamen ihr riskant vor. Sprach sie Walter an, brachte sie sich in Gefahr, sollte er wirklich der Täter sein. Gab es eine harmlose Begründung, brachte sie ihn unnötig in Verdacht, wenn sie Doktor Weiß oder ihren Vater ins Vertrauen zog.

Sie schluckte, dann ging sie zu den Unterkünften der Angestellten, die um diese Zeit verlassen waren.

Walter Pietschs Stube war abgeschlossen, was auf Gut Mohlenberg nicht üblich war. Noch ein Punkt, der sie misstrauisch machte. Warum wollte er verhindern, dass jemand sein Zimmer betrat? Hatte er etwas zu verbergen? Nun, für sie war eine verschlossene Tür kein Hindernis, denn sie besaß einen Generalschlüssel. Sie schaute sich kurz um, dann steckte sie ihn schnell ins Schloss und drehte ihn um.

Das Zimmer sah ordentlich und aufgeräumt aus. Die einzigen Hinweise darauf, dass es bewohnt war, waren der Rasierpinsel und das Rasiermesser sowie ein Stück Seife, die neben der Waschschüssel auf dem Waschtisch lagen. Sie öffnete die kleine Schublade des Tisches. Zunächst fiel ihr Blick auf ein verpacktes Stück Seife, dann sah sie zwei kleine abgegriffene Blechbüchsen. Neugierig zog sie sie heraus. In der ersten fand sie ein Eisernes Kreuz II. Klasse und dahinter eine Fotografie. Es zeigte einen Leutnant auf einem Fuchs – scheinbar ein temperamentvolles Pferd, denn der Pferdekopf war leicht verwackelt, als hätte das Tier ihn gerade in dem Moment hochgerissen, als der Fotograf auf den Auslöser gedrückt hatte. Der Mann selbst trug eine ähnliche Uniform wie Bernhard. Friederike versuchte zu erkennen, ob es dasselbe Regiment war, aber dazu war das Foto zu unscharf. Das Haar des Reiters war unter der Uniformmütze verborgen, aber er trug einen gepflegten blonden Vollbart. War das Walter vor seiner Verwundung? Das Gesicht auf dem Foto war zu klein und undeutlich, um es mit Walters entstellten Zügen abgleichen zu können. Immerhin sprach das Eiserne Kreuz für seine Tapferkeit. Hinweise darauf, wofür es ihm verliehen worden war, fand sie nicht.

In der zweiten Büchse lag ein Papiertütchen, das dunkles Pulver enthielt. Sie nahm eine Prise und zerrieb sie zwischen Daumen und Zeigefinger, bis ein bräunlicher Ton zurückblieb. Als sie die Farbe mit ihrem Taschentuch wieder abwischen wollte, stellte sie fest, dass sie sich auf ihrer Haut festgesetzt hatte. Sie legte das Tütchen zurück in die Blechdose und die beiden Büchsen dann wieder so in die Schublade, wie sie sie vorgefunden hatte. Anschließend verließ sie Walters Stube und schloss die Tür hinter sich ab. Während sie in ihr Wohnhaus zurückkehrte, versuchte sie wiederholt, die braune Farbe von ihren Fingern zu reiben, doch die hielt sich hartnäckig. Was auch immer diese Substanz sein mochte, sie war durchaus dazu geeignet, helles Haar braun zu färben. Ihre Unsicherheit wuchs …

12. Kapitel

Am folgenden Morgen hatte Friederike das Grübeln satt und entschloss sich, Doktor Weiß ins Vertrauen zu ziehen. Sie hatte lange überlegt, ob sie nicht lieber zu ihrem Vater gehen sollte, aber ihr Vater war ein ausgesprochen geradliniger Mann. Er würde Walter zur Rede stellen, zumal er wegen dessen Papieren von Anfang an misstrauisch gewesen war. Aber genau das wollte Friederike vermeiden. Sie wollte im Stillen beobachten und abwarten und da schien ihr Doktor Weiß der bessere Ratgeber. Auch wenn sie nicht in allen Dingen seiner Ansicht war, so hatte sie ihn stets als korrekten, zuverlässigen Arzt kennengelernt, der nie vorschnelle Schlüsse zog und auf den sie sich verlassen konnte.

Trotz ordentlichen Schrubbens mit der Wurzelbürste waren einige winzige Pünktchen der braunen Farbe an ihren Fingern verblieben. Die Hartnäckigkeit, mit der die Farbe anhaftete, erinnerte sie an Henna oder die Verfärbungen, die Silbernitrat auf der Haut hinterließ. Sie zeigte Doktor Weiß diese letzten Spuren und erzählte ihm von ihrer Entdeckung. Er runzelte die Stirn.

»Ein Mann mit zweifelhaften Papieren, einem entstellten Gesicht und gefärbten Haaren ...«, sagte er dabei. »Und kaum taucht er auf, geschehen in einem friedlichen Ort zwei grauenvolle Morde. Wir sollten Ihre Entdeckung der Polizei mitteilen.«

»Aber vielleicht gibt es dafür eine harmlose Erklärung? Ich möchte ihn nicht unnötig in Verruf bringen, schließlich ist es kein Verbrechen, sein Haar zu färben.«

»Wenn es eine harmlose Erklärung gibt, steht es ihm doch frei, sie der Polizei mitzuteilen.«

»Möglicherweise ist die Erklärung nur harmlos in Bezug auf den Mordverdacht«, gab Friederike zu bedenken. »Wir wissen ja sonst nicht viel über ihn, allerdings schätze ich ihn sehr und möchte ihm keine Schwierigkeiten machen.«

»Weil er den Schlüssel zu Ihrem Herzen gefunden hat«, bemerkte Doktor Weiß. »Er hat schnell erkannt, dass er Sie für sich gewinnen kann, wenn er Bernhard um den Finger wickelt. Wie ich Ihnen schon sagte, Frau von Aalen, ich habe in meiner Militärzeit in die tiefsten menschlichen Abgründe geblickt. Wir sollten es der Polizei melden.«

»Nein, ich bitte Sie, noch etwas zu warten. Auf ein paar Tage mehr oder weniger kommt es nicht an und ich möchte gern Gewissheit haben.«

»Was ist, wenn er in diesen Tagen erneut mordet? Und welche Art von Gewissheit streben Sie an?« Das Stirnrunzeln des Arztes vertiefte sich.

»Wir sollten ihn beobachten. Im Übrigen hat er für den Mord an dem jungen Knecht ein Alibi. Zur Tatzeit war der Hufschmied bei Walküre und Herr Pietsch ist ihm zur Hand gegangen.«

Doktor Weiß nickte langsam. »Nun gut, wie Sie meinen, auch wenn mir wohler dabei wäre, wenn wir das der Polizei überließen, anstatt selbst Detektiv zu spielen. Wenn er wirklich ein perverser Mörder ist, sind wir alle in Gefahr.«

In den folgenden Tagen machte Friederike ihr Vorhaben wahr. Sie sorgte dafür, dass Walter Pietsch für Aufgaben eingeteilt wurde, die ihn auf dem Gelände hielten und es ihr sogar ermöglichten, ihn von ihrem Fenster im Büro aus im Auge zu behalten. Sie legte zudem ihre gemeinsamen Stunden mit Juliane Brunner so, dass sie sie in der Nähe von Walter abhalten konnten. Juliane hatte den Wunsch geäußert, sich im Reiten versuchen zu dürfen. Ihr Vater und ihr Bruder hatten es ihr stets verboten, obwohl sie Pferde liebte.

Und so durfte Juliane sich auf Friederikes fügsamer Walküre in der Reitbahn im Damensattel erproben, wenngleich sie den Herrensattel vorgezogen hätte.

»Man hat so doch viel mehr Freiheit und kann sich viel besser auf dem Pferd halten«, meinte sie enttäuscht. »Eine unserer Nachbarinnen ritt stets im Herrensitz.«

»Haben Sie denn Reithosen dabei? Oder überhaupt Hosen, die zum Reiten geeignet wären?«, fragte Friederike.

»Nein.«

»Na sehen Sie.« Friederike seufzte. »Also versuchen Sie es erst einmal im Damensattel.«

Walter Pietsch brachte die gesattelte Walküre aus dem Stall und reichte Bernhard die Zügel. »Willst du sie führen?«, fragte er ihn. Bernhard nickte.

»Ich dachte, ich darf allein reiten«, murrte Juliane. »In der Bahn kann doch nichts passieren.«

»Wenn Sie allein in den Sattel kommen, können Sie auch allein reiten«, sagte Walter mit einem Augenzwinkern. Juliane funkelte ihn trotzig an, dann versuchte sie aufzusteigen, musste aber feststellen, dass das gar nicht so einfach war.

»Warten Sie, ich helfe Ihnen.« Walter gab ihr galant eine Aufstiegshilfe.

»Vielen Dank! Und was mache ich jetzt?«

»Fragen Sie Frau von Aalen. Woher sollen wir Mannsbilder wissen, wie man ein Pferd im Damensattel antreibt.« Walter grinste breit.

»Herr Pietsch, Sie enttäuschen mich«, sagte Friederike mit gespieltem Tadel. »Ich dachte, Sie wüssten alles über Pferde.« Dann wandte sie sich wieder Juliane zu. »Lassen Sie sich von Bernhard erst einmal ein paar Runden durch die Bahn führen, um sich an die Sitzhaltung zu gewöhnen. Sobald Sie sich im Sattel sicher fühlen, erkläre ich Ihnen die nächsten Schritte.«

Während Bernhard das Pferd in der Bahn führte und Juliane zunächst bedrohlich schwankte, sich aber dennoch tapfer aufrecht hielt, trat Walter Pietsch näher an Friederike heran.

»Gestatten Sie mir eine Frage, Frau von Aalen?«

»Selbstverständlich.«

»Warum beobachten Sie mich seit einigen Tagen?«

Sie zuckte zusammen. Eine so unvermittelte Frage hatte sie nicht erwartet, zumal sie geglaubt hatte, völlig unbemerkt und unauffällig zu handeln.

»Wie … wie kommen Sie denn darauf?«

»Bitte leugnen Sie es nicht, ich weiß sehr gut, wann man mir nachspioniert. Was ist los? Verdächtigen Sie mich, der Mörder zu sein?«

Sie erblasste. Seine Offenheit entwaffnete sie. »Nein … Im Gegenteil … Ich …«, stammelte sie.

»Mir ist schon aufgefallen, wie viel Misstrauen mir Doktor Weiß entgegenbringt, und das von Anfang an«, unterbrach er sie. »Ich kann Ihnen versichern, dass ich nichts mit den Morden zu tun habe. Kommissar Lechner hat mein Alibi überprüft.« Er atmete tief durch und Friederike fühlte sich unbehaglich. Allerdings weniger, weil sie sich fürchtete, sondern vielmehr aus Scham, weil er sie ertappt hatte. Aber da er sie ohnehin ertappt hatte, konnte sie es nun mit einem Gegenangriff versuchen.

»Gut«, sagte sie. »Ich gebe es zu, ich habe Sie beobachtet. Es gibt trotz Ihres Alibis einige Ungereimtheiten. Warum färben Sie Ihr Haar?«

Unwillkürlich strich er sich über das Haar. »Das ist Ihnen aufgefallen?«

»Ich bin eine Frau, mir fällt so etwas auf.«

»Dann war ich wohl nicht sorgfältig genug.«

»Sie streiten es nicht ab?«

»Hören Sie«, flüsterte er. »In einem haben Sie recht – es gibt auf Gut Mohlenberg einige Ungereimtheiten. Aber das liegt nicht an meiner Person. Doktor Weiß arbeitet erst seit einem Jahr bei Ihnen, richtig?«

»Ja, aber ich verstehe nicht ...«

»Wenn Sie wirklich herausfinden wollen, was hier vor sich geht, sollten Sie in Erfahrung bringen, warum er hierher gewechselt hat und was vor über einem Jahr in der Heil- und Pflegeanstalt Langenhagen in Hannover vorgefallen ist. Dort hat er unmittelbar nach dem Weltkrieg gearbeitet.«

Friederike schluckte. Mit einer solchen Antwort hatte sie nun am allerwenigsten gerechnet.

»Wer sind Sie wirklich?«, fragte sie ihn.

»Sie kennen meine Papiere.«

»Zweitschriften«, sagte sie nur.

»Dennoch sind es meine Papiere. Wenn Sie mehr wissen wollen, suchen Sie in Langenhagen nach Antworten. Mehr kann ich Ihnen nicht sagen.«

Friederike sah ihn streng an. »Entweder Sie sagen mir offen, was Sie wissen, oder ich werde der Polizei mitteilen, dass Sie Ihr Haar färben. Die kann dann ihre eigenen Schlüsse daraus ziehen.«

»Wenn Sie das unbedingt wollen, tun Sie es. Es ist ja nicht verboten, sein Haar zu färben, oder? Ich habe ein reines Gewissen. Aber ich sage Ihnen eines, Frau von Aalen – hüten

Sie sich vor Doktor Weiß. Sie meinen, ihn zu kennen, aber Sie wissen nichts über ihn. Glauben Sie mir, eine Reise nach Langenhagen mit den richtigen Fragen würde sich lohnen.«

»Und wer sagt mir, dass Sie damit nicht einfach nur von sich ablenken wollen?«

Er atmete tief durch. »Niemand. Das müssen Sie ganz allein entscheiden. Ich kann Ihnen nur versichern, dass ich mit den Morden nichts zu tun habe.«

»Und warum wollen Sie dann Zweifel in meinem Herzen säen, ohne deutlich zu sagen, was mich in Langenhagen erwartet?«

»Ich möchte, dass Sie die Sache unvoreingenommen betrachten. Ich bin längst nicht mehr unvoreingenommen.«

Sie sah ihn fragend an. Er wich ihrem Blick aus, doch damit ließ sie sich nicht abspeisen.

»Warum sind Sie nicht mehr unvoreingenommen?«

»Ich habe Ihnen schon mehr gesagt, als gut für mich ist. Sie vertrauen mir nicht, weil Sie mich noch nicht lange kennen. Auch für mich ist es ein Risiko, Ihnen zu vertrauen, solange ich nicht weiß, wie Sie zu Doktor Weiß stehen. Ich kann Ihnen nur versichern, dass ich kein Mörder bin und keine bösen Absichten habe. Aber das, was hier passiert, passt in ein Muster, das mir seit Langem bekannt ist und das schon viele Leben zerstört hat.«

»Und Sie glauben, Doktor Weiß ist daran schuld?«

Walter nickte. »Wenn Sie mehr wissen wollen, reisen Sie nach Hannover in die Anstalt Langenhagen. Und wenn Sie zurückkommen, tauschen wir uns offen über Ihre Erkenntnisse aus.«

»Und wer sagt mir, dass Sie dann noch hier sind und sich nicht längst aus dem Staub gemacht haben?«

»Ich verspreche es Ihnen. Ich habe keinen Grund, Mohlenberg zu verlassen. Aber selbst wenn ich Sie jetzt belügen sollte, können Sie all Ihre Erkenntnisse an die Polizei weitergeben. Einen Mann mit meinem Aussehen wird man doch überall finden, nicht wahr? Ein Leben auf der Flucht ist für jemanden wie mich nicht möglich.«

Vielleicht war es die tiefe Resignation in seinen letzten Worten, die sie dazu bewog, ihm zu glauben. Aber vielleicht war es auch nur ihre eigene Neugier, der Wunsch, ein Geheimnis zu lüften und sich endlich wieder ein Stückchen lebendiger zu fühlen. Bernhard wurde jeden Tag ein bisschen mehr zu ihrem Mann, vielleicht war es an der Zeit, dass auch sie selbst wieder ein bisschen mehr zu der wissbegierigen Frau wurde, die sie vor seiner Verwundung gewesen war.

13. Kapitel

»Du willst Tante Vera in Hannover besuchen?«, fragte ihr Vater überrascht. »Gerade jetzt, wo hier so viel Unruhe herrscht?«

»Gerade deshalb, denn ich gedenke, Fräulein Brunner mitzunehmen. Sie kann etwas Abwechslung gut gebrauchen und eine gemeinsame Reise wird unsere freundschaftliche Beziehung vertiefen und uns vielleicht dabei helfen, Licht in ihre Vergangenheit und ihre seelische Dunkelheit zu bringen. Sie blüht langsam auf, diese seltsamen Zustände und ihr kokettierendes, lüsternes Verhalten sind zurückgegangen. Ich denke, es ist an der Zeit für einen neuen Schritt.«

Ihr Vater runzelte nach wie vor die Stirn, aber schließlich glätteten sich seine Züge und er nickte.

»Du hast recht, vielleicht ist es besser, sie ein wenig aus der Schusslinie zu bringen. Nicht dass der Ruf unserer Anstalt noch Schaden nimmt, wenn Fräulein Brunners Vater und Bruder von den Vorfällen hier hören.«

Friederike lächelte. Das war ja einfacher gewesen, als sie gedacht hatte. Natürlich war der Besuch bei Tante Vera lediglich ein Vorwand, um in die Anstalt nach Langenhagen zu kommen, aber der Besuch in Hannover würde Juliane auf jeden Fall guttun. Vielleicht könnte sie selbst sogar Kuno sehen. Es tat ihr in der Seele weh, dass niemand ein gutes Wort für ihn einlegte, damit er zurück nach Mohlenberg gebracht werden konnte, obwohl es niemanden mehr gab, der noch ernsthaft an seine Schuld glaubte.

Einzig Bernhard war missgestimmt, als er von ihrer Abreise hörte.

»Kann ich mitkommen?«, fragte er mit seinem treuherzigen Blick.

»Es ist besser, wenn du hierbleibst«, antwortete sie. »Wer soll sich sonst um Wotan und die anderen Pferde kümmern?«

»Das macht Walter«, lautete die spontane Antwort.

»Es wäre mir trotzdem lieb, wenn du auch hierbleibst.«

»Um die Frauen zu beschützen, damit ihnen kein böser Mann was tut?«, fragte Bernhard zu ihrer Überraschung.

»Ja«, sagte sie erleichtert. »Das ist mir wichtig, Bernhard. Ich möchte, dass du sie beschützt.«

»Gut, Rieke, das werde ich tun.«

Es hatte etwas Rührendes, wie er sich nach wie vor um andere sorgte und glaubte, er könnte sie schützen, auch wenn er längst nicht mehr in der Lage war, einem kampferprobten Mann die Stirn zu bieten. Früher, da war das anders gewesen ...

Sie hatten sich gerade erst kennengelernt, als er sie als Zuschauerin zu einem Fechtturnier eingeladen hatte, an dem mehrere Mitglieder seiner Garnison teilnahmen. Bernhard war ein ausgesprochen eleganter Fechter, es hatte fast etwas von einem Tanz, wie er die Deckung seiner Gegner innerhalb kürzester Zeit durchbrach und die Siegestreffer setzte. Natürlich wusste er genau, dass er zu den Favoriten gehörte, und ihre Anwesenheit spornte ihn besonders an. Am Schluss gewann er den Pokal und das war das erste Geschenk, das er ihr gemacht hatte. Dieser Pokal stand noch immer in der Vitrine des Salons. Damals hatte er ihr verraten, dass es sein größter Traum war, zur deutschen Olympiamannschaft im Fechten zu gehören, wenn die Spiele 1916 in Berlin stattfänden. Doch der Krieg verhinderte nicht nur die Olympischen Spiele, sondern auch die Erfüllung all ihrer gemeinsamen Träume …

Friederike schüttelte die Erinnerung ab. Sie wollte nicht an das denken, was verloren war, sondern sich an dem erfreuen, was ihr geblieben war. Und vor allem wollte sie herausfinden, was an Walter Pietschs Worten dran war.

Friederikes Tante Vera war die jüngste Schwester ihrer verstorbenen Mutter und hatte in eine gutbürgerliche Familie mit erheblichem Immobilienbesitz in Hannover eingeheiratet. Nach dem Tod ihres viele Jahre älteren Ehemannes führte sie ein gesellschaftlich aktives Leben, förderte Künstler und spendete für wohltätige Zwecke. In ihrem Haus fanden oft Gesellschaften statt, bei denen sich die intellektuelle Elite der Umgebung traf.

Umso erleichterter war Friederike, als sie erfuhr, dass in den nächsten Wochen kein größeres gesellschaftliches Ereignis anstand. Tante Vera begrüßte ihre Nichte und deren junge Begleiterin ausgesprochen herzlich und stellte ihnen für Ausfahrten in die Umgebung ihre persönliche Droschke samt Kutscher zur Verfügung.

»Ich liebäugle zwar schon seit Längerem mit einem Automobil und einem Chauffeur«, gestand sie dabei, während sie gemeinsam im Salon des Hauses Kaffee tranken, »aber bislang vertraue ich einem Pferd mehr. Die sind zuverlässiger und bringen einen ebenso schnell ans Ziel.«

Friederike nickte beiläufig. Sie hatte sich nie sonderlich für Automobile interessiert, auch wenn man die inzwischen immer öfter im Straßenbild sah. Dass ihre Tante sich dafür begeisterte, war hingegen nicht verwunderlich. Tante Vera war immer auf der Höhe der Zeit, selbst wenn das von vielen ihrer Verwandten mit einem Stirnrunzeln oder bestenfalls mit einem amüsierten Kopfschütteln betrachtet wurde. So hatte Friederike selbst auch zweimal hinsehen müssen, als Vera sie in Empfang nahm, denn trotz ihrer zweiundvierzig Jahre trug sie einen kurzen Pagenschnitt, der an die Haartrachten der alten Ägypter erinnerte, und hatte ihr Haar passend dazu dunkelrot gefärbt. Außerdem umschmeichelte eines dieser ebenfalls neumodischen formlosen Kleider ihren Körper, die die Weiblichkeit nicht mehr betonten, sondern für Androgynität standen. Allerdings sah das Kleid sehr bequem aus, so ganz ohne Korsett.

»Und, habt ihr schon eine Idee, was ihr euch alles ansehen wollt?«, fragte Tante Vera.

»Das Übliche, die Herrenhäuser Gärten, das Rathaus und außerdem wollte ich gern die Anstalt in Langenhagen besuchen.«

Tante Vera runzelte die Stirn. »Hast du nicht schon zu Hause genügend mit ... du weißt schon was zu tun?«

»Ich bin immer daran interessiert, neue Behandlungsmethoden kennenzulernen. Wäre Bernhard damals nicht verwundet worden, hätte ich mein Studium abgeschlossen und würde jetzt selbst als Ärztin arbeiten.«

»Das Leben ist schon seltsam«, sagte ihre Tante. »Ich habe mich immer gewundert, warum du so darauf beharrt hast, weiterzustudieren, obwohl du einen großartigen Mann wie Bernhard geheiratet hast, der dir alles bieten konnte. Aber ausgerechnet zu dem Zeitpunkt, da er nicht mehr in der Lage war, für eine Familie zu sorgen, hast du dein Studium aufgegeben. Dabei wäre es doch gerade dann sinnvoll gewesen, es zu beenden.«

»Wir haben auch so unser Auskommen«, sagte Friederike. »Ich arbeite in Vaters Anstalt und Bernhard erhält eine Invalidenrente als Kriegsbeschädigter. Die ist zwar nicht hoch, aber er ist auch noch an den Einkünften aus dem Familiengut beteiligt.«

»Warum bringst du dein Studium nicht jetzt zu Ende?«, fragte Tante Vera. »Du hattest doch nur noch ein Semester zu absolvieren, nicht wahr?«

Friederike senkte den Blick. »Ich kann Bernhard nicht allein lassen. Er braucht mich.«

»Für ihn ist doch auf Gut Mohlenberg gesorgt. Bekommt er es überhaupt noch mit, ob du da bist oder nicht? Er ist doch ziemlich … eingeschränkt.«

»Ob du es glaubst oder nicht, sein Zustand hat sich sehr verbessert, seit du uns das letzte Mal besucht hast. Er ist sogar wieder in der Lage, allein auszureiten.«

»Na, umso besser, dann kann er sich doch beschäftigen.«

Friederike schwieg. Tante Vera nahm das als Zustimmung und wandte sich Juliane zu.

»Und Sie, Fräulein Brunner? Sie stammen aus der berühmten Hamburger Familie Brunner?«

Juliane nickte stumm.

»Die Brunners sind im Überseehandel tätig, nicht wahr? Ich habe gehört, dass sie sich nach dem Weltkrieg recht schnell erholt haben, auch wenn man deutschen Handelsgesellschaften nach wie vor viele Steine in den Weg legt.«

»Es tut mir leid, ich bin leider nicht sehr gut über die Geschäfte meiner Familie informiert. Mein Vater meinte stets, das sei nichts für Frauen.«

»Was für ein Unsinn«, beschied Vera. »Es ist wichtig, dass wir Frauen möglichst viel wissen, selbst wenn wir die Arbeit den Männern überlassen. Sie sehen ja am Beispiel meiner Nichte, wie schnell wir auf uns gestellt sein können und der Weg in eine neue Ehe versperrt ist, weil es da noch einen hilflosen, pflegebedürftigen Ehemann gibt.«

»Tante Vera, ich bitte dich!«

Doch die ging nicht darauf ein.

»Wie planen Sie Ihr zukünftiges Leben, Fräulein Brunner? Eine gute Ehe oder Selbstständigkeit durch einen Beruf?«

Juliane schluckte. »Ich habe mir darüber noch nie Gedanken gemacht.«

»Das sollten Sie aber. Das ist die Aufgabe einer jeden Frau.«

Juliane schwieg und Friederike konnte sich lebhaft vorstellen, was sie dachte. Fürs Erste wäre sie gewiss damit zufrieden, wenn ihre Seele wieder ins Gleichgewicht zurückfände.

Am folgenden Vormittag brach Friederike unmittelbar nach dem Frühstück mit Juliane auf, um die Stadt zu besichtigen, wie sie Tante Vera erklärte. Der Kutscher war erstaunt, als Friederike ihn stattdessen anwies, sie als Erstes zur Anstalt Langenhagen zu fahren, aber bis auf ein überraschtes Heben der Augenbrauen ließ er sich nichts anmerken.

»Ist das die Anstalt, in der Kuno ist?«, fragte Juliane.

»Ja«, bestätigte Friederike – froh, dass die junge Frau ihr von sich aus eine so gute Ausrede lieferte. »Ich fürchte zwar, dass man uns nicht erlauben wird, ihn zu sehen, aber mein Vater kennt den dortigen Chefarzt aus seinen Studientagen und er wird der Tochter eines Kollegen gewiss gern seine Anstalt zeigen und mir zumindest Auskunft über Kunos Befinden geben.«

Langenhagen lag etwas außerhalb, so wie viele Landesheilanstalten. Sie bestand aus beeindruckenden Gebäuden, die größtenteils weiß verputzt waren, die Fenster und Türen waren von roten Backsteinen überwölbt. Besonders prächtig war die große Festhalle, die wie eine Mischung aus Kirche und Schloss wirkte. Aber auch die zahlreichen Pavillons und der Wasserturm gaben dem Besucher das Gefühl, es handle sich um eine eigene Stadt. Es gab sogar ein Gutshaus im Fachwerkstil und große Stallungen. Friederike wusste, dass auch in Langenhagen die Selbstversorgung der Kranken großgeschrieben wurde.

»Das ist wirklich eine Pflegeanstalt?«, fragte Juliane, während sie neugierig aus der Droschke sah. »Es sieht so sauber und gepflegt aus.«

»Und auf Gut Mohlenberg etwa nicht?«

»Doch«, versicherte Juliane. »Aber Mohlenberg hat ja einen anderen Ruf, dort sind keine gefährlichen Geisteskranken. Ich dachte, hier würde es eher wie in einem Gefängnis zugehen.«

Der Kutscher fuhr an der Kapelle vorbei.

»Wie Sie sehen, wird hier sogar für das christliche Seelenheil der Kranken gesorgt«, sagte Friederike, während sie auf das Gebäude wies.

Juliane nickte stumm.

Inzwischen hatte der Kutscher das ärztliche Direktorium erreicht und hielt an. Anschließend öffnete er den beiden Damen die Tür der Droschke, so wie es von ihm erwartet wurde.

Sie betraten das Direktorium und Friederike gab der Sekretärin ihre Karte.

»Ich würde mich sehr freuen, wenn der Herr Professor Zeit für uns hätte«, sagte sie dabei.

Die Sekretärin schenkte ihr ein Lächeln. »Sie müssen sich einen Augenblick gedulden, er hat gerade einen Gast in seinem Büro, aber ich werde Sie sofort melden, sobald der junge Mann gegangen ist. Bitte nehmen Sie doch auf den Stühlen dort vorn Platz.«

Noch bevor Friederike und Juliane sich setzen konnten, wurde die Tür zum Büro des Professors aufgerissen.

»Es reicht mir, Herr Hellmer!«, hörten sie eine Stimme sagen. »Hier geht es hinaus. Ich muss mir Ihre Unterstellungen nicht länger anhören.«

»Das sind keine Unterstellungen!«, lautete die Antwort. Friederike näherte sich der Tür und linste von der Seite vorsichtig in das Büro des Professors. Neben dem grau melierten Professor in seinem weißen Kittel stand ein junger Mann, der höchstens zwanzig Jahre alt war. Sein Haar war dunkelbraun und seine blauen Augen blitzten vor Zorn. »Ich habe den Leichnam meines Bruders Georg gesehen, als er uns überführt wurde. Das war kein Mensch mehr, das war ein ausgemergelter, zu Tode gefolterter Kadaver! Und ich verlange Auskunft, was Sie mit ihm gemacht haben!«

»Ich habe dazu nichts weiter zu sagen. Die ärztliche Schweigepflicht gilt auch nach dem Tod weiter und Sie sind noch minderjährig. Und nun verlassen Sie mein Büro!«

»Ich will wissen, was Sie mit Georg gemacht haben! Ihre Anstalt wurde uns als Musteranstalt für Kriegszitterer empfohlen. Wie kann es sein, dass mein Bruder jetzt tot ist? Ich habe ein Recht auf Antworten.«

»Wir haben ihn nach den neuesten Erkenntnissen der Medizin behandelt, aber die Erkrankung Ihres Bruders war bereits zu weit fortgeschritten. Sie müssen damit leben, dass es bei derart schweren Erkrankungen manchmal zu Todesfällen kommt.«

»Dann sagen Sie mir endlich, welche Therapien Sie angewandt haben, damit ich wenigstens weiß, was passiert ist.« Die aufgebrachte Stimme des jungen Mannes klang auf einmal nicht mehr zornig, sondern fast flehend und Friederike konnte förmlich spüren, wie sehr er unter dem Tod seines Bruders litt. Doch statt auf die Verzweiflung einzugehen und sich dem jungen Mann zu erklären, hielt der Professor ihm nur entgegen: »Das würden Sie ohnehin nicht verstehen, das übersteigt den Horizont eines Tischlers, Herr Hellmer!«

»Ob Sie es glauben oder nicht, ich habe Abitur und verstehe mehr, als Sie denken! Allerdings verstehe ich nicht, warum ein Arzt sich derart verhält. Sie haben nicht nur die Pflicht, alles für Ihre Patienten zu tun, sondern auch die Fragen der Hinterbliebenen zu beantworten.«

»Über meine Pflichten lasse ich mich von Ihnen ganz gewiss nicht belehren. Wenn Sie Abitur haben und meinen, alles besser zu wissen, dann studieren Sie doch selbst Medizin und werden Sie Psychiater. Und nun verlassen Sie mein Büro, ehe ich Sie hinauswerfen lasse, Herr Hellmer!«

»Sie sind eine Schande für die Ärzteschaft!«, erwiderte Hellmer. »Aber in einem haben Sie recht – es ist an der Zeit, dass der Arztberuf nicht länger allein Leuten wie Ihnen vorbehalten bleibt, und deshalb werde ich Ihren Rat befolgen und Medizin studieren. Und Sie können Gift darauf nehmen, dass ich niemals so mit Menschen umgehen werde wie Sie!«

Der Professor brach in schallendes Gelächter aus, während der junge Mann das Büro verließ und dabei fast mit Friederike zusammengestoßen wäre.

»Oh, entschuldigen Sie bitte«, sagte er. »Ich habe Sie nicht gesehen.«

Im Hintergrund hörte Friederike, wie der Professor die Tür zuschlug.

»Keine Ursache«, sagte sie. »Mir scheint, Sie waren gerade blind vor Zorn?«

Er räusperte sich. »Ich … habe meinen Bruder verloren und wollte gern wissen, wie er zu Tode kam. Aber man gibt mir hier keine Auskünfte.«

»Das habe ich gehört. Mein Name ist übrigens Friederike von Aalen.« Sie lächelte ihn aufmunternd an und reichte ihm die Hand.

»Richard Hellmer«, erwiderte er, während er ihre Hand ergriff. »Ich hoffe, Sie führen etwas angenehmere Dinge hierher?«

»Zumindest habe ich keinen Angehörigen verloren.« Sie zögerte eine Weile. »Herr Hellmer, Sie wissen also nicht, wie Ihr Bruder zu Tode kam?«

»Nein, der Professor weigert sich, derart wichtige Informationen mit einem minderjährigen Tischler zu teilen«, stieß er bitter hervor. »Ich bin neunzehn. Wenn noch Krieg wäre, wäre ich alt genug, mich für das Vaterland erschießen zu lassen oder die Gräuel an der Front mit anzusehen, die meinen Bruder zum Kriegszitterer machten. Aber für die Wahrheit seines Todes bin ich zu jung.«

»Vielleicht kann ich Ihnen helfen, etwas herauszufinden?«, schlug sie vor.

»Wie wollen Sie das anstellen?«

»Lassen Sie mich nur machen. Wenn Sie noch etwas Zeit entbehren können, warten Sie doch auf uns, bis wir unseren Termin absolviert haben. Ich bin recht geschickt darin, Informationen zu bekommen, zumal der Professor ein ehemaliger Kommilitone meines Vaters ist. Wenn ich ihm also weiblich empört mitteile, dass ich seinen Streit mit diesem jungen Flegel miterlebt habe, wird er vielleicht gesprächig.« Sie zwinkerte Richard Hellmer verschwörerisch zu und freute sich, als sich seine ernste Miene durch ein Lächeln aufheiterte. »Mögen Sie in der Kaffeestube für Besucher auf uns warten? Es könnte allerdings ein Stündchen dauern.«

Er zog seine Taschenuhr hervor. »Mein Zug nach Hamburg geht erst in vier Stunden. Ich habe also mehr als genug Zeit.«

»Dann warten Sie auf uns?«

Er nickte. »Ich bin hergekommen, um die Wahrheit über den Tod meines Bruders zu erfahren, und nehme jede Hilfe dankbar an.«

Nachdem Richard Hellmer das Gebäude verlassen hatte, vergingen weitere zehn Minuten, bis Friederike und Juliane von Professor Koch empfangen wurden.

»Entschuldigen Sie bitte, dass Sie warten mussten, Frau von Aalen«, sagte er und reichte ihr und anschließend Fräulein

Brunner die Hand. »Sie sind die Tochter meines werten Kollegen Wilhelm Meinhardt, nicht wahr? Ich habe Sie einmal gesehen, aber da lagen Sie noch in den Windeln.« Er schenkte ihr ein väterliches Lächeln, so warmherzig, dass sie ihn auf Anhieb gemocht hätte, wenn sie nicht miterlebt hätte, wie hart er mit dem verzweifelten jungen Mann umgesprungen war.

»Tja, an diese Zeit habe ich in der Tat keine Erinnerungen mehr.« Sie erwiderte das Lächeln. »Aber dennoch wollte ich die Gelegenheit nicht versäumen, Ihre Anstalt zu besuchen, ich weile gerade auf einem Familienbesuch bei meiner Tante. Ich hoffe, wir kommen nicht ungelegen, uns blieb leider dieser unangenehme Streit mit dem jungen Mann nicht verborgen.«

»Ach, vergessen Sie es. Einer von denen, die sich nicht damit abfinden können, dass die Medizin auch ihre Grenzen hat. Und dabei haben wir wirklich alles versucht.«

»War es ein interessanter Fall?«, fragte Friederike betont beiläufig.

»Ein Kriegszitterer.«

»Darauf sind Sie doch spezialisiert.«

»Das ist richtig, doch es handelte sich um einen sehr schweren Fall. Der Betroffene hatte sich vollständig von der Welt zurückgezogen und saß nur noch teilnahmslos herum. Er verweigerte sogar die Mahlzeiten und magerte immer mehr ab. Wir haben es mit allem versucht, was uns zur Verfügung stand. Mit Zwangsernährung, Schocktherapie und der modernen Insulinkur. Letztlich hat sein geschwächter Körper aufgegeben und er starb.«

»Das ist sehr bedauerlich«, sagte Friederike. »Die Insulinkur ist mir neu. Mögen Sie uns erklären, was man darunter versteht?«

»Sehr gern. Aber nehmen Sie doch Platz, meine Damen. Wir stehen hier, als würden wir auf den Omnibus warten.« Er wies auf die Stühle vor seinem Schreibtisch und nahm dann selbst auf einem lederbezogenen Sessel Platz.

»Die Insulinkur ist noch in der Versuchsphase«, erklärte er. »Man injiziert dem Patienten Insulin, sodass eine Hypoglykämie hervorgerufen wird. Dadurch soll ein Krampfanfall ausgelöst werden. Die Hoffnung besteht darin, dass der Krampfanfall im Gehirn die alte Ordnung der Nerven wiederherstellt. Wir haben damit in Einzelfällen schon gute Erfolge erzielt, aber bei dem bedauernswerten Bruder des jungen Mannes kam es leider bei der vierten Anwendung zu einem Zwischenfall. Anstatt einen Krampfanfall zu bekommen, fiel er ins Koma und verstarb kurz darauf.«

»Das ist ja schrecklich«, sagte Friederike erschüttert. »Passiert so etwas häufig?«

»Es kommt zuweilen vor. Aber bei schwierigen Verlaufsformen bleibt uns beim Versagen anderer Therapiemaßnahmen nichts anderes übrig. Wenn wir nichts getan hätten, wäre er vermutlich über kurz oder lang auch verstorben. Es handelte sich nur noch um eine leere Hülle, nicht mehr erreichbar für menschliche Zuwendung oder Ansprache. Ein zerstörter Geist, der allein durch Zwangsernährung am Leben erhalten wurde.«

Friederike schauderte und ein Blick in Julianes Gesicht verriet ihr, dass die junge Frau ebenso entsetzt war.

»Aber genug davon, kommen wir doch zum eigentlichen Anlass Ihres Besuches. Was kann ich für Sie tun? Möchten Sie die Anstalt besichtigen?«

»Ja, das würde ich sehr gern. Und ich soll Ihnen Grüße von Herrn Doktor Johannes Weiß bestellen, der inzwischen bei uns arbeitet.«

»Ah, vielen Dank. Ja, der Doktor Weiß.« Professor Koch lächelte so, als würde er sich gern an ihn erinnern. »Wir vermissen ihn hier schmerzlich. Er war eine Bereicherung. Dass er nach Mohlenberg gewechselt ist, hat mich ehrlich gesagt gewundert, weil ich ihn mehr als einen Mann der Forschung denn als einen Psychoanalytiker erlebt habe. Hat er bei Ihnen ein zufriedenstellendes neues Tätigkeitsfeld gefunden?«

»Er ist ein sehr guter Arzt, aber ein Mann der Forschung? Das ist mir bislang verborgen geblieben. Mit welchem Fachgebiet hat er sich denn befasst?«

»Nun, mit modernen Behandlungsmethoden. Ich habe es sehr bedauert, dass er unsere Anstalt nach dem tragischen Tod des jungen Ludwig Breuer verlassen hat.« Er seufzte. »Dabei war der Ansatz, die Wasserkur mit dem Schockerleben des vermeintlichen Ertrinkens zu verbinden, vielversprechend. Es hätte die geistige Blockade lösen können, nachdem mehrere Versuche der Insulinkur gescheitert waren.«

»Das klingt ja wie Folter!«, brach es aus Friederike heraus.

»Wenn Sie das Leiden der Menschen sehen könnten, würden Sie auch alles versuchen, um sie aus diesem Zustand zu befreien. Keine Spritze ist ohne Schmerz. Für eine Heilung müssen deshalb manchmal drastische Kuren in Kauf genommen werden und Ludwig Breuer … nun, das war ein ganz besonders tragischer Fall. Aber wir sollten das Thema wechseln, das ist nicht das Richtige für zwei junge Damen. Ich werde meine Sekretärin bitten, einen unserer Assistenzärzte zu rufen, damit er Sie herumführt.«

»Vielen Dank, das ist wirklich sehr liebenswürdig von Ihnen. Dürfte ich noch eine Bitte äußern? Einer unserer Patienten wurde kürzlich hierher überstellt und im gesicherten Bereich untergebracht. Kuno Pechstein. Dürfte ich ihn besuchen? Ich kenne ihn seit meiner Kindheit.«

»Ich werde dafür sorgen, dass man Sie zu ihm bringt. Und nun wünsche ich Ihnen noch einen angenehmen Aufenthalt hier.«

Er verabschiedete sich und bat sie, noch einen Moment im Wartebereich im Flur Platz zu nehmen.

»Das ist alles recht unheimlich«, raunte Juliane Friederike zu. »Ich weiß gar nicht, ob ich wirklich noch mehr sehen möchte.«

»Dann könnten Sie doch schon mal in die Kaffeestube gehen und dem jungen Herrn Hellmer Gesellschaft leisten. Denken Sie, dass Sie das schaffen?«

Juliane errötete. »Gewiss.«

Der junge Assistenzarzt stellte sich als Doktor Wegner vor und gemeinsam begleiteten sie Juliane erst zur Kaffeestube, wo Herr Hellmer sich ihrer galant annahm. Seine höfliche und freundliche Art beruhigte Friederike und auf einmal kam es ihr gar nicht mehr trotzig vor, was er dem Professor entgegengehalten hatte. Er hatte durchaus etwas von der Feinfühligkeit an sich, die einen guten Arzt ausmachte.

Entgegen ihren Erwartungen erschien ihr die Heilanstalt mit ihren hellen Zimmern in den Pavillons sehr freundlich. Die Kranken, die sie sah, wirkten zufrieden und wohlauf, allerdings handelte es sich auch um jene, die einer Arbeit nachgingen, also genau die gleiche Klientel, die sie auch in Mohlenberg betreuten.

Die Anlagen waren insgesamt in einem sehr gepflegten Zustand und Doktor Wegner zeigte ihr voller Stolz die Wäscherei und die daran angeschlossene Mangel- und Bügelstube, die ebenfalls von Patienten betrieben wurde.

»Wie Sie sehen, haben wir die neuesten Geräte und unsere Patienten werden angelernt, sie fachgerecht zu bedienen. So manche Patientin hat nach ihrer Entlassung sogar eine entsprechende bezahlte Arbeit in der Stadt gefunden.« Der Stolz war ihm deutlich anzuhören.

»Eine sehr schöne Anstalt«, bestätigte Friederike. »Wir versuchen auf Gut Mohlenberg einen ähnlichen Weg, allerdings haben wir natürlich keine derart schwer kranken Patienten wie

Sie. Herr Doktor Weiß, der zwischenzeitlich bei uns arbeitet, war direkt nach dem Krieg hier angestellt. Kennen Sie ihn?«

»Oh ja, ich hatte das Vergnügen. Ein kompetenter Arzt, der sich sehr für die verschiedenen Behandlungsmethoden bei Geisteskranken interessierte und einige beachtliche Erfolge erzielte.«

»Mögen Sie mir davon erzählen? Er selbst ist immer so bescheiden, wenn es um seine Leistungen geht.«

»Nun, manche hielten seine Methoden für etwas drastisch, denn er mischte physische Behandlungsmethoden mit Suggestion. Das war ausgesprochen wirkungsvoll. Leider gab es dann diesen Zwischenfall mit dem jungen Herrn Breuer, der ihm immer sehr am Herzen gelegen hatte …« Doktor Wegner atmete tief durch. »Ich glaube, deshalb ist er gegangen.«

Friederike horchte auf. Es musste sich in der Tat um einen außergewöhnlichen Zwischenfall gehandelt haben, wenn dieser Patient sowohl dem Chefarzt als auch dem Assistenzarzt namentlich in Erinnerung geblieben war.

»Herr Professor Koch erwähnte den Namen bereits. Er sprach von einer Wasserkur. Ist Herr Breuer dabei ums Leben gekommen?«

»Nein, jedenfalls nicht direkt. Er starb eines Nachts ganz friedlich an Herzversagen.«

»Aber warum hat Doktor Weiß sich dann Vorwürfe gemacht?«

»Er fühlte sich besonders verantwortlich, weil der junge Mann im Krieg sein Offiziersbursche gewesen war. Die beiden standen sich sehr nah.«

»War er ein Kriegszitterer?«

»Nein, er erlitt bei der Explosion eines Pulvermagazins eine schwere Kopfverletzung.«

Friederike zuckte zusammen. Auch Bernhard hatte sich seine Verletzungen bei der Explosion eines Pulvermagazins zugezogen. War es etwa die gleiche Explosion gewesen? Nein, das war unwahrscheinlich, denn dann hätte Doktor Weiß Bernhard gekannt. Dennoch fragte sie nach.

»Ich weiß nicht, wo es passiert ist, ich hatte mit dem Fall selbst nichts zu tun. Nur einmal habe ich in Vertretung die Eltern des Kranken beraten. Sie haben niemals eine Besuchszeit verpasst, schließlich wohnen sie ganz in der Nähe. Seine Mutter tat mir sehr leid, sie hat immer geweint, wenn sie ihren Sohn so gesehen hat.«

Friederike nickte gedankenversunken. Ludwig Breuer … War das der Fall, auf den Walter Pietsch sie hatte stoßen wollen? Aber warum?

»Möchten Sie noch mehr sehen?« Doktor Wegners Frage riss sie aus ihren Gedanken.

»Selbstverständlich. Und ich wollte ja auch gern Kuno Pechstein besuchen, unseren Patienten, der – in meinen Augen völlig zu Unrecht – eines Mordes verdächtigt wird und deshalb zu Ihnen überstellt wurde.«

Doktor Wegner sah sie skeptisch an. »Die gesicherte Abteilung ist nichts, was man einer Frau guten Gewissens zeigen könnte.«

»Ich habe selbst Medizin studiert und bin in der Nervenheilanstalt meines Vaters groß geworden. Ich kenne keine Berührungsängste.« Sie lächelte ihm aufmunternd zu. Seine skeptische Miene blieb, aber er nickte und führte sie ans andere Ende des Anstaltsgeländes.

Der gesicherte Bereich war von hohen Mauern umschlossen. Fast erinnerte es Friederike an eine Trutzburg, vor allem, als Doktor Wegner einen schweren großen Schlüssel hervorzog, der ebenso gut zu einem mittelalterlichen Kerker gepasst hätte.

Anders als in den übrigen Pavillons gab es hier keine großen Wachsäle mit etlichen Betten, sondern kleine verschlossene

Einzelzellen mit festen Holztüren und einer Holzklappe wie in Gefängniszellen.

»Befindet Kuno sich in einer dieser Zellen?«, fragte Friederike. Bei dieser Vorstellung zog sich ihr Herz zusammen. Kuno war es von jeher gewohnt, unter freiem Himmel zu arbeiten. Wenn man ihn wie ein wildes Tier in eine solche Zelle pferchte, war das für ihn die schlimmste Folter.

Anstatt ihre Frage zu beantworten, sprach Doktor Wegner einen der Krankenwärter an und fragte ihn nach Kuno Pechstein.

»Der ist gerade zur Anwendung«, lautete die Antwort.

»Und was heißt das?«, fragte Friederike.

»Wollen Sie es sehen?«

Friederike nickte.

»Na, dann kommen Sie mal mit.« Der Pfleger rasselte mit einem großen Schlüsselbund und Friederike schoss wieder das Bild eines finsteren Burgverlieses durch den Kopf.

14. Kapitel

Juliane Brunner war froh, dass sie sich für die Kaffeestube entschieden hatte, anstatt die Anstalt zu besichtigen. Richard Hellmer war ein angenehmer Gesprächspartner, und da sie beide gleich alt waren und aus Hamburg stammten, war es leicht, gemeinsame Themen zu finden. Vor allem faszinierte sie die Tatsache, dass der junge Mann nicht wie so viele andere sofort in ein lächerliches Balzverhalten verfiel, sondern sich völlig unbefangen mit ihr unterhielt, ganz so, als würde er gar nicht wahrnehmen, dass sie eine junge Frau war.

»Haben Sie das eigentlich ernst gemeint?«, fragte sie ihn schließlich.

»Was meinen Sie?«

»Als Sie dem Professor entgegenhielten, dass Sie seinen Rat annehmen und selbst Medizin studieren wollen?«

Er zögerte eine Weile mit der Antwort. »Ich denke schon«, sagte er dann. »Ich bin ein Mensch, der versucht, auch in jedem Leid einen Sinn zu finden. Für irgendetwas muss selbst das größte Unglück gut sein. Mein Bruder hat so viel durchlitten und dann treffe ich hier auf geachtete Professoren, die von ihrem Standesdünkel so sehr durchdrungen sind, dass sie trauernden Angehörigen lieber die Tür weisen, anstatt deren Fragen zu beantworten. Es ist also höchste Zeit, dem etwas entgegenzusetzen. Und da habe ich zwei Möglichkeiten: Ich kann die Ungerechtigkeit beklagen – aber dann muss ich mich weiterhin von diesen Männern als ungebildeter Tischler verlachen lassen, der ohnehin nichts versteht und die ärztliche Heilkunst nicht zu hinterfragen hat – oder aber ich werde selbst Arzt und kann ihnen auf Augenhöhe begegnen.«

»Aber das Medizinstudium ist sicher schwer zu bewältigen«, warf Juliane ein.

»Das mag sein, aber ich war immer ein sehr guter Schüler. Eigentlich wollte ich im nächsten Jahr mit dem Studium der Kunstgeschichte beginnen, mein Vater bestand allerdings darauf, dass ich vorher eine Tischlerlehre mache. Er ist sehr stolz auf unseren Familienbetrieb. Mein verstorbener Bruder hätte ihn einmal übernehmen sollen.« Richard seufzte. »Dann hatte mein Vater natürlich auf mich gesetzt, zumal der Mann meiner Schwester ebenfalls kriegsversehrt ist und die Tischlerei nicht übernehmen kann. Aber Holger und Margit haben selbst bereits zwei Söhne und Margit ist zum dritten Mal schwanger. Da wird sich gewiss ein geeigneter Nachfolger finden. Und mein Vater war gar nicht abgeneigt. Gerade mein Neffe Karl ist ein wirklich aufgeweckter Junge. Wenn er mit seinen drei Jahren in die Werkstatt kommt, müssen wir alle Werkzeuge aus seiner Reichweite räumen, sonst würde er schon selbst hämmern und sägen. Aber ob das seinen Fingern so gut bekommen würde …« Richard lachte leise.

»Und Ihr Vater würde auf Ihre Wünsche eingehen, obwohl es um den Erhalt des Familienunternehmens geht?«

»Mein Vater ist ein Mann, dem das Wohl seiner Kinder am Herzen liegt. Und er ist gerade achtundvierzig Jahre alt und damit noch jung genug, um auf seine Enkel zu vertrauen.«

»Dann können Sie sich sehr glücklich schätzen. Mein Vater ist ein harter, ungerechter Mensch, den es nicht im Mindesten schert, wie es seinen Kindern geht.«

»Das tut mir sehr leid für Sie!«

»Wissen Sie, früher, als ich noch ein kleines Kind war, da dachte ich, er würde meinen Bruder Viktor lieben, aber dann habe ich gesehen, wie er −« Sie stockte, atmete mehrmals tief durch und hatte auf einmal wieder das Gefühl, in einen dunklen Tunnel zu fallen.

»Ist alles in Ordnung mit Ihnen?«, fragte Richard besorgt, doch seine Worte drangen nur wie durch einen dichten Nebel in ihr Bewusstsein. Schreie, Dunkelheit … *Ich tue es nur, weil ich dich liebe, mein Sohn …*

»Fräulein Brunner!«, rief Richard nun lauter und berührte sie an der Schulter. Im selben Moment schreckte sie auf, als wäre sie aus einem Albtraum erwacht.

»Was war das eben?«, fragte Richard irritiert, als ihr Blick wieder klar wurde.

»Es geht schon wieder«, sagte sie und schluckte heftig. »Manchmal gleite ich ab, wenn ich über die Vergangenheit reden will, dann sehe ich Bilder, kann sie jedoch nicht in Worte fassen, weil sie mich verschlingen. Verrückt, nicht wahr?« Sie lachte entschuldigend.

»Nein«, sagte er. »Das ist nicht verrückt, sondern tragisch.« Er atmete schwer. »So ähnlich war es bei meinem Bruder auch, nur dass er dann auch noch stark zu zittern begann und für Worte nicht mehr erreichbar war. Ihn konnten wir nicht durch Ansprache oder Berührungen oder Schütteln aus diesem Zustand befreien. Er verlor sich immer mehr in sich selbst, bis er schließlich gar nicht mehr auf seine Umwelt reagierte, nicht mehr aß und trank. Wir wussten nicht weiter, bis ich schließlich hörte, dass es hier in Langenhagen eine Möglichkeit geben soll, schwer betroffene Kriegszitterer zu therapieren. Doch dann blieb nur der Tod.«

Juliane sah, wie er sich hastig über die Augen wischte.

»Aber das kann doch nicht alles sein«, sagte er dann unerwartet heftig. »Es muss eine Möglichkeit geben, zu einem Menschen durchzudringen, auch wenn seine Seele durch schreckliche Erlebnisse erschüttert wurde. Und warum trifft es nur bestimmte Menschen? Wahrscheinlich wollte ich von Professor Koch nur eine Antwort auf diese Frage, aber er konnte sie mir nicht geben.«

»Und deshalb werden Sie selbst nach der Lösung suchen?«, fragte Juliane.

Richard nickte.

»Glauben Sie, dass es auch für jemanden wie mich Hoffnung gibt?«, fragte sie dann.

»Natürlich gibt es die! Hoffnung gibt es immer!«

»Ich weiß nicht so recht. Ich kenne mich oft selbst nicht mehr, ich tue Dinge, an die ich mich nicht zu erinnern vermag und die ein schlechtes Licht auf meine Familie werfen. Anfangs habe ich versucht, um Heilung zu beten, aber die Gebete haben versagt. Was soll dann noch helfen?« Eine einzelne Träne rollte über ihre Wange.

»Vielleicht sollten Sie Ihren Blickwinkel ändern«, schlug Richard vor. »Wo Gebete versagen, helfen immer noch Taten. Stellen Sie sich der Dunkelheit, aber tun Sie es nicht allein, sondern an der Seite von jemandem, dem Sie vertrauen. An der Seite von jemandem, der Ihre Fackel sein könnte.«

»Meine Fackel …«, wiederholte sie nachdenklich. Dann hob sie den Blick und sah ihm in die Augen. »Ich glaube, Sie haben recht.«

»Es freut mich, wenn ich Ihnen helfen konnte.«

»Ich meinte nicht nur Ihren Ratschlag, sondern Ihre Einstellung, dass alles im Leben einen Sinn hat. Ich glaube, es ist Ihre Bestimmung, sich als Arzt um hilflose Menschen zu kümmern.«

Richard räusperte sich verlegen. »Erst einmal muss ich überhaupt studieren.«

»Das werden Sie schaffen«, sagte sie. »Da bin ich mir ganz sicher.«

15. Kapitel

Als Friederike Kuno wiedersah, hätte sie ihn fast nicht erkannt. Er steckte in einer Wanne, nur sein Kopf sah aus dem hölzernen Deckel hervor, der ihn darin gefangen hielt. Sein Schädel war kahl rasiert und verbunden. Ein Blutfleck zeichnete sich auf dem weißen Stoff ab.

»Mein Gott, Kuno!«, rief sie. »Was ist hier passiert?«

Er nahm sie nicht wahr, sondern dämmerte mit geschlossenen Augen vor sich hin. Einer der Wärter, der den Baderaum beaufsichtigte, erhob sich und kam ihr und Doktor Wegner entgegen.

»Er war wieder sehr unruhig, hat mit dem Kopf gegen die Wand geschlagen«, erklärte der Mann. »Zuletzt heute Morgen.«

»Hat er irgendwelche Beruhigungsmittel bekommen?«, fragte Friederike noch immer schockiert. »Oder warum ist er so apathisch?«

»Er hat getobt, jetzt wirkt langsam das Entspannungsbad«, erklärte der Pfleger. »Das hat ihn in den letzten Tagen zuverlässig zur Ruhe gebracht.«

Friederike trat ganz nah zur Wanne und sprach Kuno erneut an. Er reagierte nicht. Vorsichtig zog sie ihm die Augenlider hoch und sah, dass die Pupillen unterschiedlich groß waren.

»Sehen Sie sich das an!«, rief sie und winkte Doktor Wegner hastig heran. »Er hat eine Anisokorie, was für eine Schädelfraktur spricht! Er gehört nicht in diese Wanne, sondern muss sofort genauestens untersucht und behandelt werden!«

Der Arzt kam zögernd näher, während der Pfleger sie mit verständnislosem Kopfschütteln betrachtete. Eine Frau, die sich anmaßte, eine Verdachtsdiagnose zu äußern, passte offensichtlich nicht in sein Weltbild.

»Stimmt«, gab Doktor Wegner zu. Dann sah er den Pfleger an. »Nehmen Sie ihn aus der Wanne und informieren Sie Doktor Lessing, dass er sich des Falles annimmt. Möglicherweise ist es eine Impressionsfraktur, die eine leichte Hirnblutung verursacht hat.«

»So sind sie, die Irren«, murmelte der Pfleger. »Hauen sich selbst noch den letzten Verstand aus dem Kopf, auch wenn da nicht mehr viel übrig ist.«

»Wenn Sie ihn wie ein Tier wegsperren, müssen Sie sich darüber nicht wundern!«, fuhr Friederike den Mann an. »Kuno ist es gewohnt, unter freiem Himmel zu sein. Dass er es nicht erträgt, eingesperrt zu sein, war vorauszusehen.«

Am liebsten wäre sie dabeigeblieben, als man Kuno aus der Wanne holte, doch Doktor Wegner führte sie mit unmissverständlicher Geste hinaus. »Das ist nichts für eine Frau«, sagte er dabei. »Der Mann ist unbekleidet.«

»Glauben Sie, ich hätte noch nie einen nackten Mann gesehen?«, fragte sie zurück.

Doktor Wegner räusperte sich. »Sie können nachher noch einmal zu ihm. Bitte kommen Sie jetzt mit.«

Sie folgte ihm aus der Bäderabteilung in den langen Flur, von dem weitere Türen abgingen. Hinter einigen dieser Türen hörte sie Schreie.

»Was passiert da?«, fragte sie und kam sich immer mehr wie in einem Folterkeller vor. Das hier hatte nichts mit dem zu tun, was sie unter einer modernen Pflege geisteskranker Menschen verstand.

»Schocktherapien mit Wassergüssen und Insulinkuren«, erklärte er.

»Das will ich sehen!«

»Ich glaube nicht, dass –«

»Hat Herr Professor Koch Ihnen nicht gesagt, dass Sie mir als Tochter seines geschätzten Kollegen alles zeigen sollen, was ich sehen will?«

Doktor Wegner räusperte sich erneut, dann nickte er und öffnete eine der Türen.

Als Erstes fiel Friederikes Blick auf die hohen bettähnlichen Gestelle, auf denen drei Männer in nasse Tücher eingewickelt waren. Sie waren so fest verschnürt, dass sie sich nicht mehr bewegen konnten. Zwei von ihnen lagen vollkommen apathisch da, während der Dritte ununterbrochen schrie, wie ein gepeinigtes, gequältes Tier. Kaum etwas Menschliches war in diesen Lauten zu erahnen.

»Um Gottes willen!«, rief Friederike entsetzt. »Was ist das für eine grausame Behandlung?«

»Das sind Kaltpackungen«, erklärte Doktor Wegner mit ausdrucksloser Miene. »Die Laken werden in Eiswasser getaucht und die Kranken dann nackt darin eingewickelt.«

»Und wozu soll das gut sein?« Friederike konnte ihre Abscheu kaum noch verbergen.

Bevor Doktor Wegner antwortete, schloss er die Tür wieder.

»Nun, die starken Reize durch die Kältepackungen sollen die ohnehin schon überreizten Nerven an ihre Belastungsgrenze bringen, damit die Patienten im Anschluss an die Überreizung wieder zur Ruhe kommen können. Es geht darum, all die überschüssige Energie innerhalb des kranken Geistes zu verbrauchen. Bei zwei der Männer ist das Ziel für heute schon erreicht, nur der Dritte braucht noch etwas. Manchmal dauert es Stunden, aber im Anschluss an eine solche Behandlung sind die Patienten in der Regel für mehrere Tage bis Wochen ruhig und gut führbar.«

»Sie meinen also, diese Männer werden so lange gequält, bis sie nicht mehr in der Lage sind, ihre Qualen herauszubrüllen, sondern nur noch hilflos vor sich hinvegetieren?«

»So, wie Sie es sagen, klingt es ja, als würden wir hier foltern. Dabei handelt es sich um wirksame therapeutische Maßnahmen, die zu einer signifikanten Verbesserung des Geisteszustands der Patienten führen. Natürlich ist die Therapie zeitweilig mit Schmerzen verbunden. Vor der Einführung der Narkose waren auch Operationen so qualvolle Eingriffe, dass manche Patienten daran verstarben, wenn sie nicht rechtzeitig in eine gnädige Ohnmacht verfielen. Aber ohne diese Operationen hätte keiner von ihnen gerettet werden können. Das sollten Sie stets im Hinterkopf haben. Diese Männer hier, die könnte man sonst nur in Ketten halten. Aber durch die Behandlung erreichen wir einen Zustand, in dem sie sich möglichst frei bewegen können, ehe sie wieder raptusartige Gewaltanfälle bekommen. Es ist die humanere Form der Therapie – anstatt ein ganzes Leben in Ketten weggesperrt zu sein.«

»Wie häufig kommt es denn bei diesen Therapien zu schwerwiegenden Zwischenfällen?«

»Sehr selten«, sagte Doktor Wegner. »Sie sehen ja, was passiert, wenn man die Geisteskranken sich selbst überlässt. Kuno Pechstein hat sich eine schwere Kopfverletzung zugefügt.«

»Und was war mit Ludwig Breuer?«, fragte Friederike. »Der starb doch im Anschluss an eine solche Behandlung an Herzversagen. Wie häufig kommt es zu Todesfällen?«

»Mir sind bislang nur vier Fälle bekannt, die derart tragisch endeten«, sagte Doktor Wegner. Dabei senkte er betroffen den Blick. »Möchten Sie sonst noch etwas sehen, Frau von Aalen?«

»Ja«, erwiderte Friederike mit fester Stimme. »Ich wüsste gerne, was mit Kuno ist. Wann kann ich zu ihm?«

Doktor Wegner atmete tief durch. »Wir werden ihn heute noch einmal gründlich untersuchen, um die Ursache für die Anisokorie herauszufinden. Bleiben Sie noch länger in Hannover oder kommen Sie von weiter her?«

»Ich werde die ganze Woche in Hannover sein. Bevor ich abreise, werde ich mich noch einmal nach Kuno erkundigen. Sollte sich sein Zustand vorher verschlechtern, bitte ich Sie, mir eine Nachricht zukommen zu lassen.« Sie reichte ihm die Karte ihrer Tante. »Unter dieser Adresse können Sie mich jederzeit erreichen.«

»Vera Herzberg?« Er hob beeindruckt die Augenbrauen. »Die Dame ist eine Institution in Hannover. Sie sind Gast in ihrem Haus?«

»Sie ist meine Tante«, sagte Friederike mit einer gewissen Genugtuung.

»Ich werde Sie auf jeden Fall auf dem Laufenden halten. Sie können sich auf mich verlassen. Kann ich sonst noch etwas für Sie tun?«

»Ja, Sie könnten mich aus diesem Labyrinth nach draußen führen.« Trotz allem schenkte sie ihm ein Lächeln. Er erwiderte es beinahe schon gequält und nickte.

Nachdem Doktor Wegner sich verabschiedet hatte, atmete Friederike tief durch. Das, was sie heute gesehen hatte, war beinahe mehr, als sie an einem Tag zu ertragen vermochte.

Sie hoffte, dass es Juliane in Gesellschaft von Herrn Hellmer besser ergangen war. Vermutlich hatte Juliane die richtige Entscheidung getroffen, als sie den Besuch in der Kaffeestube vorgezogen hatte. Es war gut, dass die junge Frau Kuno nicht in diesem schrecklichen Zustand gesehen hatte. Von den drei Männern in der Kaltpackung ganz zu schweigen ...

16. Kapitel

»War es so schlimm?«, fragte Juliane, als Friederike in der Kaffeestube eintraf.

»Was meinen Sie?« Waren ihr ihre Empfindungen so sehr anzusehen? Diese Mischung aus Schrecken, Ärger und Empörung, die nach wie vor in ihrer Brust tobte?

»Sie sehen aus, als hätten Sie Furchtbares erlebt«, sagte Juliane und sah sie mitfühlend an.

Friederike schluckte, dann nahm sie am Tisch Platz und winkte dem Serviermädchen, damit es auch ihr einen Kaffee brachte. Der junge Herr Hellmer musterte sie aufmerksam, aber er war feinfühlig genug, keine Frage zu stellen.

»Ich habe Kuno gesehen«, sagte Friederike schließlich mit einem tiefen Stoßseufzer. »Es war furchtbar. Er hat in seiner Verzweiflung mehrfach den Kopf gegen die Wand geschlagen und sich dabei wohl eine Schädelfraktur zugezogen. Aber anstatt ihn richtig zu untersuchen, hat man ihn lediglich in ein Beruhigungsbad gesteckt. Wer weiß, was aus ihm geworden wäre, wenn ich nicht zufällig vorbeigekommen wäre. Jetzt haben sie ihn wenigstens einer vernünftigen Behandlung zugeführt.«

Juliane schlug entsetzt die Hand vor den Mund. »Der arme Kuno!«, rief sie. »Und was werden sie nun mit ihm machen?«

»Ich hoffe, sie werden ihn so behandeln, wie es einem verletzten, kranken Menschen gebührt.« Dann wandte sie sich Richard Hellmer zu. »Sie wollten doch Näheres über den Tod Ihres Bruders wissen, nicht wahr?«

»Fräulein Brunner war bereits so nett, mir zu erzählen, was der Professor über Georgs Tod zu berichten wusste.«

Friederike nickte. »Es tut mir sehr leid«, sagte sie. »Es muss schrecklich sein, seinen Bruder auf diese Weise zu verlieren.«

Richard nickte. »Ja, das ist es. Aber das Schlimmste ist nicht sein Tod, sondern die Tatsache, dass es niemand in dieser Anstalt bedauert. Dass Menschen wie mein Bruder oder auch Ihr Patient Kuno es nicht wert sind, alle Fürsorge und Pflege zu bekommen, derer sie bedürfen und die sie als menschliche Wesen verdienen, sondern dass man sie wie Abfall betrachtet, weil ihre geistigen Fähigkeiten eingeschränkt sind. Oder schlimmer noch, mit ihnen Experimente macht, die den Angehörigen als Heilungsversuche verkauft werden. Wenn man uns gesagt hätte, dass es keine Hilfe gibt, dann hätten wir Georg in Frieden zu Hause sterben lassen und ihm dieses Schicksal erspart. Doch man hat uns eingeredet, es gebe eine wirkungsvolle Behandlung. Und genau das ist die größte Tragik – wenn Menschen nicht mehr als Menschen gesehen werden, sondern für die Experimente von gewissenlosen Ärzten missbraucht werden.« Er atmete tief durch, dann zog er seine Taschenuhr hervor und warf einen Blick darauf. »Meine Damen, ich muss mich langsam auf den Weg machen, um meinen Zug nach Hamburg rechtzeitig zu erreichen. Ich habe mich sehr gefreut, Ihre Bekanntschaft machen zu dürfen.«

»Ich habe mich auch sehr gefreut«, sagte Juliane und lächelte ihn an. »Sie haben mir sehr geholfen, auch wenn ich noch nicht weiß, wie ich Ihren Rat umsetzen werde. Ich wünsche Ihnen alles Gute für Ihre Zukunft, Herr Hellmer.«

»Das wünsche ich Ihnen auch«, sagte Friederike. »Ich hoffe, Sie werden alle Ihre Ziele und Träume verwirklichen.«

»Ich werde mein Bestes geben«, versprach er und reichte den beiden Damen zum Abschied die Hand. Dann verließ er die Kaffeestube.

»Ein interessanter junger Mann, nicht wahr?«, bemerkte Friederike mit einem Seitenblick auf Juliane.

»Ja, das ist er wirklich.«

»Mögen Sie mir verraten, womit er Ihnen so geholfen hat?«

Juliane holte tief Luft, dann nickte sie und erzählte Friederike von ihrem Gespräch mit Richard Hellmer.

»Eine bemerkenswerte Ansicht«, meinte Friederike, nachdem Juliane geendet hatte. »Für einen so jungen Mann ist das eine sehr erfahrene Herangehensweise.«

»Meinen Sie, dass es möglich ist, in die Dunkelheit hinabzusteigen?«

»Ja, ich denke, wenn Sie wirklich Vertrauen zu demjenigen haben, der Sie an den düstersten Ort Ihrer Seele begleiten soll, dann werden Sie das Rätsel lösen.«

»Würden Sie meine Fackel sein?« Juliane sah Friederike mit einem unsicheren und zugleich erwartungsvollen Blick an.

»Haben Sie denn Vertrauen zu mir? Genügend Vertrauen, um mich dorthin mitzunehmen? Und haben Sie auch genügend Vertrauen zu sich selbst, um sich auf diese Reise zu begeben? Manche Geheimnisse sind so erschütternd und grausam, dass unser Verstand sie mit Bedacht in einer finsteren Kammer weggesperrt hat.«

Juliane schluckte. »Habe ich denn eine Wahl?«

»Wir haben immer eine Wahl«, sagte Friederike. »Die Frage ist vielmehr, was befürchten Sie? Sie könnten Ihr Leben auch so wie bisher weiterführen, wenn Ihnen das Risiko zu groß ist.«

»Nein«, widersprach Juliane. »Genau das könnte ich nicht. Ich muss endlich wissen, was wirklich passiert ist und wovor sich mein Geist immer wieder zu schützen versucht.«

Der grüblerische Zug in Juliane Brunners Gesicht war Friederike neu. Sie schien in den vergangenen Stunden sehr intensiv über sich und ihr Leben nachgedacht zu haben. Vielleicht war jetzt der richtige Zeitpunkt, um in Erfahrung zu bringen, was Friederike von Anfang an interessiert hatte.

»Ich weiß, dass es ein sehr schwieriges Thema ist«, begann sie vorsichtig, »aber ich wage es trotzdem, Sie zu fragen, Juliane. Wissen Sie wirklich nicht, wer der Vater Ihres Kindes ist? Nach der gescheiterten Hypnose haben Sie erwähnt, dass Sie die Schwangerschaft erst sehr spät bemerkt haben. Wissen Sie tatsächlich nichts mehr vom Akt der Zeugung oder könnte die Wahrheit ebenfalls in den Tiefen Ihrer Seele liegen?«

Der eben noch so nachdenkliche Zug in Julianes Gesicht verhärtete sich. Auf einmal war alles Mädchenhafte verschwunden und sie sah Friederike mit leichenblasser Miene an.

»Ich weiß nicht«, sagte sie. »Ich weiß nicht, ob ich es weiß«, fügte sie dann erklärend hinzu. Sie schluckte. »Da ist so viel Dunkelheit, so viel Schmerz, es gibt nicht einmal eine wirkliche Erinnerung an dieses Kind, das mir gleich nach der Geburt weggenommen wurde.«

»Das muss schwer sein.«

»Ich weiß es nicht«, wiederholte Juliane ihren hilflosen Satz, der ihr Dilemma treffend in Worte fasste. Nichts zu wissen ... »Ich hatte nie eine Bindung zu diesem Kind, ich war mir nicht einmal bewusst, schwanger zu sein, bis es unübersehbar war.« Sie senkte den Blick und krampfte ihre Finger um die leere Kaffeetasse vor ihr. Für einen Moment schien es, als würden ihre Gedanken weit fortschweifen, aber dann straffte sie ihre Schultern, atmete tief durch und sah Friederike direkt in die Augen.

»Ich kann noch nicht«, sagte sie. »Nicht hier, nicht jetzt. Ich habe Angst, wieder in dieses dunkle Loch zu fallen, nicht mehr zu wissen, was um mich herum passiert, keine Kontrolle mehr zu haben, mir selbst fremd zu sein, wenn ich wieder zu mir komme. Der ewige Schandfleck meiner Familie, die mich für verrückt hält, weil ich verrückte Dinge tue.«

»Es tut mir leid«, sagte Friederike. »Ich hätte Sie das nicht fragen dürfen. Nicht hier und nicht jetzt. Bitte verzeihen Sie mir.«

»Ich habe Ihnen nichts zu verzeihen, Frau von Aalen. Ich weiß, dass Sie versuchen, mir eine gute Freundin zu sein. Sie tun mehr, als Sie eigentlich tun müssten. Mehr als das, wofür mein Vater Sie bezahlt. Er hätte mich gewiss auch in eine Einrichtung wie diese gesteckt, wenn er sich davon Erfolg versprochen hätte.« Sie atmete schwer. »Ich bin sehr froh, dass er mich nach Gut Mohlenberg geschickt hat. Zu Menschen, die es gut mit mir meinen. Und dafür bin ich Ihnen dankbar, Frau von Aalen.«

Bei diesen Worten wurde Friederike schwer ums Herz. Zum ersten Mal war es ihr gelungen, einen wirklichen Einblick in die tiefe Qual der jungen Frau zu gewinnen. Aber vielleicht war es auch der erste Schritt zur Heilung. Daran wollte Friederike ganz fest glauben, denn wenn es so war, dann hätte diese Reise wenigstens ein Gutes gehabt. Doch zugleich gab es noch ein Geheimnis zu lösen. Warum hatte Walter Pietsch sie ausgerechnet nach Langenhagen geschickt? Die Ärzte hier hatten nur Gutes über Doktor Weiß zu berichten gehabt und es gab keine Hinweise, dass Ludwig Breuer tatsächlich infolge der Therapien zu Tode gekommen war. Und selbst wenn es so war, was wäre damit bewiesen? Oder lag die Verbindung ganz woanders begründet, gar schon in der Verwundung des jungen Mannes, der im Weltkrieg Doktor Weiß' Bursche gewesen war? Doktor Wegner hatte erzählt, dass die Eltern von Ludwig Breuer ganz in der Nähe lebten. Friederike beschloss, ihnen einen Besuch abzustatten.

17. Kapitel

Den Rest des Tages verbrachte Friederike damit, Juliane die Sehenswürdigkeiten von Hannover zu zeigen. So schlenderten sie gemeinsam durch die Herrenhäuser Gärten und besichtigten anschließend das stolze Rathaus, bevor sie den Tag mit einem Schaufensterbummel ausklingen ließen. Juliane wirkte unbeschwert und fast beschwingt, ganz so, als würde es die schwierigen persönlichen Umstände gar nicht geben. Aber Friederike wusste, dass es weiterhin in Juliane brodelte. Zum ersten Mal war es der jungen Frau gelungen, die Düsternis zu benennen, anstatt sie vollständig zu verdrängen. Doch Friederike würde ihr Zeit lassen müssen. Die Eindrücke des heutigen Tages waren so gewaltig, sowohl für Juliane als auch für sie selbst, dass es einer Ruhepause bedurfte. Doch ganz untätig wollte Friederike nicht bleiben und deshalb bat sie am Abend den Hausdiener ihrer Tante, die Adresse der unglücklichen Familie Breuer zu besorgen.

Zwei Tage nach ihrem Besuch in der Heilanstalt bekam sie die Adresse und ließ umgehend die Droschke anspannen. Sie hatte kurz überlegt, Juliane mitzunehmen, sich dann aber dagegen entschieden. Die junge Frau war bei Tante Vera weitaus besser aufgehoben, zumal die am Nachmittag ihre Schneiderin aufsuchen wollte, um sich die neuesten Kleidermodelle zeigen zu lassen. Es war Tante Vera ohnehin schon länger ein Bedürfnis, die stets so züchtig gekleidete Juliane in die Welt der aktuellen Damenmode einzuführen und sie neu auszustaffieren. Zwar fragte Friederike sich, was Julianes Familie davon wohl halten würde, aber vielleicht würde ein neues äußeres Erscheinungsbild auch eine Veränderung des inneren Erlebens bewirken. Juliane benötigte nicht nur eine Fackel durch die Dunkelheit, sondern auch ein gestärktes Selbstbewusstsein. Und dazu konnte ein neuer Kleidungsstil mit Sicherheit beitragen.

Die Eltern von Ludwig Breuer lebten in einem kleinen Häuschen, das nur zwei Straßenzüge von der Anstalt Langenhagen entfernt lag und aussah, als hätte es schon seit Urzeiten hier gestanden. Windschief, aus rotem Backstein und mit dunklen Fensterrahmen, in denen tatsächlich noch Butzenglasscheiben steckten, erinnerte es Friederike an Beschreibungen aus einem Märchenbuch. Nachdem sie geläutet hatte, öffnete ihr eine kleine verhärmte Frau in einem schlichten dunkelblauen Kittel. Sie sah Friederike in ihrer eleganten Kleidung erstaunt an und musterte dann mit großen Augen die vornehme Droschke, die am Straßenrand stand, und den Kutscher, der auf dem Kutschbock saß und wartete.

»Was kann ich für Sie tun?«, fragte sie unsicher.

»Bitte entschuldigen Sie, dass ich unangemeldet hierherkomme. Sie sind Frau Breuer?«

Die Frau nickte stumm, musterte Friederike aber weiterhin mit einer Mischung aus Misstrauen und Unsicherheit.

»Mein Name ist Friederike von Aalen und ich würde gern mit Ihnen über Ihren Sohn Ludwig sprechen.«

»Über Ludwig?« Die alte Frau starrte Friederike nun argwöhnisch an. »Kannten Sie meinen Sohn?«

»Nein, das nicht. Aber ich kenne den Arzt, der ihn behandelt hat und dessen Bursche er während des Weltkriegs war.«

»Und was wollen Sie von mir?« Der Argwohn in ihren Augen nahm zu.

»Möchten Sie das wirklich zwischen Tür und Angel besprechen?« Friederike versuchte, ein gewinnendes Lächeln aufzusetzen. Frau Breuer räusperte sich.

»Natürlich nicht«, sagte sie dann. »Bitte kommen Sie herein.« Sie öffnete die Tür gerade so weit, dass Friederike eintreten konnte.

In der kleinen Diele mit dem abgetretenen Boden standen eine Kommode und ein Garderobenständer, an dem zwei Mäntel hingen. Es roch nach Essen, auch wenn Friederike nicht feststellen konnte, um welche Speisen es sich handelte.

»Marianne, wer ist da?«, hörte sie eine männliche Stimme rufen.

»Eine junge Frau, die nach Ludwig fragt«, rief Frau Breuer zurück.

Den Geräuschen nach erhob sich jemand aus einem Sessel, dann wurde eine Zimmertür geöffnet und ein alter Mann in einem karierten Hausmantel und verschlissenen Pantoffeln erschien in der Diele, um den Gast in Augenschein zu nehmen.

»Weshalb fragen Sie nach Ludwig?« In seinen Augen leuchtete das gleiche Misstrauen wie in denen seiner Frau. »Der Junge ist tot, daran kann niemand etwas ändern.«

»Nein«, gab Friederike zu und senkte betroffen den Blick. »Das kann niemand. Aber es wäre mir wichtig, etwas mehr über die Umstände von Ludwigs Verwundung zu erfahren.« Sie zögerte, während sie überlegte, wie sie das Vertrauen der alten Leute am besten gewinnen könnte. Es war unwahrscheinlich, dass Ludwig Breuer und ihr Mann Bernhard tatsächlich zur selben Zeit am selben Ort gewesen waren, als das Pulvermagazin explodierte. Aber das wussten Ludwigs Eltern nicht. Für die alten Leute wäre es nur wichtig, ihr eigenes Interesse an Ludwig glaubwürdig zu erklären, ohne ins Detail gehen zu müssen.

»Auch mein Ehemann Bernhard ist schwer kriegsbeschädigt. Es war ebenfalls eine Explosion in einem Munitionslager. Ich habe Grund zu der Annahme, dass es sich womöglich um dieselbe Explosion handelte. Leider ist mein Mann nicht mehr in der Lage, mir darüber Auskünfte zu geben, da er durch die schwere Schädelverletzung nicht nur sein Erinnerungsvermögen verloren hat, sondern auch einen Teil seiner geistigen Fähigkeiten.« Sie räusperte sich. Das alte Ehepaar tauschte einen kurzen Blick aus und Friederike stellte zu ihrer Erleichterung fest, dass es ihr mit ihrer Geschichte tatsächlich gelungen war, den Panzer aus Misstrauen zu durchbrechen.

»Bitte kommen Sie doch in die Stube«, sagte der Hausherr deutlich freundlicher. Er öffnete die Tür und ließ sie ins Wohnzimmer eintreten. Es war sehr behaglich eingerichtet: Ein mit gelbem Samt bezogenes Sofa und zwei dazu passende Sessel waren um einen kleinen Tisch aus Nussbaum gruppiert. Auf dem Boden lag ein rot gemusterter Perserteppich, der zwar schon reichlich abgetreten aussah, aber einstmals recht teuer gewesen sein musste. An einer Wand stand eine hohe Vitrine mit Geschirr, vermutlich Meißner Porzellan. An der Wand über dem Sofa hingen etliche gerahmte Bilder, darunter auch die Fotografie eines jungen Mannes in Uniform.

»Wollen Sie nicht Platz nehmen?« Herr Breuer wies auf einen der beiden Sessel und setzte sich dann in den anderen. Friederike nickte dankbar und nahm an. Dabei wies sie auf die Fotografie an der Wand und fragte: »Ist das Ihr Sohn Ludwig?«

»Ja«, sagte Frau Breuer, während sie sich auf das Sofa setzte. »Das war unser Ludwig. Er war unser einziges Kind.« Noch während sie sprach, hörte Friederike, wie die Stimme der alten Frau zu brechen drohte. Fahrig wischte Frau Breuer sich über die Augen, um mit dieser hilflosen Geste zu verhindern, dass ihr

Gast die aufsteigenden Tränen sah. Gerade diese Beiläufigkeit, mit der sie versuchte, ihre Trauer zu verbergen, berührte Friederike tief.

»Ich muss Sie noch einmal um Verzeihung bitten«, sagte sie betroffen. »Ich wühle Ihren Schmerz auf, das tut mir sehr leid. Aber es ist für mich sehr wichtig, Antworten zu erhalten. Würden Sie mir verraten, in welchem Regiment Ihr Sohn diente?«

»Er war dem Sanitätsbataillon zugeteilt, das zusammen mit der 8. Kavallerie-Division in Frankreich stationiert war«, antwortete Ludwigs Vater. Friederike erstarrte. Sie hatte nicht wirklich daran geglaubt, und nun zu hören, dass Ludwig Breuer tatsächlich für die Versorgung von Bernhards Division zuständig gewesen war, erschreckte sie. Tausend Fragen schossen ihr durch den Kopf. Wenn Breuer der Bursche von Doktor Weiß gewesen war, dann war Doktor Weiß als Arzt auch für Bernhard zuständig gewesen. Und dann hätte er ihn kennen müssen! Hatte Doktor Weiß sie von Anfang an belogen? Oder gab es eine harmlose Erklärung? Eine Division war groß und es gab viele Ärzte in einem Sanitätsbataillon. Aber ein bitterer Beigeschmack blieb. War es das, worauf Walter Pietsch sie hatte stoßen wollen? Oder gab es da noch mehr?

Dem alten Mann entging ihr Schock nicht.

»Ihr Mann war ebenfalls bei der 8. Kavallerie-Division?«

Friederike nickte. »Er war dort Leutnant und wurde 1917 schwer verwundet. Als das Pulvermagazin unter ungeklärten Umständen explodierte, am 23. Mai war das.«

Ludwigs Mutter schluchzte auf. »Dieser verfluchte Unglückstag, an dem uns unser Lebensglück genommen wurde!«

»Wissen Sie zufällig, was genau an diesem Tag geschah? Ich selbst habe nur wenige Informationen. Konnte Ihr Sohn

Ihnen noch etwas erzählen oder war auch seine Verletzung zu schwerwiegend?«

Die alte Frau schluckte. »Ludwig war verändert«, erklärte sie, »aber man konnte sich noch ganz normal mit ihm unterhalten. Er erzählte immer, er habe alles getan, um den Doktor zu schützen.«

»Was meinen Sie damit? Den Doktor zu schützen? Wovor?«

Bevor Frau Breuer antworten konnte, sagte ihr Mann: »Marianne, willst du unserem Gast nicht eine Tasse Tee anbieten? Wir wollen doch nicht wie schlechte Gastgeber erscheinen.«

»Ja, du hast recht, Justus. Bitte entschuldigen Sie mich kurz, Frau von Aalen. Mein Mann wird Ihre Fragen so lange beantworten.«

Nachdem Ludwigs Mutter die gute Stube verlassen hatte, seufzte Herr Breuer merklich auf.

»Meine Frau nimmt das alles nach wie vor sehr mit. Viele Eltern haben ihre Söhne im Krieg verloren, aber mit Ludwig war das etwas anderes. Von ihm blieben nicht der Heldentod und ein ruhmreiches Gedenken, sondern vor allem die Erinnerung an das, was nach dem Krieg aus ihm geworden war.«

»Das kann ich sehr gut nachvollziehen«, erwiderte Friederike, »ich habe dasselbe mit meinem Ehemann erlebt. Er musste erst wieder sprechen und laufen lernen und wird niemals wieder das intellektuelle Niveau eines Erwachsenen erreichen. Es würde zu kurz greifen, wenn ich sagte, dass er wie ein Kind ist, aber seine Denkweise ist seither sehr einfach und eingeschränkt, so wie wir es von Kindern kennen. Er ist nach wie vor ein liebevoller Mensch, aber er wird niemals wieder selbstständig und eigenverantwortlich leben können.«

Herr Breuer nickte verständnisvoll. »Das tut mir sehr leid, Frau von Aalen.« Nach einer kurzen Pause fuhr er fort. »Bei Ludwig war es sehr seltsam, er war nicht wirklich in seinen geistigen Fähigkeiten eingeschränkt, aber er konnte seine Triebe und

Bedürfnisse nicht mehr beherrschen. Es war oftmals regelrecht peinlich, wenn man mit ihm unter Menschen ging. Früher, da war er so ein liebenswerter junger Mann, aber nach seiner Verletzung wurde er ordinär und neigte dazu, Frauen unflätig zu belästigen. Das hat meine Frau sehr unglücklich gemacht. Sie hat ihren Sohn nicht mehr wiedererkannt und hoffte, dass er in einer Anstalt geheilt werden könnte. Sie wollte den Sohn aus ihrer Erinnerung wiederhaben. Marianne versprach sich viel von der Behandlung in Langenhagen, vor allem deshalb, weil Doktor Weiß dort arbeitete und sich sehr für ihn einsetzte.«

»Hatte Doktor Weiß ein enges Verhältnis zu Ludwig?«

»In der Tat, er kümmerte sich sehr gut um ihn. Er riet meiner Frau auch dazu, unseren Sohn in die Anstalt zu bringen.«

»Hat Doktor Weiß Ihnen erzählt, was damals passiert ist? War er dabei? Und was meinte Ihre Frau damit, dass Ihr Sohn alles getan habe, um den Doktor zu schützen? Wovor musste er den Doktor schützen?«

Der alte Mann seufzte. »Das kann ich Ihnen beim besten Willen nicht sagen.« Herr Breuer atmete tief durch. »Ludwig hat zuletzt viele seltsame Dinge gesagt.«

»Was denn zum Beispiel?«

»Für mich klang das wie wirres Zeug. Eine Folge seiner Hirnverletzung. Angeblich sei ein französischer Spion für die Explosion verantwortlich gewesen, und dann gab es da noch die beiden deutschen Offiziere, die bei der Explosion ebenfalls schwer verletzt worden waren. War einer davon möglicherweise Ihr Mann?«

Friederike erstarrte. Zwei deutsche Offiziere, die ebenfalls schwer verletzt worden waren … Wenn Bernhard einer davon war, war der andere womöglich Walter Pietsch? Hatte er nicht selbst gesagt, seine Verletzungen stammten von einer Explosion? Das würde die großflächigen Brandnarben erklären. Kannte auch Walter Bernhard von früher? War ihm dieser deshalb so offenherzig begegnet? Hatte sich sein Unterbewusstsein an den Mann erinnert? Waren sie womöglich Freunde gewesen? Die Art, wie Walter Pietsch mit Bernhard umging und sich um ihn sorgte, sprach dafür. Aber warum machte er dann so ein Geheimnis daraus? Was zur Hölle stimmte hier nicht?

»Möglicherweise«, sagte sie. »Die Namen dieser Offiziere kennen Sie nicht zufällig?«

»Nein, aber wenn es für Sie wichtig ist, würde ich Ihnen raten, sich an Maximilian Schmidt zu wenden.«

Friederike hob fragend die Brauen. »Wer ist Maximilian Schmidt?«

»Er war Regimentsmusiker und Hilfskrankenträger und nach der Explosion an der Bergung der Verwundeten beteiligt. Nach dem Krieg hat er sich in Hannover niedergelassen und verdient seinen Lebensunterhalt als Klavierspieler in einem Tanzlokal in der Innenstadt. Soweit ich weiß, spielt er dort jeden Nachmittag außer montags, da hat der Goldene Schuh geschlossen.«

»Vielen Dank, Herr Breuer. Mit dieser Auskunft haben Sie mir wirklich sehr weitergeholfen.«

Die Tür zur guten Stube öffnete sich und Frau Breuer kehrte mit einem Tablett zurück, auf dem drei Teetassen standen. Sie stellte es auf den kleinen Sofatisch und forderte Friederike auf, sich zu bedienen.

»Ich nehme an, mein Mann hat Ihnen bereits gesagt, was Sie wissen wollten?«

»Ja, vielen Dank. Ich denke, ich werde Maximilian Schmidt aufsuchen, aber ich hätte auch noch eine Frage an Sie, Frau Breuer.«

»Fragen Sie nur.«

»Könnten Sie mir etwas über die Behandlungsmethoden erzählen, denen Ihr Sohn in Langenhagen unterzogen wurde?«

Frau Breuer atmete hörbar ein. »Das … ist etwas, über das zu sprechen mir sehr schwerfällt. Ich verstehe nichts von der ärztlichen Kunst. Ich muss darauf vertrauen, was mir die Ärzte sagen und dass sie die richtigen Behandlungsmethoden auswählen.«

»Das klingt ganz so, als wären Sie mit den Therapien nicht einverstanden gewesen?«

Frau Breuer schluckte. »Ja«, gab sie zögerlich zu. »Wissen Sie, es war sehr schwierig für mich. Auf der einen Seite waren die Dinge, die Ludwig in diesem …« – sie zögerte kurz – »… Zustand getan hat, sehr schlimm. So etwas macht kein anständiger Mensch. Aber er war doch trotz allem mein Sohn und er war krank, er konnte gar nichts dafür! Man hätte ihn nicht so behandeln dürfen. Ich hatte mit mehr Verständnis gerechnet. Vor allem, nachdem Doktor Weiß mir doch so dringend zugeraten hatte, Ludwig zu ihm in Behandlung zu geben. Gewiss, Doktor Weiß ist ein sehr guter Arzt und Ludwig hat immer große Stücke auf ihn gehalten, er war sehr stolz, sein Bursche zu sein, aber …« Sie brach ab.

»Was genau hat Sie so sehr erschüttert?«

Ein erneutes tiefes Durchatmen. »Nach diesen Behandlungen … Ich habe ihn dann kaum mehr wiedererkannt. Es fühlte sich an, als würde jedes Mal ein bisschen mehr von seiner Seele sterben. Wie ich schon sagte, ich verstehe nichts davon, aber für mich hörte sich das an wie Folter. Kaltpackungen, Bäder, bei denen sie ihn beinahe ertränkten, jedenfalls nach Ludwigs Worten. Während der Behandlungen war ich selbstverständlich niemals dabei.« Sie trank einen Schluck Tee.

»Ich war ebenfalls sehr erschüttert, als ich von den Methoden in Langenhagen erfuhr«, sagte Friederike. »Ich kann Sie gut verstehen. Aber einer der Ärzte erklärte mir, dass auch eine Operation ein schwerwiegender Eingriff sei, der vor der Einführung der Narkose noch viel mehr an Folter erinnert habe.« Noch während sie das sagte, kam sie sich wie eine Heuchlerin vor, schließlich empfand sie genau dasselbe wie Frau Breuer. Andererseits war es für Ludwigs alte Eltern wahrscheinlich besser, sich mit den Behandlungsmethoden zu versöhnen, da sie ohnehin nichts mehr daran ändern konnten. Anders als der junge Richard Hellmer hatten sie nicht die Möglichkeit, die Zukunft geisteskranker Menschen in irgendeiner Weise zu gestalten und zu verbessern. Und diese Hilflosigkeit würde es ihnen nur noch schwerer machen.

Kurz darauf verabschiedete Friederike sich vom Ehepaar Breuer und bedankte sich nochmals herzlich für die freundliche Aufnahme und die wertvollen Auskünfte. Als sie in ihre Droschke stieg, entschied sie sich dazu, Juliane Brunner in den Goldenen Schuh mitzunehmen, wo sie mit Maximilian Schmidt sprechen wollte. Sie wollte keine Gelegenheit auslassen, weiter an ihrer Beziehung zu der jungen Frau zu arbeiten.

»Soll es wieder nach Hause gehen?«, fragte der Kutscher, während er Friederike die Droschkentür aufhielt.

»Nein, bitte fahren Sie mich zunächst noch einmal in die Anstalt Langenhagen.« Sie wollte wissen, wie es Kuno ging. Bei ihrem letzten Besuch hatte es nicht sehr erfreulich ausgesehen, und auch wenn sie bislang keine Nachricht aus der Anstalt erhalten hatte – weder eine gute noch eine schlechte –, so war es ihr ein persönliches Anliegen, sich nach Kuno zu erkundigen.

»Sehr wohl, ganz wie Sie wünschen.« Der Kutscher schloss die Tür, dann stieg er auf den Kutschbock und trieb das Pferd an.

18. Kapitel

Diesmal musste Friederike deutlich länger warten, bis einer der Ärzte Zeit für sie hatte. Es war Doktor Lessing, der für das gesicherte Haus zuständig war. Doktor Lessing war ein kleiner, untersetzter Mann mit runder Brille, einer Halbglatze, die ihn älter erscheinen ließ, als er vermutlich war, und einem dünnen dunkelbraunen Spitzbart.

»Frau von Aalen, was kann ich für Sie tun?«, fragte er mit distanzierter Stimme. Die Art, wie er sie musterte, gefiel ihr nicht. Sie hatte etwas Herablassendes, erweckte den Eindruck eines unangenehmen Standesdünkels. Aber vielleicht tat sie ihm ja auch unrecht. Möglicherweise war es seine persönliche Eigentümlichkeit, so zu gucken.

»Ich wollte gern wissen, wie es unserem Patienten Kuno Pechstein geht.«

»*Unserem* Patienten?« Doktor Lessing verzog irritiert, ja beinahe angewidert das Gesicht. »Kuno Pechstein ist *mein* Patient, Frau von Aalen. Mir ist nicht bekannt, dass Sie in irgendeiner Form an seiner Behandlung beteiligt wären.«

Friederike holte tief Luft. Sie hatte sich nicht geirrt – es war tatsächlich Standesdünkel.

»Sie haben recht«, gab sie zu, »gegenwärtig ist Herr Pechstein Ihr Patient. Allerdings lebt er schon seit vielen Jahren in der Heilanstalt meines Vaters auf Gut Mohlenberg. Insofern ist es durchaus angemessen, wenn ich die Bezeichnung *unser* Patient verwende.« Diesmal sah sie auf Doktor Lessing herab, was ihr nicht besonders schwerfiel, denn er reichte ihr lediglich bis zur Nasenspitze. Der Arzt räusperte sich, sichtlich unzufrieden mit dieser Antwort, und im gleichen Augenblick fragte Friederike sich, ob sie wohl einen Fehler gemacht hatte. Es nutzte Kuno nichts, wenn sie seinen behandelnden Arzt gegen sich aufbrachte.

»Kuno Pechstein befindet sich derzeit auf der Wachstation«, sagte Doktor Lessing.

»Wachstation?« Friederike sah den Arzt fragend an. »Was meinen Sie damit?«

»Er hatte tatsächlich eine Schädelfraktur, die zu einer Gehirnblutung führte. Er ist ins Koma gefallen.«

Friederike schluckte. »Ins Koma?«

»Es handelt sich um eine ausgeprägte Blutung.« Doktor Lessings Stimme klang nüchtern und sachlich. Da war kein Bedauern zu hören, es handelte sich lediglich um eine Feststellung. Auf einmal begriff Friederike, was Richard Hellmer damit gemeint hatte, als er sagte, dass niemand in dieser Anstalt den Tod seines Bruders bedauert habe. Die menschliche Kälte, die von dem Arzt ausging, war nur schwer auszuhalten.

»Wird er bleibende Schäden davontragen?« Friederike versuchte vergeblich, das Zittern in ihrer Stimme zu unterdrücken.

»Das wird sich erst zeigen, wenn er wieder aus dem Koma erwacht ist. Allerdings sieht es derzeit nicht allzu gut aus.« Wieder diese emotionslose, sachliche Stimme, ganz so, als würde er über ein lebloses Werkstück sprechen.

Friederike schluckte erneut. »Darf ich ihn sehen?«

»Es tut mir leid, zur Wachstation haben Besucher keinen Zutritt.«

»Könnten Sie für mich eine Ausnahme machen? Ich bin selbst Medizinstudentin gewesen und mein Vater ist Chefarzt von Gut Mohlenberg. Ich bin mit den Gegebenheiten einer Wachstation vertraut.«

»Tut mir leid, Frau von Aalen. Die Vorschriften gelten für jeden. Ich bin nicht befugt, eine Ausnahme zu machen. Nicht einmal für die Tochter eines geschätzten Kollegen.«

Friederike nickte nur. Das hatte sie jetzt von ihrem energischen Auftreten. Vielleicht hätte sie sich doch lieber auf weibliche Bescheidenheit besinnen sollen. Andererseits hätte dieser Doktor Lessing vermutlich auch dann keinen Grund gesehen, ihr in irgendeiner Weise entgegenzukommen. Kleine, vorgealterte Männer mit Halbglatze waren von jeher mit Vorsicht zu genießen. Das hatte Friederike bereits während ihres Studiums lernen müssen und dieses Vorurteil hatte sich bislang immer wieder bestätigt. Männer, die ihr nur bis zur Nasenspitze reichten, waren allesamt Giftzwerge. Und Doktor Lessing hatte in ihren Augen durchaus das Zeug dazu, der König der Giftzwerge zu werden.

»Haben Sie sonst noch Fragen, Frau von Aalen?«

»Nein, Herr Doktor Lessing. Ich gehe davon aus, dass Sie uns informieren werden, wenn sich irgendeine Änderung in Kunos Zustand ergeben sollte. Ich möchte Sie darauf hinweisen, dass Sie dazu verpflichtet sind, da mein Vater die Vormundschaft für den Patienten hat, selbst wenn er sich derzeit in Ihrer Obhut befindet.«

»Keine Sorge, Frau von Aalen, ich kenne meine Pflichten und erfülle sie stets gewissenhaft.«

»Davon bin ich überzeugt, Herr Doktor Lessing. Ich danke Ihnen, dass Sie sich Zeit für mich genommen haben, und wünsche Ihnen noch einen angenehmen Tag.«

Nachdem sie das Gebäude verlassen hatte, atmete sie tief durch. Einige Patienten, die wohl auf dem Weg zur Feldarbeit waren, kamen ihr lachend entgegen, ohne sie wirklich wahrzunehmen. Welch ein Unterschied doch zwischen den offenen Häusern und dem gesicherten Haus bestand, dachte sie bei sich. Ihr erster Eindruck der Anstalt war sehr positiv gewesen – die großen, hellen Schlafräume in den Pavillons, die Arbeitsmöglichkeiten, die es manchen Kranken sogar ermöglichten, irgendwann wieder im wirklichen Leben Fuß zu fassen. Eine wahre Musteranstalt, wenn es da nicht diese zweifelhaften Behandlungsmethoden gegeben hätte, die womöglich tödlich enden konnten ...

Als Friederike nach Hause kam, waren Tante Vera und Juliane ebenfalls gerade von ihrem Einkaufsbummel zurückgekehrt. Bei Julianes Anblick musste sie zweimal hinsehen, um die junge Frau wiederzuerkennen. Das lange blonde Haar war offensichtlich der Schere eines Friseurs zum Opfer gefallen, denn Juliane trug jetzt einen ähnlichen Pagenschnitt wie Tante Vera, was sie nicht länger wie eine zerbrechliche Porzellanpuppe erscheinen ließ. Außerdem hatte sie sich komplett neu eingekleidet. Eine lockere hellgrüne Bluse verbarg ihre weiblichen Formen, anstatt sie zu betonen, wie es das enge Kostüm mit dem Korsett darunter zuvor getan hatte. Dennoch gab ihr der Kragen der Bluse eine weiblich verspielte Note, da er ihr weit über die Schultern fiel und somit einen Eindruck von Freiheit und Beweglichkeit vermittelte. Passend dazu trug sie einen lockeren dunkelgrünen Rock, der ihr lediglich bis zu den Waden reichte und den Blick auf hellgrüne Seidenstrümpfe gewährte, die vom Ton her genau auf die Bluse abgestimmt waren.

»Juliane, Sie sehen fantastisch aus«, entfuhr es Friederike. »Das steht Ihnen wirklich ausgezeichnet.«

»Finden Sie?« Juliane lächelte Friederike schüchtern an und eine zarte Röte zog sich über ihre Wangen. »Ich hatte schon die Befürchtung, es sei etwas zu gewagt.«

»Na, da sehen Sie es doch, Fräulein Brunner. Wenn sogar meine Nichte sagt, dass Sie fantastisch aussehen, dann muss wirklich etwas dran sein«, sagte Tante Vera und stemmte ihre Arme dabei energisch in die Hüften. »Und was hältst du von Fräulein Brunners neuer Frisur, Friederike?«

»Sie betont ihr hübsches Gesicht. Der Friseur hat gute Arbeit geleistet. Wenngleich es andererseits natürlich schade um das schöne lange Haar ist. Ich hätte mich nicht von meinem trennen wollen.« Sie lächelte.

Juliane strich sich über den Kopf. »Ja, es ist mir tatsächlich nicht leichtgefallen«, gab sie zu. »Andererseits ist es doch an der Zeit, alte Zöpfe abzuschneiden, nicht wahr?« Sie erwiderte Friederikes Lächeln.

»So ist es«, bestätigte Friederike. »Dieser Haarschnitt passt sehr gut zu Ihnen und es spart morgens sicher viel Zeit.«

»So einfach ist das auch nicht«, widersprach Tante Vera. »Es geht nichts über eine Bürste mit Wildschweinborsten, wenn das Haar richtig glänzen soll.«

»Ich seh schon«, sagte Friederike, »da haben sich zwei Expertinnen gefunden.«

»Und was haben Sie heute erlebt, Frau von Aalen?«, fragte Juliane. »Haben Sie mit den Eltern des armen Ludwig sprechen können?«

»Ja, das habe ich. Und ich habe auch Neuigkeiten von Kuno. Leider geht es ihm nicht so gut, er befindet sich derzeit mit einer Hirnblutung auf der Wachstation.«

»Oh mein Gott, das ist ja schrecklich!«, rief Juliane mit großen Augen. »Gibt es irgendetwas, das wir tun können?«

»Im Moment können wir nur abwarten und hoffen, dass er sich möglichst bald erholt.«

Juliane nickte. »Das ist einfach nur schrecklich«, wiederholte sie.

»Ja«, bestätigte Friederike, »aber es wird Kuno nicht helfen, wenn wir jetzt ins Lamentieren verfallen.« Sie musterte Juliane aufmerksam. »Was halten Sie davon, wenn wir Ihr neues Erscheinungsbild morgen Nachmittag im Tanzlokal Goldener Schuh erproben?«

»Meinen Sie wirklich? Wie können wir uns dem Vergnügen hingeben, wenn es dem armen Kuno so schlecht geht?«

»Ich denke, es wäre ihm sehr recht, wenn es wenigstens Ihnen bald besser ginge, Juliane. Schließlich sind Sie aus genau diesem Grund nach Mohlenberg gekommen. Also, was halten Sie von meiner Idee?«

»Ich finde sie wunderbar«, sagte Tante Vera. »Sie sollten zusagen, Fräulein Brunner. Für den Tanz am Nachmittag sind Sie jetzt genau richtig angezogen. Die Männer werden sich die Hälse nach Ihnen verrenken.«

»Ich hoffe doch nicht«, sagte Friederike. »Wir wollen ja keinen Massenauflauf auslösen.«

»Ach, Friederike, sei doch nicht so streng. Gönnen wir dem armen Fräulein Brunner doch mal ein bisschen Zuwendung.«

Juliane und Friederike räusperten sich beinahe gleichzeitig und ernteten einen verwirrten Blick von Tante Vera.

»Aus euch beiden werde ich auch nicht schlau«, sagte sie schulterzuckend. »Bitte entschuldigt mich jetzt, ich muss meine Einkäufe sortieren, wir essen in einer Stunde zu Abend.«

19. Kapitel

Das Tanzlokal zum Goldenen Schuh war gegen drei Uhr nachmittags bereits recht gut besucht, wenngleich sich dort um diese Zeit überwiegend junge Frauen und Gymnasiasten der Oberprima trafen. Immerhin sprach es für den guten Leumund der Lokalität. Es gab eine Musikkapelle, die jedoch am frühen Nachmittag noch nicht durchgängig spielte, sondern zeitweilig von einem Klavierspieler am anderen Ende des Raumes abgelöst wurde. Friederike erinnerte sich an Vergnügungslokale dieser Art, die sie mit Bernhard während ihrer gemeinsamen Zeit in Heidelberg regelmäßig aufgesucht hatte. Allerdings waren sie damals oft erst nach acht Uhr abends zum Tanzen gegangen, wenn die Stimmung auf dem Höhepunkt war und die Kapelle sich warm gespielt hatte.

Sie nahmen an einem Tisch in der Nähe des Klavierspielers Platz und bestellten sich zwei Tassen Kaffee. Friederike fiel auf, wie Juliane die jungen Leute beobachtete, die sich lachend unterhielten, miteinander scherzten und kokettierten. Ob Juliane so etwas wohl jemals erlebt hatte? Bedauerte sie es, von den einfachsten Freuden der Jugend seit jeher ausgeschlossen gewesen zu sein? Oder war sie das gar nicht gewesen? Es gab nach wie vor so viele unbekannte dunkle Flecken im Leben der jungen Frau. Juliane Brunner blieb ein Rätsel.

Gleichzeitig fragte Friederike sich beim Anblick der fröhlichen Tanzgäste, was Bernhard wohl denken würde, wenn er jetzt hier wäre. Gab es tief in ihm noch eine Erinnerung daran, was ihnen solche Abende einstmals bedeutet hatten? Würde er die Musik noch genauso lieben? Den Wunsch in sich spüren, sich danach zu bewegen? Könnte er überhaupt noch tanzen? Er hatte sie in letzter Zeit mit vielerlei Dingen überrascht, die sie ihm eigentlich nicht mehr zugetraut hätte.

Mitten in ihre Gedanken hinein trat ein junger Mann in einem hellbraunen Sommeranzug zu ihnen und bat Juliane um den nächsten Tanz. Juliane sah Friederike fragend an und die nickte kaum merklich. Sofort zog sich ein Strahlen über Julianes Gesicht und sie nahm die Aufforderung an.

Zunächst beobachtete Friederike das tanzende Paar, dann fiel ihr jedoch auf, dass der Klavierspieler eine Pause machte, da jetzt die Kapelle wieder dran war. Er nutzte die Gelegenheit, sich ein Getränk an der Theke zu holen. Friederike erhob sich und ging zu ihm.

»Guten Tag«, sagte sie. »Mein Name ist Friederike von Aalen, sind Sie Maximilian Schmidt?«

»Ja, das bin ich.« Er musterte sie. »Kennen wir uns?«

»Nein, wir kennen uns nicht, ich habe Ihren Namen von Justus Breuer erfahren. Von ihm weiß ich auch, dass Sie am 23. Mai 1917 nach der Explosion des Munitionsdepots als Hilfskrankenträger an der Bergung der Verwundeten beteiligt waren.«

»Ja«, sagte er knapp. »Aber das ist lange her. Darüber möchte ich nicht mehr sprechen.«

»Ich habe nur eine einzige Frage«, sagte Friederike. »Mein Ehemann, Leutnant Bernhard von Aalen, gehörte zu den

Verwundeten. Es war noch ein anderer deutscher Offizier unter den Verletzten. Erinnern Sie sich an seinen Namen?«

Maximilian Schmidt leerte sein Glas und im selben Moment beendete die Musikkapelle ihr Lied.

»Entschuldigen Sie mich bitte, Frau von Aalen, ich muss wieder ans Klavier.« Er holte tief Luft. »Aber wenn es für Sie so wichtig ist, können wir uns in meiner nächsten Pause darüber unterhalten.«

»Vielen Dank, das ist wirklich sehr freundlich von Ihnen. Vielleicht möchten Sie dann an unseren Tisch kommen? Ich würde Sie gern zu einem Getränk Ihrer Wahl einladen.«

»Da sage ich nicht Nein.« Er schenkte ihr ein wehmütiges Lächeln, dann ging er zu seinem Klavier.

Juliane kehrte beinahe gleichzeitig mit Friederike an den Tisch zurück. Der junge Mann, der sie zum Tanzen aufgefordert hatte, begleitete sie und Juliane stellte ihn Friederike als Heinz Baumann vor, einen Studenten der Technischen Hochschule Hannover.

»Herr Baumann studiert dort Maschinenbau«, fügte sie abschließend hinzu.

»Dann haben Sie sich also der Zukunft verschrieben?«, fragte Friederike. »Den neuen Techniken?«

»Ja, in diesem Jahr wurde die technische Fakultät nach dem Ende des Krieges endlich wiedereröffnet«, erwiderte Baumann. »Ich hoffe, dass wir nun bald zur Normalität zurückfinden und die deutsche Technik dorthin zurückbringen können, wohin sie gehört. An die Weltspitze.«

»Das wäre in der Tat wünschenswert«, bestätigte Friederike. »Ich verstehe zwar nicht viel davon, aber die großen Erfindungen unserer Zeit faszinieren mich auch.«

»Ich schätze es sehr, wenn sich Frauen für neue Errungenschaften interessieren«, sagte er mit einem Lächeln.

»Von der modernen Technik profitieren wir schließlich alle. Männer wie Frauen.«

»Ja, meine Tante überlegt sogar schon, sich ein Automobil zuzulegen.«

»Vielleicht stehe ich mit meiner Meinung allein da, aber ein Automobil bietet für eine Frau durchaus viele Vorteile. Sofern sie den Mut hat, es selbst zu steuern, ist sie unabhängig und kann auch weite Fahrten ohne männliche Begleitung unternehmen.«

»Damit stehen Sie durchaus nicht allein da, Herr Baumann«, sagte Juliane. »Wussten Sie, dass Bertha Benz bereits 1888 mehr als hundert Kilometer mit dem Benz Patent-Motorwagen zurücklegte?«

Sowohl Herr Baumann als auch Friederike starrten Juliane überrascht an.

»Woher wissen Sie denn das, Juliane?«, fragte Friederike.

Juliane errötete. »Das habe ich zufällig mal in den Journalen meines Vaters gelesen. Er meinte, Frauen sollten ihren Platz kennen, und war sehr wütend, als ich ihm einmal diesen Artikel unter die Nase hielt und dazu sagte, dass es so viele Plätze für Frauen gebe, dass sie ihren erst einmal finden müssten.«

Heinz Baumann lachte laut, während Friederike nach wie vor nur schwer ihr Erstaunen verbergen konnte. So viel Mutterwitz und Schlagfertigkeit hatte sie Juliane bis dahin nicht zugetraut. Die junge Frau hatte anscheinend deutlich mehr Facetten, als sie bislang geglaubt hatte.

»Ich nehme an, Ihr Vater ist dagegen, dass Sie selbst ein Auto lenken?«, fragte Baumann.

»Ja, aber das liegt nicht nur daran, dass ich eine Frau bin, sondern dass mein Vater nicht viel von der modernen Technik hält. Er ist nach wie vor der Meinung, es gehe nichts über eine vernünftige Kutsche. Sehr zum Verdruss meines Bruders Viktor, der sehr gern ein Automobil hätte.«

»Vielleicht sollte Ihr Bruder es mit einem kleinen Trick versuchen«, schlug Herr Baumann mit einem Augenzwinkern vor.

»Was meinen Sie damit?«, fragte Juliane.

»Ihr Bruder sollte seinem Vater erklären, dass die Nachbarn denken, Ihre Familie könne sich kein Automobil leisten. Das fruchtet meistens, denn nichts ist den Menschen wichtiger als das, was ihre Nachbarn von ihnen denken, ganz unabhängig davon, was sie eigentlich selbst wollen.«

Juliane und Friederike lachten.

»Sie scheinen mir ein echter Menschenkenner zu sein, Herr Baumann«, sagte Friederike kopfschüttelnd.

Er grinste nur.

Kurz darauf setzte erneut die Kapelle ein und Herr Baumann fragte Juliane, ob sie ihm auch diesen Tanz gewähren wolle. Friederike nickte Juliane erleichtert zu, denn so hatte sie wenigstens die Möglichkeit, sich ungestört mit Maximilian Schmidt zu unterhalten, der sich soeben von seinem Klavierhocker erhoben hatte und in ihre Richtung schaute. Sie erwiderte seinen Blick aufmunternd, und während Juliane und Herr Baumann auf die Tanzfläche gingen, setzte sich Herr Schmidt zu ihr an den Tisch. Friederike winkte eine der Serviererinnen herbei und fragte Herrn Schmidt nach seinen Wünschen. Er bestellte eine Tasse Kaffee.

»Warum interessieren Sie sich so für die Explosion eines Munitionsmagazins?«, fragte er, nachdem die Serviererin wieder gegangen war.

»Wie ich Ihnen schon sagte, Herr Schmidt, mein Ehemann ist dabei verwundet worden und ich wüsste gern mehr darüber, was damals geschehen ist.«

»Warum nach all diesen Jahren? Der Krieg ist lange vorbei, das Leben geht weiter. Warum in einer trostlosen Vergangenheit herumwühlen?«

»Mein Mann hat damals sehr schwere Verletzungen davongetragen und eine geistige Behinderung zurückbehalten. In letzter Zeit sind mir einige Ungereimtheiten aufgefallen.«

»Was meinen Sie mit Ungereimtheiten?«

»Mir scheint, es haben sich Menschen in unser persönliches Umfeld eingeschlichen, die damals auch bei der Explosion dabei gewesen sind, es uns aber aus irgendwelchen Gründen nicht verraten wollen. Ich stochere im Nebel, aber ich muss wissen, woran ich bin. Werden Sie mir helfen?«

Er nickte langsam. »Sie sagten, der Name Ihres Mannes sei Bernhard von Aalen?«

»Ja. Haben Sie ihn gesehen?«

Der Mann senkte den Blick. »Ja, das habe ich. Als wir ihn fanden, hielten wir ihn zunächst für tot.« Herr Schmidt schwieg einen Moment lang, in Erinnerungen versunken. »Ich weiß noch, wie ich dachte, dass sich sein Freund lieber um sein eigenes Wohl hätte kümmern sollen, anstatt sich in solche Gefahr zu bringen.«

»Was meinen Sie damit?«

»Nun, es hieß später, dass Ihr Mann in der Waffenkammer war, als das Pulvermagazin Feuer fing und explodierte. Sein Freund ist ihm nachgelaufen, um ihn aus den Flammen zu retten. Aber der Herrgott hat es ihm nicht vergolten, denn zum Lohn für diese Tat ist er nun sein Leben lang gezeichnet.« Ein unwillkürliches Zittern, ein Schaudern durchlief Schmidts Körper, so als würde er alles noch einmal erleben. Für einen Moment tat es ihr leid, dass der Mann ihretwegen an diesen schrecklichen Ort zurückkehren musste, aber andererseits tat er es freiwillig, um ihr zu helfen.

»Lebenslang gezeichnet?«, fragte sie nach. »Hatte er schwere Verbrennungen im Gesicht und war zeitweilig blind?«

»Ja«, bestätigte Schmidt und sah sie verblüfft an. »Ob die Blindheit wieder verging, weiß ich allerdings nicht. Es sah schrecklich aus, das war kein Gesicht mehr, der Anblick hat selbst hart gesottene Sanitäter schlucken lassen. Er wurde wenig später in ein Lazarett verlegt, das sich mit Augenverletzungen auskannte.«

»Wurde mein Mann auch verlegt?«

»Nein, denn zu dem Zeitpunkt gingen wir noch davon aus, dass er sterben würde.« Er sah sie entschuldigend an. »Bei hoffnungslosen Fällen verlegten wir uns aufs Abwarten. Aber er hatte einen ungebrochenen Lebenswillen. Manche sprachen von einem Wunder. Er wurde erst zwei Wochen später verlegt.«

Friederike atmete schwer. »Wissen Sie noch den Namen des entstellten Freundes?«

»Das war auch ein Leutnant, er hieß Wolfgang Adler.«

Wolfgang Adler? Dann hatte Walter Pietsch womöglich doch einen falschen Namen angenommen? Das würde natürlich seine zweifelhaften Papiere erklären. Aber wozu? Warum sollte er sich unter falscher Identität auf Gut Mohlenberg vorstellen, wenn er Bernhards Leben gerettet hatte? Das war doch nichts, was man verheimlichen musste, ganz im Gegenteil. Er hätte sich der Dankbarkeit der Familie gewiss sein können. Die Geschichte wurde immer undurchsichtiger.

»Können Sie mir Wolfgang Adler beschreiben?«

»Ein ganz normaler Mann. Mittelgroß, gewöhnliche Statur, blondes Haar und ein blonder Vollbart. Möglicherweise kam es durch den Bart überhaupt erst zu seiner grauenhaften Entstellung. Davor war er niemand, den man wegen irgendeiner Auffälligkeit im Gedächtnis behält.« Er atmete tief durch. »Aber das hat sich ja nun geändert. Ich habe mich oft gefragt, wer von den beiden Männern wohl der Bedauernswertere ist. Derjenige, der seinen Verstand einbüßte, oder derjenige, der bei klarem Verstand noch miterleben musste, wie er als blinder und entstellter Mann für seine Umwelt zu einer mitleiderregenden Abscheulichkeit wurde.«

»Das sind sehr harte Worte.«

»Mag sein, aber es sind ehrliche Worte. Ich spreche nur das aus, was die meisten Leute denken, aber aus Pietät für sich behalten.«

Friederike nickte. »Ich danke Ihnen für Ihre Ehrlichkeit, Herr Schmidt. Wissen Sie zufällig, was damals zur Explosion des Munitionsmagazins geführt hat?«

Er schüttelte den Kopf. »Da gab es viele Gerüchte, aber die Wahrheit haben wir niemals erfahren. Es hieß, ein französischer Spion hätte absichtlich Feuer gelegt.«

Die Tanzkapelle machte erneut eine Pause und Schmidt leerte seine Kaffeetasse. »Bitte entschuldigen Sie mich, Frau von Aalen. Die Pflicht ruft.«

»Vielen Dank, Herr Schmidt, Sie haben mir sehr geholfen und ich bin Ihnen zutiefst verpflichtet, dass Sie mir so umfassende Auskünfte gegeben haben.«

»Ich hoffe, es hilft Ihnen, damit Sie nicht länger im Nebel herumstochern müssen. Dieser verfluchte Krieg hat uns allen viel zu viel genommen.«

Als sie am frühen Abend zurückkehrten, zog Friederike sich in ihr Zimmer zurück, um all das, was sie bislang erfahren hatte, zu notieren und zu ordnen.

Doktor Weiß war also als Arzt für Bernhards Regiment zuständig gewesen. Warum hatte er nie davon erzählt? Hatte er Bernhard schon vor seiner Verwundung gekannt? Aber falls ja, warum hätte er es für sich behalten sollen? Und was hatte es mit seinem Burschen Ludwig Breuer auf sich? Warum hatte Doktor Weiß Langenhagen nach Breuers Tod verlassen? Wie genau war Breuer bei der Explosion zu Schaden gekommen? War er direkt beim Munitionsdepot gewesen oder lediglich aus der Ferne von herumfliegenden Trümmern getroffen worden?

Maximilian Schmidt hatte nur von den beiden verletzten deutschen Offizieren erzählt, nicht aber vom Burschen des Arztes. Friederike zögerte kurz und legte ihren Bleistift beiseite, um sich besser konzentrieren zu können. Sie hatte Schmidt gar nicht nach Breuer gefragt. Warum hatte sie das nur vergessen? Weil sie zu sehr mit Bernhard beschäftigt gewesen war? Mit dem Rätsel um Walter Pietsch? Aber irgendetwas musste es mit Ludwig Breuer auf sich haben. Es konnte nur seine Verbindung zu Weiß gewesen sein, weshalb Pietsch sie nach Langenhagen geschickt hatte. Sie nahm den Bleistift wieder zur Hand und setzte hinter den Namen Breuer ein großes Fragezeichen.

Bernhard war von seinem Freund Wolfgang Adler gerettet worden. Waren sie wirklich Freunde gewesen? Friederike konnte sich nicht daran erinnern, diesen Namen jemals zuvor gehört zu haben, und dabei hatte Bernhard keine Geheimnisse vor ihr gehabt. Sie kannte die meisten seiner Freunde, auch wenn die sich in letzter Zeit nicht mehr hatten blicken lassen. Bei der Erinnerung daran seufzte sie. Keiner von ihnen, nicht einmal seine Brüder, hatte ertragen können, was aus ihm geworden war. Dass Bernhard Wolfgang Adler nie erwähnt hatte, musste nicht viel zu bedeuten haben, möglicherweise hatten die beiden Männer sich erst kurz zuvor an der Front kennengelernt und angefreundet. Alles sprach dafür, dass Walter Pietsch dieser Freund war. Aber warum machte er so ein Geheimnis aus seiner Person und seinem Verdacht Doktor Weiß gegenüber? Was genau warf er dem Arzt vor? Und welchen Zusammenhang sollte es zu den grauenvollen Morden auf Gut Mohlenberg geben? Denn genau diese Morde waren ja der Grund, weshalb Pietsch ihr Misstrauen gegen Doktor Weiß geschürt hatte.

Friederike legte den Stift erneut beiseite, lehnte sich in ihrem Stuhl zurück und rieb sich ihre Schläfen. Sie hatte auf Antworten gehofft, aber stattdessen war sie auf noch mehr Geheimnisse gestoßen. Geheimnisse, für die es eigentlich keinen Grund gab. Jedenfalls keinen, den sie sich irgendwie logisch erklären konnte.

Hatte es vielleicht mit dem französischen Spion zu tun, der immer wieder erwähnt wurde? Sie machte noch eine Notiz: *Französischer Spion – mögliche Verbindung zu Doktor Weiß? Zu Ludwig Breuer oder Wolfgang Adler? Oder gar zu Bernhard?*

Zu gern hätte sie sich mit jemandem ausgetauscht, aber sie wusste nicht, mit wem. Tante Vera würde mit ziemlicher Sicherheit alles mit einer Handbewegung wegwischen und für lächerliche Kapriolen halten. Und Juliane wollte sie in diese Geschichte nicht mit hineinziehen. Schließlich war die junge Frau ihr als Patientin anvertraut worden, selbst wenn sie mittlerweile freundschaftliche Gefühle füreinander hegten. Juliane hatte genügend eigene Probleme, auch da gab es noch viele ungelöste Rätsel.

Friederike atmete tief durch. Die einzige Möglichkeit, Licht ins Dunkel zu bringen, schien ihr eine vorsichtige gezielte Befragung aller Verdächtigen, sobald sie wieder auf Gut Mohlenberg wäre. Einen Moment lang überlegte sie, ob sie ihren Vater ins Vertrauen ziehen sollte, aber letztlich entschied sie sich erneut dagegen. Sie konnte sich sehr gut vorstellen, dass er Walter Pietsch und Doktor Weiß gemeinsam an einen Tisch holen und alles, was er wusste, auf genau diesem Tisch ausbreiten würde. Friederike hatte jedoch das Gefühl, dass dies genau der falsche Weg wäre. Nicht umsonst hatte Walter Pietsch sich so bedeckt gehalten. Möglicherweise würde er sich zurückziehen oder Gut Mohlenberg heimlich bei Nacht und Nebel verlassen, ohne dass sie jemals herausfinden würde, was er ihr wirklich hatte mitteilen wollen. Und Bernhard? Sie hatte Bernhard in der letzten Zeit mehrmals unterschätzt. Vielleicht sollte sie ihn noch einmal ganz genau nach den Tagen vor seiner Verwundung befragen. Vielleicht gab es noch Erinnerungsinseln, die ihr helfen würden, die einzelnen Mosaiksteine zusammenzusetzen.

Während sie ihre Notizen zusammenfaltete, kam ihr Kuno wieder in den Sinn. Sie hoffte sehr, dass der alte Schäfer sich erholen würde, aber es blieb ein ungutes Gefühl. Dieser Doktor Lessing hatte keinen guten Eindruck auf sie gemacht, doch sie wusste nicht, was sie noch für Kuno tun könnte. Und leider hatte sie nach wie vor keinen Hinweis darauf, wer für die Morde an Trudi und Alfons verantwortlich sein könnte. Stattdessen hatte sie erfahren müssen, dass anscheinend nichts so war, wie sie geglaubt hatte. Gab es doch irgendeinen Zusammenhang? Etwas, das sie übersehen hatte? Sosehr sie es auch drehte und wendete, sie fand keine Lösung.

Sie seufzte erneut. Wie es auch sein mochte, weitere Antworten würde sie vermutlich erst auf Gut Mohlenberg bekommen. Es war an der Zeit, nach Hause zurückzukehren.

20. KAPITEL

Bernhard empfing Friederike bei ihrer Rückkehr mit bemerkenswerter Herzlichkeit und einem leidenschaftlichen Überschwang, den sie so nicht erwartet hätte. Er kam ihr schon entgegen, als die Droschke vom Lüneburger Bahnhof auf den Hof fuhr, und riss die Tür auf, um sie dann an sich zu drücken, kaum dass sie ausgestiegen war.

»Hast du mich so sehr vermisst?«, fragte sie ihn lächelnd. Auf der einen Seite genoss sie seine ungestüme Freude, auf der anderen Seite war es ihr vor aller Augen etwas peinlich.

»Ja«, sagte er nur.

»Ich habe dich auch vermisst«, erwiderte sie. »Aber du kannst mich jetzt wieder loslassen.«

Er nickte und folgte ihrem Wunsch. Inzwischen war auch Juliane ausgestiegen und Friederike bemerkte, wie die junge Frau sie und Bernhard mit einem leisen Schmunzeln musterte.

Auf Gut Mohlenberg hatte sich in den Tagen ihrer Abwesenheit nichts Neues ereignet, wie Friederike zu ihrer großen Erleichterung kurz darauf von ihrem Vater erfuhr. Keine neuen Morde und auch keine weiteren Anfeindungen seitens der Dorfbewohner.

Während sie zusammen mit Großmutter Adelheid im Salon saßen, um Neuigkeiten auszutauschen, bestellte Friederike ihnen Grüße von Tante Vera und erzählte, wie es Kuno ergangen war.

»Das klingt in der Tat übel«, meinte ihr Vater mit einem traurigen Kopfschütteln. »Ich hoffe, er erholt sich wieder.«

»Und ich hoffe, dieser Doktor Lessing lässt ihm jegliche Behandlung zuteilwerden, die er für seine Genesung benötigt«, erwiderte Friederike. »Als ich mit ihm sprach, hatte ich die Befürchtung, dass er Kuno bereits aufgegeben hat.«

Eine Weile schwiegen sie. Friederike überlegte, ob sie ihrem Vater nicht doch noch von ihren Erkenntnissen erzählen sollte, aber dann hielt sie sich lieber zurück und blieb bei ihrem Plan. Es wäre besser, wenn sie zunächst versuchte, Doktor Weiß auszuhorchen. Und eine passende Ausrede hatte sie auch: Sie konnte ihm Grüße von Professor Koch bestellen und möglichem Misstrauen sofort vorbeugen, indem sie bestätigte, welch große Stücke sein ehemaliger Chefarzt noch auf ihn hielt.

Am Nachmittag suchte sie das Büro von Doktor Weiß auf. Doch als sie klopfte, meldete sich niemand. Vorsichtig drückte sie die Klinke herunter und öffnete die Tür einen Spalt breit. Das Büro war leer. Noch während sie hineinspähte, kam ihr ein Gedanke. Vielleicht fände sie hier Hinweise, die Doktor Weiß ihr im Gespräch nicht ohne Weiteres mitteilen würde. Eigentlich widerstrebte es ihrer offenen Art, dem Arzt hinterherzuspionieren. Sie atmete zweimal tief durch, dann wischte sie all ihre Bedenken beiseite und trat ein. Doktor Weiß' Büro war wie immer peinlich aufgeräumt, nur auf seinem Schreibtisch lagen einige neuere handschriftliche Notizen. Sie warf einen Blick darauf und sah, dass es sich um den Anfang einer wissenschaftlichen Abhandlung über die »Pathologie des Bösen« handelte, wie sie der Überschrift entnahm. Allem Anschein nach hatte Doktor Weiß die Mordserie zum Anlass genommen, sich mit der Frage zu befassen, was Menschen zu Mördern macht. Er hatte sogar einige Zeichnungen anhand der detaillierten Beschreibungen der ermordeten Trudi und des Knechts Alfons angefertigt.

Friederike war so vertieft, dass sie die Schritte im Flur erst hörte, als es bereits zu spät war und die Tür geöffnet wurde.

»Frau von Aalen? Was machen Sie denn hier?«, fragte Doktor Weiß erstaunt, als er sie an seinem Schreibtisch stehen sah.

Sie fuhr erschreckt herum.

»Doktor Weiß«, sagte sie, »bitte entschuldigen Sie, dass ich ungefragt in Ihr Büro gekommen bin. Ich wollte Ihnen Grüße von Professor Koch aus Langenhagen ausrichten, und als Sie nicht da waren, konnte ich meine Neugier leider nicht beherrschen. Diese Abhandlung ist wirklich außergewöhnlich interessant. Die Pathologie des Bösen, ein faszinierendes Thema.« Erleichtert nahm sie wahr, dass ihm ihr Lob zu gefallen schien.

»Ja, die traurigen Ereignisse haben mich dazu bewogen, mich etwas näher mit dieser Thematik zu befassen«, erwiderte er. »Möchten Sie Genaueres darüber erfahren?«

»Sehr gern.«

»Dann nehmen Sie doch bitte Platz.« Er wies auf den Stuhl, der seinem Schreibtisch gegenüberstand. »Aber gestatten Sie mir vorher doch bitte eine Frage. Weshalb waren Sie in Langenhagen?«

Einen Moment lang fühlte sie sich ertappt, aber sofort hatte sie sich wieder in der Gewalt. »Ich dachte, das wüssten Sie. Ich wollte wissen, wie es Kuno geht. Leider steht es im Moment nicht gut um ihn.« Sie fasste kurz zusammen, was geschehen war, ohne ihre weiteren Ermittlungen zu erwähnen.

»Das tut mir sehr leid.« Doktor Weiß senkte betroffen den Blick. »Ich weiß, wie viel Ihnen Kuno bedeutet.«

»Ich hoffe, er erholt sich wieder.« Sie seufzte, dann sah sie Doktor Weiß aufmunternd an. »Aber Sie wollten mir von Ihren Forschungen erzählen.« Sie wies auf die Blätter auf dem Schreibtisch. Er nickte gedankenverloren.

»Ja, die Pathologie des Bösen … Eine Thematik, die mich schon sehr lange begleitet. Die größte Frage sowohl in der Medizin als auch in der Philosophie besteht meines Erachtens darin, was den Menschen ausmacht. Die Meinungen der Gelehrten gehen da auseinander. Genügt es, den Körper eines Menschen zu haben, oder bedarf es zur Definition des Wortes ›Mensch‹ zwingend einer Seele und eines Bewusstseins? Sie kennen ja die Schriften Alfred Hoches, Frau von Aalen. Somit ist Ihnen auch der Begriff der ›leeren Menschenhülse‹ bekannt. Wir alle wissen, dass es geistige Zustände und Abnormitäten gibt, bei denen sich nichts Menschliches mehr in den Betroffenen findet. Man denke beispielsweise an Säuglinge, die im ersten Lebensjahr an einer Meningitis erkrankten und deshalb niemals laufen und sprechen lernen können, sondern auch als Erwachsene vor sich hin vegetieren, stets darauf angewiesen, von anderen gefüttert und versorgt zu werden, da sie andernfalls elendig eingehen würden.«

»Aber was hat das mit der Pathologie des Bösen zu tun?«, fragte Friederike.

»Auf den ersten Blick nicht viel«, gab Doktor Weiß zu. »Aber wenn man es näher betrachtet, eine ganze Menge. Sehen Sie sich diese beiden Morde an. Ich habe versucht, die Details so genau wie möglich zusammenzufassen.« Er reichte ihr die Zeichnungen. »Es ist geradezu verblüffend, wie sehr sich diese Fälle spiegelbildlich ergänzen. Was, glauben Sie wohl, könnte der Täter bezweckt haben?«

»Ich weiß es nicht. Die Gemeinsamkeit besteht darin, dass sowohl weibliche als auch männliche Fortpflanzungsorgane verstümmelt wurden. Wobei man im Fall von Trudi nicht direkt von einer Verstümmelung sprechen kann, vielmehr scheint der Täter an ihrer Schwangerschaft interessiert gewesen zu sein.«

»Das ist richtig«, bestätigte Doktor Weiß. »Das wiederum führt zur nächsten Frage. Wer könnte ein Interesse daran haben, erst einer schwangeren Frau den Bauch aufzuschneiden und als Nächstes einen jungen Mann zu erstechen und ihm post mortem die Hoden abzuschneiden, um sie ihm dann in den Schlund zu stopfen?«

»Was, wenn es gar nicht derselbe Täter war?«, fragte Friederike. »Wenn man diesen Gedanken weiterspinnen würde, könnte es sich auch um Rache handeln. Eine junge Frau wird getötet. Sie war schwanger und der Täter schnitt ihr den Bauch auf. Wenn es sich um keinen Ritualmörder handelt, der sich auf Geschlechtsmerkmale spezialisiert hat, könnte es sich im Fall von Alfons auch um eine blutige Vergeltung handeln, falls ihn irgendjemand mit dem Tod oder zumindest der Schwangerschaft von Trudi in Verbindung gebracht hat. Und wir wissen beide, dass es einige Stimmen gab, die Alfons für den Vater des Ungeborenen hielten. Könnte sich also jemand an ihm gerächt haben?«

»Glauben Sie denn, dass Alfons Trudi umgebracht haben könnte?«, antwortete Doktor Weiß mit einer Gegenfrage.

»Was glauben Sie, Doktor Weiß?« Auch Friederike beherrschte das Spiel, Fragen auszuweichen, indem man selbst welche stellte.

»Ich bin mir noch unsicher«, erwiderte Doktor Weiß. »Im Moment sammle ich sämtliche Befunde und bewerte sie. Aber ich möchte im kommenden Frühjahr auf dem großen Kongress in Berlin bereits Ergebnisse vorstellen. Hätten Sie Lust, mich dorthin zu begleiten?«

Friederike sah ihn überrascht an. »Sie möchten, dass ich Sie auf den Berliner Kongress begleite?«

»Warum nicht? Sie sind eine intelligente Frau, und ich wiederhole es gern noch einmal, mittlerweile wären Sie sicherlich Ärztin, wenn Ihren Mann nicht dieses grausame Schicksal getroffen hätte.« Doktor Weiß räusperte sich, dann fuhr er fort: »Ich persönlich vertrete die Meinung, dass in jedem Menschen etwas abgrundtief Böses steckt, das jedoch bestimmter Schlüsselreize bedarf, um geweckt zu werden. Wer weiß, ob die schwangere Tote nicht einen solchen Schlüsselreiz gesetzt hat. Vielleicht genügte ein einziger dieser Reize, um aus einem harmlosen Menschen einen Mörder zu machen, vor allem dann, wenn es sich um einen geistig labilen und beeinflussbaren Zeitgenossen handelt, der noch dazu leicht manipulierbar ist. Diese Thematik hat mich von jeher fasziniert. Ich habe bereits im Krieg an der Front Männer getroffen, die dafür empfänglicher waren als andere. Als Soldaten waren sie bei ihren Vorgesetzten ausgesprochen beliebt, da sie Befehle nicht nur aus Pflichtbewusstsein heraus befolgten, sondern weil sie davon überzeugt waren, der Befehl entspreche ihrem eigenen Wollen. Selbst dann, wenn der Befehl mit großer Wahrscheinlichkeit ihren Tod oder eine schwere Verwundung zur Folge haben konnte.«

Friederike ließ die Worte eine Weile auf sich wirken. Was wollte Doktor Weiß ihr damit wirklich sagen?

»Das klingt sehr interessant«, sagte sie schließlich. »Würden Sie mir mehr von Ihren Erlebnissen an der Front erzählen?«

Doktor Weiß zog seine Taschenuhr hervor. »Normalerweise gern, Frau von Aalen. Aber ich befürchte, wir müssen das Thema für heute vertagen, ich habe gleich meinen nächsten Termin. Überlegen Sie es sich, ob Sie mich im nächsten Frühjahr nach Berlin begleiten wollen?«

»Das werde ich«, versprach sie. »Ich hoffe nur, Bernhard wird mich dann nicht wieder so sehr vermissen wie dieses Mal.«

»Ich hatte nicht den Eindruck, dass er Sie sonderlich vermisst hätte. Bitte nehmen Sie es mir nicht übel, Frau von Aalen, aber wir wissen doch beide, dass Bernhard einen großen Teil dessen eingebüßt hat, was einen Menschen ausmacht.«

»Ich fürchte, da irren Sie sich. Haben Sie etwa nicht gesehen, wie liebevoll er mich bei meiner Rückkehr begrüßte? Ich denke vielmehr, wir haben Bernhard in den letzten Jahren sehr unterschätzt.« Sie atmete tief durch und fügte dann hinzu: »Es ist bedauerlich, dass Sie ihn niemals als gesunden Menschen kennengelernt haben.« Während sie das sagte, beobachtete sie genau jede einzelne seiner Regungen, doch ihr fiel nichts Verdächtiges auf.

»Das wäre mir sehr angenehm gewesen«, bestätigte Doktor Weiß.

»Waren Sie im Krieg eigentlich in der Nähe seines Bataillons stationiert?«

»Das mag schon sein. Aber als Arzt im Sanitätsdienst hatten wir überwiegend mit Verwundeten zu tun. Ihr Mann gehörte doch zum Kavallerie-Schützen-Regiment?«

»Ja, er war in der 8. Kavallerie-Division.«

»Bemerkenswert«, stellte Doktor Weiß mit hochgezogenen Augenbrauen fest. »Da hätten wir uns tatsächlich begegnen können. Mein Sanitätsbataillon war für die Versorgung der 8. Kavallerie-Division zuständig. Vielleicht könnte ich Ihre Gefühle für ihn besser nachvollziehen, wenn ich ihn damals schon gekannt hätte.« Er erhob sich. »Frau von Aalen, ich muss Sie jetzt leider wirklich bitten, mich allein zu lassen, da mein nächster Patient auf mich wartet.«

Friederike nickte, verabschiedete sich und verließ sein Büro. Vor der Tür versuchte sie zunächst, ihre Gedanken zu ordnen. Sagte Doktor Weiß die Wahrheit? Hatte er Bernhard vorher wirklich niemals kennengelernt? Er hatte nicht bestritten, für Bernhards Division als Arzt zuständig gewesen zu sein. Andererseits war die Division groß und in gewisser Weise hatte er recht. Ärzte hatten überwiegend mit Verwundeten und Verletzten zu tun, für gesellschaftliche Konversation mit Offizieren, die an verschiedenen Frontabschnitten stationiert waren, hatte es in all dem Leid und Elend der Schützengräben vermutlich nicht genügend Zeit gegeben. Insofern konnte es durchaus sein, dass Bernhard von anderen Ärzten versorgt worden war, nachdem man ihn schwer verletzt geborgen hatte. Sie atmete erneut tief durch, dann beschloss sie, Bernhard selbst zu fragen. Vielleicht gab es in seiner Erinnerung ja doch noch kleine Gedächtnisinseln. Vor allem wollte sie ihn nach Wolfgang Adler fragen.

21. Kapitel

»Sag mal, Bernhard«, fragte Friederike ihren Mann am Abend, als sie schon gemeinsam im Bett lagen, »kannst du dich eigentlich noch an irgendetwas erinnern, was an der Front in den Tagen vor deiner Verwundung geschah?«

Er drehte sich zu ihr. »Blitze«, sagte er. »Es war dunkel. Und dann das Feuer. Mehr weiß ich nicht.«

»Kannst du dich an jemanden erinnern, der Wolfgang Adler hieß?«

»Adler«, wiederholte Bernhard. »Adler fliegen«, sagte er dann. »Genau wie Racheengel.«

Friederike sah Bernhard erstaunt an. So seltsame Formulierungen hatte er noch nie verwendet.

»Ich verstehe nicht ganz, was du mir damit sagen willst, Bernhard. War Wolfgang Adler in deinen Augen ein Racheengel?«

»Wolf und Adler passen nicht zusammen«, erwiderte er. »Da waren weder Wölfe noch Adler, nur Feuer und Blitze und dann Dunkelheit.«

»Ach, Bernhard, das ist doch nur ein Name. Es geht nicht um die Tiere. Ich habe in Hannover mit einem Mann gesprochen, der zu den Sanitätern gehörte, die dich damals geborgen haben. Er sagte, dein Freund Wolfgang Adler hätte dich gerettet. Aber du hast diesen Namen mir gegenüber niemals erwähnt. Deshalb frage ich, ob du dich noch an den Mann erinnern kannst, zumal er schwere Verbrennungen im Gesicht erlitten haben soll.«

»So wie Walter?«

»Ja, so wie Walter. Du mochtest Walter von Anfang an, nicht wahr?«

»Ja, er ist nett.«

»Könnte er vielleicht dein Freund Wolfgang Adler sein?«

»Soll ich ihn fragen?«

»Nein, bitte tu das nicht«, wehrte sie sofort ab.

»Warum nicht, Rieke?« Er sah sie erstaunt an.

»Ich möchte Walter nicht in Verlegenheit bringen. Vielleicht hat er gute Gründe dafür, einen neuen Namen angenommen zu haben. Vielleicht ist es aber auch nur ein Zufall und er ist gar nicht Wolfgang Adler.«

»Dann soll ich ihn nicht fragen, weil ihn das vielleicht kränkt?«

»Ja, Bernhard«, bestätigte sie und war erleichtert, dass er von sich aus eine glaubwürdige Begründung lieferte. »Walter ist doch immer so nett zu dir, da wäre es unhöflich, ihn in Verlegenheit zu bringen, nicht wahr?«

»Du hast recht, Rieke.« Obwohl Bernhard ihr sofort zugestimmt hatte, konnte sie deutlich sehen, dass er angestrengt über irgendetwas nachdachte.

»Was geht dir noch im Kopf herum, Schatz?«

»Was ist, wenn alles einen Sinn hat?«, fragte er.

»Was für einen Sinn?«, fragte sie irritiert.

»Wenn ich tatsächlich neu geboren bin als der, der ich jetzt bin. Ist das dann wie mit einem Racheengel? Habe ich eine Aufgabe? Auch wenn sie schwer ist? So wie der Engel mit dem Flammenschwert?«

»Was hast du heute immer mit deinem Racheengel?« Friederike runzelte die Stirn. Das passte überhaupt nicht zu Bernhard. Er hatte niemals in religiösen Metaphern gesprochen.

»Glaubst du, das könnte irgendjemand verstehen?«, fragte er. »Oder wird mir keiner glauben, weil ich blöd geworden bin?«

»Was genau meinst du eigentlich? Ich kann mit deinen Andeutungen nichts anfangen.«

»Du verstehst das auch nicht?« Er sah sie betrübt an. »Wenn nicht mal du das verstehst, Rieke, wer soll mir dann glauben?«

»Was soll man dir glauben?«

»Alles, was ist und was gewesen ist und was vielleicht noch kommt. Irgendwas kommt bestimmt noch auf uns zu. Aber keiner versteht es.«

»Vielleicht verstehe ich es, wenn du es mir mit einfachen Worten erklärst.«

»Dinge sind geschehen«, presste er stockend hervor. »Viele Dinge, die sind größer als wir.« Er fing an zu zittern.

Unwillkürlich nahm sie ihn in die Arme. »Was für Dinge?«, flüsterte sie. Was um alles in der Welt brachte ihn nur so aus der Fassung? So aufgewühlt hatte sie ihn schon lange nicht mehr erlebt. Wenn sie ehrlich war, hatte er noch nie in seinem Leben gezittert. Trotz allem, was ihm schon widerfahren war.

»Das …« Er schluckte und das Beben, das durch seinen Körper ging, wurde heftiger. Friederike hielt ihn weiterhin schützend im Arm. »Das ist zu gewaltig«, fuhr er fort. »Ich … habe keine Worte. Nur die Bilder. Aber ich muss doch das schützen, was ich liebe! Ich muss dich schützen, Rieke!«

»Es ist alles gut, Bernhard. Niemand wird mir irgendetwas tun. Du musst dir keine Sorgen machen.«

»Etwas kommt und ich muss schützen, was ich liebe«, wiederholte er. »Ich muss dich schützen, Rieke.«

»Bernhard, ist irgendetwas vorgefallen, während ich in Hannover war? Solche Sorgen hast du dir doch sonst nie um mich gemacht.«

»Keiner glaubt Kuno«, sagte er. »Der war kein Mörder. Manchmal streiten Männer. Aber dann sind Dinge passiert. Und ich konnte nichts dagegen tun. Ich konnte nicht beschützen.«

»Machst du dir etwa Vorwürfe, weil du diese Morde nicht verhindern konntest? Bernhard, dafür kannst du nichts. Du hast keine Schuld daran.«

»Hab ich nicht?« Er sah sie mit einer Mischung aus Unsicherheit und Erleichterung an.

»Nein, natürlich nicht.« Sie drückte ihn fest an sich. »Du bist der liebenswerteste und treueste Mann, den ich kenne, Bernhard. Ich liebe dich, und das ist alles, was zählt.«

»Wirklich, Rieke? Alles, was zählt?«

»Ja«, bestätigte sie und küsste ihn auf den Mund. »Und nun hör auf, dir solche Sorgen zu machen.« Sie streichelte sanft über seine Schultern. »Es gibt doch noch viel angenehmere Dinge, die wir heute Nacht tun könnten, nachdem wir uns so lange nicht gesehen haben, nicht wahr?«

Zu ihrer großen Erleichterung ließ Bernhard sich nur allzu gern verführen. Dennoch blieb sie unsicher. Was hatte Bernhard ihr wirklich sagen wollen, das sie nicht verstanden hatte? Seine Sprachlosigkeit und das verzweifelte Ringen nach den rechten Worten erinnerten sie an Juliane Brunner. Auch Juliane hatte Dinge erlebt, die sie nicht in Worte fassen konnte, sondern immer wieder aufs Neue in quälenden Bildern erlebte, ohne anderen mitteilen zu können, was sie sah. Bei Juliane resultierte es aus einem nicht erkannten Trauma. War es bei Bernhard ähnlich? Kehrten langsam Bruchstücke seiner Erinnerung zurück? Hatte ihn der Name Wolfgang Adler deshalb so aus der Fassung gebracht? Vielleicht war es an der Zeit, Walter Pietsch erneut zur Rede zu stellen. Er hatte sie schließlich nach Langenhagen geschickt und angeboten, danach ihre Fragen zu beantworten.

Am nächsten Morgen suchte sie Walter gleich nach dem Frühstück auf. Er war gerade damit beschäftigt, einen der Weidezäune vor den Toren des Gutes zu reparieren.

»Guten Morgen, Herr Pietsch«, begrüßte sie ihn. Er sah von seiner Arbeit auf und erwiderte ihren Gruß.

»Sie sind gestern aus Hannover zurückgekehrt, Frau von Aalen?«

»So ist es. Und ich war in der Heil- und Pflegeanstalt Langenhagen, so wie Sie es mir empfohlen hatten.« Sie machte eine kurze Pause und fügte dann hinzu: »Herr Adler.« Sie beobachtete ihn, doch da gab es kein verräterisches Zucken – nichts, was darauf hindeutete, dass sie ihn womöglich mit seinem echten Namen angesprochen hatte.

»Warum nennen Sie mich Herr Adler?«, fragte er scheinbar arglos. Entweder kannte er den Namen wirklich nicht oder er war auf so etwas vorbereitet.

»Ist das etwa nicht Ihr Name – Wolfgang Adler?«

»Ich bin Walter Pietsch«, erwiderte er mit ernster Miene.

»Ja, so steht es in Ihren Papieren. In nicht beglaubigten Zweitschriften. Sie bestreiten also, Wolfgang Adler zu sein?«

Er atmete tief durch. »Was haben Sie sonst noch in Langenhagen erfahren?«, fragte er, anstatt ihre Frage zu beantworten.

»Eine ganze Menge. Allerdings hat es mehr Rätsel aufgeworfen als gelöst. Werden Sie mir jetzt helfen oder wollen wir weiter Katz und Maus spielen?«

»Wissen gegen Wissen?«, fragte er mit einem verschmitzten Lächeln, das sie an einen geschäftstüchtigen Rosshändler erinnerte.

»Das klingt nach einem guten Geschäft«, sagte sie. »Sie fangen an. Lautet Ihr richtiger Name Wolfgang Adler?«

»Bevor ich Ihre Fragen beantworte, möchte ich Ihr Wort haben, dass alles, was ich Ihnen jetzt anvertraue, unter uns bleibt, Frau von Aalen.«

»Warum ist meine Verschwiegenheit so wichtig?«

»Weil es hier um sehr heikle Dinge geht, die für uns beide unter Umständen gefährlich werden können. Ich muss mich auf Sie verlassen können, Frau von Aalen.«

»Also gut, Sie haben mein Wort.«

Er nickte. »Ihre Ermittlungen waren erfolgreicher, als ich dachte. Ich hätte nicht erwartet, dass Sie meinen Namen so schnell herausfinden.«

»Dann sind Sie also tatsächlich Wolfgang Adler. Aber warum haben Sie sich unter falschem Namen bei uns eingeschlichen? Sie haben Bernhard das Leben gerettet, Sie hätten doch gar keinen Grund gehabt, Ihre Identität zu verschleiern. Wir hätten Sie jederzeit mit offenen Armen aufgenommen.«

»Es ging dabei nicht um Sie oder um Ihren Vater. Es geht einzig um Doktor Johannes Weiß. Deshalb ist es wichtig, dass ich offiziell weiterhin Walter Pietsch bleibe. Doktor Weiß hat mich bislang nicht erkannt, und das soll vorerst auch so bleiben.«

»Haben Sie sich deshalb die Haare gefärbt? Er war damals als Arzt für Ihre Division zuständig, nicht wahr?«

Walter nickte. »Ja, wir kannten uns, Bernhard, Doktor Weiß und ich. Allerdings kann Bernhard sich nicht mehr daran erinnern. Vielleicht ist etwas von der alten Vertrautheit geblieben, weshalb wir uns gleich sympathisch waren. Ich war sehr überrascht, ihn hier anzutreffen, denn ich dachte, er wäre tot.« Walter seufzte.

»Ich habe gehört, dass Sie unmittelbar nach der Rettung in ein Lazarett verlegt wurden, das auf die Behandlung von

Augenverletzungen spezialisiert war, während man glaubte, Bernhard würde nicht überleben.«

»Man sagte mir, er hätte es nicht geschafft. Mein Leben war zerstört, aber der Gedanke, den Schuldigen irgendwann zur Rechenschaft zu ziehen, der hielt mich aufrecht.«

»Den Schuldigen?«

»Doktor Weiß. Er ist der Schlüssel. Er trägt die Verantwortung für all das Leid, das über Bernhard und mich gekommen ist. Aber nicht nur das. Dieser Mann ist gefährlich. Möchten Sie die ganze Geschichte hören, Frau von Aalen?«

»Selbstverständlich. Sie haben meine volle Aufmerksamkeit.«

22. Kapitel

Frankreich, Frühjahr 1917

»Ich verstehe dich nicht, Bernhard. Auf mich macht er den Eindruck, als müsste er selbst mal in Behandlung gehen.« Wolfgang schüttelte ungläubig den Kopf. »Aber du, du scheinst die Gespräche mit ihm ja förmlich zu genießen.«

»Ich finde seine Ausführungen ausgesprochen amüsant«, erwiderte Bernhard. »Zumal es hier nun wirklich keine bessere Unterhaltung gibt. Warum bist du immer so ernst und geradlinig? Wenn du es vom humoristischen Standpunkt aus betrachtest, wirst du verstehen, was ich an Weiß schätze.«

Wolfgang zog die Augenbrauen hoch. »Du betrachtest es sozusagen als medizinisches Kabarett?«

»Medizinisches Kabarett, das muss ich mir merken.« Bernhard lachte. »Du bist ja gar nicht so humorlos, wie ich befürchtet habe, Wolfgang.« Er klopfte seinem Freund aufmunternd auf die Schulter.

»Na ja«, erwiderte Wolfgang, »hier kann einem das Lachen schon vergehen.«

Sofort wurde Bernhard wieder ernst. »Du hast recht«, gab er zu. »Andererseits haben wir es noch recht gut getroffen.

Wir stehen immerhin nicht ständig an vorderster Front im Schützengraben. Auch wenn es natürlich bitter ist, mit ansehen zu müssen, wie diese wunderschönen Städte vernichtet werden.« Er seufzte. »Zumindest ist die Kathedrale von Soissons unversehrt geblieben.«

»Und wir können froh sein, dass wir als Offiziere wenigstens unsere Pferde behalten durften«, meinte Wolfgang.

Das Kavallerie-Schützen-Regiment hatte sehr darunter gelitten, dass im vergangenen Jahr die Pferde abgeschafft worden waren und man das Regiment stattdessen der Infanterie unterstellt hatte. Nur die Offiziere waren von dem Befehl ausgenommen gewesen, ebenso die Meldereiter. Bernhard und Wolfgang hatten zudem das Glück gehabt, einem kleinen Posten im Hinterland bei Soissons zugewiesen worden zu sein, wo sie den Befehl über die letzten berittenen Relikte der Kavallerie hatten. Im Vergleich zu den Schützengräben war es ein recht angenehmer Einsatzort, ihre Aufgaben umfassten auch den Schutz der Lagerräume und des Lazaretts. Zudem war Soissons nicht weit und bot – trotz der Zerstörungen, die bei der Besetzung entstanden waren – einige Abwechslung für die deutschen Soldaten. Wolfgang und Bernhard nutzten dies, sooft es ihnen möglich war, und häufig gesellte sich auch der Militärarzt Doktor Johannes Weiß zu ihnen. Während Wolfgang Doktor Weiß von Anfang an sehr zurückhaltend, ja geradezu skeptisch begegnet war, war Bernhard von dem gleichaltrigen Mediziner fasziniert. Möglicherweise lag es auch daran, dass Bernhard in eine Arztfamilie eingeheiratet und von jeher eine Schwäche für die Medizin gehabt hatte. Wolfgang erinnerte sich gut daran, wie Bernhard ihm zu Beginn ihrer Bekanntschaft eine Fotografie seiner Frau Friederike gezeigt hatte. Dabei hatte er ihm stolz erzählt, dass seine Rieke zu den ersten Frauen gehöre, die in Heidelberg Medizin studierten. Zu Wolfgangs Überraschung war Bernhard auf diese Tatsache wesentlich stolzer als auf ihr hübsches Äußeres.

»Aussehen vergeht irgendwann, aber der Charakter und das Wissen bleiben«, hatte er lächelnd geantwortet, als er Wolfgangs erstauntes Gesicht gesehen hatte. »Zudem hätte ich Rieke ohne ihr Studium niemals kennengelernt.« Und dann hatte er Wolfgang von ihrer allerersten Begegnung erzählt, als sein Hengst gerade dort wegen eines lockeren Eisens lahmte, wo Friederike mit ihrem Anatomielehrbuch gesessen hatte. »Hufeisen bringen Glück«, hatte sie gesagt und im Nachhinein war ihm niemals eine Feststellung wahrer vorgekommen. »Sie ist die großartigste Frau, die sich ein Mann wünschen kann«, hatte er Wolfgang erzählt. »Ich hoffe, dass dieser verdammte Krieg bald ein Ende findet, damit wir eine Familie gründen können.«

»Und wenn sie als Ärztin gar nicht mehr Mutter werden will?«

»Warum denn nicht? Sie wird ihr Studium Ende dieses Jahres erfolgreich abschließen und dann sehen wir weiter. Ich weiß, dass sie davon träumt, eine eigene Praxis zu eröffnen. Dann werden wir auch das Geld für ein Kindermädchen haben.« Er grinste.

An dieses Gespräch musste Wolfgang denken, als sie am Abend mit Doktor Weiß ein Lokal besuchten, das für deutsche Offiziere reserviert war. Es wäre Wolfgang nur recht gewesen, mit Bernhard allein zu sein, denn bei den Gesprächen mit Doktor Weiß fühlte Wolfgang sich meist wie das fünfte Rad am Wagen. Vor allem dann, wenn es um die sogenannte Irrenkolonie ging, die private Nervenheilanstalt, die Bernhards Schwiegervater in der Lüneburger Heide betrieb.

Bernhard war nicht oft auf Gut Mohlenberg gewesen. Friederike und er hatten lediglich ihre Verlobung dort gefeiert und zusammen seinen letzten Heimaturlaub zu Weihnachten in

Mohlenberg verbracht, da sie im Jahr zuvor durch einen glücklichen Zufall zusammen mit seinen Brüdern, die beide ebenfalls Urlaub hatten, auf dem Gut seiner Eltern gewesen waren. Abgeschreckt hatten ihn die Geisteskranken dennoch nicht.

»Es sind Menschen, die der Hilfe und Fürsorge bedürfen, und sie sind so dankbar, wenn man es ihnen ermöglicht, weitgehend eigenständig zu leben. Natürlich ist der Alltag auf Gut Mohlenberg nicht vergleichbar mit dem normalen Leben, aber es ist eine sehr familiäre, gut gepflegte Anstalt, und wenn ich einen kranken Angehörigen hätte, würde ich ihn mit gutem Gewissen dort unterbringen«, hatte er Doktor Weiß bei einem ihrer früheren Gespräche erklärt.

Auch an diesem Abend nahm der Doktor wie befürchtet den Faden wieder auf: »Ich habe mich selbst lange Zeit mit der Behandlung von Geisteskranken befasst. Es eröffnet einem Arzt ungeahnte Möglichkeiten, mehr über das menschliche Seelenleben zu erfahren. Wir können anhand der geistigen Defizite lernen, was die Seele überhaupt ausmacht.«

Wolfgang räusperte sich geräuschvoll. »Wäre das nicht eher die Aufgabe eines Theologen?«, fragte er mit gerunzelter Stirn. »Der Arzt sollte doch lieber für den Körper sowie seine Krankheiten und Verwundungen zuständig sein, während man die Definition der menschlichen Seele besser den Priestern überlässt.«

Doktor Weiß sah Wolfgang mit einem Stirnrunzeln an. »Glücklicherweise haben wir die Zeit der Aufklärung schon hinter uns«, sagte er. »Die Hoheit über die Naturwissenschaften liegt deshalb nicht länger bei bibeltreuen Pfaffen, die selbst einen Charles Darwin für seine Evolutionstheorie am liebsten auf dem Scheiterhaufen verbrannt hätten.«

Bernhard lachte, während Wolfgang ernst erwiderte: »Es gibt Dinge, die sollte die Wissenschaft nicht hinterfragen, sondern einfach als gegeben hinnehmen.«

»Warum?« Doktor Weiß' Stirnrunzeln vertiefte sich. »Gehören Sie etwa zu den Gläubigen, die die moderne Wissenschaft für Ketzerei oder Teufelswerk halten? Was befürchten Sie, wenn die Medizin tatsächlich den Sitz der menschlichen Seele fände?«

»Ich bezweifle, dass es jemals gelingen wird.«

»Ich finde diese Thematik ausgesprochen interessant«, sagte Bernhard. »Wo würden Sie den Sitz der Seele denn vermuten, Doktor Weiß? Im Herzen oder irgendwo im Gehirn?«

»Selbstverständlich im Gehirn! Es ist unser Verstand, der uns von den seelenlosen Tieren unterscheidet.«

»Und woher wollen Sie wissen, dass Tiere keine Seele haben?«, fragte Wolfgang. »Ich habe mein ganzes Leben mit ihnen verbracht. Ich hatte mehrere Hunde und Pferde und jedes von ihnen hatte einen eigenen Charakter, ja ich möchte sagen, eine eigene Seele. Und wenn man den Sitz der Seele im Gehirn verortet, hätten Tiere zwangsläufig ebenfalls eine.«

»Ein interessanter Gedanke«, gab Doktor Weiß zu. »Allerdings stellt sich dann auch die Frage, ob Bewusstsein – der klare menschliche Verstand, der uns vom Tier unterscheidet – und Seele dasselbe sind.«

»Nein«, widersprach Wolfgang. »Seele und Verstand sind zwei verschiedene Dinge. Wenn die Seele und der Verstand dasselbe wären, würde das im Umkehrschluss bedeuten, dass ein Mensch auch ohne Seele leben kann, sofern der entsprechende Teil seines Gehirns geschädigt ist.«

»Du meinst also, all diese Dummköpfe, die man so im Laufe seines Lebens trifft, wären dann einfach nur seelenlose Gesellen?«, fragte Bernhard schmunzelnd. »Das wirft einen ganz neuen Blickwinkel auf die alten Volksmärchen, die von Teufelspakten berichten, bei denen jemand seine Seele an den Satan verkauft. Wenn nur Dummköpfe ihre Seele an den Teufel verkaufen, die aber nach der Definition von Doktor Weiß möglicherweise gar keine Seele haben, dann haben die den Teufel ja kräftig reingelegt, nicht wahr?«

Bernhard und Doktor Weiß lachten, während Wolfgang nur den Kopf schüttelte. »Wenn man die Seele als Teil des Gehirns ansieht, was bedeutet das dann für einen Menschen, der eine schwere Hirnverletzung überlebt?«, fragte er. »Hat er seine Seele noch, weil er die Hirnverletzung überlebte, oder kann der Teil des Gehirns zerstört werden, in dem die Seele lebt, und der Mensch somit als eine seelenlose Hülle weiter existieren?«

»Es gibt in der Medizin tatsächlich den Begriff der leeren Menschenhülsen«, erklärte Doktor Weiß. »So werden Lebewesen bezeichnet, die zwar von ihrem Körperbau her wie Menschen aussehen, denen aber sämtliche Fähigkeiten, die den Menschen definieren, fehlen. Das sind in meinen Augen tatsächlich seelenlose Wesen, Missgeburten und Abnormitäten der Natur, die nur deshalb überleben, weil sie aus falsch verstandener Fürsorge von ihren Eltern gepflegt und gefüttert werden, obgleich sie niemals zu gesunden erwachsenen Menschen heranwachsen können. Kein Tier würde lebensunfähige Missgeburten ernähren und aufziehen, sondern seine Energie lieber in die Zeugung weiteren gesunden Nachwuchses stecken.«

»Aber genau das unterscheidet den Menschen vom Tier«, sagte Bernhard. »Wir sorgen für unsere Angehörigen, weil das unserer Natur entspricht. Vielleicht nicht unbedingt der darwinistischen These von der Auslese des Stärkeren, aber durchaus unserem christlich-humanitär geprägten Weltbild. Zudem muss ich Wolfgang recht geben, das Konstrukt der Seele lässt sich meiner Meinung nach nicht auf einen einzelnen Teil des menschlichen Gehirns beschränken. Wie sollte man sonst Menschen mit Alterssenilität betrachten? Menschen, deren Verstand immer poröser wird, bis sie zum Schluss nicht einmal mehr wissen, wer sie sind? Entschwindet die Seele dieser Menschen dann schon zu ihren Lebzeiten? Oder, um bei Wolfgangs Beispiel zu bleiben, haben wir einen Untoten vor uns, wenn jemand eine Hirnverletzung überlebt, eine Gestalt, wie man sie immer wieder in englischen Schauerromanen antrifft?«

»Oh, du meinst, der Vampirismus, über den Bram Stoker in seinem Buch ›Dracula‹ schrieb, handelt eigentlich von Hirnverletzten?«, fragte Wolfgang.

»Möglicherweise«, sagte Bernhard. »Es ist jedenfalls nicht normal, Leuten in die Kehle zu beißen und ihr Blut zu trinken, oder? Das spricht schon für eine Geisteskrankheit.« Die beiden Männer lachten.

Doktor Weiß atmete tief durch. »Das sind ja alles sehr interessante Fragen«, bestätigte er, »und wir könnten darüber gewiss noch lange diskutieren, aber das ist es eigentlich nicht, worüber ich mir seit Jahren Gedanken mache.«

»Und was wäre das?«, fragte Bernhard gespannt.

»Die Manipulation des menschlichen Geistes«, lautete die Antwort. »Ich vertrete die Ansicht, dass der intelligente Genius eines hochbegabten Menschen jederzeit in der Lage ist, dem Geistesschwachen seinen Willen aufzuzwingen. Und zwar auf eine Weise, in der der Geistesschwache glaubt, er folge seinen eigenen Wünschen.«

»Und wozu soll das gut sein?«, fragte Wolfgang.

»Was glauben Sie wohl? Wenn hochintelligente, begabte Menschen den Schlüssel zum Verstand der Minderbemittelten finden, wäre dies für die Menschheit ein gewaltiger Sprung nach vorn. Denn somit wäre es möglich, auch noch aus den nutzlosesten Individuen, sofern sie nicht körperlich eingeschränkt sind, Leistungsträger unserer Gesellschaft zu machen. Man könnte sie für Tätigkeiten einsetzen, die für geistig wertvollere Menschen zu gefährlich wären.«

»Leider haben wir nicht genügend Dummköpfe, um nur wertlose Menschen an der Front zu verheizen«, sagte Bernhard. »Oder welche Tätigkeiten meinten Sie sonst? Hier sehe ich jeden Tag Tausende von unschuldigen Männern und Familienvätern, die sinnlos als Kanonenfutter sterben. Anstatt geistig minderbemittelte Menschen zu manipulieren, sollten sich die Eliten aller Nationen doch lieber zusammensetzen, um eine dauerhaft friedliche Weltordnung zu schaffen. Und dafür bedürfte es dann noch nicht einmal einer Manipulation, sondern nur des gesunden Menschenverstandes.«

»Die Problematik liegt allerdings in den ureigensten völkischen Interessen der Nationen«, widersprach Weiß. »Glauben Sie wirklich, man könnte mit einem aggressiven Imperium wie Großbritannien oder mit selbstherrlichen, überheblichen Franzosen ein dauerhaftes friedliches Bündnis schließen? Ein Bündnis, das nicht auf Kosten unserer deutschen Interessen geht?«

»Gerade das wäre doch eine wirkliche Herausforderung für den menschlichen Geist, oder etwa nicht?«, fragte Bernhard.

»Wer weiß«, meinte Wolfgang mit einem sarkastischen Unterton, »vielleicht plant Herr Doktor Weiß ja schon die Manipulation britischer und französischer Unterhändler. Da sowohl die deutsche Kultur als auch die deutsche Wissenschaft den britischen und französischen überlegen sind, dürfte es ja kein Problem sein, diese geistig Minderbemittelten in unserem Sinne zu beeinflussen, nicht wahr?«

»Bei mir würde das schon an der Sprache scheitern«, warf Bernhard ein. »Das Englische ist dem Deutschen ja durchaus ähnlich, sodass das Zentrum für beide Sprachen vermutlich im selben Gehirnteil beheimatet ist. Aber wenn ich an Französisch denke … Das habe ich schon in der Schule gehasst. Ich wäre durchaus dankbar, wenn man mich entsprechend manipulieren könnte, um meinen französischsprachigen Gehirnteil zu aktivieren. Dass ich jedes U wie ein Ü ausspreche, reicht leider nicht.«

Wolfgang brach in lautes Gelächter aus.

»Jaja, lach du nur.« Bernhard drohte Wolfgang scherzhaft mit dem Finger. »Genauso lachen die Franzosen auch immer, wenn ich versuche, mit ihnen Französisch zu sprechen. Und dann wundern die sich, wenn ich aus Prinzip nur noch Deutsch rede. Das haben sie nun davon.«

Wolfgang lachte noch immer, während Doktor Weiß die Stirn runzelte.

»Ihre Bemerkung ist unangebracht, denn sie führt vom eigentlichen Thema weg«, sagte der Arzt.

»Vielleicht sollten wir lieber herausfinden, in welchem Teil des Gehirns das Humorzentrum liegt.« Bernhard grinste. »Manchmal glaube ich, dass dieser Part bei Ihnen durchaus eine Stimulation vertragen könnte.«

Doktor Weiß nippte an seinem Weinglas.

»Wenn es um ernst zu nehmende Wissenschaft geht, habe ich tatsächlich keinen Humor«, sagte er. »Humor mag eine wichtige menschliche Eigenschaft sein, aber man darf sie nicht mit dem Spott verwechseln, mit dem Menschen versuchen, ihr Unvermögen zu kaschieren.«

»Verzeihen Sie«, lenkte Bernhard ein, »ich wollte Sie nicht kränken. Aber manchmal kommen mir Ihre Theorien doch etwas verschroben vor. Wie genau stellen Sie sich denn die Manipulation eines Menschen vor? Auf welche Art und Weise könnte ein genialer Geist denn Macht über einen Geistesschwachen erringen?«

»Möchten Sie das ernsthaft wissen oder suchen Sie nur wieder eine Vorlage für Ihren Spott?«, fragte Doktor Weiß kritisch.

»Nein, es interessiert mich wirklich. Und ich dachte, Sie würden meinen Humor mittlerweile gut genug kennen, um mir meine kleinen Zwischenbemerkungen zu verzeihen. Ab jetzt haben Sie meine ganze Aufmerksamkeit.«

»Also schön«, sagte Doktor Weiß. »Wir Menschen glauben, dass wir uns in vielerlei Hinsicht vom Tier unterscheiden. Aber letztlich haben wir nach wie vor einige Gemeinsamkeiten, auch wenn man uns immer als die Krone der Schöpfung bezeichnet. In der Tierwelt sind Instinkthandlungen die Norm. Aber auch wir Menschen werden von Instinkten getrieben, sind allerdings dank unseres Verstandes in der Lage, diese zu beherrschen und zu überwinden. Je niederer der Geist jedoch ist, umso schwerer fällt es ihm, sich seinen ureigensten Trieben zu widersetzen. Geistesschwache suchen meist nach sofortiger Befriedigung ihrer Bedürfnisse, ungeachtet der Konsequenzen, die sich daraus ergeben. Oftmals sind es bestimmte Schlüsselreize, die das Triebverhalten auslösen. Man kann dies sehr gut in der Tierwelt beobachten, wenn beispielsweise das Balzverhalten eines männlichen Vogels den weiblichen Vogel zur Paarung stimuliert. Bei uns Menschen stellt es sich ganz ähnlich dar, auch wenn es hier die Weibchen sind, die sich mit hübschem Gefieder aufplustern.« Er lachte leise. »Wesentlich interessanter sind allerdings jene Triebe, die gesellschaftlich nicht akzeptiert sind. So gibt es sowohl im Tierreich als auch unter den Menschen eine angeborene Tötungshemmung gegenüber Artgenossen, andererseits ist jedoch jene Armee am erfolgreichsten, die die Tötungshemmung ihrer Soldaten überwindet. Dazu bedarf es oftmals nur weniger Schlüsselreize, die den Zorn eines Menschen erwecken. Besonders effektvoll zielen Schlüsselreize auf unser instinktives Vergeltungsbewusstsein. Zeigt man jemandem beispielsweise ein ermordetes Kind, so wird dies in jedem aufrechten Menschen den Wunsch nach Rache und Bestrafung des

Täters auslösen. Man kann jeden Menschen zu einem Mörder machen, sofern man den für ihn passenden Schlüsselreiz setzt. Das Symbol, das ihm zeigt, warum der Tod die einzig mögliche Lösung, ja sogar das einzig Richtige und Gerechte ist.«

»Damit erzählen Sie uns nichts Neues«, meinte Bernhard. »Ich dachte, Ihre Theorie ginge über plumpe Gewalttätigkeit hinaus. Sie sagten doch, man könne Geistesschwache auch dazu bringen, Dinge zu tun, die ihnen selbst schaden.«

»Das ist korrekt«, bestätigte Doktor Weiß, »aber das eine hängt unmittelbar mit dem anderen zusammen. Ein Mensch schadet sich für gewöhnlich selbst, wenn er zum Mörder wird. Er setzt sich sowohl der Strafverfolgung als auch der quälenden Pein seines eigenen Gewissens aus. Wobei die Pein des Gewissens bei einem Geistesschwachen keine allzu große Rolle spielen dürfte, da er gar nicht in der Lage ist, das Unrecht seiner Tat einzusehen. Der Geistesschwache kann manipuliert werden, wenn er durch entsprechende Schlüsselreize zu der festen Überzeugung gebracht wird, das Richtige zu tun. Er muss sich der Sache verpflichtet fühlen, dann kann er über sich selbst hinauswachsen, sich aufopfern und somit selbst etwas Besonderes sein. Auf diese Weise gewann das Christentum schon unter Kaiser Nero seine Märtyrer.«

»Wollen Sie damit sagen, dass die christlichen Märtyrer Geistesschwache waren?«, fragte Wolfgang.

Doktor Weiß lächelte nachsichtig. »Ich hoffe, ich habe Ihr religiöses Empfinden nicht zum wiederholten Mal verletzt, Herr Adler. Erst mit dem Sitz der Seele und nun auch noch mit den christlichen Märtyrern. Aber es ist tatsächlich so, Geistesschwache neigen zum magischen Denken, da ihnen der Intellekt fehlt, sich unverständliche Dinge durch Wissenschaft und Rationalität zu erklären. Viel lieber glauben sie an höhere Mächte, Zauberei oder religiöse Riten. Und wenn wir ehrlich sind, hatte die Kirche selbst ja wohl das größte Interesse daran, Menschen zu manipulieren und sie dazu zu bringen, an Märchen zu glauben.«

»An Märchen?«, fragte Wolfgang mit gerunzelter Stirn.

»Ist die Bibel denn etwas anderes als ein großes Märchenbuch?«, antwortete Doktor Weiß mit einer Gegenfrage. »Wer glaubt schon an die Arche Noah? Dass dort bereitwillig von jeder Tierart ein Paar an Bord kam und der Löwe friedlich neben dem Lamm ruhte. Oder dass ganze Mauern durch den Klang von Posaunen einstürzten? Von einer Jungfrau, die den Sohn Gottes empfing, der von den Toten wiederauferstanden ist, will ich gar nicht erst reden.«

»Ich gebe zu«, sagte Bernhard, »dass man die Gläubigen durchaus differenziert betrachten muss. Sie haben sicher recht damit, dass Menschen mit minderen Geistesgaben dazu neigen, die Bibel wörtlich zu nehmen, während der gläubige Wissenschaftler sie als eine Parabel betrachtet, ein Werk, das es den Menschen zu einer Zeit, da die Wissenschaft auf vieles noch keine Antworten kannte, ermöglichen sollte, die Welt zu verstehen. Aber es gibt einige Theologen, die sehr wohl in der Lage sind, die Grenze zu ziehen zwischen kritiklosem Glauben und einer intelligenten Interpretation der Bibel, die mit den heutigen Erkenntnissen der Wissenschaft in Einklang zu bringen ist.«

»Und genau darin zeigt sich der Unterschied!«, rief Doktor Weiß. »Der schwache Geist ist nicht in der Lage, abstrakt zu denken, während derjenige, der mit hohen Geistesgaben gesegnet wurde, Worte und Taten so zu setzen weiß, dass er dem Geistesschwachen seinen Willen vermitteln, ja sogar aufzwingen kann, dieser dabei aber glaubt, nach seinem eigenen Willen zu handeln.«

»Hätten Sie für diese Theorie auch ein Beispiel, Doktor Weiß?«, wollte Bernhard wissen. »Haben Sie schon einmal jemanden erfolgreich manipuliert?«

»Was denken Sie von mir? Ich befasse mich mit der Theorie und gewiss auch mit Forschungen auf diesem Gebiet, aber ich habe trotz allem zu hohe Achtung vor den Menschen, um sie derartigen Experimenten zu unterziehen.«

»Ach, tatsächlich?«, fragte Wolfgang. »Ich hätte gedacht, dass Sie darauf brennen würden, Ihre Theorien zu überprüfen. Zumal es hier ja nicht schaden würde, wenn Sie jemanden dazu verführen würden, einen gegnerischen Soldaten zu töten.«

»Ach, Wolfgang, da merkt man, dass du von Forschung nichts verstehst«, sagte Bernhard. »Ein Experiment an der Front wäre doch völlig verfälscht. Hier würde doch jeder töten, nicht nur weil es von ihm erwartet wird, sondern um selbst zu überleben. Eine wirklich interessante Manipulation wäre doch vielmehr, wenn man jemanden dazu bewegen könnte, in höchster Gefahr seine Waffe niederzulegen und dem Feind entsprechend der christlichen Lehre sozusagen die andere Wange darzubieten.«

»Das würde hier einem Selbstmord gleichkommen«, sagte Wolfgang. »Andererseits hast du recht.« Er sah Doktor Weiß an. »Vielleicht sollten Sie tatsächlich einmal versuchen, unsere Generäle dergestalt zu manipulieren, dass sie einen Waffenstillstand ausrufen.«

»Bei Generälen wird das nicht funktionieren«, sagte Doktor Weiß, »wir haben zu wenig Geistesschwache, die es bis in den Rang eines Generals geschafft haben.«

»Oh, jetzt wird es gefährlich«, sagte Bernhard schmunzelnd. »Man sollte das Wort ›Geistesschwache‹ niemals in Verbindung mit Generälen nennen, das bringt Unglück oder im schlimmsten Fall das Erschießungskommando wegen Insubordination.«

Die drei lachten. Ein Blick auf die Uhr verriet Wolfgang, dass es an der Zeit war, in die Unterkunft zurückzukehren. Nachdem sie sich von Doktor Weiß verabschiedet hatten, fragte Wolfgang, was Bernhard von dem Gerede des Arztes halte.

»Ich fand es sehr interessant«, sagte der. »Aber am besten trifft es der schöne Begriff, den du geprägt hast. Das medizinische Kabarett. Menschen manipulieren …« Bernhard schüttelte den Kopf. »Ich habe den Eindruck, mit unserem Doktor geht die Fantasie manchmal sehr weit durch.«

Wolfgang nickte, aber zugleich hatte er das Gefühl, dass die Sache viel ernster war, als Bernhard dachte.

23. Kapitel

Friederike hatte Walters Schilderungen mit wachsender Spannung gelauscht. Umso überraschter war sie, als er jetzt innehielt.

»Wollen Sie nicht weitererzählen?«, fragte sie ihn.

»Es ist schon spät geworden«, erwiderte er mit einem Blick auf die Sonne, die mittlerweile ihren Zenit am Himmel erreicht hatte. »Glauben Sie nicht, dass man uns vermissen wird?«

»Aber ich wüsste gern, wie es weiterging.«

»Sie werden es erfahren«, versprach er, »aber nicht alles auf einmal. Ich habe noch einiges zu tun und ich denke, auf Sie warten heute auch noch weitere Pflichten. Und es wäre viel zu auffällig, wenn wir noch weiter allein vor den Toren Gut Mohlenbergs herumstehen.«

»Also gut. Was ich Ihrer Erzählung bislang entnehme, ist die Tatsache, dass Doktor Weiß sich mit der Manipulation geistig minderbemittelter Menschen befasst hat. Glauben Sie, dass er hier auf Gut Mohlenberg jemanden manipuliert hat, um die Morde zu begehen?«

»Lassen Sie uns mit den Schlussfolgerungen warten, bis Sie die gesamte Geschichte kennen. Ich möchte, dass Sie ganz unbefangen urteilen. Wie wäre es, wenn wir uns morgen um die gleiche Zeit wieder hier treffen und ich Ihnen dann erzähle, was weiter passierte?«

»Ja, darauf gehe ich sehr gern ein. Bis morgen also.«

Als Friederike zurück aufs Gut kam, wurde sie bereits von Juliane erwartet, die ihr ungeduldig entgegenkam.

»Was gibt es denn so Dringliches?«, fragte sie die junge Frau.

»Nun ja, wirklich dringlich ist es nicht«, wehrte Juliane sofort ab. Dabei wirkte sie unbestreitbar verlegen. »Aber ich wollte gern mit Ihnen sprechen, Frau von Aalen.« Sie räusperte sich und errötete. »Über die Fackel in meiner Dunkelheit. Ich hatte heute Nacht einen seltsamen Traum und … und ich frage mich, ob das vielleicht ein Zeichen war, mich meinen Ängsten zu stellen.«

»Das sollten wir in meinem Büro besprechen, Juliane, nicht hier mitten auf dem Hof.«

»Haben Sie denn jetzt Zeit für mich?«

»Selbstverständlich. Bitte kommen Sie doch mit.«

Juliane wirkte erleichtert und folgte ihr. Nachdem Friederike die Tür zu ihrem Büro geschlossen hatte und die beiden Frauen Platz genommen hatten, fragte sie Juliane, wie sie sich das weitere Vorgehen vorstelle.

»Möchten Sie, dass mein Vater es bei Ihnen noch einmal mit der Hypnose versucht?«

»Ich weiß nicht so recht.« Juliane sah unsicher auf den Boden. »Könnten Sie mich nicht hypnotisieren, sodass wir beide allein wären?« Die erneut aufflackernde Röte ihrer Wangen verriet, wie schwer es ihr fiel, dieses schambesetzte Thema überhaupt anzusprechen.

Friederike zögerte. Sie war in der Hypnose nicht erfahren, hatte ihrem Vater allerdings wiederholt dabei zugesehen. Doch zugleich fragte sie sich, ob eine Hypnose wirklich notwendig war oder ob es Juliane vielleicht sogar möglich wäre, in einem geschützten Gespräch Zugang zu ihren Erinnerungen zu finden oder zumindest die Bilder, die sie sah, in Worte zu fassen.

»Ich würde zunächst gern etwas anderes ausprobieren«, schlug sie deshalb vor. »Ich möchte, dass Sie mir von Ihrem Traum erzählen. Er scheint mir wichtig zu sein, da er Sie dazu bewogen hat, sich Ihren Ängsten zu stellen.«

Juliane schluckte. »Wenn Sie meinen, Frau von Aalen. Es ist nur so, der Traum hat mich sehr verunsichert, aber es sind keine wirklich fassbaren Bilder, die mir etwas über mich verraten könnten.«

»In der Traumdeutung muss man oft mit Symbolen arbeiten«, erklärte Friederike. »Erzählen Sie doch bitte.«

Juliane schluckte erneut und atmete tief durch. »Ich war plötzlich wieder auf der dunklen Straße, auf der ich als kleines Kind von unserem Diener gefunden worden bin. Damals, als man sagte, ich würde zum Schlafwandeln neigen.«

»Wie alt waren Sie?«

»Fünf oder sechs Jahre, ich ging noch nicht zur Schule. Aber ich glaube, da fing alles an.«

»Und wie ging der Traum weiter?«

»Ich war allein auf der Straße und dann sah ich meinen Bruder, Viktor, und er sagte, dass ich mit ihm gehen müsse, denn er liebe mich genauso, wie unser Vater ihn liebe.« Sie seufzte tief.

»Was haben Sie dabei empfunden?«

»Ich … ich hatte Angst. Er sagte zwar, dass er mich liebe, aber ich wusste genau, das war keine Liebe.« Sie schloss die Augen.

»Was war es dann?«

»Ich weiß es nicht.«

»Wovor hatten Sie Angst?«

»Ich weiß es nicht«, wiederholte sie hilflos.

»In Ihrem Traum, wie alt war Ihr Bruder da? War er noch ein Kind wie Sie oder war er erwachsen?«

»Ich weiß es nicht, das Bild war verschwommen, ich wusste nur, dass es mein Bruder war. Und er machte mir Angst.«

Friederike betrachtete die junge Frau aufmerksam. Julianes Gesicht wirkte offen, aber zugleich sehr angespannt. Auch ihre Körperhaltung hatte sich verändert. Hatte sie zuvor noch aufrecht und gerade gesessen, so waren ihre Schultern mittlerweile kraftlos nach vorne gesunken. Alles an der jungen Frau erweckte den Eindruck, als wolle sie sich vor irgendetwas schützen.

»Manchmal kann man seine Angst einem körperlichen Gefühl zuordnen«, erklärte Friederike. »Erinnern Sie sich zurück an diesen Traum und dann versuchen Sie, Ihre Empfindungen noch einmal wahrzunehmen. In welchem Körperteil hat sich Ihre Angst manifestiert?«

»Ich verstehe nicht ganz, was Sie meinen.«

»Nun, manche Menschen haben vor Angst Bauchschmerzen, anderen bleibt die Luft weg. Ich wüsste gern, was diese Angst bei Ihnen ausgelöst hat oder jetzt in diesem Moment auslöst.«

»Das ist schwierig«, erwiderte Juliane. »Es ist nicht auf einen Körperteil begrenzt.« Sie stockte kurz. »Es fängt tief in meinem Bauch an, so als würde es mir die Gedärme zerreißen. Aber dann steigt der Schmerz nach oben, so lange, bis er in meinem Hals sitzt, wo er mir die Luft abdrückt, sodass ich nicht mehr sprechen kann, nicht mehr schreien, nur noch nach Atem ringen, um nicht zu ersticken.« Während sie sprach, wurde ihre Stimme immer leiser, bis zum Schluss nur noch ein Krächzen zu hören war, als würde ihr tatsächlich jemand die Luft abdrücken. Gleichzeitig glitt Julianes rechte Hand an ihren Kehlkopf, als würde sie versuchen, dort ein Band zu entfernen. Als sie sich dieser Bewegung bewusst wurde, zuckte sie regelrecht zusammen und legte die Hand wieder in den Schoß.

Eine Weile schwiegen sie, denn Friederike wusste, dass sie Juliane jetzt etwas Zeit geben musste. Bemerkenswerterweise war es Juliane, die das Schweigen nicht länger aushielt.

»Sie sagen gar nichts? Habe ich etwas Falsches gesagt?«

»Nein, ganz im Gegenteil. Ich wollte Ihnen lediglich Gelegenheit geben, selbst eine Deutung für dieses Bild zu finden. Wer oder was hat Ihnen die Luft zum Atmen abgedrückt?«

Juliane schüttelte wortlos den Kopf.

»Können Sie es nicht in Worte fassen?«, fragte Friederike.

»Nein, dann kommt wieder dieser Druck, diese eiserne Hand, die jeden Laut erstickt, sobald ich irgendetwas zu sagen versuche.«

Friederike dachte eine Weile darüber nach, während Juliane sie ängstlich ansah. War die eiserne Hand tatsächlich nur ein Sinnbild oder stand sie für eine alte Erinnerung, für eine wirkliche Misshandlung? Hatte jemand versucht, sie durch Würgen zum Schweigen zu bringen?

»Und wem gehört diese Hand?«, fragte sie deshalb.

Juliane sah Friederike erstaunt an. »Das weiß ich nicht.«

»Wissen Sie es wirklich nicht oder haben Sie es einfach nur tief in sich verschlossen?«

Juliane atmete tief durch. »Glauben Sie, jemand hätte mir tatsächlich den Hals zugedrückt?«

»Das haben Sie gesagt«, erwiderte Friederike, obwohl es genau ihre Gedanken waren. Aber es war wichtig, dass Juliane völlig unbeeinflusst und frei von jeder Suggestion blieb. »Glauben *Sie* denn, dass Ihnen jemand den Hals zugedrückt hat?«

Juliane schloss die Augen, als würde sie tief in ihr Innerstes hineinspüren. Ihr Atem wurde heftiger, sie schien geradezu um Luft zu ringen. Dann griff sie plötzlich erneut mit beiden Händen an ihren Hals, als wollte sie das, was ihr die Luft abschnürte, mit Gewalt herunterreißen. Das Keuchen wurde immer heftiger, so heftig, dass Friederike sich Sorgen machte.

»Juliane!«, rief sie. »Juliane, hören Sie mich?«

Doch die junge Frau reagierte nicht, kämpfte immer erregter gegen das Gefühl eines vermeintlichen Erstickens an. Sie schien wieder einmal in ihrer eigenen Welt gefangen, fernab der Realität. Friederike stand auf, legte ihr beide Hände auf die Schultern, schüttelte sie und rief dabei ihren Namen. Im nächsten Augenblick riss Juliane die Augen auf, starrte Friederike verwirrt an, als sei sie plötzlich aus dem Tiefschlaf geholt worden.

»Was ... was ist passiert?«, stammelte sie verwirrt.

»Sie waren wieder ganz weit weg. Können Sie sich daran erinnern, was Sie eben gefühlt und erlebt haben?«

»Er sagte ...« – sie keuchte hilflos –, »... er sagte, ich dürfe niemandem etwas verraten.« Ihre Stimme war tränenerstickt und fast nicht zu hören.

»Wer sagte das?«

»Viktor, mein Bruder«, flüsterte sie tonlos.

»Was dürfen Sie niemandem sagen? Hat er Ihnen wehgetan?«

»Ich kann mich nicht erinnern. Aber da ist noch etwas. Etwas, das ich an dem Abend gesehen habe. Und deshalb bin ich weggelaufen.« Auf einmal zitterte sie am ganzen Körper.

»Was haben Sie gesehen?«, fragte Friederike behutsam, während sie Julianes Schultern losließ und stattdessen nach ihren Händen griff. Juliane atmete mehrfach tief durch, um sich zu beruhigen.

»Ich hörte seltsame Geräusche aus dem Zimmer meines Bruders«, sagte sie dann. »Ich bin hingeschlichen und habe heimlich durch das Schlüsselloch geschaut. Ich wusste, dass es verboten war, aber ich habe es trotzdem getan.« Ihre Stimme klang gepresst, abgehackt, sodass Friederike den Eindruck hatte, Juliane durchlebe alles erneut, während sie darüber sprach.

»Was haben Sie gesehen?«

»Wie mein Vater im Bett meines Bruders über ihm lag und sein Gesicht ins Kissen drückte. Er machte komische Bewegungen und mein Bruder stöhnte, während mein Vater immer wieder sagte: ›Ich liebe dich, mein Sohn.‹« Sie schrie auf. »Oh Gott, das hätte ich niemals jemandem sagen dürfen!« Fast gleichzeitig sprang sie auf und rannte dann nach draußen. Sofort eilte Friederike ihr hinterher, doch Juliane war schneller, hatte bereits ihr Zimmer erreicht, die Tür blitzschnell hinter sich verschlossen und den Schlüssel umgedreht.

»Juliane, bitte, Sie müssen nicht davonlaufen. Es wird alles gut!«, rief Friederike durch die Tür. »Bitte öffnen Sie, ich möchte Ihnen doch nur helfen.«

Hinter der Tür hörte sie Julianes heftiges Schluchzen, aber keine Antwort.

»Juliane, bitte machen Sie doch die Tür auf«, wiederholte Friederike noch einmal.

Juliane reagierte nicht. Das Schluchzen verstärkte sich noch. Einen Moment lang überlegte Friederike, ob sie die Tür mit ihrem Generalschlüssel öffnen sollte, verwarf diesen Gedanken aber sofort wieder. Sie versuchte, durch das Schlüsselloch einen Blick auf Juliane zu erhaschen, und sah, dass die junge Frau weinend auf ihrem Bett lag.

»Also gut, ich werde Sie jetzt in Ruhe lassen, Juliane. Aber ich bin jederzeit für Sie da, wenn Sie etwas brauchen. Sie wissen, wo Sie mich finden.« Sie wartete noch einen kurzen Augenblick vor der verschlossenen Tür, falls Juliane es sich doch anders überlegen würde, aber es war nur ihr Weinen zu hören. Schließlich ging Friederike zurück in ihr Büro und versuchte, ihre aufgewühlten Gedanken zu ordnen. Allem Anschein nach hatte Juliane beobachtet, wie der Vater ihren Bruder missbraucht hatte. Diese Eröffnung irritierte sie. Sie hatte schon lange den Verdacht, dass Juliane selbst Opfer eines Missbrauchs geworden war. Aber dass es ausgerechnet ihren Bruder betraf, passte nicht ins Bild. Friederike atmete tief durch. Es musste noch weitaus mehr hinter dieser Geschichte stecken. Waren die Erinnerungen tatsächlich echt oder waren es Schutzprojektionen? Darüber würde sie mit ihrem Vater sprechen müssen, denn niemand kannte sich so gut mit den versteckten, symbolhaften Bildern der Seele aus wie er.

24. Kapitel

»Das ist in der Tat eine beunruhigende und faszinierende Geschichte«, sagte ihr Vater, als sie ihm am Nachmittag von ihrer Sitzung mit Juliane erzählte. Friederike nickte. Sie war froh, dass sie bei Juliane Fortschritte machte, wenngleich die junge Frau ihr leidtat. Juliane hatte ihr Zimmer nicht verlassen, sondern lag nach wie vor weinend auf dem Bett.

»Was meinst du, inwieweit das Wissen um ein solch schreckliches Familiengeheimnis dazu führen kann, dass Juliane selbst in derartige Zustände gerät?«

Ihr Vater wiegte nachdenklich den Kopf. »Ich denke, das ist erst der Anfang. Sie hat dir *ein* schreckliches Bild offenbaren können, aber wir wissen nicht, ob es eine echte Erinnerung ist oder ein Symbol.«

»Aber wofür sollte ein solches Symbol stehen? Und woher sollte ein Kind oder eine junge Frau wie Juliane solche Bilder überhaupt kennen? Eine wohlbehütete Bürgerstochter erfährt normalerweise nichts über Päderasten oder Homosexualität.«

»Du hast recht«, bestätigte ihr Vater. »Es könnte eine echte Erinnerung sein, wobei wir nicht wissen, was danach geschah. Genau das wäre aber wichtig, um sich ein Bild zu machen.

Oder aber sie verbirgt sich hinter dem Symbol des Bruders und Juliane wurde selbst das Opfer ihres Vaters.«

Friederike schluckte. »Du meinst wirklich, ein Vater würde seiner Tochter so etwas antun? Und sie dann unter dem Deckmäntelchen der Fürsorge in eine Anstalt wie die unsrige schicken? Glaubst du, das Kind, an dessen Zeugung sie sich nicht erinnert, ist womöglich auch die Frucht eines Inzests?«

»Ich könnte es mir vorstellen, Friederike.« Ihr Vater seufzte schwer. »Du glaubst nicht, wie oft ich als Arzt über die Jahre schon auf derart düstere Familiengeheimnisse gestoßen bin. Es kommt leider sehr viel häufiger vor, als man glauben möchte. Allerdings waren die meisten Väter verrohte, gewalttätige Alkoholiker, die sich nicht einmal scheuten, ihre Ehefrauen und Töchter zum Anschaffen zu schicken.« Er atmete tief durch und fuhr dann fort: »Mir gibt aber noch etwas anderes zu denken. Im Traum habe ihr Bruder gesagt, dass er sie genauso liebe, wie der Vater ihn liebe. Und diese Worte hätten Angst in ihr ausgelöst. Welchen Schluss ziehst du daraus, Friederike?«

»Eine Verschiebung?«, fragte sie. »Der Bruder, der selbst Opfer war, gibt das, was er vom Vater lernte, an seine jüngere Schwester weiter?«

»Es wäre durchaus möglich, nicht wahr? Viktor Brunner ist sieben Jahre älter als Juliane. Wenn sie den Missbrauch beobachtet hat, als sie fünf oder sechs Jahre alt war, war er damals zwölf oder dreizehn Jahre alt. Durchaus in einem Alter, in dem Knaben schon in der Lage sein können, den Beischlaf zu vollziehen.«

Friederike schüttelte sich. »Das ist eine abartige Vorstellung.«

»Ja, das ist es. Aber ein gar nicht mal so seltenes Phänomen. Wobei es allerdings häufiger vorkommt, dass Knaben, die von erwachsenen Männern missbraucht wurden, sich später selbst an jüngeren Knaben vergehen. Allerdings hatte Viktor Brunner keinen Bruder und wir wissen auch nicht, wie lang er schon das

Opfer seines Vaters war – immer vorausgesetzt, dass dieses Bild der Realität entspricht.«

»Für wie wahrscheinlich hältst du es?«

»Ich denke, es liegt im Rahmen des Möglichen. Aber das ist ein heikles Thema. Derartige Familiengeheimnisse werden mit aller Macht bewahrt, da sie ein gut situiertes Handelshaus wie das der Brunners in den Ruin treiben könnten. Sollte Juliane tatsächlich das Opfer eines solchen Missbrauchs, ja gar einer Vergewaltigung durch mehrere Familienangehörige geworden sein, wird man alles tun, um sie auch weiterhin als geisteskrank darzustellen.« Er seufzte. »Aber genug von diesem traurigen Thema. Was Juliane angeht, solltest du versuchen, dort weiterzumachen, wo ihr heute aufgehört habt.«

»Sie ist seither nicht aus ihrem Zimmer gekommen. Ich habe schon überlegt, die Tür mit dem Generalschlüssel zu öffnen, falls sie zum Abendessen nicht erscheint.«

»Lass ihr Zeit, Friederike. Wenn sie morgen nicht zum Frühstück kommt, kannst du die Tür immer noch gegen ihren Willen öffnen. Wir sollten ihre Grenzen nicht ohne guten Grund überschreiten.«

»Damals hat sie sich wohl selbst Verletzungen zugefügt. Meinst du, wir müssen uns Sorgen machen? Was ist, wenn diese Bilder so gewaltig sind, dass sie sie nicht mehr erträgt und sich womöglich etwas antut?«

»Befürchtest du das wirklich?«

»Eigentlich nicht«, gab Friederike zu, »aber ich bin dennoch unsicher. Ich habe mit solch schrecklichen Erlebnissen bei jungen Frauen zu wenig Erfahrung.«

»Vielleicht solltest du nach dem Abendessen doch noch einmal hochgehen und ihr durch die Tür deine Sorgen mitteilen. Versuche, sie in ein Gespräch zu verwickeln, und sei dabei ganz ehrlich. Sag ihr, was du befürchtest.«

»Und wenn ich sie dadurch erst auf solche Ideen bringe?«

»Mach dir darum keine Sorgen, Friederike. Man kann niemanden durch eine Frage nach seiner Suizidalität zum Selbstmord animieren. Entweder hat sie diese Entscheidung längst getroffen, dann ist es völlig irrelevant, was du fragst, oder aber sie ist in einer verzweifelten Situation und dankbar für jede Möglichkeit, das Unaussprechliche in Worte zu fassen. Dann solltest du dir von ihr versprechen lassen, dass sie sich nichts antut. Aber wahrscheinlich sind deine Sorgen unbegründet. Ich gehe sogar davon aus, dass sie überrascht sein wird. Diese junge Dame ist stärker, als sie scheint, und hat wahrscheinlich noch nie ernsthaft über Selbstmord nachgedacht. Was du mir bislang geschildert hast, spricht für Lebenslust und Freude – und für den Wunsch, gesund zu werden.«

Die Worte ihres Vaters beruhigten Friederike. Noch mehr beruhigte sie allerdings die Tatsache, dass Juliane von sich aus ihre selbst gewählte Isolation aufgab, als die Zeit zum Abendessen kam. Sie wirkte immer noch sehr niedergeschlagen, bemühte sich aber um ein gleichmütiges Gesicht, das ihre wahren Gefühle verbergen sollte.

»Sie sind traurig«, sagte Bernhard, als Juliane ihm gegenüber Platz nahm. Friederike war immer wieder erstaunt, wie feinfühlig Bernhard war, auch wenn seine direkte Ansprache eher das Gegenteil vermuten ließ. Aber das war nun mal seine Art und alle – selbst Juliane – hatten sich längst daran gewöhnt.

»Es ist nichts weiter«, sagte Juliane und bemühte sich, ihm ein Lächeln zu schenken, was ihr allerdings nur halb gelang.

»Wollen Sie morgen Vormittag wieder in der Reitbahn reiten?«, fragte Bernhard. »Reiten ist immer gut, wenn man traurig ist.«

Die Art, wie er es sagte, im Brustton der Überzeugung, das Allheilmittel zu kennen, entlockte Juliane tatsächlich ein echtes Lächeln.

»Das würde ich sehr gern«, sagte sie.

»Das ist eine gute Idee«, bestätigte Friederike. »Sattelst du Walküre morgen für Fräulein Brunner und führst sie anschließend in der Reitbahn herum?«

»Ja«, antwortete Bernhard. »Arbeitet Walter morgen wieder draußen am Zaun?«

»So ist es«, erwiderte sie und stellte wieder einmal fest, wie sehr sich Bernhards Art, an den Gesprächen teilzunehmen, in den letzten Wochen verändert hatte. Er erschien ihr immer öfter wieder wie ein Erwachsener, wenngleich seine kognitiven Einschränkungen nach wie vor deutlich zu spüren waren. Ob es irgendwann doch noch ein Wunder geben würde? Sofort schob sie diesen Gedanken von sich. Sie wollte sich keinen unerreichbaren Hoffnungen und Illusionen hingeben. Stattdessen wollte sie lieber für das dankbar sein, was sie hatte. Sie liebte Bernhard, sie würde ihn immer lieben und sie wusste, dass er für sie dasselbe empfand. Auch wenn es längst keine Ehe auf Augenhöhe mehr war, so war sie doch nach wie vor von gegenseitiger Zuneigung und Wertschätzung getragen. Und vielleicht … aber auch diesen Gedanken mochte sie sich kaum eingestehen … vielleicht würden sie irgendwann doch noch eine Familie gründen. Seit sie ihr Eheleben in jeder Hinsicht wieder aufgenommen hatten, bestand zumindest die Möglichkeit einer Schwangerschaft. Wie ihre Familie, insbesondere ihre Großmutter, es allerdings aufnehmen würde, dass ein Mann wie Bernhard noch in der Lage war, seinen ehelichen Pflichten nachzukommen, und sie das auch noch genoss, wollte sie sich gar nicht vorstellen. Sollte sie tatsächlich irgendwann schwanger werden, wäre es noch früh genug, es herauszufinden.

Bevor Juliane am nächsten Morgen mit Bernhard zu den Stallungen ging, fragte Friederike sie, ob sie am Nachmittag erneut mit ihr sprechen wolle.

»Sie meinen, so wie gestern?« Juliane sah sie verunsichert, ja beinahe verängstigt an.

»Ich denke, es wäre hilfreich, wenn wir nicht zu lange warten. Allerdings nur, wenn Sie es auch wollen. Ich möchte Sie zu nichts drängen.«

»Darf ich es mir noch überlegen?«

»Selbstverständlich. Genießen Sie erst einmal Ihre Reitstunde. Ich habe heute Vormittag auch noch einiges zu tun und heute Nachmittag geben Sie mir dann Bescheid.«

Juliane nickte erleichtert, dann folgte sie Bernhard in den Stall. Friederike selbst verließ Gut Mohlenberg, um sich mit Walter bei den Weidezäunen zu treffen. Er erwartete sie bereits.

»Guten Morgen«, sagte sie. »Hier bin ich. Und ich bin sehr gespannt darauf, wie die Geschichte weitergeht.«

»Es ist keine schöne Geschichte«, erwiderte Walter. »Sie wird ein unangenehmes Licht auf einige Menschen werfen.«

Sofort fühlte Friederike einen Stich in der Brust. »Etwa auch auf Bernhard?«, fragte sie ängstlich.

»Nein«, beschwichtigte Walter sofort. »Bernhard hat sich niemals etwas zuschulden kommen lassen. Er ist nur ein tragisches Opfer der Umstände.« Er atmete tief durch. »Manchmal frage ich mich, ob ich es hätte verhindern können, aber sooft ich auch darüber nachdenke, komme ich immer wieder zu dem Schluss, dass es nicht möglich war. Denn niemand hätte vorausahnen können, was geschehen würde.«

25. Kapitel

Frankreich, Frühjahr 1917

Wolfgang hasste den Krieg. Auch wenn er selbst nur selten zum Dienst in den Schützengraben beordert wurde, so reichte es ihm doch, die traumatisierten, zitternden Männer zu sehen, die immer wieder ins Lazarett eingeliefert wurden. Von denen, die durch Schüsse, Bajonettstiche oder Granatsplitter schwer verwundet worden waren, ganz zu schweigen. Obwohl er von Anfang an Berufsoffizier beim Kavallerie-Schützen-Regiment gewesen war, hatte er noch nie so viel Leid und Blut gesehen wie hier. Abgerissene Körperteile, noch lebende Leiber, aus denen die Gedärme quollen, schwerste Verletzungen durch Verbrennungen und Gasangriffe … Es gab keinen Schmerz, kein Unheil, das ihm jetzt noch fremd war.

Im Gegensatz zu Bernhard mied er die Nähe des Lazaretts und des Verbandsplatzes. Er konnte das Elend nicht mehr ertragen, fragte sich immer wieder, wozu das alles noch gut sein sollte. Was um alles in der Welt hatte sie in dieses Grauen schlittern lassen? Und was hofften sie letztlich zu gewinnen? Konnte es hier überhaupt noch Sieger geben? Wenn er mit Bernhard darüber sprechen wollte, wehrte sein Freund jedes ernste Gespräch sofort mit dem ihm eigenen Humor ab. Einem mittlerweile rabenschwarzen Humor, der aber von den Kameraden überaus geschätzt wurde. Manchmal beneidete Wolfgang Bernhard um diese Gabe. Er konnte alles ins Lächerliche ziehen, anstatt darüber in Verzweiflung zu geraten. Nur wenn sie sich um verletzte Pferde kümmerten, konnte er seine wahren Gefühle nicht verbergen.

»Niemand hat das Recht, Tieren so etwas anzutun!«, pflegte Bernhard dann zu sagen. »Sie können sich nicht wehren. Das hier ist nichts für Pferde!«

»Und was ist mit den Menschen?«, fragte Wolfgang.

»Die haben immerhin eine Wahl«, lautete Bernhards Antwort.

»Da machst du es dir ein bisschen zu einfach«, meinte Wolfgang.

»Denkst du das?« Bernhard sah ihn mit hochgezogenen Augenbrauen an. »Wir haben uns freiwillig dazu entschlossen, des Kaisers Rock zu tragen. Wir hätten auch etwas anderes werden können.«

»Das war einmal so«, widersprach Wolfgang. »Inzwischen haben die meisten Männer längst keine Wahl mehr, sondern wurden eingezogen. Hör dich doch um, es gibt kaum noch Berufssoldaten. Handwerker, Bankangestellte, Hafenarbeiter … alles, aber keine Soldaten. Wir wären so oder so hier gelandet, selbst wenn wir einen anderen Beruf erlernt hätten, allerdings nicht als Offiziere, sondern als Kanonenfutter. So gesehen, war es doch das Richtige, dem Vaterland von Anfang an zu dienen.«

»Ja, das dachten wir, als wir zur Kavallerie gingen. Wir dachten, das Richtige zu tun.« Auf einmal war Bernhards Stimme sehr viel leiser, beinahe schon melancholisch und gar nicht mehr davon überzeugt, dass ihre Wahl tatsächlich die richtige gewesen war. Solche leisen Töne kannte Wolfgang von seinem Freund bislang nicht.

»War es das etwa nicht?«, fragte er. »Wir verteidigen unsere Heimat. Wir stehen treu zum Bündnis mit Österreich. Der Krieg lag schon lange in der Luft, wie ein reinigendes Gewitter. Davon gingen wir doch alle aus.«

»Das Bündnis mit Österreich war eine unheilige Nibelungenallianz«, sagte Bernhard leise. »Ein Mann erschießt den österreichischen Thronfolger und dessen Frau. Aber anstatt nur den Mörder zu bestrafen, wurde ganz Serbien der Krieg erklärt, was eine Kettenreaktion auslöste, und letztlich passierte all das hier. Dabei sollten die Österreicher sich doch schon daran gewöhnt haben, dass ihre Thronfolger erschossen werden. Der Vorletzte jagte sich auf Schloss Mayerling ja sogar selbst eine Kugel in den Kopf.«

»Das ist geschmacklos, Bernhard.«

»Es ist auch geschmacklos, für zwei Tote Hunderttausende von Männern unnötig ins Verderben zu schicken.«

»Immerhin handelte es sich bei den Toten um das Thronfolgerpaar«, warf Wolfgang ein.

»Na und? Wurden sie davon wieder lebendig?« Bernhard sah Wolfgang herausfordernd an. »Es wäre besser gewesen, Franz Ferdinand hätte sich auch eine Kugel in den Kopf gejagt, so wie Rudolf. Das hätte uns allen viel erspart. Die Menschen sind verrückt geworden.«

Wolfgang zuckte zusammen. Seit wann sprach Bernhard so despektierlich über die habsburgische Monarchie? Gewiss, sie waren Deutsche, unterstanden ihrem Kaiser, aber Hohenzollern stand fest zu Habsburg und so etwas hörte sich beinahe schon wie Hochverrat an.

»Hast du schon während der Mobilmachung so gedacht?«, fragte Wolfgang. Er selbst erinnerte sich nur allzu gut an die Begeisterung, mit der er in den Krieg gezogen war. Naiv, jung und unschuldig, was das Töten von Menschen anging. Er hatte sich endlich beweisen wollen, zeigen, was er gelernt hatte. Für Ruhm und Ehre seines Vaterlandes hatte er gegen die Franzmänner ins Feld ziehen wollen, den alten Erbfeind, der immer nur Leid und Elend über die deutschen Lande gebracht hatte. Hätte er gewusst, wie das ruhmvolle Schlachtfeld tatsächlich aussah, hätte er sich vielleicht anders entschieden. Und selbst wenn Bernhards Aussagen nahe an Hochverrat heranreichten, so konnte er ihn gut verstehen. Hinterher war man immer schlauer.

»Nein«, erwiderte Bernhard. »Da war ich mir sicher, dass unsere Armee besser als die französische ist, wie man 1871 gesehen hat, und dass wir den Krieg schnell gewinnen werden. Meine Gedanken waren bei Friederike und den Olympischen Spielen in Berlin 1916. Ich hatte gute Aussichten, in den Nationalkader der Fechtmannschaft aufgenommen zu werden.« Er seufzte. »Ich hätte auch gern am Fünfkampf teilgenommen, aber da wären meine Medaillenhoffnungen zu gering gewesen. Ich bin ein erbärmlicher Läufer. Wozu soll man laufen, wenn man reiten kann?«

»Das klingt nicht so, als wärst du aus Idealismus und reiner Vaterlandsliebe zur Kavallerie gegangen.«

»Es war einfach das einzig Richtige für mich«, sagte Bernhard, »es entsprach meinen Talenten. Reiten, fechten, schießen. Und außerdem gefällt mir die Paradeuniform.« Er grinste schief. »In unserer Familie waren alle Männer Offiziere. Ich habe nie daran gedacht, etwas anderes zu werden.«

»Und wenn du dich noch einmal entscheiden könntest?« Wolfgang sah ihn fragend an. »Was würdest du dann tun?«

Bernhard zuckte mit den Schultern. »Ich weiß es nicht. Vielleicht Pferdezüchter werden? Aber was soll's, wir haben nicht die Wahl, Wolfgang. Es ist, wie es ist, und es ist müßig, darüber nachzudenken, was sonst hätte sein können.« Er seufzte. »Ich werde Wotan mit dem Transport morgen nach Hause schicken. Er ist ein gutes Pferd, aber ich fürchte, er ist dem Geschützdonner nicht länger gewachsen. Früher, da konnte man auf ihm eine Pistole abfeuern und er hat nicht mal mit den Ohren gezuckt. Ich will nicht, dass er irgendwann ein völlig verschrecktes, störrisches Pferd wird.«

»Dann hast du jetzt nur noch Ragnar?«

Bernhard nickte. »Er nimmt das mit seinen zwölf Jahren deutlich gelassener hin. Auf Ragnar sitzt du selbst im größten Geschützdonner wie auf einem Schaukelstuhl. Manchmal frage ich mich, ob der alte Junge taub ist.«

»Aber Wotan ist stärker und schneller.«

»Was nützt das, wenn er immer wieder in Panik gerät? Er soll sich erholen und dann kann ich ihn wieder reiten, wenn der Krieg vorbei ist. Außerdem würde er noch einen guten Zuchthengst abgeben.«

»Ich habe bislang noch nicht gesehen, dass Wotan in Panik geraten wäre.«

»Du warst letzten Dienstag nicht dabei.« Bernhards Gesicht verzog sich beinahe schmerzhaft. »Es war der Granatenangriff, bei dem viele unserer Männer ums Leben kamen. Ich war ganz in der Nähe auf Wotan unterwegs. Als die Geschütze donnerten, ist er zum ersten Mal in seinem Leben durchgegangen. Richtig durchgegangen – ich hatte Angst, er würde direkt ins Feuer galoppieren, und hatte große Schwierigkeiten, ihn wieder zu beruhigen und unter Kontrolle zu bringen. Als es mir dann endlich gelungen war, ging es erneut los, und da fing er vor Panik an, zu steigen und zu buckeln, anstatt auf meine Hilfegebung zu reagieren. Ich konnte mich nur mit Mühe im Sattel halten. Das war nicht mehr mein alter, zuverlässiger Wotan. Ich kann ihn hier nicht mehr gebrauchen, für den Krieg ist er genauso wertlos wie diese armen Männer, die nur noch zittern und von allen für Feiglinge und Drückeberger gehalten werden.«

»Aber woher kommt Wotans plötzliche Panik?«

»Weißt du noch, der Angriff im letzten Monat? Als die Granate direkt vor uns einschlug?«

»Ja, wir hatten großes Glück, unverletzt zu bleiben.«

»Wotan wurde von einem kleinen Splitter in der Brust getroffen. Es war keine große Verletzung. Ich habe sie schnell behandelt, ihm ein paar Tage Ruhe gegönnt und dann war alles wieder gut. Äußerlich jedenfalls. Aber seither ist er anders.« Bernhard seufzte niedergeschlagen. Wolfgang wusste, wie sehr sein Freund an diesem Hengst hing, und dass ausgerechnet sein Lieblingspferd nicht länger für den Einsatz in der Kavallerie geeignet war, traf ihn mit Sicherheit schwer. Sein zweites Pferd Ragnar war ebenfalls ein prächtiges Tier, aber es besaß bei Weitem nicht Wotans Klasse.

Bernhard verbrachte den Abend vor der Rückführung seines Hengstes in den Stallungen. Es war seine Art, Abschied zu nehmen – in der Hoffnung, dass ihm sein Lieblingspferd später, in Friedenszeiten, erneut gute Dienste leisten würde.

Wolfgang suchte indes eine der Lokalitäten auf, in denen man willige weibliche Gesellschaft finden konnte. Ein Ort, den Bernhard als treuer Ehemann stets gemieden hatte, wenngleich den meisten Männern ihr Eheschwur in diesen Tagen nicht mehr viel galt. Was in Frankreich geschah, blieb in Frankreich, hieß es lapidar. Aber Bernhard war in vielerlei Hinsicht anders als die meisten Männer, die Wolfgang kannte.

Die junge Französin Camille war den lukrativen Geschäften mit deutschen Offizieren nicht abgeneigt, ohne dabei wie eine gewöhnliche Prostituierte zu wirken. Wolfgang schätzte das Damenhafte an Frauen aus diesem Gewerbe – wenn sie einem Mann trotz allem eine gewisse Kultiviertheit entgegenbrachten, die zumindest die Illusion der Normalität aufrechterhielt und ihm das Gefühl vermittelte, er müsse ihnen etwas mehr bieten als ein paar Geldstücke. Die billigen Huren, die im

Viertelstundentakt die Beine spreizten, hatten ihn schon immer abgestoßen.

Es gehörte zum Spiel dazu, dass man zunächst angemessen Konversation machte und zu kostspieligen Getränken einlud. Wolfgang wusste, dass Frauen von Camilles Klasse mit dem Wirt ein Arrangement hatten. Je mehr sie vorher tranken, umso mehr verdiente sie. Ihn störte das nicht. Es gab ohnehin nicht viele Möglichkeiten, seinen Sold durchzubringen, und im Gegensatz zu Bernhard war er unverheiratet und hatte niemanden, für den er sorgen musste. Seine Eltern waren längst gestorben, Geschwister gab es nicht und so war die Armee alles an Familie, was ihm geblieben war.

Während er mit Camille sprach und dabei sein Französisch erprobte, sah er, wie ein einfacher Soldat ins Lokal kam. Er sah so abgerissen aus, als wäre er, ohne sich zu waschen, direkt nach einem Granatenangriff aus dem Schützengraben gekrochen. Wolfgang runzelte die Stirn. Ein solcher Aufzug war in der Öffentlichkeit vollkommen unangemessen und brachte das deutsche Heer nur in Verruf. Sie waren schließlich eine stolze Armee und keine Bande von Strolchen. Er überlegte bereits, ob er aufstehen und den Soldaten in seiner Rolle als Offizier energisch zur Ordnung rufen sollte, als Doktor Weiß das Lokal betrat und geradewegs auf den Mann zuging. Das wunderte Wolfgang. Weniger, dass Doktor Weiß sich in diesem Etablissement herumtrieb, als vielmehr die Tatsache, dass er sich zielstrebig dem unwürdigsten Subjekt im Raum näherte, als hätte er gewusst, dass er diesen Mann hier finden würde. Handelte es sich bei dem abgerissenen Soldaten etwa um eine dieser verwirrten Seelen, mit denen Doktor Weiß immer wieder zu tun hatte? War der Mann durch die Kriegserlebnisse um den Verstand gebracht worden und aus dem Lazarett entwischt? Das würde natürlich seinen unhaltbaren Aufzug erklären und in gewisser Weise sogar entschuldigen.

Doktor Weiß setzte sich zu dem Soldaten an einen Tisch, ohne Wolfgang zu bemerken. Das Verhalten des Arztes erstaunte Wolfgang immer mehr. Wollte Weiß zunächst versuchen, beruhigend auf den Entsprungenen einzureden, anstatt ihn mit Gewalt ins Lazarett zurückzuschaffen? Oder war das womöglich gar kein Kranker? Leider konnte er nicht hören, worüber die beiden sprachen, aber so, wie Doktor Weiß sich verhielt, war der Arzt keineswegs der überlegene Part in dieser Konversation.

»Was schaust du immer dorthin?« Camille griff nach Wolfgangs Hand. »Du solltest lieber mich ansehen, mon chéri, nicht diese groben Kerle.«

»Ich werde dich noch lang genug ansehen«, versprach er, tätschelte ihre Hand, ließ aber seinen Blick nicht von Doktor Weiß und dem Soldaten. Die Diskussion schien heftiger zu werden, war aber nach wie vor so leise, dass kein Wort an fremde Ohren dringen konnte. Kurz darauf verließen die beiden Männer gemeinsam das Lokal.

»Mon chéri, was ist los mit dir?«, fragte Camille. »Was hat es mit den beiden Männern auf sich?«

»Ich weiß es nicht, Camille«, erwiderte er. »Aber irgendetwas ist seltsam. Warum sollte sich ein Arzt von einem einfachen Soldaten auf diese Weise behandeln lassen?«

»Wie hat er ihn denn behandelt?«, fragte Camille. Bei dieser Frage stutzte Wolfgang. Ja, wie hatte der Mann Doktor Weiß eigentlich behandelt? Er konnte es nicht wirklich benennen, es war vor allem das vage Gefühl, dass Weiß' Körperhaltung, sein ganzes Verhalten nicht zu einem passte, der sonst gern große Reden schwang. Soeben war er ihm geradezu unterwürfig erschienen. Oder gehörte das im Umgang mit verwirrten Männern zur Behandlungsstrategie? Nein, das konnte Wolfgang sich nicht vorstellen. Bernhard hatte den selbstbewussten Arzt sogar einmal heimlich auf gekonnte Weise parodiert – sehr zum Amüsement der Kameraden.

»Warum nimmt ein angesehener Arzt einem einfachen Soldaten gegenüber eine devote Körperhaltung ein, obwohl er ihn als Offizier eigentlich für seine schlampige Uniform maßregeln müsste?«

»Entweder ist er in ihn verliebt oder er wird erpresst oder beides.« Sie lachte. »Mon chéri, was machst du dir für Gedanken? Willst du nicht lieber schauen, was ich für dich habe? Wäre es nicht an der Zeit, nach oben zu gehen?« Sie lächelte ihn verführerisch an und Wolfgang hatte nicht mehr viel, was er diesem Blick entgegensetzen konnte. Also nickte er und folgte ihr.

Camille hatte vom Wirt eine der Kammern gemietet, in der ein französisches Bett und eine Frisierkommode mit einem großen Spiegel standen. Für das, was sie verlangte, hätte er sich die ganze Nacht durch die Reihen der billigen Huren vögeln können, aber das war nicht sein Stil. Wer wusste schon, was ihm der nächste Tag bringen würde? Man konnte nichts mit hinüber in die andere Welt nehmen, und wenn sie ihm dafür seine Illusion von einer für beide Seiten angenehmen Begegnung ließ, war er bereit, dafür zu bezahlen.

Nachdem die erste Leidenschaft gestillt war, kam ihm ein Gedanke.

»Camille, würdest du mir einen Gefallen tun?«, fragte er sie, während sie sich in dem großen Bett an ihn schmiegte.

»Jeden, mon chéri, sofern du dafür bezahlst.« Sie streichelte über seine nackte Brust und schenkte ihm einen kecken Augenaufschlag, der selbst ihre Geschäftstüchtigkeit auf eine unwiderstehliche Art erotisch wirken ließ.

»Ich möchte, dass du für mich herausfindest, was Doktor Weiß mit diesem abgerissenen Soldaten zu schaffen hatte. Einer intelligenten Frau wie dir dürfte das doch nicht schwerfallen, oder? Ich zahle dir für Informationen dasselbe wie für deine anderen Dienste. Und sollte es etwas besonders Spektakuläres sein, bekommst du das Doppelte.«

Der kecke Blick wich ungläubigem Erstaunen.

»Darum hat mich bislang noch kein Mann gebeten«, sagte sie. »Ich dachte eher an andere Gefälligkeiten.«

»Wirst du es tun oder nicht?«

»Du klingst so ernst, mon chéri. Was hat es mit diesem Arzt auf sich, dass er dich so interessiert?«

»Das weiß ich eben noch nicht. Es ist nur so ein Bauchgefühl, aber die Vergangenheit hat mich gelehrt, es ernst zu nehmen. Irgendetwas stimmt da nicht.«

»Und was soll ich herausfinden?«

»Wer der abgerissene Soldat ist und was er mit Doktor Weiß zu schaffen hat. Kennen sie sich von früher oder ist das einfach nur ein Patient?«

»Du bist ein merkwürdiger Mann, Wolfgang.« Sie seufzte. Es war das erste Mal, dass sie seinen Vornamen anstelle des professionellen »mon chéri« verwendete. »Du könntest für dein Geld viel angenehmere Dinge bekommen. Und ich auch.« Sie zwinkerte ihm zu. »Du bist ein großartiger Liebhaber.«

»Für Komplimente habe ich dich nicht bezahlt«, sagte er.

»Die bekommst du gratis dazu.« Sie hauchte ihm einen Kuss auf die Wange. »Also gut«, sagte sie dann. »Ich werde es tun.«

26. Kapitel

»Frau von Aalen!« Friederike hörte eine Stimme hinter sich und Walter unterbrach seine Erzählung.

»Was gibt es denn, Martha?«, fragte sie.

»Endlich habe ich Sie gefunden!« Die alte Patientin keuchte ein paarmal, so schnell war sie gerannt. »Es ist einfach schrecklich!«

Friederike zuckte zusammen. Hatte es etwa einen weiteren Mord gegeben? Doch noch ehe sie fragen konnte, sagte Martha: »Kuno ist tot! Ihr Vater hat gerade die Post bekommen und da war ein Schreiben aus Langenhagen dabei.«

Friederike erstarrte. »Wann ist er gestorben?«

»Das weiß ich nicht. Ihr Vater meinte nur, ich solle es Ihnen sagen. Er wird Ihnen das Schreiben gewiss zeigen.«

Friederike nickte. »Ich werde gleich zu ihm gehen.« Dann warf sie Walter einen Blick zu. »Wann sprechen wir uns wieder?«

»Wann immer Sie es wünschen. Sie wissen ja, wo Sie mich finden. Es tut mir sehr leid wegen Kuno. Ich weiß, er hat Ihnen viel bedeutet.«

»Ich danke Ihnen für Ihre Anteilnahme. Ich werde versuchen, heute im Laufe des Tages noch einmal auf Sie zuzukommen, sofern mir die Ereignisse die Zeit dazu lassen«, erwiderte sie. Dann ging sie zu ihrem Vater.

Doktor Meinhardt saß hinter seinem Schreibtisch. Als Friederike eintrat, erhob er sich. »Gut, dass du so schnell gekommen bist. Ich kann es kaum fassen. Wie verzweifelt muss Kuno nur gewesen sein, dass er seinen Kopf derart heftig gegen die Wand geschlagen hat.«

»Wann ist er gestorben, Papa?«

Er reichte ihr das Schreiben der Anstalt, bevor sie sich beide setzten. Friederike überflog es.

»Vor vier Tagen?«, rief sie. »Das ist ja unglaublich! Da war ich noch in Hannover! Man hätte mir umgehend einen Boten schicken können, anstatt den Brief per Post zu senden!«

»Nun, ich nehme an, man hat in diesem Fall den offiziellen Weg vorgezogen. Schließlich war ich Kunos gesetzlicher Vormund.« Er seufzte. »Und du hättest ohnehin nichts mehr für ihn tun können.«

»Ich hätte unangenehme Fragen stellen können«, widersprach sie. »Und genau das hätte ich auch getan! Ich hätte wissen wollen, wie es geschehen ist.«

»Und keine Antwort bekommen.« Ihr Vater seufzte abermals. »Bei derartigen Vorfällen wird nur das Nötigste preisgegeben.«

Bei seinen Worten musste sie an den jungen Herrn Hellmer denken. Der hatte auch unbequeme Fragen gestellt, aber anstatt ihm Antworten zu geben, hatte der Professor ihm die Tür gewiesen. Vermutlich wäre es ihr ebenso ergangen und das hätte ihren Ruf bei den Ärzten in Langenhagen nachhaltig geschädigt. Vielleicht war es besser so. So hatte sie sich zumindest noch ein paar Tage länger der Illusion hingeben können, dass Kuno irgendwann zurückkehren würde. Aber jetzt war er tot … unwiederbringlich und für alle Zeiten. Erst in diesem Moment wurde ihr bewusst, wie viel dieser alte Mann ihr tatsächlich bedeutet hatte. Kuno mit seinen Heidschnucken, den sie als Kind so gern auf seinen Wanderungen begleitet hatte. Durch ihn wusste sie, dass es ein hohes Gut ist, mit dem zufrieden zu sein, was ist. Er hatte sie auf seine Weise geprägt und vielleicht auch dazu beigetragen, dass sie Bernhards schreckliches Schicksal überhaupt hatte ertragen können. Aber jetzt war Kuno tot – und mit ihm auch ein Teil ihrer unbeschwerten Kindheit. Was blieb, war das Gefühl der Leere und der Ungerechtigkeit, und in ihr wuchs der Wunsch, den wahren Mörder von Trudi und Alfons zur Verantwortung zu ziehen.

»Haben wir inzwischen eigentlich Neuigkeiten von Kommissar Lechner aus Lüneburg?«, fragte sie deshalb. Ihr Vater schüttelte den Kopf.

»Ich glaube, wir sind die Letzten, die man informieren wird«, sagte er. »Wir stehen ganz gewiss nicht oben auf ihrer Prioritätenliste. Wenn wir Pech haben, werden wir erst aus der Zeitung erfahren, wer der Mörder ist.«

»Und warum haben wir einen so schlechten Stand bei dem Kommissar?«

»Ich sagte nicht, dass wir einen schlechten Stand haben. Wir sind schlichtweg zu unwichtig, Friederike. Wir sind keine Angehörigen der Toten, wir leiten nur zufälligerweise die Anstalt, in der einer der Verdächtigen lebte und in der der bedauernswerte Alfons das letzte Mal lebend gesehen wurde. Das ist alles und das macht uns nicht zu wichtigen Persönlichkeiten.«

»Und wie wäre es, wenn du in Lüneburg nachfragst?«

Friederikes Vater neigte nachdenklich den Kopf. »Das könnte ich natürlich tun, schließlich kommt Kuno weder als Verdächtiger noch als Zeuge weiterhin infrage.« Er machte eine kurze Pause. »Wirst du dich heute wieder um Fräulein Brunner kümmern?«

»Ich weiß es noch nicht«, erwiderte sie. »Das hängt von Juliane ab.«

Er nickte, dann wandte er sich wieder seinen Papieren auf dem Schreibtisch zu und gab Friederike damit zu verstehen, dass das Gespräch beendet war.

Als Friederike das Büro ihres Vaters verließ, fühlte sie sich niedergeschlagen und leer. Erneut war ihr ihre ganze Hilflosigkeit bewusst geworden. Dass sie nichts hatte tun können, um Kuno zu schützen oder den wahren Täter zu finden. Dann dachte sie über das nach, was Walter erzählt hatte. Gewiss, seine Schilderungen waren interessant und aufschlussreich, aber sie wunderte sich, warum er nicht zum entscheidenden Punkt kam. Natürlich genoss sie es, einen Blick in seine und damit auch Bernhards Vergangenheit zu werfen, aber sie hatte doch erwartet, mehr über Doktor Weiß zu hören. Das, was Walter bislang erzählt hatte, genügte noch nicht, um den Arzt ernsthaft in den Kreis der Verdächtigen aufzunehmen. Was also bezweckte Walter? Sie solle sich selbst ein Bild machen und dazu müsse sie die gesamte Geschichte kennen. Was hatte das zu bedeuten? Hatte auch Walter nur Vermutungen und keine Beweise? Wünschte er sich jemanden, mit dem er seine Beobachtungen abgleichen konnte? Wie es auch sein mochte, es blieb ein Rätsel.

Während sie noch darüber nachdachte, hatten sie ihre Schritte unbewusst zur Reitbahn geführt, wo Juliane gerade von Walküre abstieg. Bernhard hielt die Stute am Zügel, während Juliane sich mit einem leichten Seufzer das Gesäß rieb.

»Es ist doch anstrengender, als ich gedacht hätte«, sagte die junge Frau.

»Dabei war es gar kein langer Ritt«, sagte Bernhard. »Walküre ist ja noch nicht einmal warm geworden.« Er grinste. Bei diesem Grinsen musste Friederike für einen Augenblick an den Mann denken, der er einst gewesen war. Hätte sie es nicht besser gewusst, hätte sie geglaubt, er sei auf einmal wieder ganz gesund. Er fing ihren Blick auf und fragte: »Bist du traurig, Rieke?«

»Ja.« Sie seufzte. »Ich habe gerade erfahren, dass Kuno seinen Verletzungen erlegen ist.« Sie schluckte.

»Oh mein Gott!«, rief Juliane und schlug die Hand vor den Mund. »Ich hätte nicht gedacht, dass es so schlimm um ihn stand.«

»Anscheinend doch«, sagte Friederike bedrückt. Bernhard sah sie weiterhin nachdenklich an.

»Wollen wir zusammen ausreiten?«, fragte er dann, ohne sich zu Kunos Tod zu äußern. »Es ist lange her, dass wir zusammen geritten sind.«

Friederike überlegte kurz, dann nickte sie, denn sie konnte sich nach dem Gespräch mit ihrem Vater ohnehin auf nichts anderes mehr konzentrieren. »Ja, das würde ich sehr gern. Ich warte hier, während du Wotan sattelst.«

Nachdem Bernhard im Stall verschwunden war, fragte sie Juliane nach ihrem Befinden.

»Sie meinen, ob ich mich in der Lage sehe, heute dort weiterzumachen, wo wir gestern aufgehört haben?« Eine skeptische Falte entstand zwischen Julianes Augenbrauen.

»Die Entscheidung liegt bei Ihnen«, erwiderte Friederike. »Meine Frage war eher allgemeiner Natur. Hat Ihnen der Ritt gefallen?«

»Abgesehen von der ungewohnten Haltung, war es sehr schön. Ich habe viel gelernt. Nicht nur über mich auf dem Rücken eines Pferdes, sondern auch, was Sie noch immer an Ihrem Ehemann schätzen.«

»So? Was glauben Sie denn, was ich so an ihm schätze?«

»Er ist nach wie vor ein sehr freundlicher, fürsorglicher Mensch. Er sorgt sich um andere, auch wenn er nicht immer in der Lage ist, die richtigen Worte dafür zu finden. Ich glaube, das war früher ganz anders, nicht wahr? Er war bestimmt ein großartiger Mann zu seinen besten Zeiten.«

»Ja«, bestätigte Friederike mit einem leisen Seufzer. »Das war er.«

In diesem Moment kehrte Bernhard mit Wotan zurück. Bevor er aufstieg, fragte er Friederike, ob er ihr in den Sattel helfen solle, doch sie lehnte ab. »Wenn ich das nicht selbst könnte, sollte ich mir gar nicht erst einen Ausritt zutrauen.«

Bernhard nickte, dann stieg er in Wotans Sattel.

»Wohin möchtest du reiten?«, wollte Friederike wissen, nachdem sie das Gut verlassen hatten. Statt einer Antwort trieb Bernhard Wotan an und galoppierte los. Friederike hatte keine Schwierigkeiten, ihm zu folgen; früher waren sie oft gemeinsam ausgeritten.

Durch Walters Erzählungen hatte sie zum ersten Mal seit langer Zeit wieder einen Blick in die Vergangenheit werfen können, der nicht von Schwermut gezeichnet war. Es hatte ihre Erinnerung an Bernhard ein Stück lebendiger gemacht, sein früheres Ich durch die Augen eines anderen erleben zu dürfen. Zum zweiten Mal an diesem Tag musste sie daran denken, wie humorvoll und schlagfertig er früher gewesen war – jemand, der sich nicht scheute, auch unbequeme Wahrheiten auszusprechen.

Schon bald hatten sie den kleinen See erreicht, in dem die unglückliche Trudi zu Tode gekommen war. Doch Bernhard mied die Stelle, an der man ihre Leiche gefunden hatte, und lenkte Wotan von dem Strand weg, hin zu einem kleinen Steg, an dem Anglerboote vertäut wurden. Auch heute schaukelten dort drei dieser kleinen Boote. Etwas weiter längs säumten Schilf und Pompesel das Ufer.

Friederike wusste, dass Wotan gern ins Wasser ging. Dann scharrte er heftig mit den Hufen und schien seinen Spaß daran zu haben, das Wasser aufzuwühlen, sodass es spritzte. Das war schon vor dem Krieg so gewesen und es war für Bernhard damals schon eine Herausforderung gewesen, den Hengst daran zu hindern, sich im Wasser zu wälzen, während er noch auf seinem Rücken saß. Ihre Stute hielt sich da lieber vornehm zurück. Während Wotan zu Bernhards Vergnügen eine wahre Wasserschlacht inszenierte, bemerkte Friederike zwischen einigem alten Treibgut im Schilf einen einzelnen Frauenschuh. Die tote Trudi hatte nur noch einen Schuh getragen – war das der vermisste Gegenpart? Friederike stieg ab und hob ihn auf.

Bernhard sah ihr zu. »Was hast du da, Rieke?«

»Ich glaube, das ist der verlorene Schuh von Trudi.« Sie hielt ihm den schlammigen Halbschuh entgegen.

»Sie starb hier«, sagte Bernhard leise. »Und keiner konnte ihr helfen.«

»Nein, ihre Leiche wurde am anderen Ende des Sees gefunden. Hier wurde nur der Schuh angetrieben.«

»Sie starb hier«, wiederholte Bernhard, so als hätte er Friederikes Worte gar nicht gehört. Sein Gesicht wirkte beinahe schmerzhaft betroffen. »Ich konnte ihr nicht helfen. Keiner konnte ihr helfen.«

»Du musst dir deswegen doch keine Vorwürfe machen, Bernhard. Du bist nicht für Trudis Tod verantwortlich.«

»Nein, aber ich konnte ihr nicht helfen. Ich konnte es nicht verhindern.«

Friederike wunderte sich über Bernhards Beharrlichkeit. Hatte er irgendetwas gesehen, für das er bislang keine Worte gefunden hatte?

»Was weißt du denn über Trudis Tod?«, fragte sie ihn daher.

»Sie ist ertrunken. Und dann wurde ihr der Bauch aufgeschnitten. So wie Kuno damals das Lämmchen retten wollte. Aber Kuno hat Trudi den Bauch nicht aufgeschnitten. Und jetzt ist er tot. Weil ihm keiner geglaubt hat. Weil keiner Menschen glaubt, die blöd geworden sind.«

Ob Bernhard deshalb so durcheinander war? Erst die Nachricht von Kunos Tod und dann die erneute Erinnerung an Trudis Ermordung, weil ausgerechnet hier der Schuh angeschwemmt worden war?

»Das Leben ist nicht immer gerecht, Bernhard. Was Kuno geschehen ist, war ein Unrecht und eine Tragödie, aber wir können es nicht ungeschehen machen. Und dich trifft nun weiß Gott keine Schuld daran.«

»Ich weiß«, sagte Bernhard. »Ich konnte nicht helfen und sie retten.«

»Ja, so ist es«, bestätigte Friederike und war erleichtert, dass er sich selbst nicht weiter in unangebrachte Schuldgefühle hineinsteigerte. »Wollen wir zurückreiten?«, fragte sie ihn dann. »Ehe Wotan sich doch noch mit dir im Wasser wälzt?«

Zu ihrer Freude lachte er, dann nickte er und lenkte seinen Hengst aus dem Wasser zurück auf den Weg.

Friederike behielt den Schuh bei sich, um ihn als Beweisstück an den Kriminalkommissar nach Lüneburg zu schicken.

Am frühen Nachmittag bat Friederike Walter, sie in ihr Büro zu begleiten.

»Ich hoffe, hier sind wir ungestört und haben genügend Zeit, damit ich nun endlich den Rest Ihrer Geschichte erfahre«, sagte sie.

»Ich werde mein Bestes tun«, erwiderte er mit einem wehmütigen Ausdruck in den Augen. »Die bittersten Momente meiner Erzählung stehen uns jedoch noch bevor.«

»Ich bin bereit, alles anzuhören«, sagte Friederike mit ernster Miene. »Und mag es noch so schwer sein.«

27. Kapitel

Frankreich, Frühjahr 1917

»Mon chéri, du hattest recht, es ist eine seltsame Geschichte«, sagte Camille. Seit Wolfgang sie auf Doktor Weiß angesetzt hatte, war eine Woche vergangen. Bernhard hatte er nicht eingeweiht, denn ein solches Hinterherspionieren hätte dessen geradliniger, offener Art widersprochen, mochte er sich auch noch so sehr über den Arzt lustig machen. Er hätte Doktor Weiß mit Sicherheit sofort auf den abgerissenen Soldaten angesprochen. Vielleicht wäre das sogar der richtige Weg gewesen, aber Wolfgang befürchtete, ein wortgewandter Mann wie Doktor Weiß hätte sofort eine glaubhafte Ausrede parat und würde die Wahrheit somit für immer verschleiern. Woher sein Misstrauen gegenüber dem Arzt rührte, konnte er nicht genau benennen. Doktor Weiß hatte ihm nie etwas getan, er war stets freundlich und höflich gewesen. Was also war es, das seinen Argwohn erregte? Die Tatsache, dass Doktor Weiß Ansichten vertrat, die mit Wolfgangs Weltbild nicht in Einklang zu bringen waren? Diese Wissenschaftsgläubigkeit, der jeder Respekt vor dem Glauben und der Einzigartigkeit der Seele und des Lebens fehlte? Oder war er schlichtweg eifersüchtig, weil Bernhard sich so gern mit dem Arzt unterhielt und er sich selbst jedes Mal ausgeschlossen fühlte, wenn er über die Scherze der beiden nicht lachen konnte?

»Ich bin begierig auf deinen Bericht«, sagte er und genoss es, dass Camille sich in ihrem Boudoir anscheinend dazu verpflichtet fühlte, ihm nicht nur als Spionin zu Diensten zu sein. Jedenfalls wusste er keinen anderen Grund, warum sie sich sonst an den Knöpfen seines Hemdes zu schaffen machte.

»Er ist keiner von Doktor Weiß' Patienten«, sagte sie, während sie ihm das Hemd von den Schultern streifte und anfing, seine nackte Brust zu liebkosen. »Er ist erst vor Kurzem hierher versetzt worden und hat sich gleich gezielt an Doktor Weiß gewandt.«

»Aber was wollte er von ihm?«

»Ich habe den Verdacht, dass er ein Morphinist ist.«

Camilles Hände glitten weiter über seinen Oberkörper, was ihn mehr erregte, als es der Situation angemessen war. Am liebsten hätte er sie jetzt auf der Stelle genommen, aber er brauchte ihre Informationen und durfte sich nicht ablenken lassen.

»Ein Morphinist? Bist du dir sicher?«

Morphinisten galten als schreckliches Übel, schlimmer noch als Alkoholiker. In den großen Städten wie Berlin mochte es für sie zwar recht einfach sein, an ihre Droge zu kommen, da es genügend Apotheker gab, die damit unter der Hand einen florierenden Handel trieben, aber an der Front war ein Morphinist verloren. Hier wurde Morphium ausschließlich für Schwerverwundete verwendet und ein Süchtiger würde gnadenlos auf Entzug gesetzt werden, notfalls im Schützengraben. Keine angenehmen Aussichten …

»Sehr sicher«, bestätigte Camille. Sie berührte seine Brust sanft mit ihren Lippen, ehe sie weitersprach. »Ich kenne

Morphinisten, sie haben eine ganz eigene Art, sich zu bewegen und zu sprechen, wenn sie sich der Droge hingeben. Es ist beinahe wie eine Liebesbeziehung, nur dass sie keinem Menschen gilt, sondern dem Rausch.« Ihre Lippen glitten weiter zu seinem Hals. Wolfgang atmete schwer. Nein, er durfte sich nicht verführen lassen, er brauchte Antworten.

»Du glaubst also, er wollte Morphium von Doktor Weiß?«, fragte er und bemühte sich, die Erregung zu unterdrücken.

Camille nickte. »Das könnte ich mir gut vorstellen. Und so, wie dieser Doktor Weiß sich verhielt, kennt er den Mann. Allerdings scheint er keine angenehmen Erinnerungen an ihn zu haben.«

»Könnte er irgendetwas wissen, das Doktor Weiß schaden könnte?«

Camille richtete sich ein Stück auf. »Ich denke, genau das ist der Fall. Es gab einiges, was im Verhalten des Mannes merkwürdig war – dir ist es ja auch aufgefallen. Als gemeiner Soldat steht er deutlich unter einem Arzt, der zugleich Sanitätsoffizier ist, aber sein Auftreten ihm gegenüber war recht überheblich. Völlig unpassend für jemanden, der um etwas bittet, es sei denn, er befindet sich in der überlegenen Position. Ich habe übrigens den Namen des Soldaten erfahren. Möchtest du ihn hören?«

»Wenn du so fragst, verlangst du bestimmt eine Gegenleistung, die über unser Arrangement hinausgeht, nicht wahr?«

»Mon chéri, das liebe ich so an dir. Du weißt genau, wie das Geschäft funktioniert.« Sie lächelte ihn verführerisch an.

»Und du bist eine sehr geschäftstüchtige Frau«, bestätigte er. »Also, wie viel verlangst du?«

»Kein Geld. Ich möchte etwas anderes.« Noch immer glitten ihre Hände liebkosend über seine Brust. Doch auf einmal war Wolfgangs Lust verflogen und er hielt sie fest.

»Was genau heißt das?«

Ihr eben noch lächelndes Gesicht wurde geschäftsmäßig nüchtern. »Ich brauche eine Pistole. Eine Mauser C96, Kaliber 9. Außerdem benötige ich einen gültigen Passierschein.«

Er sah sie erstaunt an. »Was willst du denn mit einer Waffe und einem Passierschein?«

Sie atmete tief durch. »Ich habe nicht die Absicht, länger hierzubleiben. Ich habe einiges an Geld zusammengespart, sodass ich weggehen könnte, wenn ich einen Passierschein hätte, der mich sicher durch die Linien bringt. Aber du weißt ja, wie die Zeiten sind. Eine allein reisende Frau könnte leicht zur Beute für irgendwelches Gesindel werden. Und dann muss ich die Möglichkeit haben, mich zu verteidigen.«

»Dann wird dir eine Mauser auch nicht weiterhelfen, zumal das Gesindel vermutlich besser bewaffnet ist. Wohin willst du denn, Camille?«

Sie überging seine Frage und sagte stattdessen: »Ich könnte natürlich auch versuchen, mir eine Pistole auf dem Schwarzmarkt zu besorgen. Aber du weißt selbst, wie kostspielig das wäre. Und ein Passierschein vom Schwarzmarkt ist mit großer Wahrscheinlichkeit gefälscht. Du jedoch bist Offizier und dir vertraue ich. Bei dir wüsste ich, dass die Pistole funktioniert und der Passierschein echt ist.«

»Eine Pistole kann ich dir besorgen, aber keinen Passierschein. Ich bin Leutnant der Kavallerie, ich habe keinen Zugriff auf irgendwelche Bescheinigungen.«

»Und wer hätte Zugriff?«

»Die Männer, die in der Verwaltung sitzen.«

»Also gut«, sagte Camille, »du besorgst mir die Pistole, ich nenne dir dafür den Namen, aber ich erwarte außerdem, dass du mich einem Offizier vorstellst, der mir tatsächlich einen Passierschein beschaffen kann.«

Wolfgang überlegte eine Weile. Irgendetwas an der Geschichte kam ihm seltsam vor, andererseits hatte Camille recht, eine Pistole könnte sie sich auch auf dem Schwarzmarkt besorgen. Und was die Bekanntschaft mit einem Offizier aus der Verwaltung anging, da gab es Möglichkeiten. Er müsste einfach nur an der richtigen Stelle von Camilles besonderen Fähigkeiten schwärmen, dann würde sie schon an ihre Kundschaft kommen.

»In Ordnung. Also, wie lautet der Name?«

»Nein, Wolfgang, so funktioniert das nicht. Du kennst meine Prinzipien. Erst die Bezahlung, dann die Leistung.«

»Das gilt für deine Liebesdienste. Aber in diesem Fall gehe ich ein Risiko ein. Und da will ich wissen, ob der Name es wert ist. Wenn dir das nicht gefällt, kommen wir beide diesmal nicht ins Geschäft. Wenn es um Waffen und Passierscheine geht, habe auch ich meine Prinzipien. Überleg es dir, Camille.« Er schob ihre Hände endgültig von sich, dann griff er nach seinem Hemd und zog sich wieder an.

Sie sah ihn mit einem enttäuschten Gesicht an.

»Mon chéri, du bist sehr hart zu der armen Camille«, sagte sie mit dem Gesicht eines schmollenden Kindes. »Habe ich dir einen Grund gegeben, mir zu misstrauen?«

»Ich misstraue jeder Frau, die eine Waffe von mir haben möchte. Erst recht einer Französin während des Krieges.«

»Ich habe dir gesagt, wozu ich die Waffe brauche.«

»Ja, aber das bedeutet nicht, dass deine Geschichte der Wahrheit entspricht. Außerdem willst du einen Passierschein. Als Prostituierte bräuchtest du gar keinen, denn du könntest jeden Posten mit deinem Charme um den Finger wickeln.«

Sie atmete tief durch. »Ich sehe schon, dir kann ich nichts vormachen. Es hat einen Grund, dass ich von hier verschwinden will. Die Zeiten werden immer gefährlicher, und wenn die deutsche Armee irgendwann auf dem Rückzug ist, wird es mir schlecht ergehen. Für mich selbst könnte ich sorgen, aber nicht …« Sie zögerte kurz. »Warte einen Moment«, sagte sie dann, »du wirst den wahren Grund gewiss mit eigenen Augen sehen wollen.« Sie stand auf und verließ das Zimmer. Er hörte, wie sie eine Tür öffnete, kurz darauf kehrte sie zurück. Auf dem Arm trug sie ein kleines blondes Mädchen von etwa drei Jahren.

»Das ist Simone, meine Tochter«, sagte sie. »Alles, was ich tue, tue ich für sie. Aber jetzt wird es hier zu gefährlich. Und wenn ich mein Kind bei mir habe, brauche ich Schutz.«

Auf einmal fühlte Wolfgang sich peinlich berührt. Die Tatsache, dass Camille ein Kind hatte, traf ihn tief. Die Rolle der treu sorgenden, liebevollen Mutter passte gar nicht zu der abgebrühten Geschäftsfrau, für die er sie bislang gehalten hatte. Aber der liebevolle Blick, mit dem sie das Kind betrachtete, während sie es an sich drückte, ließ keinen Zweifel.

»Wer ist denn ihr Vater?« Kaum hatte er diese taktlose Frage gestellt, hätte er sich am liebsten ohrfeigen mögen. Sie war schließlich eine Prostituierte, da konnte die Frage nur peinlich sein. Umso mehr überraschte ihn ihre Antwort.

»Mein verstorbener Mann. Er fiel gleich im ersten Kriegsjahr, noch vor Simones Geburt. Seither habe ich alles getan, um zu überleben. In Zeiten wie diesen bleiben einer Frau nicht viele Möglichkeiten.«

»Und wohin willst du gehen? Wo glaubst du ein besseres Leben zu finden?«

Sie schenkte ihm ein müdes, fast resigniertes Lächeln. »Ich habe immer hier gelebt, aber hier kann ich jetzt nicht bleiben. Jeder hier weiß, was nach Pierres Tod aus mir geworden ist, und das würde auf mein Kind zurückfallen. Ich war völlig mittellos und hatte keine Wahl, aber das hat sich geändert. Jetzt habe ich das Geld für einen Neuanfang.«

»Und wo?«

»In Paris«, erwiderte sie. »Dort fragt mich niemand, was ich seit dem Tod meines Mannes gemacht habe. Dort kann ich mich neu erfinden und Simone eine unbeschwerte Kindheit bieten. Ich habe genügend Geld, um eine Schneiderei zu eröffnen. Ob du es glaubst oder nicht, ich bin sehr geschickt mit Nadel und Faden.« Sie sah ihn fragend an. »Wirst du mir also geben, was ich verlange?«

Er nickte, dann griff er nach seinem Waffengurt, der über dem Stuhl hing, und zog seine Waffe heraus.

»Eine Mauser C96, Kaliber 9«, sagte er und legte sie auf den Nachttisch. »Aber bring damit nur Leute um, die es auch verdient haben.«

Sie sah ihn ungläubig an. »Du gibst mir deine Dienstwaffe? Bekommst du denn keinen Ärger?«

»Das lass mal meine Sorge sein. Ich weiß, wie ich eine neue bekommen kann. Weißt du, wie man damit umgeht?«

»Nein«, gestand sie.

»Ich zeige es dir, sobald du Simone wieder in ihr Zimmer gebracht hast«, sagte er.

»Ich danke dir, Wolfgang. Der Name des Mannes lautet Theodor Lehmberg.«

Nachdem er Camille verlassen hatte, versuchte Wolfgang, Näheres über Theodor Lehmberg herauszufinden. Es kostete ihn einige Mühe, aber dann traf er am folgenden Tag jemanden im Soldbüro, der einem abendlichen Gläschen Schnaps nicht abgeneigt war und Wolfgangs Einladung gern annahm. Nach dem dritten Gläschen erfuhr Wolfgang, dass Lehmberg ursprünglich aus Berlin stammte und zu einem mittlerweile aufgelösten Regiment gehörte, dessen verbliebene Mitglieder anderen Einheiten zugeteilt worden waren. Ein viertes Gläschen Schnaps half dabei herauszufinden, was Lehmberg vor dem Krieg gemacht hatte. Er war ein kleines Licht in der Krankenhausverwaltung der berühmten Berliner Charité gewesen. Ein typischer Schreibtischhengst, der niemals den Weg an die Front gefunden hätte, wenn er nicht eingezogen worden wäre. Theodor Lehmberg mochte ein Morphinist sein und recht abgerissen wirken, aber trotz allem besaß er noch eine gewisse Bauernschläue, denn Wolfgang erfuhr weiter, dass es Lehmberg gelungen war, nicht in den Schützengraben geschickt zu werden, sondern sich in der Schreibstube des Lazaretts nützlich zu machen. Ob er diesen Einsatzort Doktor Weiß zu verdanken hatte? War das möglicherweise der Grund, weshalb er sich wirklich an den Arzt herangemacht hatte? Und hatte Camille sich dann geirrt oder ihm bewusst ein Märchen erzählt? Wenn sie Lehmberg wirklich beobachtet hatte, hätte sie es wissen müssen. Warum also hatte sie diese Information für sich behalten? Wolfgang wurde unsicher. Zum ersten Mal fragte er sich, ob es nicht besser gewesen wäre, Bernhard von Anfang an ins Vertrauen zu ziehen. Vielleicht gab es für alles eine vernünftige Erklärung und er hatte sich nur in etwas hineingesteigert, was Camille wiederum rücksichtslos ausgenutzt hatte, um an seine Waffe zu kommen. Seine Pistole … Das war auch noch so ein Problem. Bislang hatte er es vermieden, den Verlust zu melden, aber lange konnte er es nicht mehr hinauszögern. Er war so ein Idiot gewesen, sich von Camilles Geschichte und den traurigen Kinderaugen ihrer Tochter einwickeln zu lassen. Die Frau war wirklich eine abgebrühte Geschäftsfrau. Was wäre, wenn sie die Pistole gar nicht zum Selbstschutz brauchte, sondern sie an den Feind verkaufte? Es war bei Weitem nicht so einfach, den Verlust seiner Waffe zu erklären, wie er Camille gegenüber behauptet hatte. Dazu müsste er einige Gefälligkeiten einfordern und dennoch würde es ihn noch eine Menge Überzeugungskraft kosten.

Leider war Bernhard in diesen Tagen an einem anderen Frontabschnitt eingesetzt worden, sodass Wolfgang keine Möglichkeit hatte, mit seinem Freund zu sprechen. Dabei hätte er viel auf Bernhards Rat gegeben. Steigerte er sich tatsächlich in etwas hinein oder würde Bernhard es genauso sehen? Sicher konnte er sich erst morgen Abend sein, wenn Bernhard von seinem Einsatz zurückkehrte.

Am folgenden Tag suchte Wolfgang bei der ersten Gelegenheit unter einem Vorwand das Lazarett auf, um Theodor Lehmberg in Augenschein zu nehmen. Sein zackiges Auftreten als Offizier erwies sich als hilfreich, denn die Sanitäter und Hilfspfleger stellten keine Fragen, sondern wiesen ihm bereitwillig den Weg zu dem kleinen Kabuff, in dem Theodor Lehmberg mehr dösend als wach Krankenakten sortierte.

Als Wolfgang ihn ansprach, blinzelte er unwillig.

»Was wollen Sie von mir?«

Seine Uniform war immerhin notdürftig gereinigt worden und die allgegenwärtigen Desinfektionsmittel überlagerten seinen strengen Körpergeruch – eine Mischung, die Wolfgang beinahe in die Flucht geschlagen hätte. Wie konnte jemand sich nur so sehr gehen lassen, vor allem, wenn er hier einen sicheren Schreibtischposten innehatte?

»Ich bin Leutnant Adler und habe mit Ihnen zu sprechen.«

Lehmberg musterte Wolfgangs Uniform mit ihren Rangabzeichen. »Sie sind Kavallerie-Offizier. Ich unterstehe nicht Ihrem Befehl.«

»Es geht hier nicht um Befehle.«

»Tut mir leid, ich habe keine Zeit für Sie. Ich habe zu tun.« Lehmberg griff fahrig nach seinen Karteikarten, ganz so, als wollte er Geschäftigkeit vortäuschen. Dabei wirkte er behäbig und langsam. Ob er tatsächlich Morphium konsumiert hatte? Wolfgang hatte keine Erfahrung mit Morphinisten, aber normal erschienen ihm diese Langsamkeit und die schwere Zunge nicht. Hatte Camille doch recht gehabt? Dann war der Mann möglicherweise am leichtesten zu überrumpeln, wenn er nicht lang um den heißen Brei herumredete, sondern direkt zur Sache kam. Schnell und schmerzhaft wie bei einem Überraschungsangriff.

»Es geht um Ihr Verhältnis zu Doktor Johannes Weiß«, sagte er also.

Der Mann hielt kurz inne und stierte Wolfgang mit glasigen Augen an. »Was soll das heißen?«

»Ich weiß, dass Sie ihn von früher her kennen.«

»Das ist kein Geheimnis. Er war als Arzt an der Charité und da habe ich in der Verwaltung gearbeitet. Deshalb hat er mir diese Tätigkeit zugewiesen. Ich kenne mich mit diesen Dingen aus.«

»Aber das ist nicht alles, nicht wahr?«

»Ich habe keine Ahnung, wovon Sie reden.«

»Nun, dann muss ich wohl deutlicher werden. Es ist bekannt, dass Sie ein Morphinist sind. Doktor Weiß steht im Verdacht, Sie unrechtmäßig mit Morphium aus Armeebeständen zu versorgen«, versuchte Wolfgang es mit einem Frontalangriff.

Auf einmal war der Mann hellwach, seine eben noch blinzelnden, zusammengekniffenen Augen waren weit aufgerissen. »Wer behauptet das?«

»Ist es so?«

»Ich habe Ihnen nichts weiter zu sagen. Sie sind nicht mein vorgesetzter Offizier!«

»Sie können es sich jetzt überlegen, Herr Lehmberg. Entweder Sie sagen mir die Wahrheit oder die Sache wird für Sie äußerst unangenehme Konsequenzen haben. Ganz gleich, ob ich Ihr vorgesetzter Offizier bin oder nicht. Erpressung und Morphiumsucht ziehen schwere Strafen nach sich.«

Der Mann erblasste, dann schluckte er und setzte gerade an, etwas zu sagen, als es an der Tür klopfte. Unmittelbar darauf wurde sie geöffnet, ohne dass der Ankömmling auf das obligatorische »Herein« gewartet hätte. Es war Doktor Weiß' Bursche Ludwig Breuer.

»Doktor Weiß wartet auf die Akten«, sagte der junge Mann. »Ich soll sie gleich bringen.«

»Immer mit der Ruhe, Ludwig«, entgegnete Lehmberg in erstaunlich überlegenem Tonfall. »Dein Herr und Meister weiß doch, dass ich nicht gern gehetzt werde.« Dann sah er Wolfgang mit einem pfiffigen Zug um den Mund an. »Wie Sie sehen, habe ich keine Zeit, weiter mit Ihnen zu plaudern, Leutnant Adler.«

»Die Sache ist noch nicht vorbei«, entgegnete Wolfgang unbeeindruckt. »Ich werde wiederkommen und dann werden Sie mir Rede und Antwort stehen.«

Der Mann begnügte sich damit, ihn von oben herab anzulächeln.

Wolfgang atmete tief durch, dann verließ er die Schreibstube. Das Verhalten von Theodor Lehmberg bestätigte seinen Verdacht. Er erpresste Weiß, denn sonst hätte er sich nicht so herablassend gegenüber dessen Burschen verhalten. Aber womit? Nun, das würde er hoffentlich bald herausfinden. Zudem war es an der Zeit, Bernhard endlich einzuweihen.

Als Wolfgang Bernhard am Abend traf, wirkte sein Freund missgestimmt. Vermutlich lag es daran, dass Wotan inzwischen auf dem Weg zu Bernhards Familiengut war und er sich mit Ragnar begnügen musste. Ragnar war ein gutes Pferd, zweifelsohne, aber bei Weitem nicht mehr das beste der Truppe, so wie es Wotan gewesen war, ehe er seine Nervenstärke verloren hatte.

»Wir müssen dringend miteinander reden«, sagte Wolfgang, kaum dass Bernhard zurückgekehrt war.

»So ernst?« Bernhard sah Wolfgang überrascht an. »Ist etwas passiert?«

»Ja, es betrifft Doktor Weiß.«

»Hat er etwa wieder gotteslästerliche Dinge gesagt?« Ein feines Lächeln huschte über Bernhards Lippen. »Fürchtest du gar um sein Seelenheil? Das solltest du lieber den Priestern überlassen.«

»Ach, hör doch auf. Nein, wirklich ernste Dinge.«

»Was um alles in der Welt hat Doktor Weiß denn bloß getan?« War da noch immer Spott in Bernhards Stimme? Wolfgang seufzte. Manchmal war Bernhards Humor wirklich anstrengend.

»Vor ein paar Tagen gab es hier einen Neuzugang. Der Soldat scheint Morphium von Weiß zu erpressen. Außerdem hat er sich auch gleich einen guten Posten in der Schreibstube des Lazaretts gesichert.«

Bernhard hielt in der Bewegung inne.

»Weiß wird erpresst? Womit denn?«

»Das hoffe ich in den nächsten Tagen herauszufinden.«

»Jetzt machst du mich wirklich neugierig.« Noch während er sprach, musterte er Wolfgang genauer. »Sag mal, wo hast du eigentlich deine Pistole?«

Wolfgang räusperte sich. »Die ist weg.«

»Weg? Hast du sie etwa verloren?«

»So ähnlich.«

»Du weißt, was für Scherereien du deshalb bekommen kannst, oder? Komm, das müssen wir sofort regeln.«

»Und wie?«

»Wir gehen noch mal schnell beim Waffenmeister vorbei, der ist ein alter Freund von mir. Wir waren Mannschaftskameraden beim Fechten und sind oft in Übungskämpfen gegeneinander angetreten. Wenn wir ihm eine halbwegs plausible Geschichte erzählen, wird er dir ohne viele Fragen eine neue Pistole aushändigen.«

»Und was soll ich ihm sagen?«

»Erklär ihm mit kleinlauter Stimme, dass du bei unserem letzten Patrouillenritt in die Crise gefallen bist, als dein Pferd plötzlich scheute. Dabei hast du deine Pistole verloren und sie im Wasser nicht mehr wiedergefunden.«

»Ich falle nicht vom Pferd«, gab Wolfgang unwirsch zurück. »Und schon gar nicht in den Fluss.«

»Dann erzähl ihm doch, wie du sie tatsächlich verloren hast.«

Wolfgang räusperte sich.

»Sagst du es wenigstens mir?«

»Irgendwann mal.«

Bernhard zog die Augenbrauen hoch. »Also ist die wahre Geschichte noch peinlicher, als vom Pferd in den Fluss zu fallen? Bist du etwa im Bordell von einer Hure beklaut worden, als ich nicht da war?« Bernhard lachte, während Wolfgang spürte, wie ihm das heiße Blut in die Wangen schoss und er knallrot wurde.

»Oh«, sagte Bernhard und wurde ernst. »Wenn du bestohlen wurdest, solltest du das melden, auch wenn es peinlich ist. Diese Frauen dürfen mit so etwas nicht durchkommen! Das könnte gefährlich werden.«

»Nein, so war das nicht.« Wolfgang atmete tief durch, dann erzählte er Bernhard die ganze Geschichte.

»Du bist so ein gutmütiger Trottel«, sagte Bernhard kopfschüttelnd. »Aber es ist nicht zu ändern. Bleiben wir bei dem Sturz in den Fluss, das ist am leichtesten und bringt keine Scherereien. Vertrau mir einfach.«

»Ist dein Freund denn um diese Zeit noch in der Waffenausgabe?«

»Nein, aber er wird das Magazin bestimmt für uns öffnen. Mach dir mal keine Sorgen. So wie ich ihn kenne, sitzt er um diese Zeit ohnehin allein in seinem Quartier und schreibt heißblütige Liebesbriefe an seine Verlobte.«

28. Kapitel

Es klopfte an der Tür zu Friederikes Büro. Sie seufzte. Warum wurden sie ausgerechnet jetzt unterbrochen? Am liebsten hätte sie das Klopfen ignoriert, doch Walters Blick war eindeutig. Er war bereit zu warten, bis geklärt war, wer etwas von ihr wollte.

Zu ihrer Überraschung war es Juliane und sie wirkte aufgelöst.

»Frau von Aalen, bitte entschuldigen Sie, wenn ich störe, aber ich habe heute einen Brief bekommen, den ich eben erst gelesen habe.« Sie hielt ihr den Umschlag entgegen.

»Er ist von meinem Bruder Viktor. Er will mich besuchen.« Sie schluckte. »Aber ich …« Ihr Blick fiel auf Walter. »Bitte entschuldigen Sie, ich komme wohl ungelegen.«

»Nein, ganz und gar nicht«, sagte Walter und erhob sich. »Frau von Aalen und ich sind für heute fertig.« Dann sah er Friederike entschuldigend an. »Wir können morgen weitersprechen.«

Sie nickte nur. Walter ging und Juliane nahm dort Platz, wo er bis eben noch gesessen hatte.

»Also?«, fragte Friederike. »Wann möchte Ihr Bruder Sie besuchen?«

»Schon in der nächsten Woche. Er möchte wissen, ob mein Befinden sich gebessert hat und wann ich nach Hause zurückkehren kann.« Sie schluckte erneut.

»Ihrem Gesicht nach zu urteilen, fürchten Sie sich vor diesem Besuch?«

Juliane nickte. »Ich weiß nicht, warum, aber der Gedanke, mit Viktor nach Hause zurückzukehren, bereitet mir großes Unbehagen. Können Sie ihm nicht sagen, dass ich noch länger hierbleiben muss, weil meine Genesung nur sehr langsam Fortschritte macht?«

»Das könnte ich natürlich tun, Juliane. Aber wäre das wirklich die Lösung?«

Juliane sah Friederike unsicher an. »Haben Sie eine bessere Idee?«

»Ich denke, Sie müssen sich Ihren Ängsten stellen und erfahren, was wirklich in der Dunkelheit Ihrer Erinnerungen verborgen liegt. Erst wenn Sie das wissen, wenn es mehr als nur eine diffuse Angst ist, sondern eine zielgerichtete Furcht, können Sie ihr entgegentreten und sie überwinden.«

Juliane schwieg. Auch Friederike schwieg und betrachtete Juliane dabei aufmerksam. Wieder war die junge Frau von einem Moment auf den anderen in sich zusammengesunken.

»Also gut«, sagte Juliane schließlich. »Dann bleibt mir wohl nichts anderes übrig.« Ihre Stimme war sehr leise geworden.

»Möchten Sie dort weitermachen, wo wir gestern aufgehört haben?«, fragte Friederike behutsam. Juliane nickte, sagte aber nichts.

»Sie haben gesehen, dass Ihr Vater im Bett Ihres Bruders lag und dort Dinge tat, die ein Vater nicht tun sollte«, fasste Friederike die Ergebnisse der gestrigen Sitzung vorsichtig zusammen. Juliane nickte mit ausdrucksloser Miene. »Und dann sind Sie weggelaufen. Ein Diener fand sie und man glaubte, Sie würden zum Schlafwandeln neigen.«

»Ja«, hauchte Juliane.

»Und was geschah dann?«

»Ich … ich weiß es nicht.«

»Hat jemand erfahren, was Sie gesehen haben?«

»Ich weiß es nicht«, wiederholte sie.

»Doch, Sie wissen es, denn irgendjemand hat Ihnen verboten, jemals über das zu sprechen, was Sie mit ansehen mussten. Wer war es? Ihr Vater oder Ihr Bruder?«

Julianes Atem wurde heftiger. Sie griff sich an den Hals, ganz so, als würde ihr erneut die Kehle zugeschnürt werden, aber sie sagte kein Wort.

»Wer drückt Ihnen gerade die Luft ab?«, fragte Friederike.

Juliane sah sie irritiert an. »Niemand, wir sind doch allein hier.«

»Ja, aber irgendjemand hat Ihnen einmal die Kehle zugedrückt, nicht wahr?«

»Ich weiß es nicht!«, rief Juliane diesmal verzweifelt aus. »Ich kann mich nicht erinnern!«

»Sie wollen sich nicht erinnern«, widersprach Friederike. »Weil die Erinnerungen zu grausam und zu schmerzhaft sind.«

Juliane fing an zu weinen, aber anders als gestern war es kein heftiges Schluchzen, das sie zur Flucht trieb, sondern sie weinte lautlose Tränen. Friederike reichte ihr stumm ein Taschentuch. Juliane wischte sich die Tränen ab und schnäuzte sich einmal, dann fand sie ihre Fassung wieder.

»Sooft ich auch versuche, mich an irgendetwas zu erinnern, da sind nur Dunkelheit und Schmerz und das Gefühl, mir wird die Luft abgeschnürt«, sagte sie.

»Wenn Sie sich wirklich nicht erinnern können, haben Sie dann zumindest eine Vermutung, was passiert sein könnte?«, fragte Friederike.

»Haben Sie denn eine Vermutung?«, fragte Juliane zurück.

»Ja«, entgegnete Friederike.

»Und was denken Sie?« Juliane sah sie aufmerksam an.

»Was ich denke, ist nebensächlich, denn ich bin nicht Sie, Juliane. Meine Vermutungen können falsch sein und dann womöglich falsche Bilder in Ihnen erzeugen, sodass es Ihnen noch schwerer fällt, die Wahrheit zu erkennen. Es geht darum, was Sie glauben.«

»Ich weiß nicht, was ich glauben soll. Es ist … so unvorstellbar.«

»Also haben Sie eine Vorstellung, die Sie aber nicht in Worte fassen können?«

Juliane nickte stumm.

»Mögen Sie es versuchen? Wessen Hand drückt Ihnen die Luft ab?«

Die junge Frau atmete mehrfach tief durch.

»Es ist ein Spiel«, sagte sie leise. »Nur ein Spiel. Komm, ich zeig dir ein Spiel …« Sie fing an, sacht mit dem Oberkörper vor und zurück zu schaukeln, als wäre sie in einer anderen Welt.

»Was für ein Spiel?«, fragte Friederike, doch Juliane war völlig entrückt, schaukelte immer weiter und fing an zu summen.

»Juliane!«, rief Friederike. Juliane summte weiter. Erst als Friederike aufsprang und sie bei den Schultern packte, riss Juliane die Augen auf, als wäre sie aus einem Albtraum geweckt worden.

»Ist alles in Ordnung?«, fragte Friederike.

Juliane nickte. »Es war Viktor«, flüsterte sie. »Er hat mir das Spiel gezeigt.« Sie war kreidebleich.

Friederike zögerte. Sollte sie Juliane etwas Zeit geben oder sofort weiterfragen? Die Gelegenheit war günstig, das Fenster zur Erinnerung war einen Spaltbreit geöffnet. Sie musste handeln, ehe es sich wieder schloss.

»Erzählen Sie mir von dem Spiel.«

»Er … er sagte, es wäre ein Spiel, wenn man sich liebt. Und der Papa würde es mit ihm spielen. Ich wollte das nicht, aber er sagte, dann hätte ich ihn nicht lieb und eine Schwester müsse ihren Bruder lieb haben.« Ihre Hand glitt erneut zu ihrer Kehle und sie fing an zu zittern. »Ich wollte das nicht«, wiederholte sie, »aber er war viel stärker. Und dann habe ich geschrien und er hat mir den Hals zugedrückt, weil ich nicht aufhören konnte. Und dann ist da nur noch die Dunkelheit.« Sie brach erneut in Tränen aus, aber im Gegensatz zum Vortag floh sie nicht, sondern ließ sich von Friederike tröstend in den Arm nehmen.

»Und seitdem hat er es immer wieder auf diese Weise mit Ihnen *gespielt*?«, fragte Friederike. »Ist Viktor der Vater des Kindes?«

Julianes Schluchzen verstärkte sich, aber sie brachte trotzdem ein Nicken zustande.

»Mein Gott«, flüsterte Friederike. Zwar hatte sie schon länger etwas Ähnliches vermutet, aber es von Juliane bestätigt zu bekommen riss ihr beinahe den Boden unter den Füßen weg. Sie spürte, wie ein unbändiger Zorn in ihr aufwallte.

»Und jetzt will er Sie besuchen und Sie haben Angst, dass es wieder geschieht?«

»Ich habe Angst, dass er mich wieder mitnimmt und dann alles wird wie vorher«, flüsterte sie. »Es kommen immer mehr Bilder, ich werde sie nie mehr los. Ich weiß nicht, was ich noch tun soll! Ich kann nicht mehr dahin zurück. Können wir ihm nicht absagen? Schreiben Sie ihm, dass ich zu krank bin, um ihn zu sehen. Bitte, Frau von Aalen!«

»Ich glaube nicht, dass er sich davon aufhalten lassen wird. Möglicherweise rührt sein Wunsch, Sie zu sehen, auch aus der Angst her vor dem, was Sie über ihn preisgeben könnten.«

»Aber was soll ich tun? Niemand wird mir glauben. Ich habe es ja lange Zeit selbst nicht glauben wollen«, flüsterte Juliane. »Ich bin doch die Geisteskranke in der Familie. Wenn ich sage, was geschehen ist, wird das doch nur alle darin bestätigen.« Sie weinte erneut bitterlich. Friederike hielt sie fest im Arm.

»Wir werden einen Weg finden, um Sie zu schützen, Juliane. Das verspreche ich Ihnen. Wenn Viktor tatsächlich hierherkommt, sind wir auf ihn vorbereitet. Kein Bruder darf seiner Schwester so etwas antun und sie dann auch noch als geistesgestört hinstellen.«

»Aber was sollen wir tun?«

»Geben Sie mir etwas Zeit, Juliane. Ich werde mit meinem Vater sprechen. Wir werden eine Lösung finden, um Viktor in seine Schranken zu weisen, da bin ich mir ganz sicher!«

Nun war es also heraus – die letzte Gewissheit eines bereits lang gehegten Verdachts. Immerhin hatte Juliane es mit bemerkenswerter Stabilität überstanden, was Friederike Hoffnung gab. Die leere Dunkelheit hatte sich mit Inhalt gefüllt. Einem grausigen Inhalt, aber immerhin war der Feind nun sichtbar und Friederike spürte einen gewaltigen Zorn in ihrer Brust. Einen Zorn, der sich mit aller Macht nach einer Bestrafung von Viktor Brunner sehnte.

Nach dem Abendessen sprach sie mit ihrem Vater über das, was sie heute über Juliane erfahren hatte. Er hörte ihr mit ernster Miene zu.

»Also ist es tatsächlich das, was wir vermutet hatten.« Er atmete tief durch.

»Welche Möglichkeiten haben wir, Viktor Brunner zur Verantwortung zu ziehen?«, fragte Friederike. »Er hat seine Schwester über Jahre vergewaltigt und sogar ein Kind mit ihr gezeugt. Eine derartige Straftat darf nicht ungesühnt bleiben!«

»Wie wollen wir es ihm beweisen?«, fragte ihr Vater zurück. »Hier steht Aussage gegen Aussage. Und im Zweifelsfall wird man dem Mann glauben, nicht der geistig labilen Schwester, die für ihren unsteten Lebenswandel bekannt ist. Wenn wir den Fall zur Anzeige bringen, wird Juliane nur ein weiteres Mal zum gedemütigten Opfer und vielleicht dauerhaft in einer geschlossenen Anstalt weggesperrt. Nein, Friederike, auf das Recht können wir in diesem Fall nicht hoffen.«

»Aber was sollen wir dann tun? Wir können Juliane doch nicht wieder dieser Familie ausliefern. Sie wird erst in zwei Jahren einundzwanzig, so lange kann ihr Vater ihr die Rückkehr befehlen. Aber wenn sie weitere zwei Jahre dort verbringen muss, wird sie zugrunde gehen. Und ihr Vater wird zu seinem Sohn stehen, schließlich hat er den Jungen selbst jahrelang missbraucht. Er hat das sogenannte *Spiel* an seine Schwester weitergegeben. Im Grunde ist der Vater der Hauptschuldige. Viktor überwand den Schrecken, indem er Macht über seine Schwester ausübte, aber Juliane blieb nur die Flucht in die Verdrängung, weshalb sie für geisteskrank erklärt wurde.«

»Ja«, bestätigte ihr Vater. »Es ist perfide, und wenn ich ehrlich bin, fällt mir im Augenblick kein Weg ein, wie wir aus dieser vertrackten Situation herauskommen können. Wir kennen das Unrecht, aber es gibt keine Möglichkeit, vor Gericht recht zu bekommen, da niemand der jungen Frau Glauben schenken wird und es keine Beweise gibt. Leider ist die Medizin noch nicht so weit, dass sie eine Vaterschaft eindeutig belegen kann.«

»Und wenn wir es anders versuchen? Fernab des Rechtswegs?«, rutschte es Friederike heraus.

Ihr Vater sah erstaunt auf. »Was meinst du damit?«

»Viktor Brunner ist ein Täter, aber er ist auch ein Opfer. Und irgendwo muss es einen wunden Punkt geben. Ein Junge, der jahrelang vom Vater missbraucht wurde, muss irgendwo in seiner Seele ebensolche Verletzungen davongetragen haben wie Juliane.«

»Er hat sich, wie du so schön erklärtest, dadurch geschützt, dass er selbst zum Täter wurde. Er ist längst nicht mehr Opfer.«

»Das stimmt, aber irgendwo in ihm ist die Erinnerung geblieben. Und wenn wir an diese Erinnerung herankommen, machen wir ihn verwundbar.«

Doktor Meinhardt runzelte die Stirn.

»Und dann?«, fragte er.

»Und dann warten wir, was zum Vorschein kommt. Ein hilfloser Junge oder eine gewalttätige Bestie. Der Junge bekommt Hilfe, aber die Bestie wird erlegt.«

»Und wie willst du sie erlegen?«, fragte ihr Vater, während sich die Falten auf seiner Stirn vertieften.

»Indem ich den Teufel mit Beelzebub austreibe.« Friederike lächelte vieldeutig. Hatte Doktor Weiß sich nicht mit der Manipulation von Menschen durch Schlüsselreize befasst? Walter hielt Doktor Weiß für einen gefährlichen Mann, traute ihm sogar Morde zu. Vielleicht könnte sie zwei Fliegen mit einer Klappe schlagen, wenn sie ihn zum Verbündeten im Kampf gegen Viktor Brunner machte. Vermutlich würde er als ihr »Lehrmeister« viel mehr über sich preisgeben, als wenn sie ihm hinterherspionierte. Aber zunächst musste sie wissen, wie Walters Erzählung ausging, und so suchte sie ihn noch am selben Abend auf.

»Entschuldigen Sie, wenn ich Sie nach dem Abendessen störe«, sagte Friederike, nachdem er ihr die Tür geöffnet hatte, »aber ich wollte nicht bis morgen warten. Ich muss wissen, wie Ihre Geschichte weitergeht.«

»Glauben Sie wirklich, es wäre schicklich, wenn wir uns in meiner Stube unterhalten?«, fragte er zurück.

»Wir können wieder in mein Büro gehen«, schlug sie vor. »Um diese Zeit wird mich dort niemand mehr stören. Wären Sie so freundlich?«

Er nickte.

29. Kapitel

Frankreich, Frühjahr 1917

Entgegen Bernhards Vermutung verbrachte Markus Pfeffer den Abend nicht mit dem Verfassen heißblütiger Liebesbriefe, sondern war ins Offizierscasino gegangen, wie sie von seinem Stubenkameraden erfuhren.

Bernhard bedankte sich für die Information, dann sah er Wolfgang an. »Wie mir scheint, wirst du deine neue Waffe wohl doch erst morgen bekommen. Aber es kann nicht schaden, wenn wir heute schon mal bei Markus vorstellig werden. In geselliger Runde bringt man eine Geschichte wie die deine glaubwürdiger an. Wenn alle schon etwas getrunken haben, wird jeder Unsinn geglaubt.«

»Nur dass der Unsinn auf meine Kosten geht«, brummte Wolfgang.

»Das hast du dir selbst zuzuschreiben.« Bernhard klopfte Wolfgang gutmütig auf die Schulter. »Mal ganz ehrlich, was hast du dir eigentlich dabei gedacht? Warum spionierst du Doktor Weiß hinterher? Und was erhoffst du dir davon, wenn du ihm wirklich nachweisen könntest, dass er erpresst wird und im Gegenzug Morphium an einen Süchtigen gibt?«

»Wenn einer unserer Ärzte Dreck am Stecken hat, sollten wir es wissen. Ein Arzt hat seinen Patienten gegenüber eine besondere Verantwortung.«

Bernhard verzog das Gesicht. »Ist das wirklich alles?«, fragte er. »Ich kann deine Abneigung Weiß gegenüber nicht nachvollziehen. Natürlich ist er ein skurriler Zeitgenosse, aber verdient er wirklich dein Misstrauen? Ein offenes Gespräch könnte hier wahre Wunder bewirken. Jedenfalls würde es weniger Ärger bringen als deine Geheimniskrämerei.«

»Ich habe es dir doch schon erklärt – ein kluger Mann wie Weiß würde sofort alles abstreiten und uns durch seine Wortgewandtheit einwickeln. Nein, ich brauche handfeste Beweise, auch wenn die Hinweise bereits erdrückend sind.«

»Und dann? Glaubst du, man wird ihn unter Arrest stellen? Ausgerechnet hier, wo wir jeden guten Arzt gebrauchen können, weil tagtäglich Schwerverwundete ins Lazarett gebracht werden? Du steigerst dich da in was hinein, Wolfgang. Das ist nicht mehr normal!«

Wolfgang seufzte. Vielleicht hätte er Bernhard doch nicht einweihen sollen. Sein Freund reagierte genau so, wie er es befürchtet hatte. Andererseits würde er ihm bei der Beschaffung einer neuen Pistole helfen und das war auch schon viel wert.

Kurz darauf erreichten sie das Offizierscasino. Markus Pfeffer saß allein an einem kleinen Ecktisch. Als er Bernhard und Wolfgang eintreten sah, stand er auf und ging ihnen entgegen.

»Bist du es wirklich? Dich habe ich ja schon ewig nicht mehr gesehen.« Er schüttelte Bernhard begeistert die Hand und begrüßte auch Wolfgang.

»Wir waren unterwegs«, erwiderte Bernhard, während er Platz nahm. »Ein paar Patrouillen, das Übliche. Auch wenn meinem Freund hier« – er wies auf Wolfgang – »dabei ein kleines Missgeschick passiert ist. Deshalb wollten wir mit dir sprechen.«

Wolfgang verzog das Gesicht, setzte sich aber mit an den Tisch.

»Ein Missgeschick?« Pfeffer sah die beiden fragend und zugleich erwartungsvoll an.

Wolfgang räusperte sich. »Es ist mir etwas peinlich«, sagte er dann.

»Na los«, bestärkte ihn Bernhard. »Ein echter Mann steht zu seinen Missgeschicken.«

Wolfgang zögerte. Diese ganze Lüge war auf Bernhards Mist gewachsen und er fühlte sich nach wie vor unwohl mit der Geschichte.

Bernhard interpretierte seinen hilflosen Blick richtig. »Wolfgang braucht eine neue Mauser«, sagte er daher. »Er hatte Pech, sein Pferd hat ihn abgeworfen und er ist direkt in der Crise gelandet. Leider hat er dabei seine Pistole verloren, der Fluss hat sie verschluckt und mit sich gerissen. Aber der Sturz war ihm so peinlich, dass er es niemandem sagen mochte. Kannst du uns eine neue besorgen, ohne dass deshalb ein großes Gewese gemacht wird?«

»Vom Pferd in den Fluss geworfen?«, fragte Markus. »Das ist in der Tat peinlich für einen Kavalleristen.«

»Deshalb bin ich auch nicht früher gekommen«, bestätigte Wolfgang.

»Wir kriegen das schon hin«, sagte Markus versöhnlich. »Wir sehen uns morgen früh noch vor Dienstbeginn im Magazin. Dann kann ich den Verlust notieren, Bernhard unterschreibt als Zeuge, dass er gesehen hat, wie du deine Waffe verloren hast, und ich kann dir eine neue Mauser aushändigen.«

»Danke, das ist sehr freundlich von dir«, sagte Wolfgang.

»Keine Ursache, Kameraden müssen zusammenhalten.«

»Na, siehst du«, sagte Bernhard. »Alles halb so wild.«

Wolfgang wollte gerade erleichtert zustimmen, als er aus dem Augenwinkel einen Mann von einem der benachbarten

Tische auf sie zukommen sah. Es war Doktor Weiß! Wolfgang wurde blass. Hatte Weiß alles mit angehört? Aber selbst wenn, es war unverfänglich – schließlich war es nicht um Weiß gegangen. Er atmete mehrfach tief durch, um sich zu beruhigen. Bernhard hingegen nahm das Unbehagen seines Freundes gar nicht wahr, sondern winkte dem Arzt freundlich zu. Wolfgang warf Bernhard einen mahnenden Blick zu. Hoffentlich kam er nicht auf die Idee, ausgerechnet hier ein klärendes Gespräch führen zu wollen.

»Herr Doktor, Sie sind heute auch hier?«, fragte Bernhard.

»Ab und zu muss man dem Feldfraß ja mal entkommen.« Weiß grinste. »Aber als ich eben Ihre Stimmen hörte, dachte ich, ich könnte den anstrengenden Tag noch mit ein paar Freunden ausklingen lassen.« Er lächelte freundlich in die Runde, ehe er sich zu ihnen setzte.

»War viel los im Lazarett?«, fragte Pfeffer.

»Das Übliche. Blut, Gestank, Tod, ein paar Durchgedrehte …« Der Arzt machte eine wegwischende Handbewegung und wandte sich dann unvermittelt an Wolfgang. »Ich hoffe, Ihnen geht es gut? Ich habe gehört, dass Sie heute im Lazarett vorstellig wurden.«

Wolfgang schluckte. »Es handelte sich um eine private Angelegenheit.«

Doktor Weiß zog die Brauen hoch. »In der Schreibstube? Mein Bursche erzählte mir, dass Sie in ein recht hitziges Gespräch mit unserem neuen Schreibknecht verwickelt waren.«

»Ihr Bursche neigt zu Übertreibungen.«

»Mögen Sie mir verraten, worum es ging?« Doktor Weiß lächelte Wolfgang offen an.

»Haben Sie ein besonderes Interesse an Theodor Lehmberg?«, antwortete Wolfgang mit einer Gegenfrage. »Ich habe gehört, Sie kennen ihn von früher aus der Charité. Hat er dort nicht zuverlässig gearbeitet oder gibt es andere Gründe, ihn im Auge zu behalten? Ihre despektierliche Bezeichnung ›Schreibknecht‹ lässt tief blicken.«

Doktor Weiß runzelte die Stirn. »Ich verstehe nicht ganz, was Sie meinen.«

»Nun ja.« Wolfgang räusperte sich. »Normalerweise interessiert sich ein Arzt doch nicht für die Gespräche eines einfachen Schreiberlings in der Lazarettverwaltung. Es wundert mich, dass es in diesem Fall anders ist.«

»Mich interessieren Lehmbergs Angelegenheiten tatsächlich nicht«, entgegnete Weiß. »Ich wollte Ihnen lediglich meine Hilfe anbieten, falls Sie irgendwelche Probleme haben.«

»Was für Probleme sollte ich bitte haben?« Weiß' gönnerhafte Art ärgerte Wolfgang maßlos.

»Wer weiß«, sagte der Arzt. »Manche Männer ziehen den Rat eines medizinischen Schreibers vor, wenn es ihnen peinlich ist, ihrem Arzt bestimmte Leiden zu offenbaren. Es ist ja allgemein bekannt, dass Sie sich in letzter Zeit häufiger in bestimmten Etablissements aufgehalten haben.«

Vor Wut blieb Wolfgang beinahe die Luft weg. Er war weiß Gott nicht besonders oft bei Camille gewesen, ganz im Gegensatz zu anderen Männern, die Stammkunden in den Bordellen waren. Aber selbst wenn es so gewesen wäre, hier war das völlig normal.

Weiß lächelte süffisant, als er Wolfgangs Ärger bemerkte.

»Nehmen Sie es mir nicht übel«, sagte er, noch immer in diesem unerträglich herablassenden Tonfall. »Ich wollte Ihnen wirklich nur meine Hilfe anbieten.«

»Vielen Dank, aber diese Art von Hilfe brauche ich nicht.«

»Nun, dann bin ich ja beruhigt«, sagte Doktor Weiß. »Sie kennen ja alle die drei größten Sorgen der Armee abseits der Verwundungen, nicht wahr?«

»Nein«, sagte Markus Pfeffer. »Was genau meinen Sie damit?«

255

»Geschlechtskrankheiten, Alkoholiker und Morphinisten.«

»Ich hoffe, Sie zählen uns jetzt nicht zu den Alkoholikern«, sagte Pfeffer und wies auf sein Bier.

»Bier hat ja durchaus eine reinigende Wirkung für die Nieren. Ich dachte eher an Schnaps, der den Geist vernebelt, oder Morphium, das den Menschen in einen glückseligen Dämmerzustand versetzt und das kritische Denken vollständig ausschaltet.«

Wolfgang runzelte die Stirn. Wollte Weiß ihm einen Hinweis darauf geben, dass er Bescheid wusste? Wie viel hatte Ludwig Breuer mit angehört?

»Immer noch besser als die Franzosenkrankheit«, bemerkte Bernhard. »Wobei Sie sich bei meinem Freund da keine Sorgen machen müssen. Den Französinnen begegnet er nur im Pariser.«

Markus Pfeffer, der gerade einen Schluck Bier getrunken hatte, prustete so heftig los, dass er sein Bier ausspuckte und Doktor Weiß traf.

»Oh, das tut mir wirklich leid«, stammelte der Waffenmeister, ohne sich beruhigen zu können. Auch Bernhard brach in Gelächter aus, während Wolfgang sich darauf beschränkte, Weiß eine Serviette zu reichen. »Manchmal bist du wirklich blöd, Bernhard«, sagte er dabei.

»Wieso, ich habe doch nur deine Umsicht gelobt.«

Markus Pfeffer prustete erneut los, hatte aber zum Glück nichts mehr im Mund.

»Meine Herren« – Doktor Weiß erhob sich –, »ich verabschiede mich für heute. Ich glaube, ich teile Ihren Humor diesmal nicht. *Carpe noctem*, wie der Lateiner sagt, ich werde die Nacht vermutlich anderweitig besser nutzen können.« Dann verließ er das Casino.

»Hoffentlich ist er nicht beleidigt«, meinte Markus zerknirscht. »Dabei war das doch wirklich keine Absicht.«

»Bestimmt will er sich nur eine trockene Uniform anziehen«, erwiderte Bernhard. »Deine Aussprache war heute recht feucht.«

Markus Pfeffer prustete zum dritten Mal los. »Bernhard, wie mies von dir, wo du genau weißt, wie schnell man mich zum Lachen bringen kann.«

Bernhard grinste. Wolfgang hingegen seufzte.

»Ich werde mich jetzt auch zurückziehen«, sagte er. »Mir ist heute ebenfalls nicht so sehr zum Lachen zumute.«

Bernhard sah ihn mit ernstem Blick an. »Ist alles in Ordnung? Du bist doch sonst nicht so.«

»Jaja, alles in Ordnung«, sagte er und klopfte Bernhard auf die Schulter. »Danke für deine Hilfe. Wir sehen uns dann morgen früh bei der Waffenausgabe. Macht's gut.«

Bernhard blieb noch sitzen, aber Wolfgang entging dessen irritiertes Kopfschütteln nicht.

Auf dem Weg zu seinem Quartier bemerkte Wolfgang, dass er Doktor Weiß fast eingeholt hatte. Unwillkürlich verlangsamte er seine Schritte. Er legte keinen Wert auf ein weiteres unangenehmes Wortgefecht. Er würde sich morgen lieber noch einmal Theodor Lehmberg vorknöpfen. Wäre Weiß' Bursche nicht erschienen, hätte Lehmberg ihm bestimmt mehr verraten. Der Mann war bereits sehr verunsichert gewesen, aber aus irgendeinem Grund hatte ihn gerade das Auftauchen von Ludwig Breuer wieder Oberwasser gewinnen lassen. Noch etwas, das die Theorie der Erpressung bestärkte. Lehmberg hatte irgendetwas in der Hand. Wenn Lehmberg nur ein unbedeutender Schreibknecht wäre, hätte Breuer Wolfgangs Besuch bei ihm nicht sofort weitergemeldet. Nun, wie es auch sein mochte, er würde wachsam bleiben und das Geheimnis lüften. Selbst auf die Gefahr hin, dass Bernhard ihm einen Verfolgungswahn andichtete.

257

Am folgenden Morgen waren Wolfgang und Bernhard zu früh in der Waffenkammer, denn Pfeffer war noch nicht da und der kleine Anbau, in dem sich sein Büro befand, war noch verschlossen.

»Sag mal«, meinte Bernhard nach einer Weile. »Fällt dir was auf?«

»Was denn?«, fragte Wolfgang.

»Wo ist der Wachtposten? Der müsste normalerweise zwischen der Waffenkammer und dem Pulvermagazin patrouillieren.«

»Der ist sicher gerade auf seinem Rundgang und kommt gleich wieder.«

Bernhard nickte geistesabwesend.

»Worüber denkst du nach?«, fragte Wolfgang.

»Nichts weiter«, erwiderte Bernhard leichthin. Etwas zu schnell, befand Wolfgang, denn das Gesicht seines Freundes wirkte noch immer nachdenklich. Minuten vergingen. Weder Markus Pfeffer noch der Wachtposten tauchten auf.

»Warte hier«, sagte Bernhard. »Ich sehe mal nach, ob alles in Ordnung ist.«

Er ließ Wolfgang stehen und verschwand hinter der Waffenkammer.

»Wolfgang! Schlag sofort Alarm!«, rief dieser plötzlich. »Die Tür zur Waffenkammer ist aufgebrochen und der Posten wurde niedergeschlagen!«

Wolfgang rannte um das Gebäude herum, sah die geöffnete Tür, hinter die jemand den Bewusstlosen gezogen hatte. Bernhard kniete neben dem Mann und versuchte, ihm zu helfen, indem er sein Uniformhemd öffnete und nach seinem Herzschlag tastete. »Los, nun schlag schon Alarm!«, brüllte er, als er sah, dass Wolfgang fassungslos vor ihm stand. »Ich kümmere mich um ihn!«

»Aber wie ...«

»Nun mach schon!«, schrie Bernhard, während er weiterhin versuchte, dem Bewusstlosen zu helfen, der sich jedoch nicht rührte. Wolfgang nickte, löste sich aus seiner Starre und rannte los.

Er war noch keine hundert Meter weit gekommen, als er eine ohrenbetäubende Explosion hörte, gleichzeitig spürte er eine unbeschreibliche Hitze im Rücken und die Druckwelle, die ihn wie ein Stoß traf. Er fuhr herum und sah, dass das halbe Dach des Pulvermagazins, das direkt an die Waffenkammer grenzte, weggesprengt worden war, während die Waffenkammer zur Hälfte eingestürzt war und Feuer gefangen hatte.

»Bernhard!«, schrie er und machte auf der Stelle kehrt. »Verdammt, Bernhard!«

Er rannte blindlings in die brennenden Trümmer, stolperte über ein Paar Beine, die unter herabgestürzten Deckenbalken herausragten. Sie gehörten dem Posten, aber wo war sein Freund? Er kämpfte sich durch den Schutt, spürte die Hitze der Flammen, die nach ihm leckten und seine Uniform versengten. Dann sah er Bernhard. Sein Oberkörper und der Kopf waren von Schutt und Staub bedeckt. »Bernhard!«, rief Wolfgang. »Kannst du mich hören?« Kein Lebenszeichen. Er griff nach Bernhards Handgelenk, tastete fahrig nach dessen Puls. Ja, da war ein ganz schwaches Pochen. Hastig versuchte er, den Schutt fortzuräumen, während das Feuer sich immer weiter ausbreitete. Von draußen hörte er Männerstimmen.

»Ich brauche Hilfe!«, schrie er und stemmte im nächsten Moment den letzten abgebrochenen Deckenbalken, der Bernhard niedergestreckt hatte, hoch. Sofort fiel sein Blick auf die schreckliche Kopfwunde. Bernhards Schädel war halb eingeschlagen, der Schädelknochen über der Schläfe regelrecht in den Kopf gedrückt worden. Überall war Blut, aber wenigstens sah er keine herausquellende Gehirnmasse. Sein Herz klopfte wie wild, sein Verstand weigerte sich zu glauben, was er hier sah. *Bernhard, verdammt …* Konnte er das überhaupt überleben? Egal, wenn er ihn jetzt nicht hier herausholte, würde er auf jeden Fall sterben. Er versuchte, Bernhard hochzuheben. Plötzlich gab es eine zweite Explosion. Die Wucht der Druckwelle war so gewaltig, dass sie ein weiteres Loch in die Wand zur Waffenkammer riss. Durch die Öffnung strömte Luft in den brennenden Raum und der Sauerstoff gab dem Feuer neue Nahrung. Wolfgang versuchte, sich wegzudrehen und Bernhard mit seinem Körper zu schützen, doch es war zu spät. Der feurige Sturm traf ihn mit unglaublicher Macht, nahm ihm die Sicht. Seine Kleidung und sein Bart brannten, er wälzte sich instinktiv auf dem Boden, um die Flammen zu löschen, stieß dabei gegen weitere Trümmer. Das Feuer fraß sich in seinen Bart, versengte sein Gesicht, ehe er die Flammen endlich ersticken konnte. Anfangs fühlte er den Schmerz noch nicht, sondern tastete mit zusammengekniffenen Augen nach Bernhards Körper, der bislang vom Feuer verschont geblieben war, und zog ihn mit sich. *Das bin ich dir schuldig*, dachte Wolfgang dabei immer wieder. *Hätte ich verdammter Idiot meine Pistole nicht Camille gegeben, wären wir beide heute nicht hier!*

»Hilfe!«, schrie er. Er konnte nichts sehen, der Schmerz im Gesicht war mittlerweile unerträglich, zwang ihn dazu, die Augen weiter zuzukneifen. Er wusste nicht, wo das Feuer war, hörte nur sein Prasseln und spürte die Hitze. Er umklammerte Bernhards Körper fester und versuchte, der schlimmsten Hitze auszuweichen. Dann hörte er ein Bersten, als würde die Decke des Gebäudes vollständig einstürzen.

»Wir brauchen Hilfe!«, schrie er immer wieder, während er unter Bernhards Last und seinen eigenen Schmerzen zusammenbrach.

Er konnte nicht sagen, wie viel Zeit vergangen war, bis ihn mehrere Hände packten. Vermutlich waren es nur Sekunden, aber Zeit hatte keine Bedeutung mehr.

»Es ist gut!«, sagte irgendwer und zog ihn heraus. Die Hitze um ihn herum ließ nach, aber dafür spürte er den grauenhaften Schmerz im Gesicht und überall auf dem Oberkörper, wo ihn die Flammen erwischt hatten. Irgendwer übergoss ihn mit Wasser, was den Schmerz etwas linderte. Er versuchte, seine zusammengekniffenen Augen zu öffnen, aber er sah nichts. Voller Panik griff er sich ins Gesicht. Waren die Lider durch das Feuer zusammengeklebt? Nein, sie waren offen.

»Ich kann nichts sehen!«, schrie er verzweifelt. »Ich kann nichts sehen!«

»Das wird schon wieder«, sagte ein Mann. »Ich gebe Ihnen Morphium, das lindert die Schmerzen.« Das Letzte, was Wolfgang spürte, war ein Stechen in seiner Ellenbeuge, ehe er in eine gnädige Ohnmacht sank.

An die folgenden Tage hatte er keine genauen Erinnerungen mehr. Er hatte nicht nur schwere Verbrennungen im Gesicht und am Oberkörper davongetragen, sondern war nach wie vor blind. Allerdings hatten die Ärzte berechtigte Hoffnung, dass dies nur ein vorübergehender Zustand sein würde, weshalb man ihn in ein Lazarett verlegte, das auf Augenverletzungen spezialisiert war. Er machte sich große Sorgen um Bernhard, aber in den ersten Tagen beschwichtigten ihn alle, die er fragte, mit nichtssagenden Floskeln. Die Angst um das Leben seines Freundes steigerte sich ins Unermessliche. Erst auf dem Transport in das neue Lazarett erzählte ihm eine der Krankenschwestern, dass Bernhard es nicht geschafft habe. Seine Verwundungen seien zu schwer gewesen, eine Verlegung habe sich nicht mehr gelohnt.

Tot …

Bernhard war tot. Er hätte es wissen müssen, in dem Augenblick, als er die schreckliche Kopfverletzung gesehen hatte. Aber da war sein Freund noch warm gewesen, der Körper hatte sich wie der eines Lebenden angefühlt. *Es ist meine Schuld,* dachte er immer wieder. *Wir waren nur wegen meiner verdammten Pistole da …*

Fernab von seinem Regiment fühlte Wolfgang sich so einsam und verzweifelt wie nie zuvor in seinem Leben. Er war blind und hilflos, niemand konnte ihm sagen, weshalb es überhaupt zu der Explosion gekommen war. Es gab nur Gerüchte, die Wolfgang begierig in sich aufsog. Angeblich hatte ein französischer Spion das Pulvermagazin in die Luft gejagt. Man habe einen Toten gefunden, der durch das Feuer bis zur Unkenntlichkeit verbrannt sei, aber die Reste einer französischen Uniform getragen habe. Der Wachtposten habe zwar zunächst überlebt, sei aber ebenso wie Bernhard wenige Tage später seinen Verletzungen erlegen, ohne das Bewusstsein wiedererlangt zu haben. Daneben habe es noch einen weiteren Schwerverletzten gegeben. Als Wolfgang dessen Namen von einem Stubenkameraden erfuhr, erstarrte er. Es war Ludwig Breuer, der Bursche von Doktor Weiß. Was hatte der in den frühen Morgenstunden beim Pulvermagazin zu suchen gehabt? Und was war mit Doktor Weiß selbst? Als der erste Schock sich verflüchtigt hatte, wurde Wolfgang bewusst, dass Weiß nicht zu den Ärzten gehört hatte, die sich unmittelbar danach um ihn gekümmert hatten. Seine Gedanken rasten, Schuldgefühle wegen Bernhard sowie die Angst, für immer blind zu sein, trieben ihn fast in den Wahnsinn. Das Einzige, was ihm half, seine Gedanken einigermaßen zu ordnen und sich zu stabilisieren, war der Versuch, das Rätsel um die Explosion zu lösen. Doch egal wie viele Fragen er auch stellte, er bekam nur wenige brauchbare Antworten. Die Krankenschwestern begriffen nicht, warum er so viele Fragen stellte. Stattdessen redeten sie beruhigend auf ihn ein und versuchten, gerade die Themen, die ihn am meisten interessierten, zu meiden, weil sie der irrigen Auffassung waren, die Aufregung würde ihm nur schaden. Er solle vergessen, meinten sie, vergessen und sich lieber darauf konzentrieren, gesund zu werden.

Gesund werden … Es klang geradezu zynisch. Die Schmerzen von den Verbrennungen im Gesicht und auf dem Oberkörper waren schier unerträglich, aber immerhin hatte er nach ein paar Wochen wieder das Gefühl, hell und dunkel unterscheiden zu können. Die Ärzte und die Schwestern sahen das als gutes Zeichen und bestärkten ihn in speziellen Übungen für seine Lichtempfindlichkeit. Die Therapien zeigten tatsächlich Erfolg und nach einigen Monaten konnte er wieder sehen. Anfangs brauchte er noch eine dunkle Brille, aber schließlich gewann er seine vollständige Sehkraft zurück.

»Jetzt haben Sie wieder Adleraugen, Herr Adler«, meinte einer der Ärzte grinsend, ein junger Bursche, der vermutlich erst vor Kurzem sein Examen gemacht hatte.

»Wie gut, dass Sie Arzt geworden sind. Als Kabarettist könnten Sie kein Geld mit Ihren Witzen verdienen«, hatte Wolfgang missmutig geantwortet.

In seinem Krankenzimmer gab es keine Spiegel. Als er energisch nach einem verlangte, meinte eine der Schwestern, dass der Doktor es untersagt habe. Der Schock wäre zu groß.

»Hören Sie auf! Ich habe ein Recht darauf, in den Spiegel zu sehen!«, fuhr Wolfgang die Frau an. »Und wenn Sie mir keinen Spiegel bringen, dann werde ich auf der Stelle aufstehen und so lange suchen, bis ich einen finde!«

Daraufhin gab sie nach. Er rechnete mit dem Schlimmsten, als er in den Handspiegel sah – und behielt damit recht. Es war schlimm, sehr schlimm. Die rechte Seite seines Gesichts bestand nur noch aus krebsrotem Narbengewebe, selbst die Augenbrauen und Wimpern waren verschwunden. Er hatte es schon von Anfang an gespürt, das unangenehme Spannen beim Blinzeln oder wenn er kaute. Aber er würde sich daran gewöhnen. Irgendwann. Immerhin lebte er noch. Aber Bernhard war tot. Er hatte seinen besten Freund verloren, weil er sich in irgendeinen Unsinn hineingesteigert hatte. Bernhard hatte recht gehabt. Vermutlich war Doktor Weiß ein vollkommen unbescholtener Arzt. Und doch blieb die Frage, was sein Bursche beim Pulvermagazin getrieben hatte. Die Tatsache, dass Ludwig Breuer ebenfalls schwer verwundet worden war, ließ Wolfgang nicht los. Irgendwann kam ihm der Gedanke, Doktor Weiß zu schreiben. Als Vorwand konnte er ihn darüber informieren, dass er sein Augenlicht wiedererlangt hatte. Eine rein sachliche Information, die Weiß als Arzt sicher interessieren würde.

Zwei Wochen später kam sein Brief als unzustellbar zurück – der Empfänger sei im Krieg verschollen.

»Steht es so schlimm an der Front?«, fragte Wolfgang einen seiner Ärzte, den jungen Burschen mit den schlechten Witzen. »Dass jetzt schon medizinisches Personal zu den Verschollenen des Krieges gehört?«

»Soweit ich erfahren habe, ist Doktor Weiß kurz nach der Explosion verschwunden«, erwiderte der Arzt. »Es sind damals viele Fragen offengeblieben. Die offizielle Version lautet, dass ein französischer Spion das Pulvermagazin in die Luft gesprengt hat und dabei selbst ums Leben kam.«

»Das muss ja ein ziemlich dummer Spion gewesen sein«, meinte Wolfgang. »Wenn er sich selbst in die Luft jagt.«

Der Arzt sagte nichts dazu.

»Aber was hatte das mit Doktor Weiß zu tun?«, fragte Wolfgang weiter. »Wie konnte er einfach verschwinden? Ist er ebenfalls ums Leben gekommen oder desertiert?«

Der Arzt zuckte mit den Schultern. »Ich weiß es nicht. Ich habe das alles ja auch nur aus zweiter Hand erfahren. Aber ich möchte Sie bitten, nicht von Fahnenflucht zu sprechen. Der Ruf eines Mannes ist schnell geschädigt. Schließlich könnte man Sie auch fragen, was Sie an diesem Tag in der Waffenkammer verloren hatten.«

»Wir hatten einen Termin mit dem Waffenmeister, das ist allgemein bekannt«, entgegnete Wolfgang energisch. »Dann haben wir den bewusstlosen Posten gefunden und ich wollte gerade Alarm schlagen, während mein Freund sich um den Mann kümmerte, als alles explodierte. Wollen Sie mir etwa unterstellen, ich hätte das Magazin angezündet?«

»Beileibe nicht!«, beschwichtigte der Arzt. »Ich wollte Ihnen nur zeigen, wie schnell Gerüchte und Verdächtigungen aufkommen können. Sie sollten diese Geschichte abhaken und sich lieber um die Zukunft kümmern.«

Die Zukunft ... Die Zukunft sah düster aus.

Wolfgang blieb aufgrund seiner schweren Verbrennungen lange Zeit im Lazarett, erlebte die schmachvolle Niederlage einer im Felde ungeschlagenen Armee durch den Schandfrieden von Versailles vom Krankenlager aus und verlor mehr und mehr den Lebensmut. Da tröstete es ihn auch nicht, dass man ihm für seinen Mut beim lebensbedrohlichen Versuch, einem Kameraden das Leben zu retten, das Eiserne Kreuz II. Klasse verlieh. Seine Karriere bei der Kavallerie war vorbei. Nach dem verlorenen Krieg wurden die Regimenter aufgelöst und er fand sich nach der Entlassung aus dem Lazarett im Heer der Arbeitslosen wieder. Sein abschreckendes Äußeres machte es noch schwerer, irgendwo eine Beschäftigung zu finden, vor allem, da er nur für Hilfstätigkeiten infrage kam. Für einen Kavalleristen und guten Schützen hatte im besiegten Deutschen Reich niemand mehr Verwendung. Manche ehemaligen Soldaten gingen zur Schutzpolizei. Es war eine Option, die er ernsthaft in Erwägung zog, aber auch hier musste er schnell lernen, dass man jemanden mit seinem Gesicht der Bevölkerung nicht zumuten könne – ganz gleich, ob er diese Verwundung bei einer Heldentat erlitten habe, für die er mit dem Eisernen Kreuz ausgezeichnet worden sei oder nicht. Ein guter Polizist dürfe die braven Bürger schließlich nicht durch sein Aussehen verschrecken.

Die Doppelmoral der Gesellschaft widerte Wolfgang an. Eine Zeit lang hielt er sich mit Gelegenheitsarbeiten über Wasser, ignorierte die erschreckten Blicke und das Getuschel hinter seinem Rücken. Aber es wurde immer schwerer, das Leben zu ertragen. Er hatte alles verloren. An manchen dieser düsteren Tage überlegte er sogar, ob er sich nicht einfach einen Strick nehmen sollte, um aus dem irdischen Jammertal endgültig zu entschwinden.

Bis er eines Tages durch Zufall erfuhr, dass Doktor Johannes Weiß als Oberarzt in Hannover-Langenhagen arbeitete. Doktor Weiß hatte also überlebt. Und arbeitete als angesehener Arzt, obwohl er an der Front als verschollen gegolten hatte. Auf einmal gab es für Wolfgang wieder ein Ziel. Er wollte aufklären, was damals wirklich geschehen war. Hatte er das ganze Unglück wirklich selbst provoziert, weil er sich in etwas hineingesteigert hatte, das nur in seiner Fantasie existierte? Oder hatte Doktor Weiß wirklich Dreck am Stecken? Er brauchte Gewissheit, denn nur dann konnte er weiterleben. Und das war der Tag, an dem Walter Pietsch geboren wurde …

30. Kapitel

»Also wussten Sie bis dahin gar nichts über Doktor Weiß«, sagte Friederike enttäuscht, als Walter in seiner Erzählung innehielt. »Alles, was Sie haben, sind Spekulationen und Vermutungen. Ich hatte mehr erwartet!«

»Sie waren in Langenhagen, Frau von Aalen. Sie haben mit Ludwig Breuers Eltern gesprochen. Ich habe mich mit Ludwig Breuer noch persönlich unterhalten können. Und kurz darauf ist er dann verstorben. Erinnern Sie sich daran, was seine Eltern Ihnen erzählten? Ludwig sagte immer wieder, er habe es nur getan, um den Doktor zu schützen. Was, glauben Sie wohl, war damit gemeint?«

»Ich habe keine Lust, mich an Ihren Spekulationen zu beteiligen, Herr Pietsch. Oder soll ich lieber Herr Adler sagen? Was dabei herauskommt, hat letztlich sowohl Sie selbst als auch meinen Mann ins Unglück gestürzt. Ich will endlich Beweise und keine absurden Vermutungen und Geschichten!«

»Die werden Sie bekommen. Wie ich schon sagte, war ich während meiner Zeit im Lazarett selbst völlig verunsichert und zweifelte an meinem Verstand. Dazu kamen meine Schuldgefühle, weil ich mich für Bernhards Tod verantwortlich fühlte. Ich war abgeschnitten von allen Verbindungen; niemand teilte mir mit, dass er überlebt hatte. Warum, Frau von Aalen, warum hat Ihnen Doktor Weiß wohl niemals erzählt, dass er Bernhard kennt? Warum sollte er das verschweigen, wenn es da nicht etwas gäbe, das er unbedingt geheim halten will?«

»Woher soll ich wissen, dass Ihre Geschichte stimmt?«, fragte Friederike. »Vielleicht kannte Doktor Weiß ihn wirklich nicht und Sie erfinden etwas hinzu, das in Ihre paranoiden Gedankengänge passt?«

»Nun, zumindest dafür habe ich einen Beweis.«

Er zog seine Brieftasche hervor und nahm ein Foto heraus. Es zeigte drei Männer in Uniform, die an einem Tisch saßen. Der eine war Bernhard, in der Mitte saß der blonde Mann mit Vollbart, den Friederike schon auf dem Reiterfoto in Walters Stube gesehen hatte, und daneben erkannte sie Doktor Weiß.

»So sah ich früher aus«, sagte Walter und tippte auf den Mann in der Mitte. »Die beiden anderen dürften Sie kennen.«

Friederike starrte auf das Foto. Tatsächlich, Doktor Weiß hatte sie dreist belogen, als er abgestritten hatte, Bernhard zu kennen. »Dann ist es also wahr«, hauchte sie.

»Dachten Sie ernsthaft, ich würde Sie belügen und mir das alles ausdenken?«

»Ich weiß es nicht. Ich weiß überhaupt nicht, was ich noch glauben soll. Es ist alles so verwirrend.«

»Ja, das war es für mich auch«, bestätigte Walter. »Und ich brauchte lange, um es zu entwirren, auch wenn ich nach wie vor nicht alle Teile des Puzzles zusammenhabe. Aber ein paar Dinge weiß ich schon.«

»Was haben Sie in Langenhagen erfahren?«

»Ludwig Breuer hatte ebenfalls eine schwere Kopfverletzung erlitten. Seither hatte sich seine Persönlichkeit vollkommen verändert. Er war aufdringlich, belästigte Frauen und sagte unverblümt, was er dachte. Es kostete mich ein wenig Mühe, mit ihm unauffällig ins Gespräch zu kommen, denn ich wollte nicht von

Doktor Weiß gesehen werden, auch wenn der mich nicht wiedererkannt hätte. Aber wenn ich ihm mit diesem Gesicht einmal über den Weg gelaufen wäre, hätte er sich für alle Zeiten an mich erinnert. Also blieb ich zurückhaltend und nahm zunächst Kontakt zu Mitpatienten auf, ehe ich Ludwig erstmals selbst im Krankenhauspark traf.«

»Und Sie hatten keine Angst, dass er Doktor Weiß von diesem Treffen erzählen würde? Er hat ihm doch sonst auch immer alles erzählt, wenn ich mich recht erinnere.«

»Ich habe nicht nach Doktor Weiß gefragt, sondern mich mit ihm zunächst über die Banalitäten des Alltags unterhalten. Natürlich fragte er mich sofort nach dem Ursprung meiner Verwundung. Es sei an der Front passiert, sagte ich ihm, ohne auf nähere Einzelheiten einzugehen. Breuer sprach daraufhin von seiner eigenen Verwundung. Und das, was ich da erfuhr, bestätigte alle meine Vermutungen. Ich hatte mich in nichts hineingesteigert und ich litt auch nicht unter Verfolgungswahn. Breuers Verstand war so vernebelt, dass er mir treuherzig erzählte, wie er im Auftrag des Doktors die Leiche eines Erpressers beiseitegeschafft habe. Theodor Lehmberg war wirklich Morphinist, aber Doktor Weiß hatte bereits einen Plan, wie er sich des Mannes elegant entledigen konnte. Er ließ ihm einfach Morphium zukommen, das mit Strychnin versetzt war. Damit hätte es so ausgesehen, als wäre der Mann an einer Überdosis gestorben. Es war bereits alles in die Wege geleitet worden und Lehmberg hatte das vergiftete Morphium schon von Breuer erhalten, als ich mit meinen Nachforschungen dazwischenkam. Das war der Grund, weshalb sich Weiß an jenem Abend im Casino zu uns setzte – er wollte herausfinden, wie viel ich wusste. Er hatte zufällig mitgehört, dass wir uns für den folgenden Morgen in der Waffenkammer verabredet hatten. Theodor Lehmberg war zu diesem Zeitpunkt schon tot. Wohin mit der Leiche? Breuer erzählte mir stolz, wie er die Explosion vorbereitet hatte, um den

Doktor zu schützen. Er schlug den Wachtposten nieder, brach die Tür zur Waffenkammer auf, legte den Bewusstlosen dort ab, dann schaffte er Lehmbergs Leichnam in das Pulvermagazin und bereitete die Lunten vor. Nun musste er nur noch abwarten. Sobald Bernhard und ich erschienen wären, sollte er zünden. Ich denke nicht, dass man uns gezielt töten wollte, aber die Explosion in unserer Gegenwart sollte uns von Weiß ablenken – der Arzt wusste ja, dass ich seinem Geheimnis auf der Spur war. Im Tumult nach der Explosion würde niemand mehr an ihn denken, wenn er sich mit seinem Burschen aus dem Staub machte. Leider wurde Breuer dann ebenfalls schwer verletzt, sodass Weiß allein türmte, im Glauben, sein Bursche würde nicht überleben. Es ging also tatsächlich darum, einen Mord zu vertuschen. Den Mord an Lehmberg, der von Breuer das zuvor von Weiß vergiftete Morphium erhalten hatte.«

Friederike atmete heftig ein und aus. »Aber … aber warum haben Sie das nicht der Polizei gemeldet?«

»Weil das Einzige, worauf ich mich berufen konnte, die Aussage eines Geisteskranken war. Deshalb musste ich wissen, womit Theodor Lehmberg Doktor Weiß erpresst hatte; die Motivkette musste über jeden Zweifel erhaben sein. Breuer wusste es auch nicht, nur dass es etwas damit zu tun hatte, warum Doktor Weiß Jahre zuvor die Charité hatte verlassen müssen. Bei Breuer schienen meine Fragen jedoch irgendetwas ausgelöst zu haben, sodass er sein bislang gut gehütetes Geheimnis, wenngleich in verklausulierter Form, auch vor anderen Menschen erwähnte. Immer wieder erklärte er, er habe es doch nur für den Doktor getan. Daraufhin wurden die Therapien, denen Doktor Weiß ihn unterzog, immer brutaler und Breuer durfte das Gebäude nicht mehr verlassen. Schließlich erfuhr ich von einigen Patienten, die ich regelmäßig mit Zigaretten bestach, dass Breuer verstorben sei. Ob es ein natürlicher Tod war oder ob Weiß nachgeholfen hat, weiß ich nicht. Kurz darauf kündigte

Weiß und verschwand. Ich brauchte fast ein Jahr, bis ich seine Spur wiederfand – und die führte mich dann hierher, nach Gut Mohlenberg. Und kaum bin ich da, geschehen zwei Morde.«

»Wir sollten die Polizei hinzuziehen«, sagte Friederike.

»Und dann? Es ist, als wäre Weiß mir immer einen Schritt voraus. Ich kann nichts beweisen. Nicht, solange ich nicht herausgefunden habe, was an der Charité passiert ist.« Walter hielt einen Moment lang inne. »Ich glaube, der Schlüssel ist Weiß' Theorie darüber, wie man Menschen manipulieren kann. Das hat ihn schon immer umgetrieben. Sein Bursche beging schreckliche Verbrechen für ihn. Und auch hier auf Gut Mohlenberg kam es zu schrecklichen Verbrechen. Ich glaube, Weiß hat einen Ihrer Patienten als neues Studienobjekt für seine Theorie, dass jeder Mensch zu einem Mörder gemacht werden kann, auserkoren. Und dass ihm ein Leben nichts bedeutet, hat er wiederholt bewiesen.«

Friederike schauderte bei diesem Gedanken. Aber letztlich ergab alles auf eine unheimliche Weise Sinn.

»Wen könnte er manipulieren?«, fragte sie schließlich.

»Ich weiß es nicht«, sagte Walter. »Zunächst dachte ich an Kuno, aber das passt nicht. Und die übrigen Patienten kenne ich nicht gut genug.«

Friederike atmete erneut tief durch.

»Ich hatte ohnehin vor, Doktor Weiß in einer Sache um Rat zu bitten. Sie haben recht, wir brauchen Beweise und ich werde die Gelegenheit nutzen. Und wir müssen wissen, was an der Charité vorgefallen ist. Dabei könnte uns vielleicht Doktor Fliedtner helfen. Der war früher ebenfalls an der Charité. Vielleicht erinnert er sich an Doktor Weiß, auch wenn er damals noch Student gewesen sein dürfte.«

»Mit Doktor Fliedtner hatte ich bislang nicht viel zu tun«, gestand Walter. »Er scheint mir ein sehr zurückhaltender junger Mann zu sein.«

»Meist kümmert er sich in aller Stille um seine Patienten und macht kein großes Gewese darum. Er ist in vielerlei Dingen das Gegenteil von Doktor Weiß. Wo der mit Erziehung und Strenge arbeitet, versucht Doktor Fliedtner, eine Beziehung auf Augenhöhe zu erreichen. Gerade die jüngeren Patienten profitieren sehr von ihm. Wir sind dankbar, dass er für ein so niedriges Gehalt, wie es unseren Möglichkeiten entspricht, bei uns arbeitet. Mit seinen Fähigkeiten hätten ihm die besten Krankenhäuser offengestanden.«

»Warum hat er die Charité dann verlassen?«

»Ich weiß es nicht. Meine Großmutter glaubt, eine unglückliche Liebe sei der Grund, aber er sagt nie etwas dazu. Je länger ich darüber nachdenke, desto mehr glaube ich, dass etwas anderes dahintersteckt. Aber ich habe keine Ahnung, was es sein könnte. Über eine verlorene Liebe könnte ein Mann schließlich reden, ohne sich in Details verlieren zu müssen. Vor allem, wenn er von meiner Großmutter in die Zange genommen wird. Die würde sich schon mit einem Ja oder Nein begnügen, um zu wissen, ob ihr Verdacht stimmt oder nicht. Aber Doktor Fliedtner entzieht sich jedes Mal, ohne überhaupt eine Antwort zu geben.« Ein wehmütiges Lächeln huschte über Friederikes Züge.

Eine Weile schwiegen sie. Schließlich sagte Walter: »Es tut mir sehr leid, dass Bernhard durch meine Schuld so schwer verwundet wurde. Sie können sich meine Erschütterung gar nicht vorstellen, als ich ihn wiedersah. Auf der einen Seite war ich erleichtert, dass er noch am Leben ist, aber so … Es hat mir in der Seele wehgetan.«

»Sie haben ihm das Leben gerettet«, sagte Friederike. »Und ja, es ist schmerzhaft. Es war das Schrecklichste, was ich mir damals vorstellen konnte. Aber inzwischen bin ich dankbar für alles, was geblieben ist. Bernhard mag nicht mehr der Mann sein, den ich geheiratet habe, aber ich liebe ihn noch immer und das, was ich von ihm habe, ist mehr als die Erinnerung an einen Gefallenen. Er hat sein Leben und es ist kein schlechtes Leben. Daran haben auch Sie Ihren Anteil, denn seit Sie hier sind, ist er regelrecht aufgeblüht. Und dafür bin ich Ihnen ebenso dankbar wie für seine Rettung.«

31. Kapitel

»Frau von Aalen, was verschafft mir die Ehre?« Doktor Weiß lächelte Friederike an, als sie ihn am folgenden Morgen in seinem Büro aufsuchte. Er schien sich wirklich zu freuen, was Friederike etwas beruhigte. Er ahnte also nichts von ihren bisherigen Ermittlungen.

»Ich brauche Ihre Hilfe in einer etwas delikaten Angelegenheit«, sagte sie und nahm auf dem Stuhl gegenüber von seinem Schreibtisch Platz.

»Ich bin ganz Ohr. Worum geht es?«

»Nun, Sie beschäftigen sich doch seit geraumer Zeit mit der Tatsache, dass Menschen durch bestimmte Schlüsselreize beeinflussbar sind. Diese Fähigkeit brauche ich in besagtem Fall. Es geht um den Bruder von Fräulein Brunner.«

Doktor Weiß sah sie ernst an, sagte aber kein Wort. Also fuhr Friederike fort und fasste kurz zusammen, was sie von Juliane erfahren hatte.

»Wie Sie sehen«, fügte sie zum Abschluss hinzu, »haben wir keine Möglichkeit, Juliane zu schützen, solange sie noch minderjährig ist. Niemand würde ihr glauben, und wenn ihr Bruder darauf besteht, sie nach Hause zurückzuholen, wird alles so weitergehen wie bisher. Aber das kann ich nicht zulassen.

Es muss einen Weg geben, Viktor Brunner mit seiner eigenen dunklen Vergangenheit zu konfrontieren, um ihm die Macht über Juliane zu nehmen.«

»Ein sehr interessanter Casus.« Doktor Weiß strich nachdenklich über sein glatt rasiertes Kinn. »Was genau erwarten Sie nun von mir, Frau von Aalen?«

»Wie ich schon sagte, ich möchte wissen, womit wir es bei Viktor Brunner zu tun haben. Ist er in den Tiefen seiner Seele nach wie vor ein vom Vater missbrauchtes Opfer, das unsere Hilfe braucht, oder wurde er selbst zum Täter? Ist es möglich, ihn durch Schlüsselreize oder was auch immer dazu zu bringen, sich seiner eigenen grausamen Vergangenheit zu stellen, um sich seiner Schwester gegenüber wieder empathisch zu verhalten, wenn nicht gar Reue und Bedauern zu empfinden? Und wenn das schon nicht geht, kann man ihn dann zumindest bei seiner Scham packen und ihn zum Schweigen bringen? Seine Ängste schüren, damit er Juliane künftig in Ruhe lässt?«

»Sie meinen, ob es möglich ist, ihn zu erpressen, wenn er keine ausreichende Empathie aufbringt?«

Friederike nickte. »Das ist genau das, was ich meine, auch wenn es nicht besonders edelmütig ist.«

»Im Umgang mit zerstörten Seelen ist Edelmut fehl am Platz«, erklärte Doktor Weiß. »Man darf vor keinem Mittel zurückschrecken, um seine Ziele zu erreichen.«

Unwillkürlich musste Friederike an den toten Theodor Lehmberg denken, aber sie ließ sich nichts anmerken. »Und was schlagen Sie im Fall von Viktor Brunner vor?«, fragte sie stattdessen.

»Zunächst einmal müssen wir herausfinden, welchen Einfluss der päderastische Verkehr durch den Vater noch immer auf ihn hat. Gibt es Situationen, in denen die Erinnerungen geweckt werden? Oder ist alles so tief in seiner Seele verschlossen, dass er keinen Zugang mehr dazu hat und sein Erleben einzig auf den Missbrauch seiner Schwester beschränkt ist? Wenn seine Schwester für ihn eine Art Ventil ist, um den inneren Druck abzubauen, könnte sie den Spieß umdrehen, sofern sie sich dessen bewusst ist. Bislang war sie in der Verdrängung gefangen und somit keine Gefahr, aber sie hat sich erinnert. Damit hat sie einen großen Vorteil ihm gegenüber.«

»Wie meinen Sie das?«

»Sie kann ihm die Macht nehmen, die er sich durch die Sexualität aneignet. Er hat mit ihr keinen Verkehr, weil es ihm Lust bereitet, sondern weil er die Macht zurückgewinnen will, die sein Vater ihm genommen hat. Erinnern Sie sich an das aufreizende Verhalten, das Fräulein Brunner anfangs Männern gegenüber unbewusst an den Tag legte? Und von dem sie später immer behauptete, sie könne sich nicht mehr daran erinnern?«

»Ich verstehe nicht, was das mit Macht zu tun haben soll.«

»Ich interpretiere Fräulein Brunners Verhalten im Nachhinein so, dass es bereits der hilflose Versuch war, sich der eigenen sexuellen Macht bewusst zu werden. Doch zugleich schreckte sie davor zurück, denn Sexualität ist in ihrem Erleben etwas Böses, das mit Demütigung und Schmerz verbunden ist. Aber wenn sie das im vollen Bewusstsein einsetzt, wenn sie die Stärke dazu findet, dann wird sie ihren Bruder besiegen.«

»Es tut mir leid, aber ich verstehe noch immer nicht, was Sie damit meinen.«

»Meine Theorie ist die folgende, Frau von Aalen: Viktor Brunner ist ein vom Vater zutiefst gedemütigter Junge, der nur überleben konnte, indem er diese Demütigung weitergab und daraus seine Stärke zog. Wenn Juliane Brunner ihn darauf anspricht, ja mehr noch, von ihm fordert, offen zu ihrer Beziehung und dem gemeinsamen Kind zu stehen, wird er zurückschrecken. Wenn sie ihm ihr Verlangen als eine erwachsene Frau zeigt, zerstört sie seine Macht, ja mehr noch, sie könnte ihn dadurch auch gesellschaftlich vernichten.«

Friederike schüttelte energisch den Kopf. »Das wird Juliane niemals tun. Außerdem würde Viktor sie als geisteskranke Lügnerin hinstellen. Damit wäre nichts gewonnen.«

»Sie darf natürlich nicht sofort so auftreten«, bestätigte Doktor Weiß. »Sich über die Sexualität Macht zu verschaffen ist in diesem Fall erst das letzte Mosaikstück. Zuvor muss man Viktor Brunner die eigene sexuelle Demütigung wieder ins Gedächtnis rufen.«

»Und wie soll das funktionieren? Er wird auch das abstreiten.«

»Nicht mit Worten, Frau von Aalen. Mit Schlüsselreizen, die ihm die Erinnerung aufzwingen. Sein Körper muss sich noch vor seinem Geist erinnern und entsprechend reagieren.«

»Und welche Schlüsselreize sind dafür nötig?«

»Das gilt es herauszufinden. Wenn es Ihnen nichts ausmacht, würde ich mich dem jungen Mann gern als Konversationspartner zur Verfügung stellen. Glauben Sie mir, ich werde recht schnell erfahren, an welchem Punkt er verwundbar ist. Und dann werden wir genau dieses Erleben reinszenieren. Wir werden Situationen schaffen, in denen er gar nicht anders kann, als sich zu erinnern.« Doktor Weiß lächelte genüsslich. »Ein sehr interessanter Casus«, wiederholte er. »Dann kann ich mit zwei Abhandlungen zum Kongress nach Berlin fahren.«

»Welche Rolle spielt Juliane dabei?«, fragte Friederike. Die Selbstzufriedenheit, mit der Weiß reagierte, ängstigte sie plötzlich und sie befürchtete, ihr Schützling könnte bei diesem Plan zerrieben werden.

»Versuchen Sie, so viel wie möglich über die Beziehung des Bruders zu seiner Schwester herauszufinden. Das ist der Schlüssel, Frau von Aalen. Alles, woran Fräulein Brunner sich erinnert, können wir verwenden.«

»Und was halten Sie davon, wenn wir Viktor Brunner zunächst einmal mit der Wahrheit konfrontieren, ehe wir zur

277

Manipulation greifen? Vielleicht würde er sein Verhalten bereits ändern, wenn er wüsste, dass wir Bescheid wissen.«

»Wenn Sie das ernsthaft glaubten, wären Sie doch nicht zu mir gekommen, oder? Nein, Frau von Aalen, Sie wissen genau, was dann passiert. Er würde seine Schwester sofort mit nach Hause nehmen, um zu verhindern, dass sie weitere Details preisgibt. Möglicherweise würde er sie dauerhaft wegsperren lassen. Das Risiko ist zu groß! Viktor Brunner hat viel zu verlieren, aber solange er die Macht hat, seine Schwester zum Schweigen zu bringen, wird er es tun. Ihn seelisch zu brechen ist die einzige Möglichkeit.«

»Und wenn er seelisch zerbrochen ist, was tun wir dann?«

»Wenn er Ihnen wichtig ist, können Sie gern versuchen, die Scherben wieder zu kitten. Vielleicht wird er dadurch ja zu einem besseren Mann, obgleich ich das bezweifle.«

Für einen Augenblick glaubte Friederike, ein bösartiges Glitzern in Doktor Weiß' Augen zu erkennen, aber es war sofort wieder verschwunden. Hatte sie es sich nur eingebildet oder hatte sie tatsächlich einen Blick auf sein wahres Ich werfen können? Auf einen skrupellosen Intellekt, dem seine Mitmenschen gleichgültig waren, sofern es um seine wissenschaftlichen Forschungen ging? Aber ging es wirklich nur um Forschung? Oder nicht vielmehr auch um den größenwahnsinnigen Wunsch nach Macht?

»Haben Sie bereits an der Charité an diesem faszinierenden Thema gearbeitet?«, fragte sie.

»Wie kommen Sie auf die Charité?«, fragte er mit einem Stirnrunzeln.

»Sie waren doch vor dem Krieg an dieser renommierten Klinik. Da dachte ich, dass Ihre Wissbegier dort ihren Ursprung gefunden hat.«

Er atmete tief durch. »An der Charité war ich einer von vielen Wissenschaftlern. Das wahre Wesen der Menschen lernte ich erst während des Krieges an der Front kennen. In Extremsituationen sind wir zu allem fähig – zu den größten Verbrechen und den selbstlosesten Heldentaten. Manchmal sogar beides zugleich.«

»Das klingt sehr interessant. Vielleicht erzählen Sie mir einmal davon?«

»Ein andermal, Frau von Aalen.« Er zog demonstrativ seine Taschenuhr hervor, so wie er es immer tat, wenn er ein Gespräch beenden wollte. »Ich habe noch zu tun. Bitte entschuldigen Sie mich.« Er erhob sich und nötigte sie somit ebenfalls zum Aufstehen.

32. Kapitel

Nachdem Friederike Doktor Weiß' Büro verlassen hatte, war sie unschlüssiger als zuvor. Es fühlte sich an wie ein Pakt mit dem Teufel, dem sie Viktor Brunners Seele verkauft hatte. Andererseits hatte es Julianes Bruder in ihren Augen nicht anders verdient. All das Leid, das er seiner Schwester angetan hatte und das er ihr weiter zufügen würde, wenn sie, Friederike, nichts dagegen unternahm, schrie geradezu nach einer Bestrafung. Und da ihn kein Gericht verurteilen würde, wäre es nur recht und billig, wenn Friederike den Schutz seiner Schwester in ihre eigenen Hände nehmen würde.

Aber du paktierst mit einem Mörder …, meldete sich ihr Gewissen. *Ja*, antwortete sie sich im Geiste selbst. *Aber nur gegen einen Vergewaltiger, der mit seiner eigenen Schwester dauerhaft Inzest begangen und ihr die Seele geraubt hat! Er hat es nicht anders verdient, und wenn ich dabei mehr über Doktor Weiß' Denken und Handeln erfahre, kann ich möglicherweise auch einen Mörder überführen!*

Doch das Gefühl, etwas Unrechtes zu tun, blieb.

Friederike überlegte, wie sie sich am besten ablenken könnte. Bernhard hätte ihr gewiss geraten auszureiten. Aber sie wusste, dass das nicht die Lösung war. Ihre Gedanken rasten.

Die Erkenntnisse der letzten Tage waren einfach zu viel für sie, sie sehnte sich zurück nach jenem Leben, in dem ihre einzige Sorge Bernhards Genesung gegolten hatte. Noch während sie darüber nachdachte, kam ihr eine Idee. Bernhard hatte in den letzten Wochen so viele Fortschritte gemacht – vielleicht gab es da noch mehr, wenn er nur die richtigen Schlüsselreize bekam, von denen Doktor Weiß immer so vollmundig sprach. Und so ging sie zu Walter, der in der Nähe des Stalles arbeitete, und bat ihn, ihr die Fotografie zu leihen, die ihn mit Bernhard und Doktor Weiß zeigte.

»Was wollen Sie damit?«, fragte er skeptisch, während er sie hervorzog.

»Ich möchte sie Bernhard zeigen und sehen, ob er sich vielleicht erinnert.«

Walter räusperte sich. »Ich halte das für keine gute Idee.«

»Warum nicht?«

»Was ist, wenn Bernhard sich tatsächlich erinnert und Doktor Weiß mit seinem Wissen konfrontiert?«

»Ich lasse mir von ihm versprechen, das nicht zu tun.«

»Glauben Sie, dass er ein solches Versprechen halten kann? Er war schon immer ein geradliniger Charakter, der die offene Aussprache bevorzugte. Ich glaube nicht, dass sich das geändert hat. Er sagt noch immer ehrlich, was er denkt, aber er kann nicht mehr beurteilen, wann es besser ist zu schweigen.«

In diesem Augenblick kam Bernhard mit dem gesattelten Wotan am Zügel aus dem Stall. Als er Friederike und Walter sah, kam er auf sie zu.

»Was habt ihr da?«, fragte er.

»Nur eine alte Fotografie«, sagte Walter und wollte sie schon wegstecken, aber Bernhard war schneller.

»Darf ich sie sehen?«, fragte er und griff danach.

Walter gab nach und Bernhard betrachtete das Foto. Friederike musterte ihn aufmerksam.

»Das bin ich«, sagte er schließlich.

»Ja, das bist du«, bestätigte Friederike, die neben ihn getreten war. »Weißt du auch, wer dieser Mann ist?« Sie tippte auf Wolfgang.

Bernhard starrte auf das Gesicht. Eine ganze Weile sagte er gar nichts, bis er schließlich »W… Wo… Wadler« herausbrachte. Zu Friederikes Erstaunen fing er an zu zittern, jedoch nicht vor Erregung, sondern vor Anstrengung, ganz so, als kostete es ihn viel Mühe, in seinem lädierten Gedächtnis nach verbliebenen Erinnerungsfetzen zu forschen. Die Verballhornung von Wolfgang Adler zu Wadler verblüffte sie. Hatte Wolfgang deshalb später den Vornamen Walter angenommen, weil er die Erinnerung an seinen früheren Namen in sich trug, oder war das nur ein seltsamer Zufall? Sie warf Walter einen Blick zu, doch der wirkte ebenso erstaunt wie sie selbst.

»Ich kenne ihn«, sagte Bernhard schließlich. »Aber ich kann den Namen nicht finden.« Er atmete tief durch. »Das ist Doktor Weiß«, sagte er dann völlig unerwartet und zeigte auf den Arzt.

»Kanntest du Doktor Weiß schon im Krieg?«, fragte Friederike.

»Ich kann mich nicht erinnern«, erwiderte Bernhard diesmal erstaunlich schnell und flüssig.

»Aber er sitzt auf diesem Foto mit euch am Tisch.«

»Ja«, sagte Bernhard. »Dann kannten wir uns wohl. Soll ich ihn fragen?«

»Nein, auf keinen Fall!«, riefen Friederike und Walter wie aus einem Mund.

Bernhard sah sie erstaunt an. »Warum nicht?«

Friederike überlegte fieberhaft nach einer glaubhaften Begründung, die Bernhard nicht überfordern würde.

»Doktor Weiß hat behauptet, er kenne dich nicht von früher«, sagte sie. »Wir wollen ihn nicht in Verlegenheit bringen.«

»Warum hat er das gesagt?«, fragte Bernhard. »Wir saßen doch hier am Tisch zusammen.«

»Ich weiß es nicht«, erwiderte Friederike. »Aber es wäre unhöflich, ihn jetzt damit zu konfrontieren, zumal du dich auch nicht erinnern konntest. Und wir wollen doch nicht unhöflich zu ihm sein, oder?«

»Nein«, bestätigte Bernhard.

»Versprichst du mir, alles so zu belassen, wie es ist? Dass du Doktor Weiß nicht darauf ansprichst?«

»Warum?«

Friederike seufzte. »Das habe ich dir doch gerade erklärt. Weil es unhöflich wäre.«

»Vielleicht hat er es nur vergessen, so wie ich.«

»Ja, aber vielleicht auch nicht. Und manchmal ist Schweigen Gold, diese Redensart kennst du doch, oder?«

Bernhard nickte.

»Also, du wirst dem Doktor nicht sagen, dass du weißt, dass ihr euch schon früher kanntet?«

»Wenn du es so willst, Rieke.«

»Ja, das will ich so.«

»Ist Doktor Weiß ein böser Mensch?«

Diese Frage brachte Friederike kurz aus der Fassung.

»Was meinst du damit, Bernhard?«

»Tut er böse Dinge?«

»Was verstehst du unter bösen Dingen, Bernhard?«

»Trudi den Bauch aufschneiden«, brach es aus Bernhard hervor.

»Bernhard, wie kommst du denn darauf?« Friederike starrte ihn entgeistert an.

»Weil … weil …« Da war er wieder, dieser gequälte Ausdruck wie vorhin, als er sich an Wolfgangs Namen zu erinnern versucht hatte.

»Sag es mir, Bernhard. Hast du irgendetwas gesehen, das wir wissen sollten?«

Im nächsten Augenblick entglitt Bernhard Wotans Zügel, dann stürzte er zu Boden und wand sich in heftigen Zuckungen.

»Bernhard, mein Gott!«, schrie Friederike. Walter wollte sich sofort zu ihm hinunterbeugen, um zu helfen, doch Friederike hielt ihn zurück.

»Sie können ihn nicht halten«, sagte sie. »Er ist zu stark. Es geht bestimmt gleich wieder vorbei und hier auf dem Boden kann er sich nicht verletzen. Das letzte Mal hatte er vor über einem Jahr so einen starken Anfall und ich hatte schon die Hoffnung, dass es endgültig überwunden wäre.«

Der schlimme Anfall dauerte nur wenige Augenblicke, aber es kam Friederike wie eine Ewigkeit vor. Danach war Bernhard kaum ansprechbar, aber immerhin ließ er sich mit Walters Hilfe auf die Beine ziehen. Sie schluckte. »Helfen Sie mir, ihn ins Bett zu bringen?«, fragte sie.

Walter nickte und trug Bernhard mehr, als dass er ihn stützte. Bernhard hatte einen glasigen Ausdruck in den Augen und schien nichts mehr von seiner Umgebung wahrzunehmen. Friederike kannte das schon zur Genüge, früher hatten die Nachwirkungen eines so schwerwiegenden Anfalls meist mehrere Tage gedauert, die Bernhard in einem Dämmerzustand verbrachte.

Im Schlafzimmer zog Friederike ihm behutsam seine Sachen aus.

»Wenigstens hat er den Anfall nicht erlitten, als er allein zu Pferd unterwegs war«, meinte Walter.

»Ich frage mich allerdings, ob das überhaupt passiert wäre, wenn er das Bild nicht gesehen hätte«, erwiderte Friederike. »Wie kommt er darauf, dass Doktor Weiß Trudi den Bauch aufgeschnitten hat? Das passt nicht zu Ihrer Theorie, Weiß würde andere manipulieren, damit sie in seinem Auftrag

Morde begehen.« Noch während sie das sagte, erinnerte sie sich an ihren letzten Ausritt mit Bernhard. Wie er wiederholt darauf beharrt hatte, dass er Trudi nicht habe retten können. Friederike hatte das auf seinen nach wie vor stark ausgeprägten Beschützerinstinkt geschoben, aber möglicherweise hatte sie das Offensichtliche übersehen. War Bernhard Zeuge dieser grauenhaften Tat geworden? Doch wenn es so war, warum hatte er darüber geschwiegen?

»Brauchen Sie mich noch?«, fragte Walter.

»Nein, vielen Dank. Ich werde jetzt eine Weile bei Bernhard bleiben, bis er eingeschlafen ist. Bitte satteln Sie Wotan ab und bringen Sie ihn zurück in den Stall.«

Während Friederike an Bernhards Seite des Bettes saß und seine Hand hielt, kam ihr in den Sinn, was er über Kuno gesagt hatte. Kuno sei unschuldig, aber keiner glaube ihm, weil er geisteskrank sei. Und ihm werde auch keiner glauben, weil er blöd geworden sei …

»Oh mein Gott, Bernhard, was hast du wirklich gesehen?«, flüsterte sie und streichelte über sein Gesicht. Doch er hörte sie nicht, denn er war bereits eingeschlafen.

»Schlaf dich gesund, mein Liebster«, flüsterte sie. »Und dann werde ich dir aufmerksam zuhören und genau darauf achten, was du mir zu sagen versuchst, auch wenn dir die rechten Worte fehlen.« Sie hauchte ihm einen Kuss auf die Wange, dann ließ sie ihn allein, denn alles, was er jetzt brauchte, war Ruhe.

33. Kapitel

Friederike überlegte erneut, ob sie ihren Vater einweihen oder lieber noch abwarten sollte, was ihre weiteren Ermittlungen ergaben. Schließlich entschied sie sich, noch zu warten. Es war so, wie Walter gesagt hatte, es gab keine Beweise, sondern nur zahlreiche Hinweise, die, jeder für sich genommen, nichts wert waren. Da sie aber irgendetwas tun musste, suchte sie Doktor Fliedtner auf, nachdem sie Bernhard allein gelassen hatte. Schließlich war er auch an der Charité gewesen, womöglich konnte er ihre Fragen über Doktor Weiß beantworten.

Doktor Fliedtner arbeitete meist sehr zurückgezogen und blieb für sich. Als Friederike an seine Bürotür klopfte, wirkte er überrascht.

»Hätten Sie etwas Zeit für mich?«, fragte sie ihn mit einem freundlichen Lächeln.

»Selbstverständlich, Frau von Aalen«, sagte er. »Bitte kommen Sie doch herein und nehmen Sie Platz. Was kann ich für Sie tun?«

Sie folgte seiner Aufforderung. Doktor Fliedtners Büro ähnelte in vielerlei Hinsicht dem von Doktor Weiß. Auch er besaß sehr viele Bücher, aber im Gegensatz zu seinem älteren Kollegen hingen an den Wänden zahlreiche Bilder, die

Patienten gemalt hatten. Friederike wusste, dass er versuchte, über die Kunst mit ihrem Seelenleben in Kontakt zu kommen, und für die Patienten war es jedes Mal eine große Ehre, wenn der Doktor eines ihrer Bilder seiner Wand für würdig erachtete.

»Sie kennen mich, Doktor Fliedtner, und Sie wissen, dass ich im Allgemeinen nicht lange um den heißen Brei herumrede. Doktor Weiß plant die Teilnahme am Jahreskongress in Berlin im nächsten Jahr. Er hat einige interessante Theorien aufgestellt, die er dort vorstellen will, und er hat mich gebeten, ihn zu begleiten.«

»Das klingt wunderbar«, sagte Fliedtner. »Aber was habe ich damit zu tun?«

»Nun, ich war noch nie in Berlin«, erwiderte Friederike. »Aber Sie und Doktor Weiß haben beide an der Charité gearbeitet. Ich möchte nicht als kleines Dummchen erscheinen, wenn ich die Hauptstadt besuche, und ehrlich gesagt … Ich möchte Doktor Weiß ein wenig beeindrucken, anstatt mir alles von ihm erklären zu lassen. Deshalb wollte ich Sie bitten, mir Nachhilfe zur Hauptstadt und auch zur Charité zu geben. Aber bitte verraten Sie mich nicht.« Sie zwinkerte ihm verschwörerisch zu.

»Oh … Ähm, ja, gewiss, Frau von Aalen. Ich fühle mich von Ihrem Vertrauen sehr geschmeichelt.« Er hüstelte verlegen.

Wie gut ich doch das Lügen in den letzten Tagen perfektioniert habe, dachte Friederike schuldbewusst bei sich. Aber es ging nicht anders.

Und so lauschte sie Doktor Fliedtners Erzählungen über die Hauptstadt und ihre Sehenswürdigkeiten, die Geschichte der Charité und die bahnbrechenden Entdeckungen der dortigen Ärzte. Das meiste war ihr bereits bekannt, aber sie musste Fliedtner in Sicherheit wiegen, anstatt sofort mit der Tür ins Haus zu fallen.

Als er bei seinen eigenen Studienjahren an der Charité angelangt war, fragte Friederike betont beiläufig: »Haben Sie Doktor Weiß damals eigentlich bereits gekannt?«

»Nicht persönlich, nur vom Hörensagen.«

»Und was sagte das Hörensagen so?« Friederike beugte sich interessiert vor und schenkte ihm einen komplizenhaften Augenaufschlag.

»Eigentlich beteilige ich mich nicht an Klatschgeschichten«, versuchte Fliedtner, ihr auszuweichen.

»Herr Doktor, ich bin eine Frau, ich liebe Klatschgeschichten.«

Er räusperte sich. »Ich weiß wirklich nichts Genaueres und ich möchte einen geschätzten Kollegen nicht in Verlegenheit bringen.«

»Oh, jetzt haben Sie mich mit Ihren Andeutungen aber neugierig gemacht. Womit könnten Sie ihn denn in Verlegenheit bringen?«

»Frau von Aalen, ich bitte Sie … Sie sind doch eine verständige, intelligente Frau, die nichts auf Geschwätz gibt.«

»Richtig, deshalb können Sie mir auch unbesorgt alles unter dem Siegel der Verschwiegenheit anvertrauen. Vielleicht ist das sogar von Vorteil, denn wenn ich weiß, worum es geht, könnte mir das peinliche Augenblicke in Berlin ersparen, falls sich dort jemand bemüßigt fühlt, einen hoch qualifizierten Kollegen zu diskreditieren, weil er ihm seine wissenschaftlichen Leistungen neidet.«

Fliedtner zögerte. »Ich habe gehört, dass er unter unehrenhaften Umständen gehen musste, über die danach nicht mehr gesprochen wurde.«

»Unter unehrenhaften Umständen? Was ist passiert?«

»Bitte, Frau von Aalen, dringen Sie nicht weiter in mich! Das ist mir alles sehr unangenehm!«

Friederike atmete tief durch. Wenn sie weiterbohrte, würde Fliedtner vermutlich gar nichts mehr sagen. Vielleicht konnte sie sich später noch einmal über einen Umweg an das Thema wagen.

»Bitte verzeihen Sie mir, wenn ich Sie brüskiert habe!«, sagte sie und bemühte sich um einen reumütigen Gesichtsausdruck. »Warum sind Sie eigentlich nicht an der Charité geblieben? Wissen Sie, ich bin zwar dankbar, dass ein so hervorragender junger Psychiater bei uns arbeitet, aber mit Ihren Fähigkeiten hätten Sie in Berlin eine große Karriere vor sich gehabt.«

Fliedtner schien erleichtert über den Themenwechsel. »Es hatte nichts mit der Charité zu tun. Dort habe ich mich tatsächlich sehr wohlgefühlt. Es war Berlin, dem ich den Rücken gekehrt habe.«

»Warum?«, fragte Friederike und diesmal musste sie ihre Überraschung nicht vortäuschen. »Wer verlässt freiwillig die Hauptstadt? Hatte es mit dem Krieg zu tun?«

»Nein. Ich hatte persönliche Gründe.« Die Art, wie er sie dabei ansah, verriet ihr, dass er auf keinen Fall bereit wäre, mehr darüber verlauten zu lassen.

»Nun, das geht mich letztlich ja auch gar nichts an. Bitte verzeihen Sie mir meine weibliche Neugier, Sie haben mir auf jeden Fall sehr weitergeholfen.« Sie erhob sich. »Ich danke Ihnen vielmals, dass Sie mir Ihre Zeit geopfert haben.«

Nachdem Sie Doktor Fliedtners Büro verlassen hatte, kehrte sie in ihr eigenes zurück, um ihre Gedanken zu ordnen. Doktor Weiß war also unehrenhaft aus der Charité entlassen worden. Der Grund für diese unehrenhafte Entlassung musste so schwerwiegend gewesen sein, dass er erpressbar und sogar bereit war, für die Wahrung dieses Geheimnisses zu töten. Aber warum? Wenn es wirklich eine Straftat gewesen wäre, hätte man ihn dafür nicht nur entlassen, sondern auch vor Gericht gestellt.

Was also war es? Etwas, das seine Reputation als Arzt für alle Zeiten beschmutzt hätte? Vermutlich, warum hätte Fliedtner sonst so zurückhaltend reagiert? Andererseits hätte Fliedtner natürlich auch sagen können, er wisse gar nichts – sie hätte ihm ja kaum das Gegenteil beweisen können. Warum also machte Marius Fliedtner erst Andeutungen, weigerte sich dann aber, alle Hintergründe aufzudecken?

Fliedtner hatte bereits vor Doktor Weiß bei ihnen gearbeitet. Wenn er von dessen Vergangenheit gewusst hatte, wäre es seine Pflicht gewesen, Friederikes Vater darüber aufzuklären. Aber das hatte er nicht getan. Warum? Weil er tatsächlich nur Gerüchte kannte und sich nicht an Spekulationen beteiligen wollte, die den Ruf eines Mannes nachhaltig schädigen könnten? Ein durchaus ehrenwertes Motiv, vor allem, wenn man nicht wusste, wozu Doktor Weiß tatsächlich fähig war.

Aber vielleicht hatte er ihrem Vater ja doch etwas erzählt. Dieser Gedanke brachte Friederike erneut in einen Gewissenskonflikt. Sollte sie ihren Vater jetzt endlich einweihen? Welche Konsequenzen hätte ihr weiteres Schweigen? Schützte es sie oder schadete es ihnen allen? Wie sie es auch drehte und wendete, sie fand keine eindeutige Antwort. Letztlich entschloss sie sich dazu, ihren Vater nach Fliedtner und Weiß zu befragen. Je nachdem, wie dieses Gespräch verlief, würde sie spontan entscheiden, wie viel sie ihm wirklich verraten konnte.

Bevor sie ihren Vater aufsuchte, sah sie noch einmal nach Bernhard, doch der schlief nach wie vor tief und fest, so wie es stets nach schweren Anfällen gewesen war. Eine Welle der Liebe und Zuneigung überflutete sie, als sie ihn dort so ruhig und friedlich liegen sah. Es stimmte, was sie Walter gesagt hatte. Selbst mit diesen schweren Beeinträchtigungen war sie dankbar, dass es Bernhard an ihrer Seite gab. Immerhin hatte er sich so gut erholt, dass sein Leben hier auf Gut Mohlenberg noch immer lebenswert war.

Als Friederike ihren Vater in seinem Büro aufsuchte, hatte der schon von Bernhards schwerem Anfall gehört und wirkte sehr besorgt.

»Er schläft jetzt«, sagte sie beschwichtigend. »Es war nicht schlimmer als die Anfälle vor einem Jahr.«

Ihr Vater nickte schwach. »Trotzdem … Er hat sich in den letzten Wochen so sehr zum Besseren gewandelt, dass ich gehofft hatte, er könnte noch weitere Fortschritte machen, zumal ich immer häufiger den Eindruck hatte, etwas von seiner alten Persönlichkeit zu erkennen, die sich langsam wieder ihren Durchbruch verschaffen will. Ich hoffe, der Anfall war nicht der Beginn eines Rückfalls.«

»Das denke ich nicht«, sagte Friederike. Sie überlegte kurz, ob sie ihrem Vater jetzt von der Fotografie erzählen sollte und davon, was Bernhard über Trudi gesagt hatte, doch irgendetwas mahnte sie, sich zurückzuhalten. Also lenkte sie das Thema in die Richtung, die ihr derzeit am wichtigsten erschien.

»Ich bin nicht nur wegen Bernhard bei dir«, sagte sie. »Ich habe einige Gerüchte gehört, dass Doktor Weiß keine ganz so blütenreine Vergangenheit hat, wie wir bislang immer dachten. Ist dir Näheres über seine Zeit an der Charité bekannt?«

Ihr Vater sah sie überrascht an. »Wie kommst du jetzt auf Doktor Weiß?«

Friederike zögerte. Vielleicht konnte sie doch einen Teil der Wahrheit in den Gesprächsverlauf einflechten – gerade so viel, dass ihr Vater nachvollziehen konnte, wie wichtig es für sie war.

»Mir scheint, Doktor Weiß verschweigt etwas«, sagte sie. »Ich habe durch Zufall in Hannover die Eltern seines ehemaligen Offiziersburschen, eines gewissen Ludwig Breuer, kennengelernt. Breuer starb in Langenhagen. Er war dort in

291

Behandlung, nachdem er sich bei derselben Explosion, bei der auch Bernhard so schwer verwundet wurde, ebenfalls eine Kopfverletzung zugezogen hatte. Ein Frontalhirnsyndrom, das seine Persönlichkeit auf unangenehme Weise veränderte. Doktor Weiß hat ihn dort behandelt, doch nach dessen Tod verließ er die Klinik. Und dann erfuhr ich in einem Gespräch mit Doktor Fliedtner, dass Doktor Weiß zuvor bereits die Charité unehrenhaft verlassen musste. Doktor Fliedtner wollte sich dazu nicht näher äußern, er sagte, er wisse es nur vom Hörensagen und könne nichts Genaueres zum Sachverhalt beitragen. Ich habe Doktor Weiß gefragt, ob er Bernhard gekannt habe, da er doch als Arzt für das Regiment zuständig war, aber er hat das bestritten. Hat Marius Fliedtner dir vor Doktor Weiß' Einstellung etwas über ihn erzählt?«

Ihr Vater atmete tief durch.

»Was genau willst du mir damit eigentlich sagen, Friederike?«

»Was glaubst du, Papa?«

»Ich habe keine Ahnung, deshalb frage ich dich. Doktor Weiß ist ein sehr guter Arzt und ich bin froh, dass wir ihn für uns gewinnen konnten. Er hatte sehr gute Zeugnisse aus Langenhagen.«

»Auch von der Charité?«

»Er sagte, die alten Zeugnisse von der Charité seien während des Krieges verloren gegangen.«

»Hatte er eigentlich ordnungsgemäße Entlassungspapiere aus der Armee?«

»Ich habe ihn damals nicht danach gefragt, mir genügten die Unterlagen aus Langenhagen. Neben seinem Zeugnis gab es auch noch persönliche Referenzen meines alten Kommilitonen Professor Koch, der sein Bedauern darüber äußerte, dass Doktor Weiß die Anstalt verlassen wollte.«

»Du weißt also nichts weiter über seine Vorgeschichte?«

»Nein.«

»Nun gut, vielleicht sehe ich ja auch nur Gespenster«, erwiderte Friederike ausweichend, als sie die skeptische Stirnfalte ihres Vaters sah. »Sag, Papa, was weißt du eigentlich über Doktor Fliedtner? Warum hat er Berlin verlassen?«

»Nun, manchmal benötigen junge Männer ein neues Umfeld, nicht wahr? Du solltest nicht weiter in ihn dringen, Friederike. Ich kann dir sagen, dass er gute Gründe dafür hatte, die aber nicht den geringsten Zweifel an seiner ärztlichen Kompetenz zulassen.«

Die Art, wie ihr Vater diese Worte formulierte, verriet ihr, dass er mehr wusste, als er ihr sagen wollte. Zumindest über Doktor Fliedtner. Und auf einmal war sie froh, dass sie ihn nicht eingeweiht hatte, denn wenn er selbst auch Geheimnisse vor ihr hatte, wer konnte dann schon wissen, wie er zu Doktor Weiß stand? Würde er womöglich arglos und in gutem Wissen die Vermutungen, die sie ihm anvertraute, im Rahmen eines klärenden Gesprächs an Doktor Weiß weitergeben? Oder an Doktor Fliedtner? Es wurde immer verworrener. Anscheinend schien hier jeder Geheimnisse zu haben.

34. Kapitel

Bernhard hatte sich bereits einen Tag später erholt, doch er konnte sich im Nachhinein nicht mehr an das Gespräch erinnern, das dem Anfall vorausgegangen war, und auch nicht daran, dass er Walters Foto gesehen hatte. Friederike wusste nicht, ob sie enttäuscht oder erleichtert sein sollte. Aus dem Studium war ihr bekannt, dass Epileptiker zu Amnesien neigten. Trotzdem fragte sie ihn nach Doktor Weiß und der toten Trudi.

Bernhard richtete sich in seinem Bett auf und sah sie mit angestrengter Miene an. »Ich konnte ihr nicht helfen«, sagte er wie schon so oft zuvor.

»Ja, das weiß ich. Aber was genau ist passiert, Bernhard?«

Da war er wieder, dieser verkrampfte Ausdruck, als versuchte er, die rechten Worte zu finden. Seine Mundwinkel fingen an zu zittern. »Keiner konnte ihr helfen«, flüsterte er.

»Hast du die tote Trudi im See gesehen?«

Bernhard zitterte immer stärker. Er wollte etwas sagen, brachte aber kein Wort hervor. Schon fürchtete Friederike, dass er wieder einen Anfall erleiden würde.

»Es ist gut«, sagte sie und nahm ihn in den Arm. »Du musst nicht darüber reden, Bernhard. Nicht, wenn es dich so sehr belastet!«

Er klammerte sich an sie und das Zittern blieb, doch langsam beruhigte er sich. Warum war es ihm nicht möglich, mit ihr darüber zu reden? Normalerweise erzählte er ihr alles, was ihn bewegte, trotz seiner unbeholfenen Ausdrucksweise. Aber sie wagte nicht, weiter in ihn zu dringen, schließlich wollte sie keinen neuen Anfall provozieren. Ob Bernhard Doktor Weiß beobachtet und der Arzt ihn dabei erwischt hatte und ihn auf irgendeine Weise unter Druck setzte? Welche Möglichkeiten mochte es geben? Hypnose? Manipulation? Hatte er eine innere Blockade erzeugt, die verhinderte, dass Bernhard über das, was er gesehen hatte, sprechen konnte? Oder bildete sie sich das alles nur ein? Es war zum Verzweifeln, sie hatte das Gefühl, sich wie durch dichten Nebel zu tasten. Das Einzige, was sie wusste, war, dass Doktor Weiß mit den Morden zu tun hatte, ja vielleicht sogar der Mörder war, ohne dass sie es beweisen konnte. Aber warum? Welchen Grund hatte der Arzt, eine unbedeutende Magd und einen einfachen Knecht umzubringen? Das ergab doch überhaupt gar keinen Sinn.

Ihr blieb nichts anderes übrig, als dem mutmaßlichen Mörder weiterhin freundlich und interessiert gegenüberzutreten und zu hoffen, dass sie mehr über seine Methoden erfahren würde, wenn Viktor Brunner seine Schwester besuchte. Julianes Bruder Doktor Weiß auszuliefern war jedoch auch nicht ungefährlich. Sie wünschte dem jungen Mann zwar eine Bestrafung und dass er seine Schwester künftig in Ruhe ließ, aber auf keinen Fall den Tod. Andererseits schien Doktor Weiß daran auch kein Interesse zu haben.

Juliane selbst war nach wie vor ängstlich und verunsichert, wenn sie an Viktors bevorstehenden Besuch dachte. Friederike bemühte sich aufrichtig, die junge Frau moralisch zu unterstützen und aufzubauen, aber sie verriet ihr nichts von ihrem heimlichen Pakt mit Doktor Weiß, den sie für sich immer nur den *Teufelspakt* nannte. Stattdessen befragte sie Juliane nach weiteren Erinnerungen an ihren Bruder. Es fiel der jungen Frau mittlerweile immer leichter, auf diese alten Bilder zurückzugreifen, auch wenn die Sitzungen sie sehr erschöpften.

Für Friederike war die Woche bis zu Viktor Brunners Ankunft ebenfalls ein wahres Martyrium. Auf der einen Seite sorgte sie sich um Bernhard, der sich äußerlich zwar recht schnell erholt hatte und auch anscheinend unbeschwert mit ihr ausritt. Auf der anderen Seite vergiftete das Wissen um Doktor Weiß' Geheimnisse, die sie jedoch nicht beweisen konnte, ihr Leben immer mehr. Walter Pietsch war der Einzige, mit dem sie darüber sprechen konnte. Wirklich beruhigend war das jedoch nicht, denn sie musste jedes Mal daran denken, wie Doktor Weiß ihm immer einen Schritt voraus gewesen war.

Zu allem Überfluss bemerkte sie nun auch, wie die Anspannung sich körperlich bemerkbar machte. Sie hatte stets über eine robuste Gesundheit verfügt und sich in jeder Lebenslage auf ihren Körper verlassen können, aber in den Tagen nach Bernhards Anfall hatte sie oft mit Schwindelattacken und Übelkeit zu kämpfen. Eines Morgens war es so schlimm, dass sie den Frühstücksraum fluchtartig verlassen musste, um sich zu übergeben. Als sie zurückkehrte, fing sie den skeptischen Blick ihrer Großmutter auf.

»Also, Kind, wenn ich nicht genau wüsste, dass es unmöglich ist, würde ich denken, du bist in anderen Umständen.«

Friederike zuckte zusammen. Daran hatte sie überhaupt nicht mehr gedacht, aber es konnte tatsächlich sein; ihre Monatsblutung war überfällig.

Bernhard, der ebenfalls noch am Tisch saß, sah Friederikes Großmutter irritiert an. »Andere Umstände?«, fragte er. »Kriegt Friederike ein Kind?«

»Ach was«, sagte ihre Großmutter. »Die Zeiten sind doch längst vorbei.«

Friederike räusperte sich. »Nein, sind sie nicht«, sagte sie dann. »Es ist durchaus möglich.«

Ihrer Großmutter blieb der Mund offen stehen, während Friederikes Vater überrascht von seiner Zeitung aufblickte und Juliane sich unter einem Vorwand von der Frühstückstafel zurückzog.

»Wie kann das denn sein?«, fragte ihre Großmutter. »Bernhard ist doch ... Nun ja.«

»Was ist mit mir?«, fragte Bernhard.

»Gar nichts ist mit dir«, sagte Friederike und griff nach seiner Hand. Dann sah sie ihre Großmutter mit strengem Blick an. »Bernhard und ich sind verheiratet und tun das, was verheiratete Paare zu tun pflegen. Seine Kopfverletzung hat daran nicht das Geringste geändert.«

»Oh«, sagte ihr Vater nur, während ihre Großmutter stammelte: »Aber ... aber ... Wie könnt ihr denn ...?«

»Oma, ich dachte, du wüsstest, wie das funktioniert«, sagte Friederike. »Deshalb hoffe ich auf dein Verständnis, wenn ich jetzt am Frühstückstisch nicht weiter ins Detail gehe.«

Ihre Großmutter errötete bis unter die Haarwurzeln. »Aber ja, natürlich«, stammelte sie. »Wenn es so sein sollte, wäre das ein großes Wunder, für das wir dankbar sein dürfen.«

»Du bekommst wirklich ein Kind?«, fragte Bernhard und strahlte sie an.

»Sicher ist es noch nicht, aber die Zeichen sprechen dafür«, entgegnete sie.

»Ich pass auf, dass dir nichts geschieht«, sagte er.

»Das weiß ich, Bernhard. Ich liebe dich.« Sie gab ihm einen Kuss auf die Wange. Ihr Vater blickte betont gleichmütig in seine Zeitung, während ihre Großmutter mit einem Seufzer sagte: »Dann werden wir wohl anfangen müssen, Säuglingswäsche zu nähen, sobald du dir über deinen Zustand im Klaren bist.«

Einen Tag bevor Viktor Brunner erwartet wurde, suchte Friederike noch einmal Doktor Weiß auf. Sie fühlte sich unwohl in seiner Gegenwart, aber mittlerweile war sie darin geübt, ihre Gefühle zu unterdrücken.

»Ich habe von Ihrer Großmutter gehört, dass man gratulieren darf«, sagte er, nachdem er sie in seinem Büro begrüßt und ihr einen Platz angeboten hatte. »Das freut mich wirklich außerordentlich für Sie, Frau von Aalen.«

Friederike schluckte. Dass ihre Großmutter aus einem bloßen Verdacht auf eine Schwangerschaft so freimütig eine Tatsache machte und dann ausgerechnet mit Doktor Weiß darüber sprach, ärgerte sie, aber sie wusste, dass es keinen Sinn hätte, wenn sie mit ihr darüber sprechen würde. Adelheid Meinhardt war schon immer eine resolute, durchsetzungsfähige Frau gewesen, die sich nichts sagen ließ und der Meinung war, gute Nachrichten müssten mit der ganzen Welt geteilt werden. Immerhin konnte sie dankbar sein, dass ihre Großmutter es als eine gute Nachricht ansah. Schlimmer wäre es gewesen, wenn sie ihr Vorhaltungen über die Art ihrer Beziehung zu Bernhard gemacht hätte. Auch wenn es dafür natürlich keinen nachvollziehbaren Grund gegeben hätte. Bernhard war ihr Ehemann und seine geistige Behinderung beruhte auf einer Verletzung, nicht auf einer erblichen Veranlagung.

»Es ist bislang nur ein Verdacht«, wehrte Friederike die Glückwünsche ab. »Warten wir erst einmal ab, ob es sich tatsächlich bestätigt.« Sie atmete tief durch. »Eigentlich wollte ich mit Ihnen über den Besuch von Herrn Brunner sprechen. Wie wollen Sie ihn dazu bringen, sich seiner eigenen Vergangenheit zu stellen, damit er künftig seine Schwester in Ruhe lässt?«

»Zunächst einmal muss ich den jungen Herrn kennenlernen. Außerdem brauche ich mehr Informationen. Sie sagten, Juliane habe als kleines Mädchen beobachtet, wie der Vater ins Zimmer des Jungen gegangen sei und ihm das Gesicht ins Kissen gedrückt habe, während er sich an ihm verging?«

Die Art, wie Doktor Weiß so offen nach diesen schrecklichen Ereignissen fragte, irritierte Friederike. Es war eine seltsam kühle, distanzierte Sachlichkeit, ohne jede Emotion – weder Mitgefühl mit dem Opfer noch Zorn auf den Täter. Lediglich eine banale Feststellung des eigentlichen Aktes.

»Ja«, bestätigte sie.

»Nun, es wäre sicher hilfreich, wenn wir sein Gästezimmer so vorbereiten würden, dass es dem Zimmer seiner Kindheit möglichst ähnlich sieht. Vor allem das Bett ist wichtig – es sollte in gleichem Winkel und Abstand zur Tür stehen wie damals. Glauben Sie, dass Fräulein Brunner Ihnen das in Ihren therapeutischen Sitzungen ausreichend beschreiben kann?«

»Ja«, bestätigte Friederike. »Und wie soll es dann weitergehen?«

»Ich will versuchen, so viele unbewusste Schlüsselreize wie nur irgend möglich zu setzen. Sein Unterbewusstsein muss ständig mit den Erinnerungen, die es zu unterdrücken versucht, konfrontiert werden. Das wird ihm die Nervenstärke nehmen und seine Abwehr zerbrechen lassen. Und dann können wir herausfinden, ob noch ein Rest Empathie in ihm ist, der eine Heilung möglich macht, oder ob nur noch die tiefe Dunkelheit eines zerstörten Geistes in ihm lebt, die härtere Maßnahmen erfordert.«

»Härtere Maßnahmen?«, fragte Friederike verunsichert und musste sofort an Theodor Lehmberg und Ludwig Breuer denken. »Was meinen Sie damit?«

»Macht über den Geist zu bekommen bedeutet, dass der Betroffene uns alles glauben wird – auch dass wir ihn vernichten können, wenn er nicht tut, was wir verlangen. In dem Fall werden wir eine Situation herstellen müssen, in der wir ihm damit drohen, seine Existenz auszulöschen, wenn er seine Schwester künftig nicht in Ruhe lässt. Aber das ist wirklich nur das letzte Mittel. Davor sollte Fräulein Brunner versuchen, ihre Sexualität als Instrument einzusetzen und ihrem Bruder so die Macht zu entziehen. Diese Art Macht lebt von der Demütigung des Opfers – nicht von dessen Lust.«

Friederike räusperte sich. »Ich weiß nicht so recht … Sind Sie sich sicher, dass das der richtige Weg ist?«

»Es ist der einzige Weg«, beschied Weiß. »Die Sexualität ist eine unserer größten Antriebsfedern, das hat bereits Sigmund Freud sehr überzeugend in seinen Abhandlungen dargestellt. Wer über die Sexualität eines Menschen Bescheid weiß, der hat Macht über ihn. Vor allem dann, wenn es sich um abnorme Varianten handelt. Sie sollten Herrn Doktor Fliedtner mal darauf ansprechen.« Ein bösartiges Lächeln zog sich über sein Gesicht, das Friederike noch mehr irritierte. Was hatte das alles mit Doktor Fliedtner zu tun?

»Worauf sollte ich ihn denn genau ansprechen?«

»Ach, vergessen Sie es, das ist mir einfach so herausgerutscht. Er ist ja nicht der Einzige aus der Familie mit diesem … Leiden.«

Friederike sah ihn fragend an, aber Doktor Weiß äußerte sich nicht weiter dazu.

»Es wäre nett, wenn Sie das Zimmer für Herrn Brunner so bald wie möglich vorbereiten würden, Frau von Aalen. Das ist der erste Schritt und ohne diese kleine Manipulation werden wir keinen Erfolg haben. Aber den benötigen Sie doch, um Fräulein Brunner dauerhaft schützen zu können, nicht wahr?«

Friederike nickte wortlos. Wie Doktor Weiß mit ihr sprach, machte ihr auf eine unbestimmte Art Angst, und sie fragte sich erneut, ob sie nicht einen großen Fehler gemacht hatte. Aber ihr fiel keine andere Möglichkeit ein, Juliane zu schützen.

35. Kapitel

Viktor Brunners Mietdroschke, die ihn vom Lüneburger Bahnhof nach Gut Mohlenberg brachte, kam am frühen Nachmittag an. Als er aus der Kutsche stieg, stellte Friederike fest, dass sie den jungen Mann bei seinem ersten Besuch kaum wahrgenommen hatte. Er war lediglich Julianes Bruder gewesen, ihre Aufmerksamkeit hatte damals ausschließlich ihrer künftigen Patientin gegolten. Dieses Mal musterte sie ihn genauer. Er war glatt rasiert und hatte hellbraunes Haar, das mit Pomade in Form gehalten wurde. Sein dunkelgrauer Anzug war maßgeschneidert, aber betont schlicht gehalten. Kein überflüssiger Zierrat. Der teure Stoff und der kundige Schnitt betonten die athletische Figur des jungen Mannes jedoch auf vollkommene Weise. Seine schwarzen Schuhe waren so blank poliert, als hätte er sie gerade erst vom Schuhmacher abgeholt. Friederike war sich sicher, dass er am Lüneburger Bahnhof noch einmal die Dienste eines Schuhputzers in Anspruch genommen hatte, um bei seiner Ankunft den besten Eindruck zu machen.

Als er die neue Frisur seiner Schwester bemerkte, runzelte er kurz die Stirn, aber er sagte kein Wort. Stattdessen begrüßte er zunächst Friederikes Vater, dann Friederike und erst an dritter

Stelle Juliane, der er einen zarten Kuss auf die Wange hauchte. Sie ließ es regungslos über sich ergehen.

»Ich hoffe, es geht dir bereits besser?« Seine Stimme klang freundlich und angenehm. Niemals hätte Friederike geahnt, was dieser Mann seiner Schwester angetan hatte, wenn sie es nicht besser gewusst hätte.

Juliane antwortete nicht.

»Hat es dir die Sprache verschlagen?«, fragte er und bemühte sich, die peinliche Stille mit einem Lächeln zu überspielen.

»Ich freue mich, dich zu sehen, Viktor«, erwiderte Juliane pflichtschuldig und mit ausdrucksloser Miene.

»Ich freue mich auch, dich zu sehen. Ich habe dich sehr vermisst«, erwiderte er. »Vater schickt mich mit der Frage, wie lange deine Genesung noch braucht.«

»Das sollten wir nicht hier unter freiem Himmel besprechen«, sprang Friederikes Vater Juliane bei. »Bitte kommen Sie doch ins Haus. Es gibt Kaffee und Kuchen.«

Im Haus wurden sie bereits von Friederikes Großmutter, Bernhard sowie den beiden Ärzten Doktor Weiß und Doktor Fliedtner erwartet. Friederikes Vater stellte die Anwesenden vor und Friederike nahm erfreut zur Kenntnis, dass Bernhards Behinderung Herrn Brunner nicht sofort ins Auge sprang, was vor allem daran lag, dass Bernhard außer einem kurzen Gruß nichts weiter sagte.

Doktor Weiß hatte es so eingerichtet, dass Viktor Brunner zwischen ihm und Juliane Platz nahm. Während der Kaffee eingeschenkt und der Kuchen serviert wurde, begann er, ihn in ein Gespräch zu verwickeln, indem er über die Geschäftsbeziehungen der Familie Brunner sprach. Friederike war erstaunt, wie genau Doktor Weiß über die Brunners Bescheid wusste, und Viktor Brunner schien es ebenso zu gehen. Als er den Arzt fragte, woher dieser seine Informationen habe, erwiderte Weiß mit einem gewinnenden Lächeln: »An einer bekannten Familie wie der Ihrigen kommt man in Hamburg nicht vorbei.«

»Dann stammen Sie auch aus Hamburg?«, fragte Brunner.

»Meine Mutter war Hamburgerin. Eine gebürtige Stolze. Ich selbst wurde in Berlin geboren.«

»Ist Ihre Mutter etwa mit Manfred Stolze von der Stolze Compagnie verwandt, die so erfolgreich im Ostasienhandel ist?«

»Sie war seine Schwester. Leider ist sie schon vor einigen Jahren verstorben.«

»Das tut mir sehr leid.«

»Ja, es war für alle ein sehr schmerzhafter Verlust.« Weiß atmete tief durch und Friederike konnte nicht umhin zu bewundern, wie er sich binnen kürzester Zeit zu einem interessanten Gesprächspartner für Viktor Brunner machte. Ob er an der Front so auch Bernhards Sympathien gewonnen hatte? Sie warf einen Blick auf ihren Mann neben sich, der wortlos seinen Kuchen aß, ohne auf Doktor Weiß oder Viktor Brunner zu achten.

Viktor Brunner schien indes großes Interesse an Doktor Weiß' verwandtschaftlichen Beziehungen zur Familie Stolze zu hegen, denn das Gespräch kam sehr schnell zum Ostasienhandel, der nach dem verlorenen Weltkrieg arge Einbußen hinnehmen musste.

»Wissen Sie zufällig, wie Ihr Onkel mit den Handelsbeschränkungen durch die Briten umgeht?«, fragte er.

»Mein lieber Herr Brunner, ich bin Arzt, kein Kaufmann. Ich habe meinen Onkel vermutlich länger nicht gesehen als Sie. Sie haben doch ebenfalls gute Kontakte zur Familie Stolze, nicht wahr?«

Brunner räusperte sich. »Wir haben Kontakte«, sagte er ausweichend. Das kurze vieldeutige Lächeln von Doktor Weiß verriet Friederike, dass er genau wusste, dass es um diese Kontakte nicht zum Besten stand. Wenn Doktor Weiß sich vornahm, jemanden zu manipulieren, bereitete er sich anscheinend in jeder Hinsicht ausgezeichnet vor. Dann kam ihr ein anderer Gedanke. Entsprach das, was Weiß erzählte, überhaupt der Wahrheit? War seine Mutter tatsächlich eine geborene Stolze und verstorbene Schwester eines bekannten Hamburger Handelspatriarchen oder war Doktor Weiß tatsächlich so dreist, sich diese Geschichte nur auszudenken? Wie es auch sein mochte, die Strategie ging auf, denn nachdem die Kaffeetafel aufgehoben worden war, hatte Viktor Brunner keinerlei Auge mehr für seine Schwester, die zu besuchen er doch eigentlich gekommen war, sondern ließ sich von Doktor Weiß das Anwesen zeigen.

Juliane sah den beiden irritiert, aber auch erleichtert hinterher.

»Ihr Bruder scheint einen neuen Freund gefunden zu haben«, bemerkte Friederike mit einem Augenzwinkern.

»Ich hoffe, die Aussicht auf lukrative Geschäfte wird Viktor von mir ablenken.«

»Sagen Sie, Juliane, wie viel wissen Sie eigentlich über die Geschäfte Ihrer Familie? Haben Sie überhaupt einen Einblick oder hat man Sie von allem ferngehalten?«

»Geschäfte sind nichts für Frauen, pflegte mein Vater zu sagen. Aber zugleich verlangte er von mir immer, ihn und meinen Bruder zu langweiligen Geschäftsessen zu begleiten. Ich hatte stets die Befürchtung, er würde mich irgendwann aus geschäftlichen Interessen mit einem alten langweiligen Mann verheiraten.« Sie schluckte. »Es ist schon seltsam: Ich habe mein Zuhause gehasst, aber noch mehr fürchtete ich, es verlassen zu müssen. Vermutlich ist die Hölle, die man kennt, immer noch angenehmer als die unbekannte Freiheit.«

»Und wenn Sie wählen könnten? Wo würden Sie Ihr Leben gern verbringen?«

»Ich weiß es nicht. Um ehrlich zu sein, ist Gut Mohlenberg der Ort, an dem ich mich bislang am wohlsten gefühlt habe. Manchmal ertappe ich mich dabei, wie ich meine relative Gesundheit bedauere. Von mir wird erwartet, irgendwann in die Welt zurückzukehren. In eine feindliche Welt, in der jeder nur für den eigenen Vorteil kämpft. Hier ist das anders, aber ich hätte hier auf Dauer wohl keinen Platz.« Sie seufzte.

In diesem Moment kam Friederike ein kühner Gedanke. »Wer sagt das denn? Vielleicht wäre es genau der richtige Platz für Sie, wenn Sie sich wieder ganz gesund und stabil fühlen. Sie könnten uns dabei helfen, andere junge Frauen in ähnlicher Lage wie Sie selbst zu behandeln und zu unterstützen.«

»Glauben Sie wirklich, dass ich das könnte?«

»Ja, da bin ich mir ganz sicher«, bestätigte Friederike. »Ein Vorbild, das zeigt, dass uns keine Macht der Welt zerstören kann, ist von unschätzbarem Wert, denn es macht Mut und zeigt, dass niemand je allein ist.«

»Aber noch habe ich mich meinem Bruder nicht gestellt«, entgegnete Juliane. »Noch habe ich nicht bewiesen, dass ich ihm die Stirn bieten kann. Wenn ich ihn sehe, verschlägt es mir die Sprache, dann ist da wieder der Druck in meiner Kehle, und all die Dinge, die ich ihm längst hätte sagen müssen, bleiben mir im Halse stecken.«

Friederike nahm Juliane spontan in die Arme. »Wir werden das gemeinsam durchstehen«, versprach sie. »Sie werden niemals wieder allein sein.«

Noch während sie Juliane hielt, näherte sich ihnen Bernhard.

»Geht es dir und Fräulein Brunner gut?«, fragte er unsicher. Friederike ließ Juliane los.

»Ja«, bestätigte sie. »Es geht uns gut.«

Bernhard sah sie nur an, sagte aber kein weiteres Wort.

»Und dir?«, fragte sie.

Statt einer Antwort griff er nach ihrer Hand. »Komm mit.«

»Was ist denn?«, fragte sie, sah Juliane entschuldigend an und folgte ihm dann. Er ging mit ihr zum Stall. »Reite mit mir!«, sagte er. »Ich muss dir etwas zeigen.« Und noch ehe sie widersprechen konnte, fing er an, erst Wotan und dann Walküre zu satteln. Unter normalen Umständen hätte Friederike sich geweigert, jetzt, da sie vermutete, schwanger zu sein, und zudem befürchten musste, dass Bernhard womöglich wieder einen epileptischen Anfall erleiden könnte, aber seine Zielstrebigkeit ließ sie all ihre Vorsicht vergessen. Es war ihm wichtig und sie war es ihm schuldig, richtig zuzuhören – etwas, das sie viel zu lange nicht getan hatte, da sie seine Worte sofort interpretiert hatte, anstatt auf das zu achten, was er tatsächlich gesagt hatte.

Nach dem Aufsitzen galoppierte Bernhard zielstrebig in eine bestimmte Richtung. Schon bald erkannte Friederike, dass er auf dem Weg zum See war. Zu der Stelle, an der sie Trudis Schuh gefunden hatte. Sie hatte den Schuh nach Lüneburg geschickt, aber seither nichts mehr von Kriminalkommissar Lechner oder Doktor Schröder gehört. Es war so, wie ihr Vater gesagt hatte. Sie waren zu unwichtig.

Wotan wollte wie immer ins Wasser, doch Bernhard zügelte ihn und stieg ab. Dann half er auch Friederike aus dem Sattel.

»Was willst du mir zeigen?«, fragte sie verunsichert, als sie seinen ernsten Gesichtsausdruck sah.

Er zeigte auf den Bootssteg.

»Sie war da«, sagte er. »Ich war dahinten.« Er zeigte in die Richtung, aus der sie gekommen waren. »Sie sprang ins Wasser. Dann ging sie unter. Ich habe nicht verstanden, warum sie mit Kleidern ins Wasser springt. Ich habe Wotan angetrieben, dann bin ich auf den Steg. Ich habe ein Boot genommen und sie rausgezogen. Sie hat ihren Schuh verloren. Dahinten«, er wies auf den flachen Sandstrand, »da war Doktor Weiß. Ich wollte, dass er ihr hilft. Ich ruderte dorthin. Dann legte ich sie in den Sand.

306

Doktor Weiß sollte ihr helfen. Aber er sagte, sie ist tot. Sie ist ins Wasser gegangen. Dann sagte er: ›Deshalb ist sie ins Wasser gegangen.‹ Und dann schnitt er ihr den –« Bernhard fing wieder heftig an zu zittern.

»Dann schnitt er ihr den Bauch auf«, flüsterte Friederike. »Oh mein Gott! Trudi wurde gar nicht ermordet. Sie hat sich umgebracht, weil sie schwanger war. Und Doktor Weiß hat ihr den Bauch aufgeschnitten. Er wusste ganz genau, was passiert war, und hat Kuno ins Verderben laufen lassen.«

»Er sagte, wir müssen die schwangeren Frauen schützen«, flüsterte Bernhard. »Damit das nicht mehr passiert. Und ich darf nichts sagen, sonst passieren noch schlimmere Dinge. Und mir glaubt keiner. Ich bin blöd geworden.« Er atmete immer heftiger. »Aber du musst das wissen!«, keuchte er. »Sonst bist du auch in Gefahr!« Das Sprechen fiel ihm immer schwerer und seine Augen bekamen wieder diesen in sich gekehrten Ausdruck, den sie zum ersten Mal gesehen hatte, als Kuno das tote Lämmchen getragen hatte.

Sie riss ihn in ihre Arme. »Es ist gut, Bernhard. Niemand wird mir etwas tun. Trudi hat sich umgebracht, weil der Vater des Kindes sie hat sitzen lassen. Mir wird nichts passieren, ich habe dich!«

Langsam beruhigte sich Bernhard und das Zittern ebbte ab.

»Wir müssen deine Aussage der Polizei melden«, sagt sie. »Keine Sorge, sie werden dir glauben.«

»Nein«, sagte er. »Nicht nach Alfons.«

»Alfons?«, fragte Friederike erschrocken. »Was weißt du über Alfons?«

»Doktor Weiß sagte, Alfons ist gefährlich«, flüsterte Bernhard. »Er sagte, ich muss ihn aufhalten. Er wollte, dass ich ihn totmache. Aber das wollte ich nicht. Das ist nicht richtig.« Er keuchte erneut.

Friederike schluckte.

»Wer hat Alfons getötet?«, fragte sie, doch sie wusste gar nicht, ob sie die Antwort hören wollte.

»Doktor Weiß sagte, Alfons ist gefährlich. Ich wollte ihm nichts tun. Ich wollte nur mit ihm reden. Ich habe ihn hier an dieser Stelle gefragt, was er mit Trudi gemacht hat. Ob er schuld ist an ihrem Tod. Da ist er wütend geworden.«

»Und dann?«

»Manchmal raufen Männer«, sagte er.

Genau das Gleiche hatte er damals gesagt, als Kommissar Lechner und Doktor Schröder den Fall untersucht hatten. Friederike wurde schwindelig. Er hatte von Anfang an immer wieder versucht zu erzählen, was wirklich passiert war, aber keiner hatte auf seine leisen Zwischentöne geachtet. Niemand hatte ihn ernst genommen. Weil er blöd geworden war …

»Ihr habt gerauft?«

»Er hat mich geschlagen, ich habe zurückgeschlagen, aber Feiglinge haben Messer.«

»Und er hatte ein Messer?«, flüsterte Friederike.

»Er wollte stechen«, brachte Bernhard stockend hervor. »Ich habe es ihm weggenommen und dann ist es passiert …« Er brach in Tränen aus und das berührte sie mehr als alles andere. Sie hatte Bernhard noch nie weinen sehen. Sie drückte ihn fester an sich.

»Du hast keine Schuld«, flüsterte sie. »Es war Notwehr.«

Bernhard beruhigte sich und die Tränen versiegten. »Dann war da Doktor Weiß«, fuhr er fort. »Er wollte sehen, ob ich Alfons totmache. Ich sagte ihm, ich wollte das nicht. Alfons hatte das Messer. Doktor Weiß nahm dann das Messer und hat …« Erneutes Zittern und Würgen.

»Er hat Alfons die Hoden abgeschnitten und ihm in den Mund gestopft«, vollendete Friederike den Satz.

»Er sagte, das ist, weil er Trudi geschwängert und ins Wasser getrieben hat. Aber er hat sie gar nicht ins Wasser getrieben, sie sprang ja freiwillig. Das sagte ich ihm. Er sagte, es war richtig, Alfons totzumachen. Aber ich darf das keinem sagen, weil ich dann da hinkomme, wo Kuno ist, und dich nie wiedersehen darf, Rieke. Weil mir keiner glaubt. Und dann hat mir ja auch keiner geglaubt. Ich habe ja gesagt, Männer streiten manchmal, aber keiner hat mir geglaubt!«

Friederike schluckte erneut. »Warum hast du es mir nicht erzählt?«

»Du warst traurig wegen Kuno. Ich wollte nicht, dass du auch traurig bist wegen mir. Ich wollte bei dir bleiben.«

»Hör mir jetzt gut zu, Bernhard. Das darf niemand außer uns wissen, hast du verstanden?«

»Ja«, sagte er, »aber du bekommst unser Kind. Ich muss dich schützen.«

»Doktor Weiß ist ein böser Mensch, das hast du ganz richtig erkannt. Und Walter und ich, wir wollen beweisen, dass Doktor Weiß ein böser Mensch ist. Aber dazu müssen wir noch mehr über ihn herausfinden. Denn man glaubt uns sonst genauso wenig wie dir. Doktor Weiß ist böse und schlau.«

»Du bist auch schlau, Friederike. Viel schlauer als ich und als Doktor Weiß. Und ich pass auf dich auf. Dir wird keiner was tun.«

Die Art, wie er das sagte, ließ sie für einen Moment vergessen, was er ihr soeben offenbart hatte, und sie fühlte eine warme Welle der Zuneigung in ihrer Brust, so stark und so gewaltig, dass es sie fast zu zerreißen drohte.

»Bernhard, weißt du eigentlich, wie sehr ich dich liebe?«, flüsterte sie.

»So sehr wie ich dich?«, flüsterte er zurück. Die gleichen Worte, die er schon früher verwendet hatte.

Und da wusste Friederike, dass nichts, überhaupt gar nichts, jemals ihre Liebe zu Bernhard zerstören konnte. Er würde immer der Mann sein, den sie liebte, ganz gleich, mit welchen Einschränkungen er leben musste und was geschehen war. Der Schuldige war Doktor Weiß und sie würde alles in ihrer Macht Stehende tun, um den verbrecherischen Arzt wie ein wildes Tier zur Strecke zu bringen.

36. KAPITEL

Bernhards Geständnis hatte Friederike nicht nur emotional aufgewühlt, sondern sie fühlte sich auch unter Zugzwang gesetzt. Doktor Weiß war mit Viktor Brunner beschäftigt, das verschaffte ihr womöglich etwas Zeit, aber sie musste endlich handeln und vor allem herausfinden, was damals an der Charité vorgefallen war. Marius Fliedtner wusste es, aber der schwieg wie ein britischer Gentleman. Ihr fiel die seltsame Bemerkung ein, die Doktor Weiß über abnorme Sexualität im Zusammenhang mit seinem jungen Kollegen hatte fallen lassen. Ob darin der Schlüssel lag? Friederike hatte während ihres Studiums in Heidelberg selbst erleben müssen, wie einer ihrer Kommilitonen wegen seiner Homosexualität gemäß Paragraf 175 des Strafgesetzbuches zu drei Monaten Gefängnis verurteilt und anschließend der Universität verwiesen worden war. Konnte es sein, dass Fliedtner homosexuell und seine Neigung in Berlin bekannt geworden war? Wurde er deshalb immer so rot, wenn ihre Großmutter Bemerkungen über eine verlorene Liebe machte? Sie hatte es für Schüchternheit gehalten, aber was wäre, wenn etwas ganz anderes dahintersteckte?

Wenn Doktor Weiß davon wusste, war es auch verständlich, warum Marius Fliedtner ihn deckte. Auch das seltsame und kurz angebundene Verhalten ihres Vaters würde dazu passen. Falls er ihn trotz seiner Neigung in der Anstalt arbeiten ließ, begab er sich selbst auf unsicheres Terrain. Doch ihr Vater war der Meinung, dass das, was im Einvernehmen zwischen zwei Erwachsenen geschehe, nur diese beiden Menschen etwas angehe. Ein sehr umstrittener Gedanke unter Ärzten, von denen die meisten glaubten, die größte Gefahr für die Moral und die seelische Gesundheit liege im homosexuellen Verkehr. Auf Anraten ihres Vaters hatte auch Friederike schon früh die Schriften von Magnus Hirschfeld gelesen, einem Pionier der Sexualforschung, der sich für die Straflosigkeit der Homosexualität einsetzte, da er sie für eine Normvariante hielt und als das »Dritte Geschlecht« bezeichnete.

Hütete Marius Fliedtner wirklich ein solches Geheimnis oder ließen ihre überreizten Nerven die Fantasie mit ihr durchgehen? Nun, Gewissheit konnte sie nur erhalten, wenn sie Fliedtner direkt konfrontierte. Und so suchte sie ihn in seinem Büro auf.

Doktor Fliedtner empfing sie freundlich, aber sie hatte den Eindruck, er war deutlich zurückhaltender als bei ihrem ersten Besuch.

»Womit kann ich Ihnen dienlich sein, Frau von Aalen?« Funkelte da gar etwas Misstrauen in seinen Augen?

Sie setzte sich und ließ dabei den Blick über seine Bücherwand schweifen. War es nur ein Zufall, weil sie kurz zuvor darüber nachgedacht hatte, oder hatte es etwas zu bedeuten, dass gerade die Werke von Magnus Hirschfeld einen so prominenten Platz einnahmen?

»Erinnern Sie sich daran, wie ich Sie bei unserem letzten Gespräch nach Doktor Weiß' Vergangenheit fragte?«, begann sie das Gespräch.

Sein Gesichtsausdruck verriet, dass ihre Direktheit ihn völlig unvermittelt traf.

»Ja, ich erinnere mich«, sagte er vorsichtig.

»Nun, und ich erinnere mich, dass Sie sehr auf seinen guten Ruf bedacht waren und sich wie ein vollendeter Kavalier verhalten haben, der niemals etwas Schlechtes über einen Kollegen sagen würde. Nur leider …« – sie hielt kurz inne, um ihren nachfolgenden Worten mehr Gewicht zu verleihen – »… fürchte ich, dass Doktor Weiß Ihre Loyalität nicht verdient, denn er ist sich nicht zu schade, bei unpassenden Gelegenheiten Anzüglichkeiten über Ihre …« – sie räusperte sich gekonnt –, »… nun wie soll ich es nennen … Ihre besonderen Neigungen zu äußern. Ich wollte nur, dass Sie das wissen. Falls es etwas Wichtiges gibt, das Sie mir über seine Vergangenheit zu sagen hätten, es aber nicht wagen, weil Sie eine Erpressung befürchteten, können Sie dies ohne jede Hemmung tun. Mein Vater und ich haben für Ihre Lage Verständnis und verurteilen niemanden, ganz im Gegenteil. Ich sehe, Sie studieren die Werke von Doktor Hirschfeld. Mein Vater und ich halten seine Forschungen für äußerst bedeutsam. Sie können also völlig unbesorgt sein.«

So, nun war es heraus. Der Schuss ins Blaue war abgefeuert und sie konnte nur hoffen, dass ihre Vermutungen zumindest halbwegs zutrafen.

Doktor Fliedtner errötete – immerhin, das sah sie als gutes Zeichen an. Tatsächlich schien er sprachlos. Das Schweigen wurde langsam bleiern, aber Friederike fühlte sich stark genug, es auszuhalten, und sah Doktor Fliedtner aufmunternd an.

»Sie wissen es also«, sagte er schließlich. »Ich hatte von Anfang an den Verdacht, dass Ihr Vater es längst ahnte, aber es wurde zwischen uns niemals ausgesprochen. Wohl um beiden Seiten die Peinlichkeit zu ersparen.«

»Es muss Ihnen nicht peinlich sein«, sagte sie. »Was erwachsene Menschen füreinander empfinden, ist ihre persönliche Angelegenheit.«

Doktor Fliedtner schwieg betreten.

»Es waren doch Erwachsene, oder?«, hakte sie misstrauisch nach.

»Ja«, bestätigte Fliedtner. »Ich bin kein Päderast, auch wenn das von bestimmten Kreisen gern für ein und dasselbe gehalten wird.« Er atmete tief durch. »Und was hat das für Sie nun für Konsequenzen, Frau von Aalen?«

»Gar keine. Ich wollte Ihnen nur sagen, dass Sie bei uns niemand erpressen kann. Mein Vater und ich schätzen Ihre Arbeit und sind froh, dass Sie bei uns sind. Alles andere ist Ihre Privatangelegenheit.«

»Aber Sie würden im Gegenzug gern mehr über Doktor Weiß von mir erfahren?«

»Nicht im Gegenzug, Herr Doktor Fliedtner«, wehrte Friederike ab. »Ich würde auch Ihr Schweigen akzeptieren. Aber es gibt gewichtige Gründe, die es erforderlich machen, alles über die Vergangenheit von Doktor Weiß zu erfahren. Ich wollte Ihnen lediglich die Furcht vor negativen Konsequenzen nehmen. Ich weiß, dass Doktor Weiß vor Erpressung nicht zurückschreckt, wenn dies seinen Zielen dient. Weder vor Erpressung noch vor Mord.«

»Vor Mord?« Doktor Fliedtner schluckte. »Was meinen Sie damit?«

Sie senkte den Blick. »Es ist für mich ein großes Risiko, denn ich weiß nicht, wem ich vertrauen kann.«

»Ich verstehe. Ich habe über Weiß lediglich Gerüchte gehört, ich kann es nicht aus eigener Anschauung belegen, deshalb war ich bislang so zurückhaltend. Die Menschen reden viel und ich weiß aus eigener leidvoller Erfahrung, wie Gerüchte einen Mann zerstören können.«

»Ich habe nicht die Absicht, Gerüchte über Doktor Weiß zu verbreiten. Aber ich muss mir ein Bild von ihm machen.«

»Sie erwähnten, dass er auch vor Mord nicht zurückschrecke. Vermuten Sie einen Zusammenhang mit den Morden auf Gut Mohlenberg?«

»Ich werde es Ihnen sagen, sobald ich mir über alles im Klaren bin. Vorher ist es zu riskant.«

Doktor Fliedtner nickte.

»Es gab da zwei Vorfälle an der Charité, die nur hinter vorgehaltener Hand weitererzählt wurden«, sagte er. »Beinahe wie ein Initiationsritual unter jungen Ärzten.«

»Und Doktor Weiß hatte damit zu tun?«

»Ja, diese beiden Vorfälle waren der Grund dafür, dass er die Klinik verlassen musste.«

»Was hat er getan?«

Doktor Fliedtner holte tief Luft. »Es gab zwei Todesfälle, die sich beide auf Doktor Weiß' Station ereigneten«, sagte er dann. »Der erste kurz vor Ostern 1914. Ein Patient tötete einen anderen, indem er ihn mit einem zusammengedrehten Bettlaken strangulierte. Er behauptete danach, Doktor Weiß habe es ihm befohlen. Natürlich glaubte niemand dem Wort eines Geisteskranken, der schon zuvor für seine gewalttätigen Triebdurchbrüche bekannt gewesen war. Doch einige Monate später kam es zu einem zweiten Mord. Wieder war ein zusammengedrehtes Bettlaken die Tatwaffe und wieder behauptete der Täter, Doktor Weiß habe es ihm befohlen. Der bestritt das vehement, aber es war bekannt, dass er sich einem skurrilen Forschungsthema verschrieben hatte, bei dem es darum ging, Menschen zu manipulieren. Er vertrat die Auffassung, dass in jedem Menschen ein wildes Tier stecke, das nur darauf lauere, an die Oberfläche zu kommen und einen anderen Menschen auf Anweisung hin zu töten. Man müsse nur die richtigen Schlüsselreize setzen. Zwar konnte man ihm nichts nachweisen, aber durch die Gerüchte und das Gerede war er für die Charité untragbar geworden. Seine Entlassung fiel in die Zeit der Mobilmachung, und soweit mir bekannt ist, meldete er sich kurz darauf freiwillig als Arzt zum Kriegsdienst.«

Friederike atmete tief ein und wieder aus. Das war mehr, als sie erwartet hatte. Und Doktor Weiß hatte sie mehr als einmal belogen. Sowohl über Bernhard als auch über seine Forschungen. Hatte er ihr nicht gesagt, er habe erst im Krieg unter all den zerstörten Seelen begonnen, über Schlüsselreize und die Manipulation von Menschen nachzudenken? Hatte er womöglich von Anfang an versucht, Bernhard zu manipulieren? Einen Mann, den er sowohl als geistig gesunde Person gekannt hatte als auch nach einer schweren Hirnverletzung? Möglicherweise war Bernhard für ihn ein besonders faszinierendes Studienobjekt. Hatte er sich deshalb nach Gut Mohlenberg begeben? Es war durchaus möglich, dass er über Professor Koch von Bernhards Schicksal erfahren hatte. Professor Koch war ein alter Freund ihres Vaters und das Schicksal von Friederikes Ehemann hatte sich als große Familientragödie herumgesprochen. In Langenhagen war es Weiß anscheinend zu ungemütlich geworden, nachdem Ludwig Breuer zunächst zu viel geredet hatte und anschließend unter ungeklärten Umständen verstorben war.

»Ist alles in Ordnung, Frau von Aalen?« Doktor Fliedtners Frage riss sie aus ihren Gedanken.

»Ja. Vielen Dank, Sie haben mir sehr geholfen!«

»Mögen Sie mir nun verraten, warum diese Informationen so wichtig für Sie sind?«

»Das werde ich, Herr Doktor Fliedtner. Allerdings nicht heute, denn ich habe noch einiges zu tun. Sie werden von mir hören.« Sie erhob sich und verließ sein Büro. Ihr Blick fiel auf die Tür schräg gegenüber. Ob Doktor Weiß noch mit Viktor Brunner unterwegs oder bereits zurückgekehrt war? Weiß ahnte nicht, dass sie ihm auf der Spur war, insofern würde er sich gewiss auch nichts dabei denken, wenn sie ihn nach seinen weiteren Plänen fragte. Mit dem Wissen, das sie jetzt hatte, würde sie zwischen seinen Worten vielleicht Hinweise entdecken, die ihr ansonsten verborgen geblieben wären.

Doch als sie klopfte, blieb alles still. Sie drückte vorsichtig die Klinke hinunter. Die Tür war abgeschlossen. Das war neu und machte Weiß nur noch verdächtiger. Hastig zog sie ihren Generalschlüssel hervor und öffnete.

Im Büro des Arztes hatte sich nichts verändert. Auf dem Schreibtisch lagen noch immer die Aufzeichnungen über die Morde, die sie bereits kannte. Er hatte sie anscheinend nicht fortgeführt. Stattdessen entdeckte sie ein in Leder gebundenes Tagebuch. Als sie es aufschlug, sah sie, dass die Eintragungen in verschlüsselter Form vorgenommen waren. Es handelte sich um eine unverständliche Aneinanderreihung von Buchstaben, die irgendeinem Code folgten. Was konnte so wichtig sein, dass Doktor Weiß es verschlüsselte? Es musste hochbrisant sein, aber für ihn von solchem Wert, dass er es trotzdem niederschreiben musste. Zu dumm, dass sie kein Wort zu entziffern vermochte. Das, was hier codiert war, würde möglicherweise ausreichen, um alle Verdachtsmomente gegen den Arzt zu belegen. Ob sie es wohl riskieren konnte, das Buch einfach mitzunehmen? Würde Weiß den Verlust sofort bemerken? Und falls ja, wie würde er reagieren? Egal, beschied sie für sich. Er hatte in diesen Tagen genügend mit Viktor Brunner zu tun, und wenn sie die Zimmertür wieder ordnungsgemäß verschloss, würde er vermutlich glauben, er hätte das Buch verlegt, und es erst einmal suchen, ehe er einen Diebstahl in Betracht zog. Und so schob sie das Buch unter ihren Rock, verließ das Zimmer ungesehen und verschloss die Tür wieder.

In ihrem eigenen Büro angekommen, versteckte sie das Buch zwischen ihren Büchern, dann holte sie Walter, um ihm ihren Fund zu zeigen. Möglicherweise handelte es sich um eine

Chiffrierung, die auch das Militär benutzte und die Walter als ehemaligem Offizier bekannt war.

Walter war überrascht, als Friederike das Buch aus dem Versteck hervorholte und es ihm gab.

»Das ist in der Tat sehr interessant. Die Anordnung der Buchstaben deutet darauf hin, dass er mit der Vigenère-Chiffre gearbeitet hat. Man benötigt zur Dechiffrierung das Vigenère-Quadrat und den Schlüssel – also ein Wort, anhand dessen man erkennt, welche Buchstaben in welcher Reihenfolge ersetzt werden müssen.«

»Sie kennen sich gut mit diesen Dingen aus«, stellte Friederike fest.

»Codeschriften haben mich seit jeher fasziniert.«

»Können Sie den Text lesen?«

»Nicht ohne den Schlüssel. Die Vigenère-Chiffren galten lange Zeit als nicht zu knacken. Allerdings haben viele Laien den Fehler gemacht, dass sie ein leicht zu erratendes Schlüsselwort verwendeten. Haben Sie einen Stift und ein Blatt Papier für mich?«

Friederike nickte, öffnete die Schublade ihres Schreibtischs und holte beides hervor. Sofort begann Walter, das Vigenère-Quadrat anzufertigen, eine Ansammlung des Alphabets in immer wieder anderer Reihenfolge. Als er damit fertig war, versuchte er als erstes Schlüsselwort »Vigenère«, doch es passte nicht. Dann nahm er den Namen von Doktor Weiß, doch weder der Vorname noch der Nachname oder beide zusammen passten. Walter atmete tief durch. »Er ist anscheinend doch raffinierter in der Wahl seines Schlüsselwortes gewesen, als ich gehofft hatte.«

»Versuchen Sie es mal mit den Worten ›Überlegener Geist‹ – es ging ihm doch um Manipulationen.«

Walter versuchte es – erfolglos. Dann wählte er das Wort Manipulation. Wieder nichts.

»Ich fürchte, so kommen wir nicht weiter«, seufzte er. »Vermutlich ist es irgendein völlig belangloses Wort, auf das wir nie im Leben kommen werden.«

Friederike nickte niedergeschlagen. Da lag ein wahrer Schatz vor ihnen, aber sie hatten keine Möglichkeit, an ihn heranzukommen.

»Glauben Sie, dass sich das Schlüsselwort irgendwo in seinem Büro befindet?«, fragte sie.

Walter schüttelte den Kopf. »Er wird ein Wort gewählt haben, das er so schnell nicht vergisst. Irgendeinen Sinnspruch vielleicht, ein Motto, das ... Moment, vielleicht funktioniert das hier!« Er versuchte die lateinische Wendung *Carpe noctem*.

»Das ist es!«, rief er. »*Carpe noctem* – nutze die Nacht. Er hat das früher so oft gesagt, wenn wir beisammensaßen und er sich etwas früher verabschiedet hat. Ich hatte es fast vergessen, hielt es für eine Marotte. Aber es passt!«

Friederike merkte, wie ihr das Herz bis zum Hals klopfte. »*Carpe noctem*«, wiederholte sie. »Darauf wäre ich nie gekommen.«

Walter machte sich indes daran, den ersten Satz zu entschlüsseln.

»Das ist tatsächlich sein Tagebuch!«, rief er. »Sein Tagebuch über die dunklen Forschungen.«

»Und was steht da?«

»Es ist die Fortführung eines Gedankens, was bedeutet, dass es noch andere Tagebücher geben muss und dieses hier das aktuellste ist. Er schreibt: ›Es ist ein Geschenk für die Wissenschaft, wie ich es mir niemals zu träumen gewagt hätte.‹«

»Was meint er nur damit?«

»Ich weiß es nicht, dafür müsste ich mehr entschlüsseln und das braucht seine Zeit. Würden Sie mir das Buch anvertrauen, Frau von Aalen? Dann werde ich mir den Rest des Tages und die Nacht damit um die Ohren schlagen und hoffentlich morgen mehr wissen.«

»Selbstverständlich. Aber zuvor muss ich Ihnen noch erzählen, was Bernhard mir heute anvertraute – das ist ebenfalls von großer Bedeutung.«

Sie berichtete ihm von ihrem Ausritt, von Bernhards Geständnis und ihrem anschließenden Gespräch mit Doktor Fliedtner.

»Das ist ungeheuerlich!«, keuchte Walter. »Das ist schlimmer, als ich gedacht hatte.«

Sie nickte. »Ich hoffe, in diesem Buch werden Sie die Bestätigung für Bernhards Worte finden. Damit hätten wir endlich einen Beweis, um diesen Scharlatan dauerhaft hinter Gitter zu bringen.«

»Ich werde mein Bestes tun«, versprach er. Dann steckte er das Buch unter sein Hemd und verließ ihr Büro.

37. Kapitel

Viktor Brunner hatte einen angenehmen Tag, aber eine sehr unangenehme Nacht hinter sich, als er am folgenden Morgen aufstand. Doktor Weiß war ein interessanter Gesprächspartner gewesen und Viktor hatte es als einen glücklichen Umstand erlebt, ausgerechnet hier ein Mitglied der Familie Stolze zu treffen, das bereit war, seine Beziehungen spielen zu lassen. Deshalb hatte er sich große Mühe gegeben, dem Doktor gefällig zu sein. Sein allerorts gerühmter Charme hatte die erwünschte Wirkung gezeigt. Doktor Weiß hatte ihn nicht nur über das Gut geführt, sondern den Abend auch noch mit ihm bei einem Glas Rotwein im Dorfgasthof Zum Mohlenberg ausklingen lassen. Es war eine wohltuende klare Sommernacht und Doktor Weiß hatte ihn davon überzeugt, auf die Droschke zu verzichten und den Weg zu Fuß zurückzulegen. Obwohl Viktor kein großer Freund von Fußmärschen war, hatte er sich darauf eingelassen. Schließlich wollte er einen guten Eindruck auf den Neffen des alten Stolze machen.

Der Wein war für ein unbedeutendes Dorfgasthaus erstaunlich gut gewesen und so sprach er ihm mehr zu, als es eigentlich angemessen gewesen wäre. Aber er hätte es unhöflich gefunden,

Weiß' Einladung auszuschlagen. Weiß war zudem ein sehr guter Erzähler, und was er zu berichten wusste, war ausgesprochen unterhaltsam. Natürlich fragte Viktor auch nach seiner Schwester und ob man bereits die Ursache ihres Leidens herausgefunden habe. Sollte Juliane unangemessene Dinge geäußert haben, würde er es selbstverständlich sofort auf ihren kranken Geist schieben. Aber Juliane hatte nichts dergleichen getan. Sie brauche noch Zeit, hatte Weiß gesagt, sie lebe in einer eigenen Welt und habe keine Erinnerungen an ihre Vergangenheit und auch nicht an ihre Träume.

»Träumen Sie eigentlich, Herr Brunner?«, hatte der Arzt ihn dann gefragt.

»Träumt nicht jeder gesunde Mensch?«, hatte er zurückgefragt.

»Gewiss. Mich würde interessieren, wovon ein erfolgreicher junger Kaufmann träumt, wenn er völlig losgelöst in Morpheus' Armen ruht, frei von jedem Zwang, die Geschäfte der Familie zu führen.«

Zu diesem Zeitpunkt hatten sie bereits gemeinsam eine Flasche Wein geleert. Viktor trank nur selten, denn Alkohol vernebelte den Geschäftssinn. Und so fühlte er sich seltsam leicht, beinahe schon losgelöst, wie man es wohl in Morpheus' Armen erwarten durfte.

»Warum? Haben Sie sich der Traumdeutung verschrieben?«, versuchte er auszuweichen, denn nichts lag ihm ferner, als Doktor Weiß von seinen Träumen zu erzählen. Die gingen niemanden etwas an und schon gar nicht einen Arzt, der an der Behandlung seiner Schwester beteiligt war.

»Die Traumdeutung nimmt einen hohen Stellenwert in der Psychoanalyse ein. Jeder gute Psychiater, der etwas auf sich hält, befasst sich mit der Traumdeutung.«

Viktor sagte nichts, sondern trank einen Schluck Wein.

»Träumen Sie denn nicht einmal von Magdalene Stolze?«, fragte Doktor Weiß so unvermittelt, dass Viktor sich beinahe verschluckt hätte.

»Was wollen Sie damit sagen?«

»Das wissen Sie doch ganz genau, Herr Brunner.« Weiß lächelte überlegen. »Das Handelshaus Stolze ist einer Ihrer ärgsten Konkurrenten und Ihr Vater sucht schon lange nach Wegen, die beiden Familien zu vereinen. Meine Cousine Magdalene hat mir verraten, dass er bereits die Fühler ausgestreckt hat, um eine mögliche Ehe anzubahnen.«

Viktor spürte, wie ihm das Blut in den Kopf schoss.

»Ich verstehe nicht ganz …«, stammelte er.

»Oh doch, Sie verstehen mich sehr gut. Nun, meine Cousine ist eine sehr eigenwillige Frau, die sich stets durchzusetzen wusste. Sind Sie denn in der Lage, sich einer solchen Herausforderung zu stellen?«

Viktor horchte auf. Es war bemerkenswert, was Doktor Weiß so alles wusste. Andererseits war es kein Geheimnis, dass sein Vater sich um eine familiäre Verbindung mit den Stolzes bemühte. Die Schwierigkeit lag allerdings nicht bei Magdalene, die er – anders, als Weiß es darstellte – für ein unscheinbares, leicht formbares Vögelchen hielt, sondern bei ihrem Vater, der sich bislang energisch gegen eine derartige Verbindung ausgesprochen hatte. Womöglich hatte es damit zu tun, dass der alte Stolze keinen Sohn hatte, sondern nur drei Töchter. Die beiden Ältesten waren bereits verheiratet, mit Söhnen unbedeutender Handelshäuser, die lediglich den Reichtum der Stolzes mehrten, ohne der Vormachtstellung der Compagnie gefährlich zu werden. Bei den Brunners sah das anders aus. Viktor wusste um den Ruf seiner Familie. Charmante, aber harte Verhandlungspartner und eisenharte Kämpfer, wenn es um die Macht in ihrem Konzern ging.

»Ich denke nicht, dass Magdalene die Herausforderung ist«, sagte er. »Sie ist mir bislang immer als eine sehr feinfühlige, zurückhaltende Frau erschienen.«

»Jaja, die Augenwischerei der Frauen …« Doktor Weiß lächelte nachsichtig. »Man sagt zwar, der erste Eindruck sei stets der richtige, aber das ist purer Unsinn. Erst wenn man einem Menschen in die Seele geblickt hat, weiß man, was wirklich von ihm zu erwarten ist. Magdalene wird niemals einen Mann akzeptieren, der sie nur als Teil eines Geschäfts sieht.«

Viktor sagte nichts.

»Aber wie ist das mit Ihnen, Herr Brunner? Wären Sie bereit, sich dauerhaft an eine Frau zu binden, die Sie nicht lieben, sondern die lediglich Teil eines Geschäfts ist?«

»Die Ehe an sich ist ein Geschäft«, sagte Viktor. »Man geht einen Vertrag ein, um eine Familie zu gründen und die Versorgung des gemeinsamen Nachwuchses sicherzustellen. So war es bei den einflussreichen Familien schon immer, sowohl beim Adel als auch beim Geldadel.«

»Zu dem Sie zweifellos zählen«, bestätigte Weiß. »Also war die wahre Liebe für Sie nie ein Thema?«

»Liebe ist ein Konstrukt der Romantik und kein ausreichendes Fundament für die Gründung einer Familie. Dazu gehört weitaus mehr.«

Doktor Weiß seufzte. »Das hört sich an, als hätten Sie noch niemals in Ihrem Leben geliebt.«

Es war seltsam, aber gerade dieser beiläufige Satz traf Viktor bis ins Mark, ohne dass er es sich erklären konnte.

»Was ist mit Ihnen?«, fragte Doktor Weiß. »Sie sehen aus, als wären Sie einem Gespenst begegnet.«

»Nichts«, sagte er hastig und wollte sich Wein nachschenken, doch die Flasche war leer. Doktor Weiß bestellte umgehend eine zweite.

»Mit der Liebe ist es eine merkwürdige Sache«, sinnierte Weiß, als der Kellner sich wieder abgewandt hatte. »Die wahre Liebe ist allumfassend, sie gilt der ganzen Menschheit, ja oft sogar der gesamten Schöpfung. Aber die meisten Menschen verwechseln Liebe mit dem sexuellen Akt. ›Liebesakt‹ nennen sie es, ohne zu berücksichtigen, wie oft ein solcher Akt ohne jede Empathie und jegliches Gefühl vollzogen wird.« Doktor Weiß hielt einen Moment lang inne. »Sie haben großes Glück, Herr Brunner. Wenn Sie wüssten, in welche Abgründe ich als Arzt bereits blicken musste, würde es Ihnen Schauer über den Rücken jagen.«

»So?«, fragte Viktor und sein Unbehagen wuchs.

»Keine Sorge, ich werde Sie nicht mit diesen Geschichten belästigen. Nicht an einem so schönen Sommerabend.« Doktor Weiß trank einen Schluck Wein. Irgendwo sehr weit weg bellte ein Hund.

»Ich liebe Hunde«, sagte der Arzt in das Schweigen hinein. »Sie sind treuer als die meisten Menschen, finden Sie nicht?«

Viktor war erleichtert, dass Doktor Weiß von den schweren Themen zu seiner alten Leichtigkeit zurückgefunden hatte. »Ja, ich mag Hunde ebenfalls. Leider hatte ich nie das Glück, einen Hund halten zu dürfen. Unser einziges Haustier war eine Katze, die die Mäuse jagen sollte. Sie hat das aber nie mit sonderlich viel Ausdauer getan, sondern sich lieber in meinem Bett verkrochen.«

Doktor Weiß lächelte. »Ich nehme an, Sie waren damals noch ein Junge?«

Viktor nickte. »Mein Vater hat es nicht gern gesehen. Einmal hat er sie bei mir im Bett erwischt und in den Schrank gesperrt, wo sie die ganze Nacht gejammert hat.«

»Warum hat er sie nicht einfach vor die Zimmertür gesetzt?«

»Ich … weiß es nicht«, brachte Viktor stockend hervor und ärgerte sich, dass er diese Geschichte überhaupt preisgegeben hatte. Eine Geschichte, die Erinnerungen wachrief. Die Katze im Schrank … »Mein Sohn, ich liebe dich, aber Tiere gehören nicht in dein Bett«, hatte der Vater gesagt. Sieben Jahre war Viktor alt gewesen, seine Mutter hatte wenige Tage zuvor seine kleine Schwester bekommen und musste noch das Bett hüten. Weil der Storch sie gezwickt habe, hatte sein Kindermädchen ihm erzählt. Natürlich glaubte Viktor ihr nicht. Er wusste längst, dass Kinder im Bauch der Mutter wuchsen, nicht umsonst war seine Mutter zuvor so dick gewesen und jetzt war der Bauch verschwunden, aber das Baby war da.

Vor Julianes Geburt hatte es seinen Vater nie geschert, ob die Katze in seinem Bett schlief oder nicht. Aber an diesem Abend war er zu ihm gekommen. Erst hatte er die Katze in den Schrank gesperrt und dann, als deren klägliches Schreien alles andere übertönte, hatte er ihm gesagt, dass er ihn liebe und es ihm zeigen müsse. Etwas, das nur ein wahrhaft liebender Vater für seinen Sohn empfinden könne … Und als Viktor selbst schrie, hatte der Vater ihm das Gesicht ins Kissen gedrückt, sodass nur die Katze ihm eine Stimme hatte geben können. Aber niemand hatte sie gehört …

»Ist alles in Ordnung mit Ihnen?«, fragte Doktor Weiß. Seine Worte rissen Viktor aus der unangenehmen Erinnerung.

»Ich fürchte, der Wein ist mir etwas zu Kopf gestiegen«, sagte er. »Vielleicht sollten wir doch zum Gut zurückgehen?«

»Jetzt schon? Aber ganz wie Sie wollen, Sie sind der Gast und Ihre Wünsche sind mir heilig.«

Nach ihrer Rückkehr hatte Doktor Weiß sich rasch verabschiedet und Viktor war aufgrund des ungewohnten Alkoholgenusses schon bald in einen tiefen Schlaf gefallen. Doch der war nicht von langer Dauer. Ruhelose Traumbilder, die er kaum zu fassen vermochte, umschwirrten ihn. Er hörte das leise Knarren der Tür, hatte das Gefühl, jemand würde in sein Zimmer kommen, doch als er hochfuhr, waren da nur

Dunkelheit und Stille. Er brauchte eine Weile, bis er wieder einschlief.

Dann, in den frühen Morgenstunden, quälten ihn abermals dunkle Träume, die ihm wie ein Alb auf der Brust lasteten und die Luft abschnürten. Doch als er erwachte, war der Druck noch immer da, und es dauerte etwas, bis er begriff, dass ein dicker schwarz-weißer Kater mit glühenden Augen auf ihm lag. Er schrie auf. Wie war das Tier in sein Zimmer gekommen? Der Kater maunzte erschreckt und sprang davon. Viktor entzündete die Petroleumlampe auf seinem Nachttisch und suchte nach dem Tier. Als er es endlich unter dem Bett entdeckt hatte, versuchte er alles, um den Kater zu vertreiben, doch der fauchte nur und blieb unerreichbar für ihn unter dem Bett liegen. *Verdammtes Mistvieh!*, dachte er bei sich. Doch dann beruhigte er sich langsam wieder. *Es ist nur ein Kater, nicht mehr! Und wenn er ins Bett kommt, ist das nicht schlimm. Früher hast du es geliebt …*

Früher … Bevor die Katze zum Sinnbild für Schmerz und Demütigung geworden war. Er atmete mehrfach tief durch. Nein, hier wollte er nicht bleiben! Er zog seinen Morgenmantel über und ging eine Etage nach oben, wo Julianes Zimmer lag. Ohne zu klopfen, drückte er die Klinke hinunter, doch die Tür war abgeschlossen. Wieso schloss Juliane ihre Zimmertür ab? Das hatte sie früher nie getan. Er klopfte vorsichtig. Nichts rührte sich. Also klopfte er etwas heftiger. Ein Rascheln, so als würde sich jemand im Bett aufrichten.

»Wer ist da?«, hörte er ihre Stimme.

»Mach auf!«, sagte er. »Sofort.«

»Viktor?«

»Wer denn sonst?«, fragte er gereizt. »Mach auf der Stelle die Tür auf!«

»Nein«, entgegnete sie. »Geh zu Bett, es ist noch zu früh zum Aufstehen.«

»Du öffnest jetzt sofort die Tür oder es passiert etwas!«

»Du hast recht«, sagte Juliane, »es wird etwas passieren. Du wirst zurück in dein Zimmer gehen und weiterschlafen. Hast du das verstanden?«

»Juliane, hast du etwa vergessen, mit wem du sprichst?«, herrschte er sie mit unterdrückter Lautstärke an.

»Nein, ganz im Gegenteil«, antwortete sie. »Und deshalb bleibt die Tür zu. Wenn du jetzt nicht sofort zu Bett gehst, dann werde ich laut schreien und allen erzählen, was du getan hast, ist das klar?«

Viktor schluckte.

»Was wirst du allen sagen?«, keuchte er. Bislang hatte sie es niemals gewagt, über diese Dinge zu sprechen, und er war sich nicht einmal sicher gewesen, ob sie sich in ihrem verwirrten Geist überhaupt darüber im Klaren war.

»Das weißt du ganz genau, Viktor. Willst du mich wirklich zwingen, es jetzt auszusprechen?«

Das aggressive Selbstbewusstsein in ihrer Stimme verunsicherte ihn zutiefst, mehr noch – es griff mit ungeheurer Macht in sein Herz, wo es seine schlimmsten Ängste mit Leben erfüllte. Sie widersetzte sich ihm! Sie drohte ihm! Sie wollte ihn vernichten!

»Wenn du darüber jemals auch nur ein einziges Wort verlieren solltest, wirst du es bitter bereuen!«, zischte er, aber er wusste, dass er verloren hatte, und kehrte zurück in sein Schlafzimmer, wo er vom Maunzen des verdammten Katers empfangen wurde, der nach wie vor unter seinem Bett lag.

38. Kapitel

»Ich hoffe, Sie hatten eine angenehme Nacht, auch wenn wir dem Alkohol gestern wohl etwas mehr zugesprochen haben, als es gut für uns war?« Doktor Weiß lächelte Viktor Brunner an der Frühstückstafel gutmütig an.

Friederike fiel auf, wie Julianes Bruder gezwungen lächelte und halbherzig nickte. Er hatte tiefe Augenringe und sah ganz und gar nicht so aus, als hätte er eine angenehme Nacht verbracht. Ihr Blick wanderte weiter zu Juliane, die so tat, als würde sie ihren Bruder gar nicht bemerken, und sich lieber mit ihrem Marmeladenbrot beschäftigte.

»Was halten Sie davon, wenn wir unser Gespräch heute fortsetzen«, schlug Doktor Weiß vor. »Aber natürlich nur, wenn es Sie interessiert. Ich weiß, dass die Arbeit eines Psychiaters einem Kaufmann oft absonderlich erscheint. Allerdings kann es durchaus von Vorteil sein, ein paar Dinge über die menschliche Psyche zu wissen, wenn man sich im Geschäftsleben behaupten will.«

»Sie meinen doch nicht etwa die Manipulation des Geistes?«, mischte sich Doktor Fliedtner völlig unerwartet in das Gespräch ein.

Julianes Bruder horchte auf. »Die Manipulation des Geistes? Was meinen Sie damit?«

Bevor Doktor Fliedtner antworten konnte, hatte Doktor Weiß bereits eine Hand auf Viktors Unterarm gelegt. »Er spielt auf mein Steckenpferd an«, sagte er. »Ich forsche darüber, wie ein starker Geist einen schwächeren Intellekt manipulieren kann.«

»Das klingt ausgesprochen interessant«, sagte Brunner. »Darüber würde ich gern mehr erfahren.«

»Nun, es sind bislang nur Theorien, die ich noch nicht in der Realität erproben konnte, aber wenn es Sie wirklich interessiert, werde ich Sie gern einweihen.«

Friederike warf Doktor Fliedtner einen Blick zu und erkannte, wie überrascht der vom Fortgang dieses Gesprächs war. Juliane war hingegen noch immer mit ihrem Marmeladenbrot beschäftigt und Friederike wusste nicht, ob sie tatsächlich nicht zugehört hatte oder nur die Unbeteiligte spielte.

Nachdem die Frühstückstafel aufgehoben und Doktor Weiß mit Viktor Brunner verschwunden war, sprach sie Juliane direkt an.

»Viktor war heute Nacht an meiner Tür«, flüsterte sie. »Er wollte, dass ich ihn reinlasse, aber ich habe ihn weggeschickt.«

Friederike erschrak. Mit so viel Dreistigkeit hatte sie beim besten Willen nicht gerechnet.

»Keine Sorge«, sagte Juliane, der Friederikes erschrecktes Gesicht nicht entgangen war. »Ich habe damit gerechnet und meine Tür verschlossen. Zu Hause war das nicht möglich, Viktor hatte den Schlüssel meines Zimmers an sich genommen. Gestern hatte ich zuerst auch Angst, aber dann habe ich gemerkt, dass auch ich ihm Angst machen kann. Er hat wohl nicht damit gerechnet, dass ich mich erinnern und ihm drohen könnte, zu schreien und alles offenzulegen. Da ist er abgehauen, auch wenn ich es nach seinem Willen bitter bereuen werde.«

»Er hat Ihnen gedroht? Haben Sie eine Ahnung, was er im Sinn gehabt haben könnte?«

»Nein«, gestand Juliane. »Mehr als das, was er mir schon angetan hat, kann er nicht tun, und erst recht nicht hier. Aber ich bin froh, wenn er morgen wieder abreist.«

Bernhard hatte sich bei den letzten Worten zu ihnen gesellt.

»Wer hat Ihnen was getan?«, fragte er Juliane.

»Mein Bruder ist kein guter Mensch«, sagte sie, ohne lange zu überlegen. Es war bemerkenswert, wie Bernhard Julianes Stimmungen spürte, aber auch, wie sie in der Lage war, ihm Antworten zu geben, die er sofort verstand.

»Hat er Ihnen wehgetan?«, fragte Bernhard.

»Ja, und es könnte sein, dass er es wieder tut«, flüsterte sie.

»Ich werde Sie beschützen«, versprach Bernhard. »Er wird Ihnen nicht mehr wehtun.«

»Danke«, sagte Juliane und es war ein aufrichtig gemeinter Dank, keine peinlich berührte Worthülse.

Friederike war erleichtert, dass Bernhard ein Auge auf Juliane haben würde, denn sie selbst brannte darauf, Walter aufzusuchen, um zu erfahren, wie weit er mit der Entschlüsselung von Doktor Weiß' Tagebuch gekommen war.

»Es ist unfassbar«, sagte Walter kurz darauf und reichte ihr einen Stapel dechiffrierter Seiten. »Aber lesen Sie selbst.«

Friederike nahm die eng beschriebenen Blätter entgegen. Walters Handschrift war klar und elegant und es bereitete ihr keine Mühe, die Sätze zu lesen, in denen Doktor Weiß' Wortwahl in jedem Absatz zu erkennen war.

Es ist ein Geschenk für die Wissenschaft, wie ich es mir niemals zu träumen gewagt hätte, las sie den ersten Halbsatz, den Walter schon tags zuvor dechiffriert hatte. *Das Subjekt ist männlich, zweiunddreißig Jahre alt und körperlich weitestgehend*

wiederhergestellt. Das Gehirn hat schweren Schaden genom-
men, die motorischen Fähigkeiten kehrten vor den kognitiven
Fähigkeiten zurück und sind bis auf eine diskrete motorische
Unsicherheit der Finger bei feinen Tätigkeiten nahezu unauffällig.
Die Fähigkeit, zu lesen und zu schreiben, ist dauerhaft abhand-
engekommen, die Kognition ist auf dem Stand eines Kindes im
Vorschulalter. Bemerkenswert ist dabei die ruhige Wesensart, mit
der das Subjekt sich führen lässt. Im Gegensatz zu Kleinkindern
fehlt ihm der aufrührerische, trotzige Starrsinn, der kleine Kinder
bisweilen unberechenbar werden lässt. Bislang ist mir nicht auf-
gefallen, dass er zu Aggressionen oder Gewalttätigkeiten neigen
würde. Er gehorcht seiner Frau in gleichsam hündischer Weise und
tut alles, um ihr gefällig zu sein, was auf ihrer Seite zu größerer
Fürsorge führt, allerdings auch zu einer Umkehr der natürlichen
Verhaltensweisen von Mann und Frau. Hierin unterscheidet sich
das Subjekt von Betroffenen, deren Frontalhirn geschädigt wurde
und die zu distanzlosen sexualisierten Übergriffigkeiten neigen,
denen mit guten Worten kein Einhalt zu gebieten ist. Es stellt sich
die Frage, inwieweit neben dem betroffenen Hirnareal auch die
Primärpersönlichkeit verantwortlich ist. Das Subjekt ist mir bereits
vor seiner schweren Verletzung bekannt gewesen. Seine Intelligenz
war überdurchschnittlich, ebenso seine motorischen Fähigkeiten.
Vor seiner Verwundung war Leutnant Bernhard von Aalen ein
scharfsinniger Beobachter und für seine Schlagfertigkeit bekannt.
Wortgefechte entschied er meist für sich, sein Gesundheitszustand
war ausgezeichnet, er galt nicht nur als guter Reiter und Schütze,
sondern auch als guter Fechter und erfahren im Umgang mit
dem Grabendolch. Seine Kameraden hatten Respekt vor ihm, da
er ihnen sowohl körperlich als auch intellektuell überlegen war.
Auffällig war schon damals die Zuneigung, mit der er an sei-
ner Ehefrau hing. Im Gegensatz zu anderen Männern lehnte er
Bordellbesuche ab. Als ich ihn einmal nach dem Grund fragte,
erklärte er, es würde ihn anekeln, sich zu einer Frau zu legen, die

ein Geschäft daraus mache, mit möglichst vielen Männern nachein-
ander Verkehr zu haben. Die Furcht vor Geschlechtskrankheiten
schien dabei nebensächlich zu sein, vielmehr war er seiner
Ehefrau schon damals verfallen, sodass er sie auch in unweib-
lichen Bestrebungen unterstützte und jedem stolz erzählte, dass
sie eine der ersten Frauen in Heidelberg sei, die Medizin stu-
diere. Seine hohe Meinung von Frauen veranlasste mich, weitere
Nachforschungen im familiären Umfeld zu betreiben, doch es gab
keine Auffälligkeiten, die auf eine neurotische Störung hingewie-
sen hätten, durch die eigene Minderwertigkeitskomplexe zu kom-
pensieren gewesen wären. Die Tatsache, dass er der jüngste von drei
Brüdern war und es keine Schwester im Haushalt gab, bot mir
Grund zur näheren Betrachtung. Womöglich hatte sich die Mutter
an seiner statt lieber eine Tochter gewünscht und ihn entsprechend
behandelt, doch es zeigte sich kein weibisches Verhalten an ihm,
vielmehr schien er – mit Ausnahme seiner starken Fixierung auf
die Ehefrau – vor seiner Verwundung ein völlig gesunder, norma-
ler Mann gewesen zu sein.

Hier hielt Friederike kurz inne. »Das ist ja unglaublich! Er
hat Bernhard von Anfang an beobachtet und seine verrückten
Schlussfolgerungen dann in Relation zu Bernhards Verhalten
nach der Verwundung gesetzt.«

»Es wird noch schlimmer«, sagte Walter. »Lesen Sie weiter.«
Friederike wandte sich wieder den Seiten vor ihr zu.

Das Subjekt ist zweifellos ein Glücksfall für die Wissenschaft. Ein
Mann von ehemals hohem Intellekt, der mir bereits vor seiner geisti-
gen Verstümmelung bekannt war und anhand dessen Veränderungen
und Einschränkungen sich nicht nur viel über die Funktion des
Gehirns lernen lässt, sondern noch mehr über die Beschaffenheit der
Seele und des Moralempfindens. Als körperlich und geistig gesunder
Mann war er für seine moralische Integrität bekannt, aber nun ist

er auf den geistigen Stand eines Fünfjährigen zurückgefallen, ohne jede Hoffnung, jemals wieder sein intellektuelles Ausgangsniveau zu erreichen. Es wird eine besondere Herausforderung sein, die kindliche Moral – das verbliebene Wissen um Gut und Böse – zu nutzen, um meine Theorie zu stützen, dass jeder schwache Geist von einem überlegenen Intellekt dazu gebracht werden kann zu töten. Doch es gilt, Geduld zu bewahren. Gerade weil mir das Subjekt bereits vor seiner Veränderung bekannt war, bedarf es einer umfassenden Vorbereitung, um den wissenschaftlichen Hintergrund zu wahren. Die Tötung muss jemanden betreffen, der ihm nicht bekannt ist und mit dem er eingangs keine Gefühle verbunden hat. Das zu tötende Zielobjekt muss – gleich einem unbeschriebenen Blatt Papier – mit einer neuen Geschichte ausgestattet werden, um jenen Schlüsselreiz zu setzen, der die Tötungshemmung des naiven Subjekts aufhebt und das gewalttätige Monster in ihm zum Vorschein bringt, das jedem Menschen innewohnt.

Friederike warf die Seiten angewidert hin. »Dieser Dreckskerl!«, schrie sie. »Er hat es von Anfang an darauf angelegt, Bernhard zu einem Mörder zu machen. Am liebsten würde ich ihn selbst umbringen! Meinen Schlüsselreiz hat dieses hinterhältige Schwein gerade gefunden!«

Walter räusperte sich. »Auf jeden Fall hat er erreicht, dass Sie Ihre weibliche Contenance aufgeben. Ich hätte nicht gedacht, dass Sie solche Worte benutzen würden.«

»Selbstverständlich, wenn sie angemessen sind!«, schimpfte Friederike weiter. »Und hier sind sie das! Doktor Weiß ist eine schlimmere Abscheulichkeit, als ich befürchtet habe. Und ich habe weiß Gott einiges befürchtet.« Sie atmete tief durch. »Ich nehme an, er hat auch die Morde beschrieben?«

Walter nickte. »Es deckt sich ziemlich genau mit dem, was Bernhard Ihnen erzählt hat. Aber es geht auch um die Vorgeschichte und wie ihm die Idee zu seinen seltsamen

Schlüsselreizen kam.« Er griff nach den transkribierten Seiten und suchte die passenden hervor. »Hier können Sie es nachlesen.«

Die Beobachtungen des Subjekts sind in eine entscheidende Phase getreten. Lange Zeit überlegte ich, an welchem Punkt er wohl empfindsam wäre, wo man ansetzen und sein Verständnis von Gut und Böse nutzen könnte. Aber er schien in einem ganz eigenen Phlegma gefangen, einer Trägheit und Passivität, in der es ihm lediglich darum ging, seiner Frau gefällig zu sein, obgleich er ihr längst kein Mann mehr sein konnte, oder Zeit bei seinem Pferd zu verbringen. Er ist – so seltsam es angesichts der schweren Hirnschädigung erscheinen mag – nach wie vor noch in der Lage, so etwas Ähnliches wie menschliche Gefühle zu zeigen, wenngleich es sich eher um rudimentäre Ausdrucksweisen der Zuneigung handelt, wie sie auch höherentwickelten Säugetieren möglich sind, um im Rudelverband ihren Platz zu wahren. Doch dann beobachtete ich erstmals eine Regung der Betroffenheit, die einem weniger aufmerksamen Beobachter mit Sicherheit entgangen wäre. Ein anderer Geisteskranker hatte einem trächtigen Hornschaf den Bauch aufgeschnitten und den tierischen Fötus entfernt. Während alle Zeugen der Szene angeekelt und entsetzt waren, bemerkte ich bei dem Subjekt eine Verstörung, die ich nicht erwartet hätte und die über die normale menschliche Abscheu anlässlich der Tat eines Irren hinausreichte. Ich nutzte die Gelegenheit, ihn unter vier Augen nach seinen Empfindungen zu befragen, in der Hoffnung, dass sein verstümmelter Geist noch in der Lage wäre, mir eine verwertbare Antwort zu geben.

»Es hätte noch wachsen müssen«, sagte er. »Es hätte geboren werden sollen.« Seine Worte waren selbst für einen distanzierten Wissenschaftler wie mich auf eine nur schwer zu beschreibende Weise anrührend, denn sie zeigten ein letztes Relikt von Menschlichkeit, vielleicht sogar den unbewussten Wunsch, selbst Nachwuchs zu

335

hinterlassen. Von früher, als er noch ein vollwertiger Mensch war, weiß ich, dass er sich eine Familie mit seiner Frau wünschte, wenngleich er durch seinen nicht nachvollziehbaren Stolz auf ihre beruflichen Leistungen riskierte, dass sie für die Mutterschaft auf Dauer verloren wäre. Konnte ein toter Lammfötus tatsächlich diese Saite seiner verkrüppelten Seele wieder zum Klingen gebracht haben? Ich beobachtete ihn von nun an mit anderen Augen, immer in der Hoffnung, den entscheidenden Punkt gefunden zu haben, an dem ich ansetzen konnte. Eigentlich glaube ich nicht an höhere Mächte, sondern nur an die Wissenschaft, aber manchmal scheint es doch so etwas wie die Vorsehung zu geben. Und so war es ein Geschenk des Himmels, wie der Gläubige sagen würde, dass ich an jenem besonderen Tag meinen Verdauungsspaziergang wie üblich allein am See unternahm. Zu meiner großen Überraschung gewahrte ich ausgerechnet das Subjekt, das sich aus irgendeinem, mir zu diesem Zeitpunkt noch unerfindlichen Grund ein Ruderboot genommen hatte und vom Steg unter lautem Rufen zu mir an den Strand ruderte. Welch seltsame Begebenheit, dachte ich bei mir. Weshalb hatte sich das Subjekt eines Ruderbootes bemächtigt? Die Gedankengänge seelisch Zerstörter und Geisteskranker sind oft absonderlich, und so blieb ich stehen.

Nachdem er das Ufer erreicht hatte, hob er einen leblosen Körper aus dem Boot. Es war Gertrude Bamberger, von allen Trudi genannt, die Magd des alten Hilscher. Er erklärte mir, Trudi sei ins Wasser gesprungen, er habe es von Weitem gesehen und sie nun mit dem Boot rausgezogen, aber sie bewege sich nicht und ich solle ihr helfen. Welch faszinierende Wendung! Das Subjekt zeigte tatsächlich noch Relikte seiner ehemaligen Menschlichkeit. Unter normalen Umständen müsste ich sagen: Leider kam meine Hilfe für Trudi zu spät. Aber in diesem Fall war es wohl von der Vorsehung so bestimmt gewesen. Noch während ich sie untersuchte und ihren Tod feststellte, wurde mir bewusst, warum sie ins Wasser gegangen war. Die älteste Geschichte der Welt. Ich tastete ihren Unterleib ab und fand die Bestätigung. Das Subjekt beobachtete mich mit unsicherem Blick, als würde es erwarten, ich könnte eine Tote zum Leben erwecken. Mir bot sich die einmalige Gelegenheit, einen nachhaltigen Schlüsselreiz zu setzen. Es war nicht einfach, den Leib mit einem Taschenmesser fachgerecht zu öffnen, andererseits war die Schneide scharf und deutlich länger als ein gewöhnliches Skalpell. Das Subjekt keuchte entsetzt auf und ich fürchtete schon, er würde mir in den Arm fallen, um mein Werk zu verhindern, aber er blieb – gemäß seiner ruhigen Wesensart und seinem Phlegma – zurückhaltend und starrte auf das, was ich offenlegte. Meine Vermutung, dass ihn dieser Anblick schockieren würde, war zutreffend. Da war er wieder, dieser Ausdruck tiefster Betroffenheit, und ich erklärte ihm, dass das arme Mädchen Opfer eines bösen Menschen geworden sei, der es gedrängt habe, ins Wasser zu gehen. Allerdings musste ich feststellen, dass ein durch Verletzung verstümmelter Geist, dessen Kognitionen im Konkretistischen verhaftet sind, schwerer zu beeinflussen ist. Das Subjekt widersprach und sagte, es habe von Weitem gesehen, wie sie aus freien Stücken und ganz allein ins Wasser gesprungen sei. Ich ließ es zunächst dabei bewenden, da das Subjekt mit komplizierten Erklärungen überfordert gewesen wäre, und forderte stattdessen Stillschweigen ein, weil sonst andere schwangere Frauen in Gefahr geraten könnten. Diese Möglichkeit legte in ihm die letzten Reste eines einstmals stark ausgeprägten Beschützerinstinkts frei und es gelang mir, auf diese Weise eine Blockade zu legen, die ihn dauerhaft daran hinderte, über das zu sprechen, was er gesehen hatte.

Friederike hielt erneut inne. Dann las sie den letzten Satz noch einmal laut und fragte Walter: »Schreibt er später noch etwas über diese Blockade, die er gelegt hat?«

»Nicht in dem Teil, den ich bereits dechiffriert habe. Der endet nach dem Tod von Alfons. Weiß bestätigt auch in diesem Fall alles, was Bernhard gesagt hat, er beschreibt lediglich noch einmal in seiner entmenschlichten Sprache, wie er Bernhard zu manipulieren versuchte und dann enttäuscht war, dass der lediglich mit Alfons reden wollte und Alfons derjenige war, der zum Messer griff und Bernhard attackierte. Die Notwehrsituation verfälscht in seinen Augen die Forschungsergebnisse. Da Bernhard dem Angreifer überlegen war und instinktiv auf vormals eingeübte Bewegungsabläufe zurückgreifen konnte, zog Weiß die Lehre daraus, dass das körperliche Gedächtnis für Bewegungsabläufe widerstandsfähiger sein müsse, als er gedacht hatte.« Er griff nach der entsprechenden Seite und las vor: »*Es war beeindruckend, das letzte Relikt eines ehemals tapferen Soldaten in diesem verstümmelten Geist aufblitzen zu sehen. Beinahe wie in einem Tanz wich er dem plumpen und ungeschulten Angriff des Knechts aus und zeigte eine kämpferische Überlegenheit, die niemand erwartet hätte. Der Tod kam schnell und schmerzlos über Alfons, nur leider nicht so, wie ich es für meine Forschungen benötigt hätte. Also musste ich einen weiteren Schlüsselreiz setzen. Das Abtrennen der Hoden ist für jeden Mann ein Akt barbarischer Grausamkeit und beinahe fürchtete ich schon, das Subjekt würde sich übergeben. Glücklicherweise waren ihm derart menschliche Verhaltensweisen mittlerweile fremd geworden. Andererseits musste ich mir eingestehen, dass ich ihn in anderer Hinsicht unterschätzt hatte. Seine Hirnverletzung hatte bei dem Subjekt seltsamerweise jede gesunde Aggression, die sich aus menschlicher Empörung speist und auf der ich bei meiner Theorie aufbaue, verschwinden lassen. Und somit muss ich leider konstatieren, dass er für weitere Forschungen ungeeignet ist und ich mich erneut auf die Suche nach einem geeigneten Subjekt machen muss.*

»Deshalb gab es nach Alfons keine Toten mehr«, sagte Friederike. »Weil Bernhard stärker war, als Doktor Weiß erwartet hatte. Er hat sich der Manipulation widersetzt, seine menschliche Seite, die dieser Mistkerl ihm von Anfang an abgesprochen hatte, war stärker.« Sie atmete tief durch. »Wir müssen diese Unterlagen schnellstmöglich Kommissar Lechner zukommen lassen. Doktor Weiß ist gemeingefährlich. Wer weiß, wen er sich als nächstes Versuchsobjekt vornimmt.«

»Wenn es Ihnen recht ist, werde ich die Papiere persönlich nach Lüneburg bringen, denn ich mag sie keinem Boten anvertrauen.«

»Morgen ist Mittwoch«, sagte Friederike. »Der Knecht von Bauer Engerlin bringt jeden Mittwoch in aller Frühe Waren zum Markt nach Lüneburg. Er hätte bestimmt nichts dagegen, Sie mitzunehmen.«

Walter nickte. »Ich werde mich gleich auf den Weg zu ihm machen und fragen, wann er morgen früh losfährt. So lange verstecke ich die Unterlagen in meiner Kammer.«

Er ließ Friederike mit einem sehr mulmigen Gefühl zurück.

39. Kapitel

Viktor fühlte sich an diesem Abend innerlich zerrissen. Er hatte einen sehr interessanten und aufschlussreichen Tag an Doktor Weiß' Seite verbracht und das, was er über die Manipulation von Menschen gelernt hatte, würde ihm im Geschäftsleben mit Sicherheit weiterhelfen. Doch Doktor Weiß hatte ihm auch seine eigene Unzulänglichkeit aufgezeigt. Natürlich ohne es zu wissen. Es waren harmlose Bemerkungen gewesen, über deren schwerwiegende Bedeutung der Arzt sich gar nicht bewusst gewesen war. Aber jeder einzelne dieser harmlosen Sätze hatte sich wie ein Stich in Viktors Herz gebohrt. Wie gern hätte er dem Arzt gesagt, er solle endlich schweigen, doch das hätte einen unbescholtenen Mann wie Doktor Weiß nur misstrauisch gemacht und ihn vielleicht auf die Abgründe in der Familie Brunner aufmerksam gemacht.

Viktors Angst vor seiner Schwester wuchs. Sie konnte sich erinnern, aber sie hatte es bislang vor anderen geheim gehalten. Warum? Um ihn zu erpressen? Um ihm nach ihrer Rückkehr alles zu nehmen? Die Familie zu zerstören? Er dachte an die ungeklärten Morde, von denen Weiß ihm erzählt hatte. Es hatte sich angehört wie Geschichten aus einem Schauerroman. Ein unbekannter Mörder trieb sein Unwesen in dieser Gegend.

Ein Mörder, der junge Frauen und Männer tötete und verstümmelte …

Der Gedanke nahm nur langsam Form in Viktors Kopf an, aber je länger er darüber nachdachte, umso klarer wurde ihm alles. Eine Heilung für Juliane gab es nicht. Ihr Leben war von Schatten überlagert, letztlich war sie eine Gefahr für ihre Familie und eine Last für sich selbst. Wenn er sie erlöste, hätte er seine brüderliche Pflicht ihr gegenüber erfüllt und auch seine Pflicht als Sohn der Familie gegenüber. Natürlich wäre es schrecklich, wenn der unbekannte geistesgestörte Mörder wieder zuschlug und Juliane ihm zum Opfer fallen würde, aber es ging nicht anders. All das, was er bislang an seiner Schwester geliebt hatte, hatte sie selbst in der vergangenen Nacht zerstört. Und die Erkenntnisse, die er in Doktor Weiß' Gegenwart gewonnen hatte, bestätigten ihn. Juliane musste sterben, und zwar an einem Ort, zu dem jedermann Zugang hatte. Es galt also, seinen letzten Abend gut zu nutzen und jeden Schritt seiner Schwester zu überwachen, um im rechten Moment zuzuschlagen …

Juliane zählte bereits die Stunden, bis Viktor endlich wieder abreisen würde. Frau von Aalen hatte sich nach dem Frühstück verabschiedet, um wichtige Dinge mit Walter Pietsch zu besprechen, und so war sie mit Bernhard allein zurückgeblieben. Er hatte ihr daraufhin sein Allheilmittel gegen trübselige Gedanken offeriert, sie auf Walküre in der Reitbahn zu führen, was sie dankbar annahm.

In der Bahn war er immer darauf bedacht, gut auf sie aufzupassen und ihr in seinen einfachen Worten zu erklären, worauf sie achten musste. Juliane wurde bewusst, wie sehr sie sich an ihn und seine Art gewöhnt hatte und wie sehr sie ihn mochte. Seine Einschränkungen, die sie anfangs irritiert und verunsichert hatten, waren nicht länger von Bedeutung. Er war der, der er war, und sie konnte gut verstehen, dass Frau von Aalen ihn nach wie vor in jeder Hinsicht liebte. Die Tatsache, dass sie sogar ein Kind von ihm erwartete, war in Julianes Augen das größte Geschenk und der stärkste Beweis dafür, dass ein Mensch alles erreichen konnte, selbst wenn die Hindernisse schier unüberwindbar schienen. Je länger sie darüber nachdachte, umso mehr begriff sie, dass es sie auch in ihrer eigenen Entwicklung bestärkt hatte. Es waren nicht nur die Gespräche mit Frau von Aalen gewesen, die sie aus der Dunkelheit geholt hatten, sondern das ganze Umfeld, in dem sie hier lebte – Gut Mohlenberg, wo sie niemandem etwas beweisen musste. Hier ging es nicht darum, dem Ideal des gesunden Menschen zu entsprechen, sondern es war ein Ort, an dem man so leben durfte, wie man war. Ein Ort, an dem jeder seinen Platz fand, selbst wenn er in der Welt der sogenannten normalen Menschen ein Ausgestoßener war.

Und so verbrachte Juliane nicht nur den Vormittag mit Bernhard, sondern begleitete ihn auch am Nachmittag, während er sich hingebungsvoll um die Pferde kümmerte und mit ihr gemeinsam auch nach den Heidschnucken und ihrem neuen Schäfer sah. Der junge Mann namens Wilfred war ebenfalls Patient der Anstalt und hatte sich schon früher gemeinsam mit Kuno um die Tiere gekümmert. Noch benötigte er Unterstützung, aber dass ausgerechnet Bernhard so große Fortschritte gemacht hatte, dass er ihn anleiten konnte, war in Julianes Augen bemerkenswert.

Kurz vor dem gemeinsamen Abendessen waren sie noch immer im Stall und Bernhard stellte fest, dass nicht mehr genügend Hafer da war. Er ging in den Schuppen hinter der Scheune, in dem das Futter gelagert wurde. Eigentlich eine Aufgabe für Walter, aber Walter war bereits zum Hof von Bauer Engerlin aufgebrochen. Er würde dort die Nacht verbringen, da er am nächsten Morgen noch vor Sonnenaufgang mit Engerlins

Knecht nach Lüneburg fahren wolle, um ein paar persönliche Angelegenheiten zu regeln, hatte er Bernhard kurz erklärt.

Kurz nachdem Bernhard den Stall verlassen hatte, hörte Juliane Schritte. Sie fuhr herum und sah Viktor.

»Ich habe den Eindruck, du gehst mir aus dem Weg, Schwesterchen«, sagte er. Irgendetwas in seinem Blick befremdete sie. Da war eine Kälte, die war schlimmer als alles, an das sie sich sonst im Umgang mit ihm erinnerte. Oder war diese Kälte schon immer da gewesen? Hatte sie diesen Blick lediglich in den Tiefen ihrer Seele verschlossen, weil sie ihn nicht ertragen hatte? Sie wich einen Schritt zurück.

»Was ist?«, fragte ihr Bruder. »Hast du etwa Angst vor mir?«

»Wie kommst du darauf?«, fragte sie zurück und ärgerte sich über das Zittern ihrer Stimme, das ihre Worte Lügen strafte.

Viktor lächelte, doch es war kein versöhnliches Lächeln, sondern hatte etwas Böses, ja beinahe Diabolisches an sich. Sie wusste zwar wieder, was er getan hatte, aber es waren schwache Bilder. Die wahren Empfindungen, all das, was sie gespürt und erlebt hatte, versteckte sich nach wie vor in einem sicheren Winkel ihres Gedächtnisses, um sie nicht zu zerbrechen.

»Wollen wir ein wenig spazieren gehen, Juliane?« Er hielt ihr die Hand entgegen.

»Nein«, erwiderte sie. »Ich möchte hierbleiben.«

Er machte einen Schritt auf sie zu. Sie wich zurück, bis sie die Stallwand im Rücken spürte.

»Du kommst jetzt mit mir mit!« Er funkelte sie drohend an.

»Nein.« Sie wollte schreien, es ihm entgegenbrüllen, doch allein seine körperliche Nähe ließ ihre Stimme versagen, vor allem, als er ihren Hals berührte. Nicht brutal oder grob, aber doch genau so, wie er ihr früher die Worte abgeschnürt hatte.

»Du verletzt mich sehr, Schwesterherz. Was habe ich dir getan, dass du so kalt zu mir bist?«

»Das weißt du genau«, hauchte sie kaum hörbar.

343

»Weiß ich das?« Sein böses Lächeln vertiefte sich, der Griff seiner Hand an ihrem Hals wurde stärker.

Zeit, dachte sie. *Ich muss Zeit gewinnen, Bernhard kommt bestimmt gleich zurück.* Und so nahm sie all ihre Kraft zusammen und fragte ihn: »Warum hast du es getan? Weil Vater dasselbe mit dir getan hat?« Sie hatte gehofft, ihn mit dieser Frage zu verwirren, weil er damit gewiss am wenigsten gerechnet hatte, doch stattdessen verwandelte sich sein Gesicht in eine hasserfüllte Fratze und im nächsten Augenblick hatte er ein Messer in der Hand.

»Du wirst schweigen!«, zischte er. »Du wirst für immer schweigen und wir werden um das dritte Opfer des unbekannten Mörders trauern! Mal sehen, was er ihm diesmal abgeschnitten hat. Such es dir aus, Juliane. Soll ich dir den Bauch aufschlitzen? Ach nein, da wird man ja nichts finden. Wie wäre es, wenn ich dir die Brüste abschneide?« Sie fühlte, wie er sein Messer in den Ausschnitt ihres Kleides schob und dann mit einem Ruck den Stoff zerfetzte. Sie wollte schreien, aber ihre Stimme versagte, ihr Körper erstarrte, all ihre Kraft zerschmolz wie früher, wenn er ihr auf andere Weise wehtun wollte. Nur dass ihr Geist diesmal wach blieb und sich nicht in die Welt jenseits der Schmerzen zurückzog, während die Todesangst ihr Herz erfüllte. *Ich muss schreien! Ich muss um Hilfe rufen!*, durchzuckte es sie immer wieder, doch kein Ton verließ ihre Kehle. Ihr Körper gehorchte der Hand an ihrem Hals, reagierte auf das, was er in all den grausamen Nächten so vieler Jahre gelernt hatte. Schweig und schrei nicht, dann ist es bald vorbei. *Ich will nicht länger schwach sein!*, dachte sie. *Ich will kämpfen, ich will leben!* Aber ihre Gedanken waren in einem Körper gefangen, der ihr nicht gehorchte.

»Was meinst du?«, flüsterte Viktor. »Soll ich dir die Kehle durchschneiden oder dich gnädig mit einem schnellen Stoß ins Herz töten?« Er lachte leise. »Das habe ich im Krieg gelernt. Weißt du noch, wie du mich nach den Schützengräben gefragt hast? Und ich dir nicht antworten wollte? Ich dachte immer, ich wollte nicht mehr daran denken, wie wir nach dem Geschützangriff in die Offensive gingen und mit allem, was wir hatten, auf den Feind einstachen. Mit Bajonetten und Grabendolchen. Aber vielleicht habe ich auch nur deshalb nicht darüber gesprochen, weil ich es genossen habe, mein Leben damit zu erkaufen, dass das Fleisch eines Franzmanns an meinem Dolch zuckte. So wie jetzt dein Fleisch, Juliane.«

Ich muss schreien, ich muss kämpfen, ich muss mich wehren!, schrie alles in ihr. Sie spürte die Spitze von Viktors Messer auf ihrer nackten Haut, erwartete den Todesstoß, doch er genoss es, sich Zeit zu lassen, die Angst und Panik in ihren Augen zu sehen, anstatt sie schnell und schmerzlos zu töten. *Er ist schon immer grausam gewesen*, dachte sie, während sich Sekunden zu einer Ewigkeit ausdehnten. *Und er wird immer mit dieser Grausamkeit durchkommen, niemand wird ihn verdächtigen, niemand wird das Unrecht jemals sühnen!* Bei diesem Gedanken schossen ihr Tränen in die Augen. Zu sterben war das eine, aber schon im Tode zu wissen, dass der Mörder ungestraft sein Leben fortführen, ja sich sogar noch als trauernder Bruder ausgeben würde, war unerträglich.

»Oh, jetzt weinst du?« Wieder dieses kalte Lächeln. »Glaubst du wirklich, damit kannst du mich davon abhalten, dir das Herz aus der Brust zu schneiden? Ich werde –«

Im nächsten Augenblick verschwand der Druck seines Messers und Juliane sah, dass Bernhard Viktor gepackt und zurückgerissen hatte.

»Lass sie in Ruhe!«, schrie er. So aufgebracht und zornig hatte Juliane Bernhard noch nie gesehen. Er schleuderte Viktor gegen die Wand, doch der war erstaunlich schnell wieder auf den Beinen.

»Was maßt du dir an?«, brüllte Viktor. »Ich lasse mich nicht von Geisteskranken herumschubsen!«

»Ich bin nicht geisteskrank!«, brüllte Bernhard zurück.

»Nein, nur blöd geworden, weil du eins auf den Kopf gekriegt hast!«

Bernhard sagte nichts, aber Juliane sah, wie sich seine Muskeln anspannten, während seine Augen das Messer in Viktors Hand fixierten. Auch Viktor hatte Bernhards Blick bemerkt, aber während Juliane die zornige Entschlossenheit darin erkannte, missdeutete ihr Bruder es anscheinend als Ausdruck der Furcht.

»Wie gut sich das trifft«, sagte er spöttisch. »Der Idiot mit der Hirnverletzung war also der unbekannte Mörder und ich habe ihn in Notwehr getötet, nachdem er meine arme Schwester umgebracht hat!«

Juliane verfluchte ihre innere Lähmung, versuchte, sie abzuschütteln, wollte endlich um Hilfe schreien, wollte nicht, dass Bernhard etwas passierte, der weiterhin unbewaffnet vor ihrem Bruder stand. Viktor attackierte Bernhard mit einem siegesgewissen Lachen. Dann ging alles sehr schnell. Bernhard wich Viktor mit einer Geschicklichkeit aus, die Juliane ihm niemals zugetraut hätte, packte dessen Handgelenk, entwand ihm das Messer und stach zu. Viktor sank zu Boden, ohne einen weiteren Laut von sich zu geben.

Bernhard starrte auf den Toten zu seinen Füßen, dann sah er Juliane an. Der Zorn in seinen Augen war einer tiefen Betroffenheit gewichen.

»Es tut mir leid«, flüsterte er. »Er war Ihr Bruder.«

Endlich konnte Juliane sich aus ihrer Erstarrung befreien. »Er wollte mich töten«, stammelte sie. »Danke, dass Sie mich gerettet haben!« Dann brach sie in Tränen aus. Bernhard nahm sie in die Arme, drückte sie an sich und zum ersten Mal in ihrem Leben fühlte Juliane sich wirklich sicher und geborgen.

40. KAPITEL

»Oh mein Gott!«, rief Friederike, nachdem Juliane und Bernhard völlig aufgelöst in ihrem Büro erschienen waren und Juliane ihr stockend geschildert hatte, was geschehen war. »Liegt er noch im Stall?«

Bernhard nickte.

Friederike atmete tief durch. »Es ist besser, wenn wir es heute Abend noch geheim halten. Walter will morgen in aller Frühe Kommissar Lechner in Lüneburg aufsuchen, der wird dann ohnehin hierherkommen. Wir haben Beweise, dass Doktor Weiß der Urheber der Todesfälle ist, und wie es scheint, hat er wohl in Viktor ein neues *Subjekt* gefunden.« Sie spie das Wort »Subjekt« regelrecht aus. Juliane und Bernhard sahen sie fragend an.

»Wir müssen Viktors Leichnam verstecken«, beschied Friederike. »Ich möchte nicht, dass Doktor Weiß von dem Todesfall erfährt, bevor Kommissar Lechner da ist. Wir werden sagen, Viktor habe sich unwohl gefühlt und sei früh zu Bett gegangen. Und du, Bernhard, wirst zu Engerlin reiten und Walter eine Botschaft von mir bringen. Schaffst du das?«

»Ja, Rieke.«

»Gut, dann werde ich schnell ein Schreiben für Walter und für den Kommissar aufsetzen, in dem ich erkläre, wie sich der Vorfall zugetragen hat. Juliane, Sie ziehen sich um, behalten aber das zerschnittene Kleid als Beweis. Und Sie werden meinen Brief an den Kommissar als Zeugin unterschreiben, um darzulegen, dass es wirklich so war.«

Juliane nickte.

Friederike beeilte sich, denn bald würde es Abendessen geben und sie wollte, dass Bernhard bis dahin zurück war. Nachdem sie den Vorgang schriftlich geschildert und ihn nochmals vorgelesen hatte, unterzeichnete Juliane das Schreiben.

»Wird man uns denn glauben?«, fragte Juliane zögernd.

»Ja, denn Walter hat Beweise dafür, dass Doktor Weiß Menschen gezielt zu Mördern machen wollte. Es ist davon auszugehen, dass er Viktor in den letzten Tagen geschickt manipuliert hat, um Sie zu töten, Juliane. Sein erstes ›Subjekt‹ hatte sich seinen Manipulationen erfolgreich widersetzt.« Sie erzählte kurz, was sie in Doktor Weiß' Tagebuch gelesen hatte. Juliane hörte entsetzt zu, während Bernhard sich nichts anmerken ließ.

Nachdem Friederike den Brief für den Kommissar verschlossen und Juliane das Büro verlassen hatte, um sich umzuziehen, begleitete sie Bernhard in den Stall und half ihm, Viktors Leichnam in einer leeren Pferdebox unter dem Heu zu verbergen. Bernhard sattelte anschließend Wotan und galoppierte in Richtung des Engerlin-Hofs. Friederike sah ihm nach und spürte trotz all des Schreckens und der Schwierigkeiten, die noch auf sie zukommen würden, einen unbändigen Stolz auf ihren Mann. Er hatte dem Tod getrotzt, sich einen Teil seines Lebens zurückgeholt, hatte sich im Gegensatz zu einem scheinbar geistig gesunden Mann wie Viktor nicht von Doktor Weiß manipulieren lassen und er hatte Juliane das Leben gerettet. Er strafte all jene Lügen, die gesagt hatten, der Tod wäre das gnädigere Schicksal gewesen. *Nein*, dachte sie bei sich, *es gibt kein unwertes Leben.*

Dann ging sie zu ihrem Vater, um ihn einzuweihen. Die Zeit des Schweigens war vorbei. Der Einzige, vor dem sie es weiterhin geheim halten mussten, war Doktor Weiß.

Ihr Vater war entsetzt, als er erfuhr, was geschehen war. Und zugleich auch tief enttäuscht, dass seine Tochter ihn erst jetzt einweihte.

»Du hättest bereits viel früher zu mir kommen müssen!«, hielt er ihr vor. »Dann hätten wir das alles vielleicht verhindern können.«

»Wie denn?«, fragte Friederike.

»Ich weiß es nicht, aber du hättest mich ins Vertrauen ziehen müssen«, wiederholte er. »Warum hast du lieber mit einem Mann, der sich unter falschem Namen bei uns eingeschlichen hat, gemeinsame Sache gemacht? Sei ehrlich, Friederike, was habe ich getan, um diesen Vertrauensbruch zu verdienen?«

Die Worte ihres Vaters trafen sie mitten ins Herz.

»Nichts«, sagte sie mit gesenktem Blick. »Es war vor allem meine Furcht, dass du die Dinge offen ansprechen würdest. Du hast so viel von Doktor Weiß gehalten und da dachte ich …«

»Du dachtest, ich würde seinem Wort eher glauben als dem deinigen?« Die Enttäuschung in seinen Augen war einer tiefen Bestürzung gewichen und Friederike begriff, wie sehr sie ihn verletzt hatte. Ihren Vater, der immer für sie da gewesen war. Sie spürte seinen Schmerz beinahe körperlich und musste sich zusammenreißen, um nicht vor Scham und Schuldgefühlen in Tränen auszubrechen.

»Nein, das nicht«, sagte sie leise. »Aber ich fürchtete deine offene, geradlinige Art. Doktor Weiß ist wie eine Schlange, die sich stets herauswinden kann. Ich wollte erst hieb- und stichfeste Beweise haben.«

»Dann hättest du mich spätestens informieren müssen, als dir Weiß' Tagebuch vorlag. Du hättest mir sagen können, dass du Herrn Pietsch mit dem Buch nach Lüneburg zu Kommissar Lechner schickst.«

Sie nickte. »Du hast recht. Und es tut mir unendlich leid, dass ich nicht früher zu dir gekommen bin.« Sie schluckte. »Aber es ist so viel geschehen in den letzten Stunden … Ich wollte nicht, dass Weiß erfährt, was wir über ihn wissen. Der Mann ist gefährlich, er spürt, wenn man ihm auf der Spur ist. Und ich dachte, je weniger Menschen es wissen, umso unbefangener gehen alle mit ihm um.«

»Ich bin dennoch enttäuscht von dir, Friederike«, wiederholte ihr Vater ein letztes Mal. »Nun gut«, sagte er dann etwas versöhnlicher, als er sah, wie sehr seine Tochter unter der Situation litt, »wir können es nicht ungeschehen machen, jetzt müssen wir an die nächsten Schritte denken. Du hast insofern klug gehandelt, als dass du Viktors Leichnam versteckt hast. Aber wie erklären wir diese Geschichte seinem Vater?«

»Müssen wir das denn?«, fragte Friederike. »Ist das nicht eher die Aufgabe der Polizei? Bernhard hat ihn in Notwehr getötet. Wäre er nicht gewesen, wäre Juliane jetzt tot. Das wäre ihrem Vater vermutlich lieber gewesen, als seinen Sohn zu verlieren, aber sein Sohn war ein Verbrecher, während Juliane ein unschuldiges Opfer ist.«

»Trotzdem wird sich dieser Vorfall übel auf den Ruf unserer Anstalt auswirken. Und du weißt, was geschehen wird, wenn wir diese Art junge Damen nicht mehr als Patientinnen haben? Die Kosten für unsere Einrichtung können wir kaum von unseren Pfleglingen und ihrer landwirtschaftlichen Arbeit bestreiten.«

Friederike senkte abermals betroffen den Blick. Ihr Vater hatte recht. Schon die Morde an Trudi und Alfons hatten dem guten Ruf der Anstalt geschadet, aber dass der Erbe eines florierenden Handelshauses vom geistig behinderten Ehemann der

Tochter des Anstaltsleiters – wenn auch in Notwehr – erstochen worden war, könnte sie das Gut kosten.

»Wir werden eine Lösung finden«, sagte sie schließlich. »Letztlich haben wir Beweise für Doktor Weiß' Taten. Es zieht sich wie ein roter Faden durch sein ganzes Leben und es gibt Aufzeichnungen, die wie ein Geständnis zu lesen sind. Er musste bereits die Charité verlassen, er hat seinen Burschen dazu gebracht, ein Pulvermagazin in die Luft zu jagen, um einen Mord zu vertuschen, er hat Leichenschändung betrieben, er hat einen unschuldigen Mann wie Kuno in den Tod getrieben, er wollte Bernhard dazu bringen, Alfons zu töten, und Viktor sollte seine eigene Schwester ermorden.«

»Die Sache mit Viktor kannst du nicht beweisen«, widersprach ihr Vater.

»Ich hoffe, Doktor Weiß war eitel genug, auch darüber Aufzeichnungen anzufertigen.«

»Wie denn, wenn du sein Tagebuch entwendet hast?«

Friederike zuckte zusammen. Daran hatte sie gar nicht gedacht. Andererseits hatte Doktor Weiß die Eintragungen sorgsam verschlüsselt, was wiederum dafürsprach, dass er sie von Klarschrift ins Tagebuch übertragen hatte. Womöglich hatte er es noch gar nicht vermisst. Als sie ihrem Vater diesen Verdacht mitteilte, hellte sich seine Miene etwas auf.

»Das stimmt«, gab er zu. »Also ist es wichtig, dass wir ihn heute Abend noch einmal ablenken, damit er nicht auf die Idee kommt, nach Viktor zu sehen oder seine Aufzeichnungen zu codieren und sie ins Tagebuch zu übertragen. Ich glaube, wir sollten ihn nach dem Essen noch zu einem Glas Wein einladen und möglichst lange aufhalten.«

Bernhard kam etwas verspätet zum Abendessen, was ihm einen tadelnden Blick von Friederikes Großmutter Adelheid eintrug, vor allem, als er zu seiner Entschuldigung vorbrachte, dass er noch ausgeritten sei. Doch ehe Adelheid ihrem tadelnden Blick ebensolche Worte folgen lassen konnte, stand Friederike auf und gab Bernhard einen Kuss auf die Wange – eine ungewöhnliche Zärtlichkeit, die ein weiteres Stirnrunzeln bei Adelheid hervorrief, ihr aber immerhin den Mund verschloss. Diskussionen über die Schicklichkeit bei Tisch verabscheute die alte Dame. Doktor Weiß musterte Friederike und Juliane aufmerksam, dann erkundigte er sich nach Viktor.

»Mein Bruder fühlte sich nicht wohl«, erklärte Juliane. »Er hat sich zurückgezogen und mich gebeten, nach dem Abendessen noch einmal nach ihm zu sehen.«

Sofort entspannten sich Doktor Weiß' Züge und Friederike konnte nicht anders, als Juliane für ihre Geistesgegenwart Respekt zu zollen. Doktor Weiß hoffte anscheinend noch immer, dass sein neues Forschungssubjekt seiner Manipulation erliegen und seine eigene Schwester töten würde. Er würde sich also hüten, Juliane zu Viktor zu folgen, um den jungen Mann nicht bei der Vollendung des Werkes zu stören.

In welch perverse Spielchen dieser gewissenlose Arzt sie doch alle verwickelt hatte, dachte Friederike bei sich. Er zwang sie alle dazu, selbst zu lügen und zu manipulieren, um ihn mit seinen eigenen Mitteln unschädlich zu machen.

Nachdem die Tafel aufgehoben worden war, wollte Doktor Weiß sich gemeinsam mit allen anderen zurückziehen, doch Friederikes Vater hielt ihn auf.

»Ich würde mich freuen, wenn Sie mir die Ehre erweisen würden, heute Abend mit meiner Tochter und mir ein Glas Wein zu trinken. Wir haben einen guten Bordeaux geliefert bekommen und ich würde gern mit Ihnen über Ihre Pläne für den kommenden Berliner Kongress sprechen. Sie hatten die Freundlichkeit, Friederike einzuladen?«

Bernhard warf Friederike einen fragenden Blick zu und sie raunte ihm zu, dass er sich um Juliane kümmern solle. Die junge Frau mochte den Schock nach außen hin gut verkraftet haben, aber Friederike war nicht wohl dabei, sie jetzt allein zu lassen. Bernhard nickte und folgte der jungen Frau. Erneut durchströmte Friederike dieses Gefühl der unbändigen Liebe zu ihm, das Gefühl, dass er langsam wieder zu jemandem wurde, der ihr einen Teil von der Last des Lebens abnehmen konnte. Ihr ein echter Mann und Gefährte sein konnte – trotz all seiner Einschränkungen.

Der anschließende Abend mit Doktor Weiß war anstrengend und voller verlogener Wortspiele. Jedes Mal, wenn der Arzt sich verabschieden wollte, gelang es Friederikes Vater, ihn zu einem weiteren Glas Wein zu animieren, und erst weit nach Mitternacht – und nachdem aus einer Flasche Bordeaux zwei Flaschen geworden waren – ließ der Arzt sich nicht mehr aufhalten. Er verabschiedete sich mit den schicksalsträchtigen Worten »*Carpe noctem*«, die sie jetzt zum ersten Mal aus seinem Munde hörte.

Bernhard war bereits im Bett, als Friederike in ihr gemeinsames Schlafzimmer kam, aber er war noch wach.

»Wie geht es Juliane?«, fragte sie, nachdem sie sich zu ihm gelegt hatte.

»Sie ist traurig«, erwiderte Bernhard. »Aber sie ist tapfer.«

»So wie du«, bestätigte sie und kuschelte sich in seine Arme. »Du hast ihr das Leben gerettet.«

Er sagte nichts, sondern zog sie sanft an sich.

»Kannst du dich noch daran erinnern, als du mich zu dem Fechtturnier in Heidelberg eingeladen hast?«, fragte sie ihn.

»Nein«, sagte er. »Aber ich habe gewonnen. Der Pokal steht noch in der Vitrine.«

»Ja«, flüsterte Friederike. »Und wenn es den Krieg nicht gegeben hätte und die Olympischen Spiele 1916 in Berlin stattgefunden hätten, dann wärst du bestimmt als Olympiasieger heimgekehrt. Ich habe niemals wieder jemanden so elegant und sicher fechten sehen wie dich.«

Bernhard sagte nichts.

»Wie ist das eigentlich«, fragte sie weiter, »wenn du versuchst, dich zu erinnern, es aber nicht kannst? Ist da nur Dunkelheit?«

»Nein«, erwiderte er. »Da ist gar nichts.«

»Als wäre es nie geschehen?«

»Nein«, widersprach er, »auch nicht. Als Alfons und heute Viktor mit dem Messer angriffen, war mein Kopf leer. Aber mein Körper wusste es noch. Erinnerungen ohne Bilder, aber die Arme, Hände und Beine erinnern sich. So wie beim Reiten. So wie beim Lieben.«

»Das sagte damals schon der Professor, der dich untersucht hat. Im Gehirn sind die Erinnerungen der Sinne und die motorischen Fähigkeiten wohl in unterschiedlichen Bereichen beheimatet. Und ein Teil bleibt erhalten, auch wenn ein anderer Teil zerstört wurde.«

»Ein Teil von mir ist zerstört«, flüsterte er.

»Nein, kein Teil von dir. Nur ein Teil deiner Fähigkeiten. An dir ist alles gut und richtig.«

41. Kapitel

Am nächsten Morgen fiel Friederike auf, wie nervös und unruhig Doktor Weiß wirkte. Ständig spielte er beim Frühstück mit seiner Serviette herum und blickte bei jedem Geräusch zur Tür, als erwarte er noch jemanden. Ob es wohl daran lag, dass Viktor verschwunden blieb, während Juliane scheinbar unbeschwert zum Frühstück erschienen war?

Tatsächlich hörte sie, wie Doktor Weiß sie etwas später auf ihren Bruder ansprach.

»Ist Herr Brunner noch beim Packen? Ich habe ihn seit gestern Nachmittag nicht mehr gesehen.«

»Oh, er wollte heute ausschlafen, damit er die Heimfahrt frisch und ausgeruht antreten kann.« Sie lächelte. »Er ist zu Hause dafür bekannt, dass er im Zweifelsfall auf das Frühstück verzichtet, um dafür länger schlafen zu können. Es hat ihn in den letzten Tagen einige Überwindung gekostet, sich den hiesigen Gepflogenheiten anzupassen.«

Friederike staunte über die Selbstverständlichkeit, mit der Juliane so überzeugend lügen konnte. Wenn sie es nicht besser gewusst hätte, wäre sie von ihren Worten restlos überzeugt gewesen. Ob Juliane diese Fähigkeiten in den Jahren des steten Missbrauchs vervollkommnet hatte? War es ihre ganz eigene Art gewesen, ihr Überleben in einer düsteren Welt aus Geheimnissen und Verdrängung zu gewährleisten?

Menschen sind wahre Anpassungskünstler, dachte Friederike. *Sie tun alles, um am Leben zu bleiben, mögen die Umstände noch so widrig sein.*

Doktor Weiß sagte nichts, aber die skeptische Falte zwischen seinen Brauen blieb. Misstraute er Juliane oder befürchtete er, auch sein zweites »Subjekt« habe sich seiner Manipulation erfolgreich entzogen?

Am späten Vormittag kam ein Automobil aus Lüneburg in Mohlenberg an, das von seinen Ausmaßen her an einen kleinen Omnibus erinnerte. Es erregte erhebliches Aufsehen, als es auf den Hof des Gutes fuhr. Viele der Bewohner, die bereits seit Jahren hier lebten, hatten noch nie ein Automobil gesehen und umringten das Fahrzeug begeistert. Friederike sah, dass sich auch Doktor Weiß dem Wagen näherte, jedoch in einiger Entfernung stehen blieb, da es unter seiner ärztlichen Würde war, sich neugierig zwischen die aufgeregten Patienten zu mischen.

Als Erstes stieg der Chauffeur aus, ein Polizeibeamter in Uniform, dann öffnete er die Tür und zwei weitere uniformierte Beamte sowie Kriminalkommissar Lechner, Doktor Schröder und zuletzt Walter stiegen aus.

Friederike ging auf die Männer zu und schickte dabei die Patienten zurück an ihre Arbeit. Die Bewohner wandten sich erst nach der dritten energischen Aufforderung ab, zu groß war die Neugier, was die fremden Polizisten in dem Automobil wohl wollten.

Auch Doktor Weiß trat nun hinzu, was Friederike gar nicht behagte.

»Ist etwas passiert?«, fragte der Arzt mit einer Selbstverständlichkeit, als wäre er der Hausherr.

»Das werden wir mit dem Chefarzt der Einrichtung besprechen«, sagte Kommissar Lechner knapp. »Frau von Aalen, ich freue mich, Sie wiederzusehen, wenngleich es unter solch … besonderen Umständen ist. Würden Sie uns bitte zu Ihrem Vater bringen?«

Friederike nickte.

»Kann ich vielleicht behilflich sein?«, fragte Doktor Weiß, der sich nicht abwimmeln lassen wollte.

»Gewiss können Sie das«, sagte Lechner. »Warten Sie bitte in Ihrem Büro auf uns, wir werden später auch noch auf Sie zukommen.«

»Bitte tun Sie, was der Kommissar sagt«, bat Friederike, als sie sah, dass Doktor Weiß zögerte. Ob er wohl etwas ahnte? Schließlich gab er nach und ging. Friederike atmete auf.

Dann gingen sie ins Büro ihres Vaters. Kommissar Lechner bestand darauf, dass auch Juliane und Bernhard bei dem Gespräch dabei sein sollten, während er zwei der Polizisten zusammen mit Doktor Schröder in den Stall schickte, um Viktors Leichnam zu untersuchen. »Aber achten Sie darauf, dass noch niemand von dem Toten erfährt«, mahnte er den Pathologen.

»Keine Sorge, ich weiß, was auf dem Spiel steht«, erwiderte Schröder mit einem grimmigen Gesichtsausdruck. Dann fiel sein Blick auf Walter. »Würden Sie bitte mitkommen, um neugierige Patienten zu beruhigen und abzulenken?«

Walter nickte und begleitete Schröder.

Der Kommissar atmete tief durch und bat den dritten Beamten, sich vor der Tür zu postieren, damit niemand sie belauschen konnte.

»Halten Sie diese Sicherungsmaßnahmen wirklich für erforderlich?«, fragte Friederikes Vater.

»Ich habe die Dechiffrierungen von Herrn Pietsch auf der Fahrt von Lüneburg nach Mohlenberg gelesen und sie überprüft, es ist unfassbar, was dieser Doktor Weiß getan hat. Ein so kranker, bösartiger Geist ist mir noch nie untergekommen und ich habe weiß Gott schon viel gesehen.«

»Dann genügt es, um Doktor Weiß zu verhaften?«, fragte Friederike.

Der Kommissar nickte. »Zumindest wegen der Leichenschändung und der Vortäuschung einer Straftat. Ob er sich auch weiterer Verbrechen schuldig gemacht hat, müssen die Richter entscheiden. Menschen gegeneinander aufzuhetzen, damit sie sich töten, ist noch kein Mord, auch wenn die Anstiftung zum Mord ein Verbrechen ist. Andererseits ...« – sein Blick fiel auf Bernhard – »... lässt sich in Ihrem Fall die Notwehr belegen. Doktor Weiß' Tagebuch entlastet Sie im Fall von Alfons und Fräulein Brunners Aussage hinsichtlich des Todes ihres Bruders. Somit liegen keine Morde im juristischen Sinne vor. Und wenn Weiß sich einen geschickten Anwalt nimmt, wird ihn kein Richter wegen Anstiftung zum Mord verurteilen.« Er atmete tief durch. »Es wird aber eine gerichtliche Untersuchung geben und ich befürchte, der Fall von Herrn Brunner wird erhebliches Aufsehen erregen. Im Gegensatz zu einem hiesigen Knecht ist er schließlich der Erbe eines einflussreichen Hamburger Handelshauses. Sollte Herr Doktor Schröder jedoch feststellen, dass Herr Brunner auf die gleiche Weise wie der Knecht Alfons getötet wurde, bestätigt das die Zeugenaussagen.«

»Es tut mir leid«, sagte Bernhard. »Ich wollte das nicht. Ich wollte nur Fräulein Brunner schützen. Er hat mich mit dem Messer angegriffen. Ich habe mich gewehrt.«

Der Kommissar nickte. »Ich weiß und ich muss sagen, ich bin beeindruckt, dass Sie ...« – er räusperte sich verlegen –, »... dass Sie trotz Ihrer ...« – noch ein Räuspern – »... Einschränkungen unbewaffnet in der Lage waren, zwei kräftige junge Männer mit Messern zu überwältigen.«

»Weil ich durch die Verletzung am Kopf blöd geworden bin?« Bernhard sah den Kommissar mit offenem Blick an, ohne dass ein Vorwurf darin lag. Dennoch wirkte Lechner peinlich berührt. »Nun ja, Sie haben eine sehr schwere Verwundung erstaunlich gut überstanden.« Er räusperte sich ein drittes Mal.

»Was werden Sie nun tun?«, fragte Doktor Meinhardt. »Doktor Weiß verhaften?«

»Wir werden ihn vorläufig festnehmen und für eine Aussage nach Lüneburg bringen. Über den Haftbefehl entscheidet der Richter. Außerdem werden wir sein Büro durchsuchen und weitere Beweise sichern.«

»Bei Kuno haben Sie sehr viel energischer durchgegriffen und ihn umgehend in eine gesicherte Anstalt einweisen lassen.«

»Kuno war ein entmündigter Geisteskranker. Wir mussten so handeln – zu seiner eigenen Sicherheit.«

»Wissen Sie, dass er mittlerweile tot ist?«, fragte Doktor Meinhardt. »Er hat es in der engen Zelle in Langenhagen nicht ausgehalten und aus Verzweiflung so heftig mit dem Kopf gegen die Wand geschlagen, dass er eine tödliche Hirnblutung erlitt.«

Kommissar Lechner senkte den Blick. »Das tut mir sehr leid, aber das war nicht vorauszusehen. Ich habe lediglich meine Pflicht getan. Kein Mensch konnte ahnen, dass der Mann so reagieren würde.«

Eine Weile herrschte betroffenes Schweigen.

»Und wie wollen wir jetzt weiter verfahren?«, fragte Friederike schließlich. »Warten wir noch auf Doktor Schröder oder wollen Sie Doktor Weiß gleich zur Rede stellen?«

»Ich denke, wir sollten Doktor Schröder zunächst nach seinen Untersuchungsergebnissen befragen«, beschied Lechner.

»Muss ich dabei sein?« Juliane sah den Kommissar unsicher an. »Ich möchte Viktor nicht noch einmal so sehen.«

»Das verstehe ich gut.« Der Kommissar tätschelte mitfühlend ihre Schulter. »Keine Sorge, Sie werden dafür nicht gebraucht.« Dann wandte er sich Friederike und Bernhard zu. »Sie können sich gern zurückziehen, wenn Sie sich den Anblick ebenfalls ersparen möchten.

»Nein«, hielt Friederike entschieden dagegen. »Ich will alles bis zum Schluss bezeugen.«

»Und ich gehe mit Rieke«, sagte Bernhard mindestens ebenso entschieden.

»Wie Sie wünschen.« Kommissar Lechner hob die Schultern, ganz so, als würde er vor so viel Entschlossenheit kapitulieren.

Die Tatsache, dass Walter mit zwei Polizisten vor dem Stall stand, die jedem den Zugang verwehrten, erregte die Neugier selbst jener Patienten, die sich sonst nie um den Stall geschert hatten. Während die Bewohner der Anstalt den Polizisten mit respektvollem Abstand begegneten, wurde Walter mit Fragen bestürmt. Er war von einer Menschentraube umringt, aber Friederike hörte, dass er keine der Fragen beantwortete. Stattdessen forderte er die Patienten immer wieder freundlich auf, sich zurück an ihre Arbeit zu begeben. Doch er versprach, dass sie später Auskünfte erhalten würden, wenn die Polizei ihre Arbeit getan hatte.

Kommissar Lechner bahnte ihnen einen Weg durch die Menge, dann gingen sie in den Stall, ohne dass die Umstehenden einen Blick hineinwerfen konnten.

Doktor Schröder hatte Viktors Leiche halb entkleidet und die tödliche Wunde mittlerweile ausgiebig begutachtet.

»Die Stichführung ist dieselbe wie bei Alfons«, erklärte er. »Das Muster passt zu den Zeugenaussagen, auch der Zeitpunkt des Eintritts des Todes.«

»Dann können Sie aus ärztlicher Sicht bestätigen, dass Herr von Aalen in Notwehr handelte?«, fragte Lechner.

Der Pathologe nickte. »Ich habe keinen Grund, daran zu zweifeln.«

Friederike atmete auf und sah Bernhard erleichtert an. Der sagte kein Wort, sondern starrte stumm auf den Toten.

»Werden wir uns jetzt Doktor Weiß zuwenden?«, fragte Doktor Meinhardt.

Der Kriminalkommissar nickte. »Würden Sie uns bitte zu seinem Büro führen?«

»Ich werde das erledigen«, sagte Friederike mit Blick auf ihren Vater. »Vielleicht solltest du lieber die weiteren Formalitäten mit Doktor Schröder klären.«

»Du hast recht. Wir müssen einiges regeln.« Er seufzte. »Vor allem muss ich mir überlegen, wie ich Herrn Brunners Vater über den Vorfall informiere … Das wird sehr, sehr schwierig werden.«

»Im Zweifelsfall deutest du an, dass wir die Wahrheit kennen«, schlug Friederike vor. »Dann kann er sich überlegen, ob er wirklich einen Skandal riskieren will, der sein Unternehmen ins Gerede bringt. Selbst wenn er alles abstreitet, werden seine Konkurrenten es gegen ihn verwenden.«

»Ich werde es mir überlegen.«

Friederike wandte ihren Blick Bernhard zu. »Willst du bei Walter bleiben und ihm helfen, alle zu beruhigen?«, fragte sie.

Er schüttelte den Kopf. »Ich gehe mit dir, Rieke. Ich passe auf dich auf.«

Trotz allem musste Friederike lächeln. Vor allem, als sie den irritierten Blick von Kriminalkommissar Lechner sah, den Bernhards ausgeprägter Beschützerinstinkt erkennbar verwirrte.

Als der Kriminalkommissar Doktor Weiß' Büro in Begleitung von Friederike und Bernhard sowie eines Polizeibeamten betrat, erhob sich der Arzt von seinem Schreibtischstuhl.

»Was kann ich für Sie tun?«, fragte er. Sein Gesicht wirkte ruhig und entspannt, als habe er nicht das Geringste zu befürchten. Friederike bemerkte, dass es nach Verbranntem roch. Dann sah sie, dass im Kamin, der im Hochsommer normalerweise nicht beheizt wurde, Asche lag. Es waren die Überreste von Papieren. War Doktor Weiß deshalb so selbstsicher? Hatte er die Zeit genutzt, um sämtliche verräterischen Dokumente zu vernichten? Oder waren es nur die unverschlüsselten Originale? Sie konnte sich nicht vorstellen, dass er wirklich alles dem Feuer übergeben hatte. Dafür waren ihm seine Forschungen zu wichtig.

Auch dem Kommissar fiel der Geruch auf.

»Sie haben etwas verbrannt?«, fragte er.

»Ja, alte Notizen. Das tue ich regelmäßig«, sagte Weiß leichthin. »Also, was kann ich für Sie tun, Herr Kommissar?«

»Ich habe leider die bedauerliche Aufgabe, Sie vorläufig festnehmen zu müssen.«

»Festnehmen?« Doktor Weiß hob die Brauen. »Was wirft man mir denn vor?«

»Leichenschändung an Gertrude Bamberger, Vortäuschung einer Straftat, Falschaussagen hinsichtlich des Patienten Kuno Pechstein und Anstiftung zum Mord.«

Weiß holte tief Luft. »Das ist Unsinn!«

»Es gibt Beweise und glaubhafte Zeugenaussagen.«

»Was für Beweise? Und was für Zeugen?«

»Das werden Sie früh genug erfahren. Darf ich Sie jetzt bitten, uns zu folgen?«

»Ich werde Ihnen nirgendwohin folgen, wenn Sie mir nicht auf der Stelle erklären, was genau Sie mir vorwerfen. Wie kommen Sie darauf, ich hätte die Leiche von Gertrude Bamberger geschändet? Das ist doch hanebüchen! Ich bin ein renommierter Arzt, warum sollte ich so etwas tun? Und wen soll ich Ihrer Meinung nach zum Mord angestiftet haben?«

Der Kommissar atmete tief durch. »Also schön, Herr Doktor Weiß. Wir haben Ihr verschlüsseltes Tagebuch gefunden, in dem Sie Ihren Versuch genau beschreiben, aus Herrn von Aalen, den Sie immer nur das ›Subjekt‹ nennen, einen Mörder zu machen. Das ist ein umfassendes Geständnis, aus dem hervorgeht, dass Sie Gertrude Bamberger und auch den Knecht Alfons verstümmelt haben. Sie haben unsere ersten Ermittlungen behindert und zugelassen, dass der unschuldige Herr Pechstein in Verdacht geriet und in eine Anstalt für gefährliche Geisteskranke verlegt wurde, wo er letztlich zu Tode kam. Außerdem wissen wir um Ihren Ruf an der Charité und was Ihr ehemaliger Bursche Ludwig Breuer getan hat.«

Doktor Weiß erblasste. Zum ersten Mal war Panik in seinen Augen zu erkennen.

»So?« Der Arzt ließ den Blick von einem zum anderen schweifen, bis er auf Friederike haften blieb. »Frau von Aalen, Sie kennen mich«, sagte er. »Würden Sie bitte zu mir herüberkommen, damit ich Ihnen meine tatsächlichen Aufzeichnungen zeigen kann? Mir scheint, hier liegt ein großes Missverständnis vor. Ich kann das umgehend richtigstellen.«

»Geh nicht zu ihm!«, rief Bernhard und griff nach ihrer Hand.

Friederike zögerte und warf Kommissar Lechner einen fragenden Blick zu, doch der nickte zustimmend.

»Es ist schon gut, Bernhard. Mir passiert nichts.« Sie entzog ihm sanft ihre Hand und ging um den Schreibtisch herum zu Doktor Weiß. Der Arzt wartete, bis sie bei ihm war, dann öffnete er eine Schublade. Doch in der Schublade lagen keine Aufzeichnungen, sondern ein Revolver! Noch ehe Friederike handeln konnte, hatte Doktor Weiß die Waffe ergriffen, packte sie und hielt ihr die Mündung an den Kopf.

»Ich warne Sie!«, sagte er. »Die Waffe ist geladen, und wenn Sie nicht wollen, dass Frau von Aalen stirbt, sollten Sie mir jetzt freies Geleit zum Stall gewähren.«

Friederike sah, wie Bernhard erstarrte, in seinen Augen stand derselbe Ausdruck wie damals, als er mühevoll von Trudis Tod berichtet hatte. Er allein hatte gewusst, wie gefährlich Weiß war, aber sie hatte nicht auf ihn gehört, sondern darauf vertraut, dass ihr in Gegenwart des Kriminalkommissars nichts geschehen würde. Stattdessen fühlte sie jetzt das kalte Metall einer geladenen Waffe an ihrer Schläfe. *Ich muss irgendetwas tun*, durchzuckte es sie. *Irgendetwas, mit dem Weiß nicht rechnet.* Aber ihr fiel nichts ein. Stattdessen spürte sie, wie ihr Körper erstarrte, obgleich ihr Geist erstaunlich rege blieb.

Während Weiß ihr weiterhin mit der rechten Hand die Pistole an die Schläfe drückte, öffnete er fahrig eine zweite Schreibtischschublade.

»Holen Sie das Kästchen raus!«, befahl er. Sie gehorchte. Er zog einen kleinen Schlüssel aus seiner Jackentasche.

»Und jetzt schließen Sie es auf!« Er reichte ihr den Schlüssel. Friederike gehorchte erneut. In dem Kästchen lagen Geldscheine im Wert von etlichen hundert Mark. Weiß stopfte das Geld hastig in seine Jackentasche.

»Und jetzt alle an die Wand!«

»Hören Sie«, versuchte Lechner hilflos, auf den Arzt einzureden. »Sie machen alles noch viel schlimmer! Bislang kann Ihnen niemand ein Tötungsdelikt vorwerfen. Es geht nur um Leichenschändung und Vortäuschung einer Straftat. Wenn Sie Frau von Aalen loslassen, vergessen wir, was hier eben passiert ist. Aber diese Geiselnahme wird Ihre Schuld vor jedem Richter bestätigen!«

»Dazu müsste ich erst einmal vor einem Richter stehen. Und nun stellen Sie sich mit dem Gesicht zur Wand, sonst erschieße ich Frau von Aalen!« Friederike hörte ein Klicken, so als würde der Hahn gespannt. Die Männer gehorchten zögerlich.

»Halt! Bernhard nicht!«, rief Doktor Weiß. »Der soll mir die Pferde im Stall satteln!«

Friederike schluckte, sie sah Bernhard an, als der sich langsam wieder umdrehte, und hoffte, dass er keinen epileptischen Anfall bekommen würde. Es war schon erstaunlich, dass sie sich in dieser Situation mehr Sorgen um ihn als um sich selbst machte. Sie konnte sich beim besten Willen nicht vorstellen, dass Doktor Weiß tatsächlich abdrücken würde. Selbst den Abzug zu betätigen war etwas anderes, als Menschen zu manipulieren und zum Töten abzurichten …

Andererseits hatte er sich nicht gescheut, Theodor Lehmberg zu vergiften. Und sie wusste nicht, ob er im Krieg nicht doch schon Menschen erschossen hatte.

»Du gehst vor!«, sagte Weiß zu Bernhard. »Und denk dran, wenn du eine falsche Bewegung machst, stirbt deine Rieke. Und wer weiß, vielleicht schneide ich ihr danach dann genauso wie Trudi den Bauch auf, um nachzuschauen, ob wirklich etwas drin ist.«

»Sie sind ja verrückt!«, rief Kommissar Lechner.

»Halten Sie den Mund, sonst habe ich für Sie vielleicht noch einen Genickschuss übrig!«, zischte Weiß. Friederike spürte, wie er sie härter anpackte und vorwärtsstieß. »Los, Bernhard, mach die Tür auf!«

Bernhard gehorchte wortlos. Friederike hätte zu gern gewusst, was in ihm vorging. War er sich der Gefahr bewusst oder hatte Doktor Weiß mit der Drohung, ihr den Bauch aufzuschneiden, irgendeinen neuen Schlüsselreiz gesetzt? Glaubte er, ihren Mann wie ein willenloses Tier unter Kontrolle zu haben? *Er war nie unter deiner Kontrolle, du mieses Schwein*, dachte sie bei sich. *Er war immer er selbst, auch wenn ihm die richtigen Worte fehlten, um uns deine Verbrechen rechtzeitig zu offenbaren.*

Kaum hatten sie das Büro verlassen, befahl Weiß Friederike, die Tür von außen abzuschließen. Sie gehorchte mit zitternden Händen. Verdammt, warum war ihr Körper nicht so ruhig wie ihr Geist? Warum sendete er diese Signale an Bernhard? Sie wollte nicht, dass er sich Sorgen machte. Sie würden schon einen Ausweg finden. Weiß würde sie als Geisel nehmen, um Gut Mohlenberg zu verlassen, aber er hatte kein Interesse daran, sie zu töten. Zumindest hoffte sie das.

Der Weg zum Stall war wie ein Spießrutenlauf, denn sie kamen an mehreren entsetzt dreinschauenden Patienten vorbei. Friederike hoffte inbrünstig, dass sich niemand von ihnen zum Eingreifen bemüßigt fühlte und dadurch alle in Gefahr brachte. Doch Bernhard bewies eine Umsicht, die ihm wohl niemand zugetraut hätte. Mit einer bemerkenswerten Autorität, die noch etwas von der Respektsperson erahnen ließ, die er einst als Offizier gewesen war, schickte er alle fort, die zu nahe kamen. Ebenso die beiden Polizisten, die nach wie vor darauf achteten, dass sich niemand dem Toten näherte.

»Und jetzt sattelst du Wotan und Walküre«, befahl Weiß, als sie allein im Stall waren.

»Warum Walküre?«, fragte Bernhard. »Rieke bleibt hier!«

»Nein, die kommt mit mir! Aber wenn du nicht gehorchst, kannst du ihren Leichnam hierbehalten!«

»Bitte, Bernhard, tu es«, sagte Friederike. Er zögerte, dann nickte er, griff nach dem Sattel und öffnete Wotans Box. Nachdem er den Hengst gesattelt und vor der Box angebunden hatte, sattelte er Walküre.

»Und wie geht es jetzt weiter?«, fragte Friederike, nachdem Bernhard fertig war. »Sie wissen doch selbst, dass Sie alles nur noch schlimmer machen. Man wird Sie fassen und dann müssen Sie sich auch noch wegen einer Geiselnahme verantworten. Wenn Sie mich jetzt gehen lassen, dann –«

»Halten Sie den Mund!« Weiß schlug ihr hart mit der Waffe ins Gesicht. Schwarze Funken tanzten vor ihren Augen, sie schmeckte Blut, zugleich hörte sie Bernhard zornig aufschreien. Im nächsten Moment wurde sie zu Boden gestoßen, denn Bernhard hatte den Arzt gepackt und von ihr weggerissen. Sie kämpfte gegen die schwarzen Schleier vor ihren Augen an, sah, wie Bernhard jegliche Kontrolle verlor und wie ein rasender Berserker auf Weiß losging. All die Sorgen, der Hass, die Angst, die Wut – alle Gefühle, die Bernhard in den vergangenen Wochen stumm für sich allein durchlitten hatte, vereinten sich in seiner Raserei zu einer schier unüberwindlichen Kraft.

Auf einmal löste sich ein Schuss und dann brach die Hölle los. Wotan riss sich los, trat dabei gegen die Stallwand, Holz splitterte. Das Pferd, das nicht mehr für den Kriegseinsatz geeignet war ... Instinktiv rollte Friederike sich an die gegenüberliegende Wand, während Doktor Weiß herumfuhr und versuchte, den Hengst bei den Zügeln zu packen. Doch Wotan war nicht mehr zu bändigen, der Schuss hatte ihn in blinde Panik versetzt. Friederike hörte noch ein Krachen, einen Schrei, dann lag Doktor Weiß auf einmal am Boden. Als Erstes sah sie den Revolver, der ihm aus der Hand geglitten war. Sie griff nach der Waffe, während Wotan, der nun freie Bahn hatte, aus dem Stall galoppierte. Walküre folgte ihm panisch.

Noch während Friederike ihre Waffe auf Weiß richtete, sah sie, dass er keine Gefahr mehr darstellte. Wotans Huf hatte ihn am Kopf getroffen, sein Schädel war eingedrückt und er blutete stark. Ob er nur bewusstlos oder schon tot war, konnte sie nicht erkennen, aber es war ihr auch egal. Ihre Sorge galt Bernhard, der stöhnend an der entgegengesetzten Wand lehnte und seine Hand auf die Brust presste.

»Mein Gott, Bernhard! Hat er dich getroffen?«

Er nickte stumm.

»Wir brauchen Hilfe!«, schrie sie. »Bernhard ist verletzt!«

Kurz darauf stürmten Doktor Schröder und ihr Vater in den Stall. Schröder warf nur einen kurzen Blick auf Weiß und wandte sich dann Bernhard zu.

»Ist es schlimm?«, fragte Friederike, als der Arzt Bernhards Hemd öffnete. Ihr Vater ließ indes eine Trage heranschaffen, um seinen Schwiegersohn ins Haus bringen zu lassen.

»Ich fürchte, ja«, sagte der Pathologe. »Die Kugel scheint den Herzbeutel getroffen zu haben.«

»Wir müssen etwas tun!«, schrie Friederike. »Entfernen Sie die Kugel!«

»Ich werde sehen, was ich tun kann.«

Die Männer mit der Trage kamen und hoben Bernhard vorsichtig an.

»Was ist mit Doktor Weiß?«, fragte ihr Vater. »Lebt er noch?«

»Was fragst du nach diesem Verbrecher?«, brüllte sie. »Soll er doch sterben! Das wäre nur gerecht!«

Ihr Vater schwieg. Friederike hielt Bernhards Hand und presste zugleich sein Hemd auf die Wunde, um die Blutung zu stillen, während er in den Behandlungsraum im Haus gebracht wurde.

»Können Sie ihn operieren?«, fragte sie verzweifelt, nachdem Bernhard auf die Behandlungsliege umgebettet worden war.

Doktor Schröder schüttelte den Kopf. »Die Kugel liegt zu nah beim Herzen.«

»Aber wir müssen etwas tun!«, schrie Friederike. »Wenn er sowieso stirbt, können wir es auch versuchen. Bitte!«

»Es hat keinen Sinn, wir können ihn nicht retten.«

»Nein!«, schrie sie. »Ich will, dass alles versucht wird! Er darf nicht sterben! Sie müssen etwas tun!«

In diesem Augenblick spürte sie, wie Bernhard ihre Hand fester drückte.

»Rieke«, sagte er leise. »Kein Schneiden. Bleib bei mir. Für unsere letzten Momente.« Sie sah seinen Blick, so voller Liebe und Fürsorge, aber zugleich auch mit dem Wissen der Endlichkeit. Es war seine Entscheidung. Kein Schneiden. Die letzten Momente … Sie musste stark für ihn sein, alles nehmen, was das Leben ihnen noch geben konnte, selbst wenn es nur noch Minuten waren. Doch der Schmerz war zu groß, um ihre Tränen zurückzuhalten.

»Ich will dich nicht verlieren«, schluchzte sie und verbarg ihr Gesicht an seiner Brust, während sie weiter seine Hand hielt. »Bleib bei mir! Ich brauch dich noch!«

Sie spürte, wie er ihr sanft mit der freien Hand über den Hinterkopf strich, so zärtlich und tröstend, dass es kaum zu ertragen war, weil es ihr nur noch mehr zeigte, was sie gerade verlor.

»Ich liebe dich, Rieke.« Seine Stimme war kaum mehr als ein Flüstern. »Das habe ich immer. Und du bekommst unser Kind.«

Sie wollte ihm sagen, dass sie ihn ebenfalls liebte und dass es immer so sein würde, aber der Schmerz raubte ihr die Worte. Sie konnte nur noch weinen, während seine streichelnde Hand sich langsam von ihr löste. Sie klammerte sich an ihn, wollte ihn nicht loslassen, aber sie konnte nicht verhindern, dass sein Leben unter ihren Händen versickerte. Sein Atem wurde immer schwächer. Sie konnte nichts tun, gar nichts. Sie würde ihn verlieren, für immer! Sein Blick ließ sie nicht los und sie bemühte sich standzuhalten, auch wenn sie blind vor Tränen war. Er sollte sie ansehen, solange er es konnte. Er hatte darum gekämpft, diese letzten Augenblicke mit ihr zu verbringen, und das wollte sie ihm gewähren. Später vermochte Friederike nicht mehr zu sagen, wie lange es gedauert hatte, losgelöst von jedem Zeitgefühl, bevor das Licht in seinen Augen brach und sie wusste, dass er endgültig gegangen war. Vor ihr lag nur noch sein Körper, von ihm selbst war nichts mehr geblieben.

»Ich habe dich so sehr geliebt«, flüsterte sie. »So sehr.« Sie küsste ihn ein letztes Mal, dann schloss sie seine Augenlider. Im selben Moment hatte sie das Gefühl, jemand stehe hinter ihr und streiche ihr sanft über den Kopf, genau so, wie Bernhard es noch kurz zuvor getan hatte. Doch als sie sich umsah, war dort niemand. Sie war allein in dem Raum …

42. Kapitel

Doktor Weiß hatte Wotans Huftritt zwar überlebt, aber die Verletzung, die er davongetragen hatte, war schwerwiegend. Ein Teil seines Gehirns war zerstört worden, ebenso wie es damals bei Bernhard der Fall gewesen war. Anstatt sich einer Gerichtsverhandlung stellen zu müssen, wurde er in eine Pflegeanstalt verlegt, in der er ohne Sprache und mit eingeschränkter körperlicher Motorik vor sich hin vegetierte. Eine liebevolle Unterstützung und Förderung, wie Bernhard sie erhalten hatte, konnte Doktor Weiß nicht erwarten. Doktor Schröder und Friederikes Vater meinten, das sei eine gerechtere Strafe als der Tod, aber in Friederike selbst fühlte sich alles leer und ausgebrannt an. Der heiße Zorn, den sie auf Doktor Weiß verspürt hatte, war verschwunden. Es war, als wären all ihre Gefühle zusammen mit Bernhard gestorben.

Sie war ihrem Vater keine Hilfe, als der sich mit dem alten Herrn Brunner auseinandersetzen musste, aber dafür zeigte Juliane auf einmal eine Stärke, die ihr niemand zugetraut hätte. Sie schrieb ihrem Vater einen energischen Brief, in dem sie unverhohlen damit drohte, die düsteren Familiengeheimnisse zu offenbaren, sollte er sie dazu nötigen, Mohlenberg zu verlassen, oder der Anstalt irgendwelche Schwierigkeiten bereiten.

Juliane war dabei sehr geschickt, sie drohte ihm keinen Skandal an, sondern lediglich, dass sie bei seinen größten Konkurrenten »Schutz suchen« würde, die derartig schmutzige Geheimnisse gewiss gern verwenden würden, um das Unternehmen Brunner in den Ruin zu treiben. Diese Drohung wirkte. Julianes Vater verzichtete auf jegliche rechtlichen Schritte und gestattete ihr, auf Gut Mohlenberg zu bleiben, allerdings verweigerte er weitere Zahlungen an die Anstalt. Vielleicht hoffte er, dass Doktor Meinhardt eine Patientin, für die es kein Geld gab, nach Hause schicken würde, doch stattdessen stellte Friederikes Vater Juliane in der Buchhaltung ein, damit sie Friederike entlasten konnte. Juliane erwies sich als ausgesprochen geschickt und konnte Friederikes Rückzug zu einem guten Teil ausgleichen. Zugleich kehrte sich das Verhältnis zwischen den beiden Frauen in den Tagen, die auf Bernhards Tod folgten, um. War es früher Friederike gewesen, die Juliane unterstützt hatte, so war es nun Juliane, die mit engelsgleicher Geduld versuchte, Friederike aus ihrer tiefen Trauer herauszuholen.

Anfangs war es nicht leicht. Vor allem Bernhards Beisetzung war eine große Herausforderung. Es nahmen nicht nur Bernhards Angehörige und die Bewohner von Gut Mohlenberg daran teil, sondern auch die versammelte Dorfgemeinschaft sowie Doktor Schröder und Kommissar Lechner, die eigens aus Lüneburg angereist waren.

Pastor Hermann hielt eine ergreifende Trauerrede über die Würde und den Wert eines Menschen.

»Nicht der Intellekt zeichnet den Menschen aus«, schloss er seine Rede, »sondern die Liebe, die ein Mensch Gottes Schöpfung und seinen Mitmenschen entgegenbringt. Bernhard von Aalen wird für uns alle immer ein Vorbild bleiben, weil er diese Werte bis zum letzten Tag seines Lebens verkörpert hat. Und so werden wir ihn in Erinnerung behalten. Als einen Menschen, der wahrhaft lieben konnte und stets an das Wohl seiner Mitmenschen dachte. Er steht damit in deutlichem Kontrast zu all jenen, die ihre von Gott gegebenen großen Geistesgaben missbrauchen, um sich selbst über andere zu erheben. Um wie vieles könnte unsere Welt besser sein, wenn wir alle ein wenig so wie Bernhard von Aalen wären.«

Vielleicht war es die Trauerrede von Pastor Hermann, vielleicht war es auch das tiefe Gefühl, dass etwas von Bernhard nach wie vor bei ihr war und sie beschützte, das Friederike zu neuer Entschlossenheit verhalf. Bis zur Geburt ihres Kindes würden noch etliche Monate ins Land gehen. Auf Gut Mohlenberg hatte sie im Augenblick keine Verpflichtungen, da Juliane einen Großteil ihrer Aufgaben übernommen hatte. Was also hinderte sie daran, ihr Studium in Heidelberg zu beenden, um dann als Ärztin nach Gut Mohlenberg zurückzukehren? Bernhard hätte es sich gewünscht und ihr fehlte nur noch ein Semester.

Es war an der Zeit, die Medizin nicht länger nur Männern wie Doktor Weiß zu überlassen, wenngleich der niemals wieder in der Lage sein würde, irgendeine Arbeit von wirtschaftlichem Wert zu verrichten. Es war an der Zeit, ins Leben zurückzukehren und für ihr Kind ein ebensolches Vorbild zu werden, wie es sein Vater für immer sein würde.

Ich werde mich nicht länger der Verzweiflung hingeben, dachte sie bei sich. *Denn ich weiß, dass ein Teil von dir immer bei mir sein wird, mein geliebter Bernhard.*

So ist es, hörte sie seine Stimme, doch als sie näher auf dieses kurze Aufflackern seiner Worte lauschen wollte, war es verschwunden. War es nur eine Projektion ihrer eigenen Gedanken oder gab es doch mehr zwischen Himmel und Erde, als sich die Gelehrten erklären konnten?

Tief in ihrem Herzen war Friederike sich ganz sicher, dass es so war. Ein Teil von Bernhard würde immer über sie wachen. Ihre Liebe hatte so viele Widrigkeiten überstanden. Er war zu ihr zurückgekehrt, als alle glaubten, der Tod wäre das gnädigere

Schicksal gewesen. Sie alle hatten sich geirrt. Bernhard hatte sich nicht nur zurück ins Leben gekämpft, sondern er hatte es ihnen auch ermöglicht, ihre Liebe neu zu entdecken. Sie erwartete sein Kind. Keine Liebe konnte stärker sein, nicht einmal der Tod konnte ihn ihr vollständig nehmen, denn ihr blieb mehr als die Erinnerung.

NACHWORT

Die vorliegende Geschichte ist fiktiv und der Ort Mohlenberg meiner Fantasie entsprungen. Allerdings sind die beschriebenen Behandlungsmethoden von psychisch Kranken im frühen 20. Jahrhundert authentisch. Damals kämpften zwei Ansätze gegeneinander: Ein Teil der Ärzte versuchte, Menschen mit Behinderungen ein menschenwürdiges Leben zu ermöglichen und sie – soweit sie dazu in der Lage waren – mit sinnvoller Arbeit zu beschäftigen, während es auf der anderen Seite Ärzte gab, die Geisteskranken und Schwerstbehinderten den Wert des Lebens absprachen und offen über Euthanasie diskutierten.

In dieser Zeit, da es noch keine wirksamen Behandlungsmethoden für viele psychische Erkrankungen gab, blühten die »landwirtschaftlichen Irrenkolonien« auf, wie sie teilweise umgangssprachlich, teilweise aber auch als wirklicher Namensbestandteil der Anstalten benannt wurden. »Irrer« oder »Idiot« war Anfang des 20. Jahrhunderts noch ein Fachbegriff. Ebenso wurden die Begriffe »Irrenpfleger«, »Irrenpflege« und »Irrenarzt« noch ohne jeden despektierlichen Beigeschmack verwendet.

Vor diesem Hintergrund ist es interessant, die Wandlung der deutschen Sprache zu betrachten. »Irrer« und »Idiot« sind längst zu Schimpfwörtern mutiert. In den 1930er-Jahren wurden aus den Idioten deshalb »Schwachsinnige« – vom Wortstamm her ein neutrales Wort –, bestimmte Sinnesgaben sind schwach ausgeprägt. Aber auch »Schwachsinniger« wurde zum Schimpfwort. Das letzte Relikt seiner »Fachlichkeit« findet sich im Strafgesetzbuch. Auch heutzutage wird bei der Frage der Schuldfähigkeit nach wie vor definiert, ob eine Geisteskrankheit, Schwachsinn oder eine sonstige seelische Abart vorliege.

Als »Schwachsinniger« ebenfalls zum Schimpfwort wurde, hieß das nächste politisch korrekte Wort in dieser Entwicklung »Minderbegabter«. Aber als die ersten Menschen anfingen, sich gegenseitig als »Minderbegabte« zu beschimpfen, wurde auch »minderbegabt« aus dem fachlichen Wortschatz gestrichen, schließlich sollen medizinische Begriffe neutral bleiben. Im Jahr 2018 lautet die korrekte Bezeichnung »intelligenzgemindert« – dieses Wort ist so schwer auszusprechen, dass es schwierig wird, sich damit in einer schnellen Wortabfolge zu beschimpfen. Da greift man im Zweifelsfall lieber auf »Idiot« zurück. Übrigens, auch das Wort »blöd« war früher kein Schimpfwort, man bezeichnete damit kognitiv eingeschränkte Menschen und bei Dementen sprach man auch von »seniler Verblödung«. Und damit sind wir schon bei »senil«, das heute aus den gleichen Gründen nicht mehr als Fachwort verwendet wird – es wurde zu oft missbraucht. Vermutlich wird man in zwanzig Jahren auch das Wort »dement« nicht mehr benutzen, sondern durch komplizierte Wortschöpfungen wie »altersbedingte Degeneration kognitiver Hirnfunktionen« ersetzen.

Im Roman taucht die Heil- und Pflegeanstalt Langenhagen auf. Hierzu möchte ich anmerken, dass die äußere Beschreibung der Klinik der Realität entspricht, ich aber für die dargestellten Therapien im gesicherten Haus auf allgemeine, damals in vielen psychiatrischen Anstalten übliche Behandlungsmethoden zurückgreife. Solche Therapien müssen nicht zwingend in Langenhagen zur Anwendung gekommen sein. Die dort angestellten Ärzte, die ich erwähne, sind ebenso wie die dargestellten Patienten allesamt fiktiv. Vor dem Hintergrund des Zeitkolorits hätte es so gewesen sein können, aber ich möchte nochmals betonen, dass Langenhagen in dieser Geschichte lediglich als Schauplatz für eine fiktive Handlung dient.

Die Figur von Bernhard von Aalen hat eine besondere Entwicklung in diesem Roman durchlaufen, die in der Realität durchaus möglich gewesen wäre. Man kann dem menschlichen Gehirn tatsächlich ziemlich genau einzelne Zentren zuordnen, in denen die Fähigkeiten für Sprache, für Bewegungen und auch für das Lesen und Schreiben lokalisiert sind. Je jünger ein Mensch ist, umso besser kann er sich von einer schweren Hirnverletzung erholen. Bernhard hatte sich körperlich sehr gut erholt, seine geistigen Fähigkeiten aber blieben deutlich eingeschränkt. Allerdings verhielt er sich auch so, wie es von ihm erwartet wurde. Friederike und ihr Vater sahen in ihm anfangs jemanden, den man wie ein Kind umsorgen musste, und verwendeten mehrfach den Vergleich, dass er auf dem Stand eines fünfjährigen Kindes sei, was auch daran festgemacht wurde, dass er sich nur noch konkretistisch ausdrücken und nicht mehr lesen und schreiben konnte. Unbewusst passte Bernhard sein Verhalten der Erwartungshaltung seiner geliebten Frau an. Mit dem Auftauchen von Walter, zu dem Bernhard sich sofort hingezogen fühlte, weil es tief in seinem Unterbewusstsein noch eine gewisse Vertrautheit gab, änderte sich vieles. Walter behandelte Bernhard nicht wie ein Kind, sondern wie einen Freund. Dadurch konnte Bernhard weiter wachsen und sich aus der kindlichen Rolle befreien. Als Friederike in ihm auch wieder einen Mann sah, der sexuelle Bedürfnisse hatte und auch die ihren erfüllen konnte, führte dieser Umgang zu einer weiteren

Verbesserung seines Zustandsbildes. Natürlich ist Bernhards Entwicklung ausgesprochen positiv, aber – und das sollte nicht vergessen werden – wenn man Menschen trotz ihrer kognitiven Defizite oder geistigen Behinderung als gleichwertig und auf Augenhöhe behandelt, können einen diese Menschen durchaus damit überraschen, wenn eventuell verborgene Fähigkeiten dadurch langsam wieder zum Vorschein kommen. Bernhard hatte das Glück, dass er eine Temporalhirnschädigung und keine Frontalhirnschädigung hatte wie der unglückliche Ludwig Breuer im Roman. Denn dadurch änderte sich nicht sein Charakter – er blieb vom Wesen her der Mensch, den Friederike immer geliebt hatte, auch wenn er vieles nicht mehr konnte.

1920 erschien das Buch »Die Freigabe der Vernichtung lebensunwerten Lebens«, das von dem Juristen Karl Binding und dem Arzt Alfred Hoche gemeinsam verfasst worden war. Hier wurden die Grundsteine dafür gelegt, was später durch die Euthanasiegesetze der Nazis zur Staatsräson wurde: Der Mensch wurde nur noch nach seinem wirtschaftlichen Wert beurteilt. Alles andere galt als Ballast, als »leere Menschenhülse«, und die Ermordung von geistig Behinderten oder psychisch Kranken diente dem »Volkswohl«. Menschen wie Bernhard wurden nicht mehr als echte Menschen wahrgenommen – sie waren allenfalls interessante »Subjekte« für die Forschung, aber ansonsten lebensunwert.

Mein fiktiver Arzt Doktor Weiß ist ein erster Ausblick auf das, was noch kommen sollte – eine Zeit, in der die Medizin jeglicher Moral abschwor und die Forschung nicht mehr dem Wohl der Menschen untergeordnet war, sondern der narzisstischen Selbstbestätigung skrupelloser Wissenschaftler diente, die ungehemmt an jenen forschen durften, denen der Staat das Recht auf Leben abgesprochen hatte.

Und so konnte ich es mir nicht verkneifen, meinem Helden Richard Hellmer aus »Im Lautlosen« und »Die Stimmlosen« einen kurzen Gastauftritt als junger Mann zu gewähren. Wer die beiden Bücher kennt, wird wissen, dass Richard sein Ziel erreicht und selbst Psychiater wird – wenngleich in der wahrhaft dunkelsten Zeit der deutschen Geschichte, deren erste Ausläufer sich durch Figuren wie Doktor Weiß bereits ankündigen.

Aber – und das sollten wir auch nicht vergessen – es gab immer Menschen, die sich gegen herrschendes Unrecht stellten und für die Rechte der Schwächeren kämpften.

Ihnen haben wir es zu verdanken, dass Behinderte heutzutage durch umfassende Förderungsprogramme Menschen ohne Behinderungen gleichgestellt werden sollen.

Ihnen haben wir es ebenso zu verdanken, dass Opfer von sexuellem Missbrauch nicht länger für verrückt erklärt und weggesperrt werden können.

Ihnen haben wir es zudem zu verdanken, dass homosexuelle Menschen gleichberechtigt sind und gleichgeschlechtliche Ehen eingehen können. Es lohnt sich immer, für das zu kämpfen, an das man glaubt – zu allen Zeiten und auch wenn die Hindernisse unüberwindlich scheinen.

Zeitfracht Medien GmbH
Ferdinand-Jühlke-Straße 7
99095 Erfurt, Deutschland
produktsicherheit@kolibri360.de

Druck:
CPI Druckdienstleistungen GmbH
im Auftrag der
Zeitfracht Medien GmbH
Ein Unternehmen der Zeitfracht - Gruppe
Ferdinand-Jühlke-Str. 7
99095 Erfurt